AtV

MICHAEL WILCKE, Jahrgang 1970, lebt in der Nähe von Osnabrück und arbeitet als Mediengestalter bei einer Zeitung.

Im Aufbau Taschenbuch Verlag erschien von ihm bisher der historische Roman »Hexentage«.

Im Jahr 1631 wird das mächtige Magdeburg von den Truppen des katholischen Feldherrn Tilly belagert. Die Bürger der Stadt hoffen auf Rettung durch die schwedische Armee. Doch die Befreier kommen zu spät. Tillys Söldner erstürmen Magdeburg und richten ein schreckliches Blutbad an. Nur wenige Magdeburger entkommen dem Inferno – unter ihnen die Hure Thea und der Glasmaler Martin Fellinger, dessen Frau während der Plünderungen von seinem Vetter Rupert ermordet worden ist. Bei dem Versuch, ihr zu Hilfe zu eilen, wurde Martin niedergeschossen.

Auf ihrer Flucht durch die brennende Stadt findet Thea den schwerverletzten Glasmaler und schafft es, ihn über die Elbe in Sicherheit zu bringen. Einst waren die beiden ein Liebespaar, aber dann verarmte Theas Familie, und sie mußte die Stadt verlassen. Thea gelingt es zwar, Martin gesund zu pflegen, doch sie weiß, daß er von einem einzigen Gedanken beseelt ist: Er muß erst den Mörder seiner Frau finden, bevor er mit ihr ein neues Leben beginnen kann.

Michael Wilcke

Der Glasmaler und die Hure

Roman

Aufbau Taschenbuch Verlag

ISBN 3-7466-2203-4

1. Auflage 2005

Umschlaggestaltung Preuße & Hülpüsch Grafik Design
unter Verwendung eines Gemäldes von Francois Clonet, corbis
Satz LVD GmbH, Berlin
Druck GGP Media GmbH, Pößneck
Printed in Germany

www.aufbau-taschenbuch.de

Erster Teil

Kapitel 1

Martin Fellinger zuckte überrascht zusammen, als er die heisere Stimme vernahm. Gedankenverloren hatte er vor der Grabtafel gehockt, die Erde aus den Buchstaben der Inschrift gewischt und nicht bemerkt, daß jemand hinter ihn getreten war.

»Lohnt nicht, den Dreck wegzukratzen, junger Herr. Nicht mehr lang, und der Staub der Hölle wird diese Stadt bedecken.« Ein nervöses Lachen schloß sich der düsteren Prophezeiung an.

Martin wandte sich um und sah einen alten Mann in zerlumpter Kleidung vor sich. Die Haare des Mannes fielen weiß und strähnig bis auf die Schultern. Aus dem wettergegerbten, von roten Adern durchzogenen Gesicht funkelten hellgraue Augen, die allzu offensichtlich den Irrsinn des Alten verrieten. In seiner Hand hielt der Greis ein kleines Holzkruzifix, das er zum Himmel streckte, als hoffe er, Gott damit berühren zu können.

»Der gütige Vater verschließt die Augen vor uns.«

Auf den Straßen, in der Nähe der Kirchen oder unter den Laubengängen war Martin der Alte schon oft aufgefallen. Zumeist kniete er auf dem Pflaster, erflehte Almosen und stammelte zusammenhanglose Sätze, die in düsteren Schilderungen das Ende der Welt verkündeten. Die Bürger Magdeburgs hatten den seltsamen Kauz verlacht, doch in den vergangenen Wochen war ihr Lachen erstorben und hatte zunächst einem Ausdruck stiller Besorgnis, dann schierer Angst Platz bereitet.

Aus der Ferne erklang Kanonendonner. Der Kopf des Irren drehte sich ruckartig in die Richtung der entfernten

Stadtwälle, wo ein Geschoß krachend in das Mauerwerk einschlug.

»Ob die Toten das Getöse hören können?« Der Alte formte mit der Hand einen Trichter um sein Ohr und grinste aus einem zahnlosen Mund. »Tief unten in ihren Gräbern werden sie den Herrn lobpreisen, daß er sie mit einem frühen Tod vor dem Inferno bewahrt hat.«

Martin ignorierte den Alten, der sich endlich entfernte und dabei einen Psalm summte. Abgesehen von zwei streunenden Hunden, befand er sich nun allein auf dem Kirchhof von Sankt Katharinen. Offensichtlich mieden die Menschen in Magdeburg die Ruhestätte der Toten mit Bedacht. In der Stunde der Not und des drohenden Unheils zogen sie es wohl vor, sich von den Lebenden ermutigen zu lassen.

Er selbst kam oft hierher und suchte Trost am Grab seiner Eltern und seiner jüngeren Schwester. Wenn er mit der Hand über die in die Grabtafel gemeißelten Namen strich, kam es ihm vor, als wäre ein stummer, aber doch präsenter Teil von ihnen bei ihm geblieben.

Es handelte sich um eine schlichte Ruhestätte. Als Magdeburg vor einigen Jahren von der Pest heimgesucht worden war, hatte Martins Vater darauf verzichtet, das Epitaph seiner der Seuche erlegenen Frau und Tochter mit dem Text der Leichenpredigt oder salbungsvollen Bibelzitaten schmücken zu lassen. Und als der Vater vor sieben Monaten an einer Entzündung in seinem Gedärm starb, hatten sie, seinem Wunsch entsprechend, einzig seinen Namen, das Geburts- und Todesjahr sowie sein Handwerk in die Tafel einmeißeln lassen.

Lukas Fellinger. Glasmaler. 1579–1630.

Auch Martin war in der elterlichen Werkstatt in den Fertigkeiten des Glasmalens und der Kunstverglasung ausgebildet worden, obwohl es überlicherweise als Vorrecht des ältesten Sohnes galt, das Handwerk des Vaters zu erlernen. Lukas Fellinger hatte jedoch früh erkannt, daß sich sein erstgeborener Sohn Sebastian vor allem zur Theologie hingezogen fühlte und den Geschäften der Familie nicht das geringste Interesse entgegenbrachte. Martin hingegen hatte schon als Kind bewiesen, daß ihm das künstlerische Geschick zu eigen war, dessen es bedurfte, um prachtvolle Szenen und Abbildungen in ein Fenster zu bannen und diese durch den Einfall von Licht zu besonderem Leben zu erwecken. Auch in vielen anderen Dingen hatte Martin dem Vater deutlich näher gestanden als sein Bruder. So hatten sie beide die Nachricht begrüßt, daß der schwedische König Gustav Adolf im Juni des vergangenen Jahres mit seiner Armee an der deutschen Küste gelandet war. Sebastian hingegen hatte diesen Tag oftmals laut verflucht.

Martin hatte den Unmut seines Bruders damals nicht verstehen können. Der große Krieg, in dessen Verlauf das protestantische Heer der Dänen so jammervoll gegen die kaiserliche Armee versagt hatte, schien endlich die Wendung zu erhalten, die ihm von all den selbsternannten Propheten, Zeichendeutern und Auguren vorausgesagt worden war. Der Löwe aus dem Norden trat gegen den katholischen Adler an, um ein geeintes protestantisches Reich zu erschaffen.

Nun, nachdem die Schweden sich schon fast ein Jahr auf deutschem Boden befanden, fragte Martin sich häufig, wie sein Vater die momentane Kriegslage beurteilen würde. Die Intervention der Schweden hatte den bereits für beendet geglaubten Krieg bis vor die Tore Magdeburgs geführt, das sich neben der Stadt Stralsund zum einzigen deutschen Bundesgenossen Gustav Adolfs erklärt hatte.

Schon seit Wochen trotzten die unterlegenen Kräfte innerhalb der Stadtmauern tapfer der Belagerung durch das katholische Heer. Die Armee des Generalissimus Tilly hatte Magdeburg von jeglicher Warenzufuhr abgeschnitten. Der Feind hoffte darauf, daß der Hunger die Verteidiger zur Kapitulation zwingen würde. Daher klangen die düsteren Prophezeiungen eines vermeintlichen Irren plötzlich wie die Worte eines Erleuchteten. Die Furcht vor einer gewaltsamen Erstürmung der Stadt lähmte die Bürger. Viele von ihnen verkrochen sich in ihre Häuser und flehten Gott an, seine schützende Hand über sie zu halten und die Feinde niederzustrecken, die doch schließlich einer falschen Lehre folgten.

Martin indes glaubte noch immer daran, daß das schwedische Heer Magdeburg rechtzeitig entsetzen würde. Allein der Gedanke, daß Gustav Adolf die Elbestadt ohne weiteres dem katholischen Gegner opfern könnte, erschien ihm wie blanker Hohn. Immerhin hatte der Schwedenkönig den Obristen Dietrich von Falkenberg nach Magdeburg entsandt. Falkenberg, der als entschlossener Stratege galt, leitete die Verteidigung der Stadt und hatte verkündet, daß er keinen Gedanken daran verschwendete, Magdeburg in die Hände des katholischen Kaisers fallenzulassen.

Martin erhob sich und verließ den Kirchhof. Es wurde Zeit, seinen Bruder Sebastian im Dom aufzusuchen.

Kaum hatte er den stillen Kirchhof hinter sich gebracht und den Breiten Weg, die Hauptstraße Magdeburgs, betreten, da befand er sich bereits inmitten des von hektischer Betriebsamkeit geprägten Stadtlebens. Nachdem schon vor Wochen die Neustadt und die Vorstadt Suderburg auf Befehl Falkenbergs niedergebrannt worden waren, um dem katholischen Heer das Vorrücken an die Festungswälle zu erschweren, drängten sich in der Altstadt an die dreißigtausend Menschen zusammen – auf einem Raum, den sich zuvor nur die Hälfte von ihnen geteilt hatte.

Die Bürger, die ihre Häuser verloren hatten, hielten sich zum größten Teil in der Nähe der zahlreichen Kirchen und

Klöster auf. Überall bot sich Martin das gleiche bedrükkende Bild. Hunderte Menschen ohne Obdach harrten in den Gotteshäusern und deren Umgebung aus. Ihre blassen Gesichter zeugten von Verzweiflung. Mit dem Verlust ihrer Unterkünfte waren sie von einem Tag zum anderen in die Armut gestürzt worden. Fast jeder von ihnen führte eine Unmenge an Gepäck mit sich. Alles, was sie tragen konnten, gleichgültig, ob es sich um Hausrat, Werkzeuge, Mobiliar oder Vieh handelte, hatten sie auf Handkarren herbeigeschleppt, um sich nach der Rückkehr in die Ruinen vielleicht eine neue, karge Existenz aufzubauen.

In der Menge vermischte sich ein hektisches Stimmengewirr mit Kindergeschrei und Tierlauten. Nur wenige waren in der Lage, sich eine warme Mahlzeit zuzubereiten. Die meisten der Leidgeprüften reihten sich in die langen Schlangen vor den Suppenküchen der Kirchen ein und nahmen dankbar die knapp bemessenen Rationen entgegen. Viele trösteten sich aber auch mit einem Krug Branntwein, so daß in den Straßen zuhauf Betrunkene über das Pflaster torkelten oder vor den Häusern zusammengebrochen waren.

Immer wieder mußte Martin den heranpreschenden Wagen der Stadtwachen ausweichen, die Feuertöpfe aus Keramik, Pechkränze und Fallgranaten an den Verteidigungswall schafften. Ein Reiter im geschwärzten Harnisch rief Martin zu, den Weg frei zu machen. Gerade noch rechtzeitig gelang es ihm, zur Seite zu springen und den Hufen des schnaubenden Schlachtrosses Platz zu machen.

Händler sprachen ihn an und boten mit flinken Zungen ihre Waren feil. Der übliche Handel war seit dem Beginn der Belagerung zusammengebrochen. Die Bürger versuchten an Geld und vor allem an Nahrung zu gelangen, indem sie Kerzen, Schuhe, Geschirr oder völlig wertlosen Tand und Zierat verkauften.

Martin ignorierte die Straßenhändler und schaute schnell

zur Seite, sobald er bemerkte, daß ihn erneut einer von ihnen ins Auge gefaßt hatte. Trotzdem brachte er Verständnis für diese Leute auf. Auch seine Frau Sophia bot zu dieser Stunde irgendwo in der Stadt die von ihr hergestellte Seife an. Er machte sich wenig Hoffnung, daß ihre Mühen erfolgreich sein würden. Wen kümmerte schon Reinlichkeit, wenn der Magen knurrte?

Langsam näherte Martin sich dem Dom, der vor ihm als mächtiges steinernes Monument aus dem engen Gewirr der hohen Giebelhäuser aufstieg. In der Umgebung des Gotteshauses hielten sich viele Bettler auf, die flehend die Hände ausstreckten und um Almosen baten. Er bedauerte diese Ärmsten unter den Armen. Gerne hätte er ihnen geholfen, doch selbst er konnte seine Hausgemeinschaft kaum noch ernähren.

Sein Blick fiel auf einen prächtigen öffentlichen Brunnen, dessen Säule mit bronzenen Figuren aus der griechischen Mythologie geschmückt war. An diesem Brunnen hielten sich etwa fünfzehn Frauen auf, die unschwer als Dirnen zu erkennen waren. Ihre zumeist feisten, nicht mehr jungen Gesichter leuchteten grell von billigem Schminkpuder. Einige der Frauen machten die vorübergehenden Männer durch Rufen auf sich aufmerksam, andere pfiffen, winkten oder vollführten obszöne Gesten.

Dann erkannte er Thea unter ihnen.

Sie stach aus der Gruppe der Dirnen hervor wie eine Königin unter Bauersfrauen. Thea hatte es nicht nötig, ihr Gesicht zu schminken. Sie war jung und besaß eine glatte, makellose Haut. Ihr schlanker und zierlicher Körper wirkte fast knabenhaft. Unter dem schwarzen, seidig glänzenden Haar blitzten zwei dunkle Augen hervor, die sich nun direkt auf ihn richteten. Sie lächelte, doch er wandte sofort den Blick von ihr ab und ging des Weges, ohne ihr weiter Beachtung zu schenken.

Martin dachte an die Zeit zurück, in der sie sich sehr nahegestanden hatten. Er kannte Thea, die Tochter des Fischers Heideck, von Kindesbeinen an. Zumeist war er ihr auf dem Fischmarkt begegnet, wo seine Mutter stets bemüht gewesen war, ihn von dem vorwitzigen Mädchen fernzuhalten, das ihn so oft dazu verleitet hatte, die albernsten Grimassen zu schneiden. Später war er häufig allein zum Fischmarkt gelaufen und hatte Thea Zuckerwerk geschenkt, mit dem sie sich in einen Bretterverschlag am Elbufer zurückzogen.

Er erinnerte sich noch gut daran, wie sie dort in diesem Versteck gehockt und die süßen Leckereien genossen hatten. Von Thea hatte er gelernt, Angelschnüre aus Pferdehaar zu flechten, und er wiederum hatte ihr all das berichtet, was er über die Glasmalerei und Kunstverglasung wußte. Sie hatte ihm wie gebannt zugehört, wenn er darüber sprach, wie sehr er die alten Meister bewunderte, deren Kirchenfenster mit schlichten koloristischen Mitteln das Sonnenlicht in einen warmen und weichen Glanz zwangen, der sich über die vielfach gebrochenen Winkel und Ecken der Kirchenwände ausbreitete, das Dämmerlicht der Nischen aufhellte und die Stimmung der Menschen beeinflußte.

Mit der Zeit entwickelte sich ihre kindliche Anhänglichkeit zu einer Schwärmerei unter Heranwachsenden. Martin wußte, daß sein Vater diese Zuneigung für ein Mädchen aus schlichten Verhältnissen sauer aufstieß. Mehr als einmal hatte er mahnende Worte an Martin gerichtet und ihn beschworen, seine Zeit nicht mit diesem niederen Weibsbild zu verschwenden, dem allzu deutlich der Geruch nach Fisch anhing.

Als die Pest in Magdeburg ausbrach, war Thea nicht mehr auffindbar gewesen. Martin lief in das Viertel der Fischer und erfuhr dort, daß Theas Familie die Stadt verlassen hatte. Es stimmte ihn traurig, daß er sie nun wohl niemals wiedersehen würde. Martin litt unter der Trennung, doch dann begegnete er Sophia, der Tochter eines angesehenen Magdeburger Malers, und verliebte sich vom ersten Augenblick an in dieses Mädchen, das Thea in seinem Äußeren und auch in seinem Wesen sehr ähnelte.

Nicht lang nach seiner Heirat traf es ihn wie ein Hammerschlag, als er Thea begegnete. Er sah sie an diesem Brunnen, an dem sich nun ihre Wege wieder gekreuzt hatten. Auch damals hielt sie sich inmitten der Huren auf und biederte sich den Männern an. Es hatte Martin angewidert, wie sie sich dort den Tagelöhnern und Landsknechten an den Hals warf. Er selbst war wortlos und mit starrer Miene an ihr vorübergegangen.

Es galt für einen Mann aus seinem Stand schon als unschicklich, mit der Tochter eines armen Fischers zu verkehren. Einer Dirne auf offener Straße Beachtung zu schenken konnte seinen guten Ruf zerstören. Aus diesem Grund und aus Rücksicht auf Sophia entschloß er sich dazu, Thea fortan mit Mißachtung zu begegnen.

Martin war noch ganz in diese Gedanken versunken, als eine der Dirnen auf ihn zueilte und an ihrem Mieder zog, so daß sein Blick unweigerlich auf eine fleischige Brust mit einer großen rosigen Warze fiel.

»Gönnt Euch ein wenig Zerstreuung, mein Herr. Die Zeiten sind traurig«, rief die Frau. »Für eine Mahlzeit gehöre ich Euch die ganze Nacht.«

Martin machte eine abweisende Handbewegung und entfernte sich rasch. Hinter sich konnte er das spöttische Gelächter der Dirnen hören. Er schaute sich nicht um, fragte sich aber, ob wohl auch Thea über ihn lachte.

Auf dem Vorplatz des Doms hausten viele Zufluchtsuchende in provisorischen Zeltverschlägen. Doch vor allem im Dom selbst zeigte sich die in der Stadt herrschende Not am offensichtlichsten. Martin betrat das Gotteshaus durch das Nordportal. Sofort schlug ihm der drückende Geruch von Krankheiten und Fäkalien entgegen. Es mochten an die zweitausend Männer, Frauen und Kinder sein, die unter dem Dach des Doms Zuflucht gesucht hatten.

Sein Leben lang hatte es Martin überwältigt, hier am Taufstein in der Nähe des Portals zu stehen und die Weite der lichtdurchfluteten Schiffe zu genießen. Reformation und Krieg hatten dem Dom die schillernde Pracht genommen, doch allein der Anblick der mächtigen Pfeiler und Arkaden und die gewaltige Höhe des Innenraumes entführten Martin stets in eine andere Wirklichkeit.

Nun aber war dieser Monumentalbau zu einer Arche aus Stein geworden, in der eine brodelnde Masse hauste, versunken in Gebete und Wehklagen. Martin drängte sich mühsam durch die Menge, passierte die prächtige, mit Alabasterfiguren und -reliefs geschmückte Kanzel und hielt in der Menge Ausschau nach seinem Bruder Sebastian. Neben dem Chorgestühl verharrte er einen Moment und betrachtete das Standbild einer Maria mit dem Jesuskind, die mit freundlich forschem Blick über das Geschehen im Dom wachte. Man hatte ihr den Namen *Schwarze Maria* verliehen, weil ihr Gesicht mit dunkelbrauner Farbe angestrichen worden war. Seit langer Zeit schon wurde das Standbild als wundertätige Madonna verehrt. Auch die Reformation hatte nichts an diesem Nimbus ändern können.

Martin entzündete zu Füßen der Muttergottes eine Kerze, bekreuzigte sich und faltete die Hände. Er starrte auf die zitternde Flamme und flehte um das Wohl seiner Frau Sophia.

Was auch immer geschehen mag, Herr, halte deine Hand über meine Frau. Laß es nicht geschehen, daß das Leid, das der Krieg über uns bringt, ihr Schaden zufügt oder gar ihr Leben bedroht.

»Es freut mich, zu sehen, daß du dir die Zeit nimmst, dem Herrn nah zu sein.«

Martin wandte sich um und sah seinen Bruder Sebastian

vor sich stehen. »So schlecht wie meine Geschäfte laufen, ist das wohl kein großes Opfer«, meinte er.

Sebastian lächelte mitfühlend und klopfte Staub vom Ärmel seines schwarzen Gewandes. Er deutete mit der Hand auf die Masse an Menschen und seufzte. »*Das Haus Gottes*. Nie war diese Floskel treffender als zu dieser Zeit.« Martins älterer Bruder, der als Prädikant in den Diensten des Domkapitels stand, überwachte in diesen schweren Tagen die Verpflegung und Unterbringung der Flüchtlinge im Dom.

Martin nickte. Sein Blick wanderte über die vielen von Resignation gezeichneten Gesichter. »Die Menschen in dieser Stadt scheinen davon überzeugt zu sein, daß die Hölle über sie kommen wird«, sagte er. »Aber wir dürfen den Mut nicht verlieren. Ich jedenfalls glaube fest daran, daß Magdeburg in wenigen Tagen von der schrecklichen Belagerung erlöst wird. Sei es unter kaiserlicher oder schwedischer Flagge.«

»Wenn es doch nur so sein könnte ...« Martin merkte es Sebastians Tonfall an, daß er seine Hoffnungen nicht zu teilen vermochte.

»Klingen meine Worte denn so abwegig? Ich kann ganz einfach nicht glauben, daß der Rat das Ultimatum der Kaiserlichen mißachtet. Sollten die schwedischen Truppen wirklich nicht rechtzeitig eintreffen, wird man einen Akkord abschließen müssen und dem Generalissimus Tilly die Stadt übergeben.«

Sebastian wirkte bedrückt. »Du willst immer nur das Beste sehen, Martin. Es ist wohl an der Zeit, dich mit den Gegebenheiten vertraut zu machen.« Er bedeutete Martin, ihm zu folgen. Sie stiegen eine Treppe hinauf, die zur umlaufenden Dachgalerie des Hohen Chores führte. Martin sträubte sich dagegen, die Galerie zu betreten, denn er wußte, daß man von hier aus das gesamte Umland überschauen konnte. Seit dem Beginn der Belagerung hatte er es stets vermieden, einen der Türme zu besteigen oder auch nur einen Blick über die Stadtmauer zu werfen. Er hatte nie den Drang verspürt, die Armee, die das Leben seiner Familie bedrohte, in Augenschein zu nehmen.

Nun aber war die Zeit gekommen, sich der Bedrohung zu stellen. Der Gefahr einer geladenen Pistole konnte man nicht entgehen, indem man ihr den Rücken zukehrte.

Martin glaubte, er sei auf diesen Augenblick vorbereitet, doch als sie die Steintreppe zur Dachgalerie hinaufgestiegen waren und ins Freie traten, krampfte sich sein ganzer Körper zusammen.

Es war die gewaltigste Streitmacht, die er jemals zu Gesicht bekommen hatte.

Gebannt hatte er als Kind den Erzählungen gelauscht, die von der großen Belagerung berichteten, der Magdeburg in der Mitte des vergangenen Jahrhunderts ausgesetzt gewesen war. Ihre Vorväter hatten die Religionsfreiheit der Stadt nach einem Jahr blutiger Kämpfe gegen die mit der Exekution der Reichsacht beauftragten Truppen behauptet und dem Kaiser einen ehrenvollen Frieden abgetrotzt. Fortan wurde Magdeburg im gesamten Reich als *Unseres Herrgotts Kanzlei* bezeichnet.

Oftmals hatte Martin sich in seiner Phantasie ausgemalt, wie es sein mußte, von der Stadtmauer aus auf ein mächtiges Belagerungsheer zu blicken. Nun aber wurde ihm klar, daß seine Vorstellungskraft nicht ausgereicht hatte, um einen solchen Aufmarsch in seinem ganzen Ausmaß auch nur annähernd zu begreifen.

Die Kaiserlichen hielten das gesamte Umland besetzt. Die Stadt wurde von Schanzgräben umschlossen, in denen die Söldner geduckt umherhuschten. Über den Gräben schwelte der Pulverdampf der Geschützbatterien wie unheilvoller Nebel. Martin schaute von hier aus über die breite Elbe zur Zollschanze, dem stärksten der befestigten Außenwerke, das im vergangenen Monat in die Hände der

Kaiserlichen gefallen war. Beim Rückzug in die Altstadt hatten die Verteidiger ein Joch der Elbbrücke gekappt und damit den Verbindungsweg zur Stadt zerstört. Doch sie alle wurden damit zu Gefangenen in ihrer eigenen Stadt. Der katholische Heerführer hatte einen eisernen Belagerungsring um Magdeburg geschmiedet, die Fährverbindungen unterbrochen und der Stadt dadurch die Lebensgrundlage entzogen.

In der Ferne machte Martin eines der Heerlager aus – eine eigene Stadt aus Zelten und windschiefen Hütten, bevölkert von Tausenden Landsknechten, die darauf hofften, mit reicher Beute für ihre Mühen entlohnt zu werden.

Was mochten die Soldaten auf der anderen Seite der Elbe empfinden? Hatte sie die Zeit der Belagerung rasend und blutgierig gemacht, oder brachten sie den eingeschlossenen Magdeburgern gar Mitleid entgegen und verfluchten insgeheim die Heerführer, die sie in diese Lage gebracht hatten?

»Verdammt sei dieser gottlose Tilly«, zischte Martin.

»Gottlos?« Sebastian schüttelte den Kopf. »Es heißt, Tilly sei ein tiefgläubiger Mann, kein zynischer Opportunist wie dieser Wallenstein. Ist dir der Beiname bekannt, den ihn seine strenge persönliche Moral eingebracht hat?«

»Der Mönch in Rüstung?«

»Genau.«

Martin verzog das Gesicht. »Wie kann man einen Menschen, der eine ganze Stadt dem Hungertod preisgibt, als tiefgläubigen Christen bezeichnen?«

»Sein eigenes Heer verhungert doch ebenfalls. Sieh dich um! Man nimmt an, daß sich mehr kaiserliche Soldaten um Magdeburg herum aufhalten, als die Stadt Einwohner zählt. Das Umland kann schon lang nicht mehr den notwendigen Proviant für diesen Koloß aufbringen. Ich wage zu behaupten, daß es um die Kaiserlichen noch miserabler steht als um uns. Schließlich sind noch nicht alle Vorratslager in der Stadt aufgebraucht.«

Martin trat die Galerie entlang und konnte nun die niedergebrannte Suderstadt überblicken. Zwischen den rußgeschwärzten Ruinen der Vorstadt tauchten vereinzelte zerlumpte Gestalten auf, die mehr wie Landstreicher denn wie Soldaten aussahen. Allem Anschein nach suchten sie in den Hauskellern nach Proviant. Dabei gerieten sie in die Reichweite der Magdeburger Musketiere, die von den Wällen aus das Feuer auf sie eröffneten und die Landsknechte mit Hohn und Spott bedachten, wenn es gelang, einem der Feinde eine Kugel durch den Leib zu schießen.

»Wenn doch nur die Schweden endlich einträfen«, sagte Martin. »Gustav Adolf würde Tilly und sein ausgehungertes Lumpenpack in alle Himmelsrichtungen davonjagen.«

»Der König wird nicht kommen.«

Sebastians nüchterne Feststellung beunruhigte Martin. »Woher willst du das wissen?«

»Ich stehe in engem Kontakt mit den Dompredigern, die wiederum tauschen sich mit den Ratsmitgliedern aus, und der Rat arbeitet mit dem Stadtkommandanten Falkenberg zusammen. Es heißt, daß es das vorrangige Ziel der Schweden sei, den Feind möglichst lang an Magdeburg zu binden, um Tillys Strategie zu stören und die eigenen Operationspläne entfalten zu können. Zudem befindet sich König Gustav Adolf in schwierigen Verhandlungen mit den Fürsten von Sachsen und Brandenburg. Es ist anzunehmen, daß er Magdeburg als Druckmittel benutzt, um die Potentaten in ein Bündnis zu zwingen.« Sebastian rieb sich angestrengt über die Stirn. Ihm war die Verzweiflung am Gesicht abzulesen. »Aber das ist leider noch nicht alles.«

»Schlimmer kann es doch überhaupt nicht mehr werden.«

»O doch! Martin, du hättest Magdeburg mit Sophia verlassen sollen, solange noch die Möglichkeit dazu bestand. Unser Onkel in Oschersleben hätte euch gewiß in sein Haus aufgenommen.«

»Die Stadt im Stich lassen? Das würde ich niemals über mich bringen.«

»Magdeburg wurde bereits aufgegeben. Die Stadt ist dem Untergang geweiht. Falkenberg weiß, daß die Stadt Tillys Heer, selbst in diesem Zustand, in einer Entscheidungsschlacht unterlegen wäre.« Sebastian zögerte. »Was ich dir nun sage, ist nur für deine Ohren bestimmt. Du wirst es an niemanden weitergeben. Selbst Sophia darf es nicht erfahren.«

Martin nickte.

»Ist dir aufgefallen, daß bereits seit mehreren Tagen keine Kanonen mehr von den Wällen abgefeuert werden?«

Martin nickte wieder, obschon ihm erst in diesem Augenblick klarwurde, daß das Geschützfeuer der Magdeburger Verteidiger tatsächlich verstummt war.

»Ich habe es mir angewöhnt, sehr früh aufzustehen und durch die Straßen zu laufen«, sagte Sebastian. »Denn trotz oder gerade wegen der Dunkelheit kann man in der Nacht vieles beobachten, was einem am Tage verborgen bleiben soll.«

»Und was hast du gesehen?«

»Männer der Schiffergilde, die auf ihren Wagen Dutzende Fässer transportierten und diese an mehreren Plätzen in der Stadt vergruben oder sie in die Keller der Häuser schafften. Ich hielt mich in einer Gasse versteckt und lauschte. Die Männer sprachen selten miteinander, aber einige Male schnappte ich die Worte ›Minen‹ und ›Pulver‹ auf.«

»Was willst du damit sagen?«

»Ich vermute, daß Falkenberg das Feuer der Geschütze nicht aus Mangel an Pulver einstellen ließ, sondern um in Magdeburg Sprengfallen anzulegen, welche die Kaiserlichen in die Hölle schicken sollen, falls sie in die Stadt eindringen.« Einen Moment lang breitete sich drückende Stille zwischen ihnen aus, dann fügte Sebastian an: »Gustav Adolf wird Tilly keine Basis hinterlassen.«

»Das kann nicht dein Ernst sein«, brachte Martin hervor, der das Gefühl hatte, daß ihm der Atem knapp wurde. »Magdeburg ist eine Bastion des lutherischen Glaubens. Es käme einer Blasphemie gleich, die Stadt im Feuer untergehen zu lassen. Solch eine Sprengung würde vor allem das Leben der Bürger gefährden. Himmel, Sebastian, in dieser Stadt harren dreißigtausend Menschen aus.«

»Glaub mir, ich wäre froh, wenn sich meine Befürchtung als Irrtum herausstellen sollte.«

»Es kann nicht sein«, sagte Martin. »Wahrscheinlich vergraben sie das Pulver nur, damit es den Kaiserlichen nicht in die Hände fällt. Vielleicht ist es wahr, daß der schwedische König diese Stadt tatsächlich als Pfand für seine Verhandlungen nutzt, aber du wirst sehen, wenn der Druck der Belagerung zu groß wird, legen die Schweden das Schicksal Magdeburgs in die Hände der Diplomaten.«

Sebastian lächelte gequält. »Vater und du, ihr habt schon immer gern Illusionen nachgehangen. Ihr wolltet diesen Krieg nie als das begreifen, was er wirklich ist: ein zerstörerisches, außer Kontrolle geratenes Monster.«

Sie lehnten am Geländer und verfolgten mit, wie vom gegenüberliegenden Elbufer aus ein Geschoß abgefeuert wurde, das jedoch zu kurz schoß und die Kugel im Flußbett versenkte.

»Du übertreibst«, meinte Martin.

»Unser Vater wollte die Welt immer nur so sehen, wie er sie sich zurechtgelegt hatte. Warum denkst du, hat er niemals akzeptiert, daß sich das Handwerk der Kunstverglasung im Niedergang befindet?«

»Gewiß, die Geschäfte waren schon einträglicher, aber ...«

»... aber der Krieg wird noch lang andauern, und wer will in diesen Zeiten, unter dem Donner von Kanonen, schon das Risiko eingehen, seine Fenster mit kostspieligen und allzu zerbrechlichen Kunstwerken zu schmücken, wenn er weitaus billigeres Butzenglas oder Blankscheiben erwerben kann. Vielleicht wäre es von Vorteil, wenn du ausschließlich mit Weißglas arbeiten würdest.«

Martin reagierte auf diesen Vorschlag mit einem abfälligen Brummen. Sein Bruder hatte nie begriffen, welche Befriedigung es einem Glasmaler verschaffte, den Reiz der leuchtenden Farben in die richtigen Kontraste zu setzen und den Glanz des lichtdurchstrahlten Glases zu fesseln, ja ihn zur vollen Wirkung zu zwingen. Das Zuschneiden und Einsetzen von Blankglas hingegen setzte keine dieser Fertigkeiten voraus, und Martin hatte sich darum niemals sonderlich dafür interessiert.

»Ich werde also schweren Herzens von der Kunst Abschied nehmen müssen, das willst du mir doch sagen«, meinte Martin.

»Du mußt vor allem an Sophia denken.«

Martin zögerte kurz, dann lächelte er. »Sie erwartet ein Kind, Sebastian.«

Die betrübte Miene seines Bruders hellte sich auf. »Endlich einmal eine gute Nachricht. Wann hast du davon erfahren?«

»Vor zwei Tagen erst.«

»Und Sophia ist sich gewiß?«

»So gewiß, wie eine Frau sich sein kann. Sie meint, das Kind wird zum Christfest geboren werden.« Martin zog unter seinem Wams ein ovales Medaillon hervor, das er an einer silbernen Kette um den Hals trug. Er klappte es auf und betrachtete Sophias Porträt, das sich darin befand. Der Vater seiner Frau galt in Magdeburg als überaus begabter Maler und Kupferstecher. Er war in seiner Jugend bis nach Nordtitalien gereist, um sich von den dort ansässigen Meistern in der Kunst der Altar- und Tafelmalerei ausbilden zu lassen. Man hatte ihn zudem gelehrt, Miniaturporträts anzufertigen, und so hatte er es sich nicht nehmen lassen, seine Tochter zu ihrer Hochzeit in diesem Medaillon zu verewigen, um das Wertvollste in seinem Leben sinnbildlich seinem Schwiegersohn zum Geschenk zu machen.

Sophia sah auf dem kleinen Bild sehr hübsch aus, aber in Fleisch und Blut erschien sie ihm um einiges attraktiver. Martins Gedanken kehrten zu der tödlichen Bedrohung Magdeburgs zurück. »Vielleicht hätte es nicht passieren dürfen. Nicht zu dieser Zeit.«

»Unsinn«, widersprach sein Bruder.

»Aber ich sorge mich so sehr um sie. Unsere Vorräte gehen zur Neige, und wenn wir hungern, könnte Sophia das Kind verlieren.«

»Auch hier im Dom werden die Mittel knapp, aber ich glaube, du hast recht. Eine schwangere Frau sollte man nicht dem Hunger aussetzen. Ich werde euch mit dem Nötigsten versorgen.«

»Das ist sehr großzügig von dir.«

Sebastian rieb nachdenklich sein Kinn. »Oh, ich bin nicht immer so milde gestimmt. Vor zwei Tagen erst habe ich einen Verwandten von uns mit leeren Händen fortgeschickt.«

Martin stutzte. »Wen denn?«

»Ist dir bekannt, daß sich unsere Vettern Rupert und Berthold in der Stadt aufhalten?«

»Rupert und Berthold? Ich hatte angenommen, die wären bereits seit Jahren tot.«

Sebastian schüttelte den Kopf. »Die beiden müssen vor etwa zwei Monaten in Magdeburg eingetroffen sein. Als Söldner stehen sie in den Diensten des Administrators Christian Wilhelm.«

»Söldner?« fragte Martin ungläubig. Er hatte vor mehr als sieben Jahren zum letzten Mal von den Söhnen seines Onkels gehört. Dunkel erinnerte er sich daran, daß man ihm einst berichtet hatte, Rupert und sein jüngerer Bruder Berthold wären mit dem Vater in Streit geraten und davongelaufen. Niemand hatte seitdem von ihnen gehört.

Seinem Onkel und der Tante war nicht viel Zeit verblieben, sich über das Verschwinden ihrer Söhne zu grämen, denn sie starben schon im Jahr darauf am Typhus.

»Rupert hat ein Auge verloren«, meinte Sebastian. »Ansonsten ist er derselbe Rüpel geblieben, der uns schon als Kind getriezt hat. Er suchte mich im Dom auf und verlangte frech die Herausgabe von Proviant. Als ich mich weigerte, seiner Forderung nachzukommen, beschimpfte er mich und zog davon. Ich befürchte, die vielen unzufriedenen Landsknechte könnten zu einer Gefahr für diese Stadt werden. Es ist schlimm genug, daß der Administrator den Domschatz hat heben lassen, um ihn an die Truppen zu verteilen, doch die Gier der Soldaten scheint unermeßlich zu sein. Und Rupert ist da keine Ausnahme.«

»Unsere Familien haben sich nie sehr nahegestanden«, entgegnete Martin.

»Nimm dich vor ihm in acht, Martin! Rupert macht mir Angst. Er war schon als Kind recht sonderbar, doch der Krieg scheint etwas Böses in ihm entfesselt zu haben. Meine Menschenkenntnis trügt mich nur selten. Rupert überträgt die Abneigung zwischen unseren Vätern auf uns. Wahrscheinlich wird er auch dich bald aufsuchen.«

»Was könnte er von mir schon wollen? Buntglas und Bleistege?« Martin klopfte Sebastian auf den Rücken, und sie verließen die Galerie. Sebastian führte Martin die Treppe hinunter in den Kreuzgang, wo er ihn kurz allein ließ und in einer der Türen verschwand. Als er zurückkehrte, reichte er Martin einen Leinenbeutel, in dem sich ein Laib Schwarzbrot, mehrere Zwiebeln und vier Eier befanden.

»Es stammt aus dem Vorratsraum der Domherren«, erklärte Sebastian mit einem Augenzwinkern. »Die himmlischen Mächte werden sicher nichts dagegen einzuwenden haben, wenn ich die Vorräte der immer noch recht wohlgenährten Prediger mit euch teile.«

Ein Blick in den Beutel ließ Martin das Wasser im Mund zusammenlaufen. »Ich danke dir. In besseren Zeiten werde ich mich dafür mit einer großzügigen Spende erkenntlich zeigen.«

Sebastian nickte und sagte, ohne daß es recht überzeugend klang: »Ja – in besseren Zeiten.« Er legte eine Hand auf Martins Schulter, drehte sich um und verschwand im Refektorium.

Martin verließ den Dom mit gemischten Gefühlen. Zwar konnten seine Frau und er endlich wieder einmal satt werden, doch der Anblick der Schanzgräben und der mächtigen Belagerungsarmee lag ihm wie glühende Kohle im Magen.

Er hatte nur wenige Schritte auf dem Domplatz zurückgelegt, als ein zerlumpter Knabe auf ihn zu humpelte, vor ihm auf die Knie fiel und flehend eine Hand ausstreckte. Der Bursche befand sich in einem jämmerlichen Zustand. Er war dreckig wie ein Schwein, das sich im Schlamm gewälzt hatte, und statt des rechten Ohres prangte an seinem Kopf eine braune Blutkruste. Sein linker, dick mit Stoff umwickelter Fuß behinderte ihn beim Gehen.

»Eine barmherzige Gabe, Herr«, flehte der Knabe.

Es widerstrebte Martin, das wenige, das er besaß, mit diesem Bettler zu teilen, doch im Grunde empfand er tiefes Mitleid mit dem geschundenen Jungen. Sein Blick wanderte zu den Huren am Brunnen, die sich inzwischen darum bemühten, zwei stämmige Landsknechte zu verführen, die ein gewisses Interesse an ihnen zeigten. Nur Thea wandte sich kurz um und schaute einen Moment lang in seine Richtung.

Unter ihrem Blick fühlte Martin sich dazu verleitet, seine Mildtätigkeit zu beweisen. Er brach eine Kante des Brotes ab und beugte sich zu dem jungen Bettler hinunter. Als Martin ihm das Brot reichte, bemerkte er, daß sich die Aufmerksamkeit des Knaben nun auf etwas völlig anderes zu richten schien. Sein Medaillon, das er noch nicht wieder unter das Wams geschoben hatte, hing herab und funkelte in der Sonne. Die Augen des Bettlers ruhten einen Moment auf dem Anhänger, dann schnellte seine Hand hervor, griff nach dem Medaillon und riß die dünne Kette mit einem Ruck entzwei. Der Bursche sprang blitzartig auf die Füße und stieß Martin vor die Brust, so daß er ein paar Schritte zurücktaumelte und den Leinenbeutel fallen ließ. Ehe er recht begriff, was überhaupt vor sich ging, rannte der Bettler bereits in die nächste Gasse. Sein Klumpfuß und das Humpeln hatten also nur dazu gedient, um Mitleid zu erwecken, was ihm, wie Martin verbittert einsah, auch gelungen war.

Martin machte eine Bewegung neben sich aus. Er erkannte Thea, die an ihm vorbei eilte und ebenfalls in die Gasse lief, in die der Dieb verschwunden war. Die übrigen Huren lachten gackernd und zeigten mit Fingern in seine Richtung.

Martin überlegte, ob er Thea und den Dieb verfolgen sollte, aber er befürchtete, daß deren Vorsprung zu groß war, und gewiß hatten sie sich im Gewirr der Gassen bereits in ein Versteck geflüchtet.

»Verdammte Brut!« fluchte Martin. Er hob den Beutel auf und stellte fest, daß zwei der Eier beim Sturz zerbrochen waren. Nahrung war in diesen Zeiten kostbarer als Gold und eine solche Verschwendung die größte aller Sünden.

Doch weitaus mehr als dieser Verlust schmerzte ihn der Raub des Medaillons, und der Verlust erschien ihm wie ein böses Omen.

Thea war es nicht gewohnt, so schnell zu laufen. Nach einigen hundert Metern setzte sie ihre Schritte langsamer und schnappte nach Luft. Es war nicht von Belang, daß sie Julius aus den Augen verlor, nachdem er Martin Fellinger das Medaillon gestohlen hatte und weggerannt war. Sie wußte, wo sie ihn finden würde. Vor einigen Monaten war er auf dem Markt gefaßt worden, als er einen Korb mit Äpfeln stehlen wollte. Der Scharfrichter hatte ihm daraufhin das rechte Ohr abgeschnitten. Thea hatte sich danach um Julius gekümmert und ihn in seinem Quartier gepflegt. Zwar war ihm kein Wort des Dankes über die Lippen gekommen, trotzdem hatte sie es gerne getan. Julius teilte ein ähnliches Schicksal wie sie. Auch er hatte früh die Eltern verloren und war nun auf sich allein gestellt. Leider aber erwies er sich im Gegensatz zu ihr als ein uneinsichtiger Dummkopf. Sein Hang zu Diebstählen hatte ihm bereits das Ohr gekostet, und allem Anschein nach hatte er nichts aus diesen Schmerzen gelernt.

Von der Junkersstraße aus erreichte sie durch verschlungene Gassen und Durchgänge das Zeisigbauer, einen Platz, an dem sich das niederste Gesindel der Stadt zusammenrottete. Hier hielten sich Diebe, Herumtreiber und Huren auf, dazu Landsknechte, Abenteurer und Mörder. Sie verkrochen sich in die Bettlerherbergen, Freudenhäuser und Kellerlöcher, waren am Tage kaum auszumachen und verwandelten diesen Ort nach Einbruch der Nacht in eine gefährliche Gegend für jeden unkundigen, unbewaffneten Besucher, der sich hierher verirrte.

Auch Thea lebte am Rand dieses Viertels, doch im Gegensatz zu der schlichten, aber sauberen Kammer, die sie im Obergeschoß des Hurenhauses bewohnte, war Julius' Unterkunft nur ein dunkler, stickiger Keller mit einer schmutzigen Strohmatte als einzigem Inventar. Die Feuchtigkeit glitzerte an den Bruchsteinwänden, und ein ranziger Geruch machte einem das Atmen schwer. Zudem fiel kaum Tageslicht in diesen Verschlag.

Es war immerhin hell genug, um zu erkennen, daß Julius auf seinem Lager hockte und feixend das Medaillon betrachtete, das er Martin Fellinger entwendet hatte. Sein

Kopf zuckte zur Seite, und er starrte Thea überrascht an, als er ihr Eintreten bemerkte.

»Was willst du hier?« Seine Augen funkelten argwöhnisch.

Thea machte einen Schritt auf ihn zu. »Tumber Nichtsnutz«, sagte sie und entriß ihm die Beute, ehe er reagieren konnte. Julius wollte nach dem Medaillon greifen, doch Thea schlug ihm mit der flachen Hand so hart ins Gesicht, daß er hinfiel.

»Man hat dir bereits das Ohr abgeschnitten. Willst du auch noch deine Hand verlieren?« In ihrer Stimme schwang Wut über seine Unvernunft. »Hättest das Brot nehmen sollen, das er dir geben wollte.« Thea schloß die Finger um das Medaillon und hob die Faust vor Julius' Gesicht. »Hiermit wirst dir nicht den Magen füllen können.«

»Gib's zurück!« verlangte er wütend.

»Nein.«

»Dann verdiene es dir.« Er stand auf, und sein Blick glitt unverhohlen über ihre Brüste und ihre Hüfte. »Laß mich zwischen deinen Beinen liegen.«

Sie lachte spöttisch. Vor nicht allzu langer Zeit war sie für ihn noch wie eine große Schwester gewesen. Nun erwachte allmählich das Feuer in seinen Lenden – die Hitze, die Männer gefährlich wie Tiere werden ließ.

Einen Moment lang standen sie sich lauernd gegenüber, dann wich sie schnell zurück, als er nach ihr schnappte. Julius war ein Hänfling, aber seine Wut und Erregung machten ihn unberechenbar.

»Du wirst dir selbst Erleichterung verschaffen müssen«, rief sie. »Darfst dir aber dabei vorstellen, daß ich bei dir liege.« Thea lief nach draußen und drückte die Tür zu. Als sie einige Schritte gelaufen war, stellte sie erleichtert fest, daß Julius ihr nicht nachsetzte, sondern sie nur mit einigen bitteren Schimpfworten bedachte, die dumpf aus dem Keller zu ihr drangen.

Thea begab sich in die Hurengasse, zog sich dort in ihre Kammer zurück und verriegelte die Tür. Als sie sich auf das Bett setzte, überfielen sie ein leichter Schwindel und ein Gefühl der Übelkeit. Sie legte eine Hand auf ihren Bauch. Ihre Blutungen waren ausgeblieben, und sie zweifelte inzwischen nicht daran, daß wieder einmal ein Kind in ihr heranwuchs.

Das Bild ihrer Mutter tauchte in ihrem Kopf auf. Die Mutter, der eine Hebamme ein totes Kind mit Haken und Zangen aus dem Leib zerrte.

Diese trüben Gedanken schob Thea beiseite und nahm das silberne Medaillon in die Hand. Mochte es wertvoll sein? Die Frage war müßig, denn was bedeutete in diesen Zeiten der Not schon materieller Wert?

Aus welchem Grund hatte sie es Julius überhaupt entrissen? Sie wußte keine Antwort darauf, außer vielleicht, daß es das Eigentum von Martin Fellinger war, der sich auch nach all den Jahren noch oft in ihre Gedanken stahl.

Thea klappte das ovale Schmuckstück auf und betrachtete eine Weile das kleine Porträt der Frau mit dem schwarzen Haar und den dunklen Augen.

Sie sieht mir sogar ähnlich, überlegte Thea. Eine Spur von Wehmut überfiel sie, wenn sie an die Zeit dachte, die sie mit Martin Fellinger verbracht hatte.

Seufzend ließ sich Thea nach hinten fallen und hielt das Medaillon über ihr Gesicht.

»Ich sollte dir einen Besuch abstatten, Martin Fellinger«, sagte sie leise. »Nun habe ich ja einen Grund dafür.«

Kapitel 2

Im Grunde war Martin ein ausgeglichenes Wesen zu eigen, doch wenn ihn etwas in Wut versetzte, ließ er sich durchaus dazu hinreißen, seinem Ärger Luft zu machen, indem er ihn an einer völlig unbeteiligten Person ausließ.

Nun bekam seinen Ärger die Magd Fredeke zu spüren, die ihr Waschbrett und den Zuber mit der Seifenlauge im Stich gelassen hatte und statt dessen auf einer Bank hockte, wo sie einer Katze das Fell kraulte und die milde Frühlingssonne genoß. Als Martin mit einer gehörigen Portion Wut im Bauch den Hinterhof seines Hauses betrat, wurde sie zum Opfer seiner Verstimmung.

»Was lungerst du dort herum?« schimpfte er mit der Magd. »Deine Arbeit wird sich kaum von selbst erledigen.«

Fredeke, ein scheues Mädchen von noch nicht einmal fünfzehn Jahren, sprang augenblicklich auf und eilte verlegen zu ihrer unerledigten Wäsche. Die Katze blieb auf der Bank sitzen und verfolgte gelassen Fredekes hektisches Gebaren.

»Verzeiht, Herr«, bat Fredeke kleinlaut und machte sich an die Arbeit.

Martin schnaufte mißmutig und schöpfte Wasser aus dem Hofbrunnen, um seine Hände von dem klebrigen Eiweiß zu säubern. Wenig später tat ihm Fredeke, die mit gesenktem Kopf die Wäsche übereifrig auf dem Brett rieb, bereits leid. Sie trug ja keine Schuld daran, daß der dreiste Dieb ihn zu Boden gestoßen und das Medaillon entwendet hatte.

Er öffnete den Beutel und zeigte der Magd, was sich darin befand. »Schau. Heute abend werden wir endlich einmal nicht hungrig zu Bett gehen müssen.«

Fredekes Augen leuchteten. »Das ist wunderbar. Ich könnte aus den Eiern Pfannkuchen backen. Natürlich nur, wenn die Ziege sich erbarmt, uns ihre Milch zu geben.«

»Wirst ihr gut zureden müssen. Wenn sie sich weiterhin so störrisch verhält, dann drohe ihr damit, daß das Schlachtermesser schon auf sie wartet.« Er zwinkerte und schmunzelte, um Fredeke klarzumachen, daß er ihr nicht mehr grollte.

»Ist meine Frau schon zurück?« fragte Martin.

Fredeke schüttelte den Kopf. »Nein, aber sie sagte mir, sie wolle noch den Buchhändler in der Finkengasse aufsuchen.«

Martin verdrehte die Augen. Wenn es ein Laster gab, das seiner Frau innewohnte, dann war es die Angewohnheit, ihre ohnehin knappen Geldmittel für sinnleere Schwankgeschichten zu verschwenden.

Er hob seufzend die Schultern. Bevor er sich in seine Werkstatt zurückzog, sagte er zu Fredeke: »Und wenn du die Wäsche erledigt und die Ziege gemolken hast, darfst du gerne weiter die Katze verwöhnen.«

»Danke, mein Herr.« Sie vergalt ihm seine Freundlichkeit mit einem breiten Lächeln.

Früher oder später wird das Tier ohnehin in einem Kochtopf landen, dachte Martin. Auch wenn er mit Fredeke wieder im reinen war – seine Wut auf den Dieb war noch lange nicht verflogen. Leise fluchend wünschte er dem Kerl, der ihn so hinterlistig bestohlen hatte, die Pest an den Hals. Er trat in die Werkstatt, wo alles nur darauf zu warten schien, daß tatkräftige Hände die Arbeit aufnahmen, um prächtige Darstellungen in die Fenster zu bannen, die den Betrachter mit ihrem leuchtenden Glanz zu fesseln vermochten.

Ernüchtert blickte Martin auf das Material, das seit Wochen unangetastet zur Weiterverarbeitung bereitstand und auf dem sich bereits eine Staubschicht ausgebreitet hatte. Tonglas in den verschiedensten Farben, dazu das von Bläschen, Streifen und Linien durchsetzte Antikglas, Opalglas, Ornamentglas, Alabasterglas und natürlich Butzenglas – die Ahnfrau der Fensterverglasung.

Auf dem Nebentisch befanden sich die Bleiruten, mit denen er die einzelnen Glasstücke zusammenfügte. Das Blei gab den einzelnen Fragmenten nicht nur Halt und Festigkeit, sondern diente auch dazu, Konturen hervorzuheben.

Er bückte sich, hob ein zu Boden gefallenes Kröseleisen auf, das zur Nachbearbeitung des Glases verwendet wurde, und legte es zu dem Schneidediamanten und den Bleiruten.

Martin berührte den kalten Muffelofen und fragte sich, wann in ihm endlich wieder ein Feuer glühen würde, das die Schmelzfarben in das Fensterglas brannte.

Vor einem Monat hatte er seinen letzten Gesellen entlassen. Ein Jahr zuvor hatten sie noch zu viert in dieser Werkstatt gearbeitet. Sein Vater hatte oft davon erzählt, daß zu Beginn des Jahrhunderts zeitweilig mehr als ein Dutzend Männer in diesem Haus ihr Brot verdient hatte. Die Familie Fellinger stellte seit acht Generationen Glaser und Glasmaler in dieser Stadt, doch niemals zuvor war es um ihr Handwerk so schlecht bestellt gewesen.

Das Gewerbe der Glasmaler und Kunstverglaser befand sich im Niedergang. Bereits vor Ausbruch des Krieges war die Zahl der Aufträge zurückgegangen, doch seit die Kaiserlichen zur Mitte des vergangenen Jahrzehnts begonnen hatten, das Umland Magdeburgs zu besetzen und zu plündern, fand der Zufluß von Abgaben, Zinsen und Renten an Magdeburg ein schnelles Ende, und die wirtschaftliche Position der Stadt wurde entscheidend geschwächt.

Nachdem der Feldherr Wallenstein im März 1629 eine Blockade über Magdeburg verhängt hatte, geriet die Stadt durch die Handelssperre, die Beschlagnahme von Waren und Überfälle auf die Rinder- und Schweineherden nahe der Stadtmauer in weitere Not. Doch dieses Vorgehen schürte nur den Trotz der Bürger und führte zum Sturz des Stadtrats und der Inthronisierung eines protestantischen Bischofs. Die eindeutig proschwedische Stellung, welche die Stadt damit bezog, endete schließlich in der Belagerung durch Tillys Armee.

Martin war sich im klaren darüber, daß selbst mit dem Ende der Belagerung seinem Gewerbe niemals wieder eine Blütezeit bevorstand, wie die Vorväter sie erlebt hatten. Der Krieg würde wahrscheinlich noch sehr lange andauern. Sebastian hatte recht. Das Land war arm und blutete mit jedem Tag weiter aus. Kaum jemand war noch in der Lage, ein aufwendiges, in vielen Arbeitsstunden hergestelltes Buntglasfenster zu bezahlen, und auch die alten und beschädigten Fenster wurden nicht mehr ausgebessert.

Martin liebte seinen Beruf, und ihm wurde von vielen Seiten bestätigt, daß ihm das Geschick eines wahren Künstlers zu eigen war. Doch was nutzte ihm diese Begabung, wenn es keine Aufträge für ihn gab? Manchmal wünschte er sich, er hätte vor hundert Jahren gelebt, als Tag für Tag in dieser Werkstatt Schablonen angefertigt, das Glas zurecht geschnitten, es verbleit und die Schmelzfarben gemischt wurden. Welche Genugtuung mußte es sein, während eines Spaziergangs durch die Stadt an jeder Ecke ein eigenes Werk in den Fenstern der Kirchen, Klöster oder wohlhabenden Patrizierhäuser zu entdecken.

Martin hing diesen wehmütigen Gedanken nach, bis er Sophias Stimme aus der angrenzenden Diele vernahm. Er ging zu ihr, küßte sie auf die Wange und nahm ihr den großen Korb ab, in dem sich die nach Rosen duftende, feste weiße Seife befand sowie ein Bottich mit schwarzer Schmierseife. Der noch immer gefüllte Korb ließ Martin darauf schließen, daß sie wohl kaum etwas verkauft hatte.

»Den Menschen liegt ihre Reinigung nicht mehr am Herzen«, bestätigte Sophia diese Vermutung. Sie löste die

Spange aus ihrem Haar und ließ die walnußbraunen Locken auf die Schultern fallen. Martin mochte es, wenn sie ihre glänzenden Haare offen trug, so daß sie ihr anmutig geschnittenes Gesicht umrahmten und ihre dunklen Augen noch stärker zur Geltung brachten.

»Aber ein Bettler an der Petrikirche tauschte diesen kleinen Käse gegen ein halbes Dutzend Seifenkugeln ein«, sagte Sophia.

»Ein Bettler? Seit wann achtet ein Bettler auf die Reinlichkeit?«

Sophia schmunzelte. »Seit ich ihn auf die Idee gebracht habe, die Seife dazu zu benutzen, es aus seinem Mund schäumen zu lassen.«

»Du hilfst ihm, eine Krankheit vorzutäuschen und die Leute zu betrügen?«

»Solange dieser kleine Betrug unsere Mägen füllt, helfe ich ihm gerne.«

Martin dachte an den Lumpen, der ihn hereingelegt und bestohlen hatte. Er überlegte kurz, ob er Sophia dieses Mißgeschick gestehen sollte, entschied sich dann aber dagegen.

»Von dem Käse werden wir wohl nicht satt werden«, meinte Sophia.

Martin legte einen Arm um sie. »Ich habe Sebastian aufgesucht. Er hat mir Brot, Zwiebeln und Eier mit auf den Weg gegeben.«

»Wunderbar.« Sophia strahlte. »Da erwartet uns ja ein regelrechtes Festmahl.« Sie langte in ihre Schurztasche und zog zwei dünne Bücher hervor. »Und für später habe ich die hier erworben.«

»Was ist das?« Ein Blick auf die Titelei verriet ihm, daß es sich um die übliche Art Schwankbücher handelte, die Sophia sich mit Begeisterung zu Gemüte führte.

»Das hier«, sie hob eines der Bücher hoch, »ist das *Katzipori* vom Michael Lindner. Ich wollte es schon seit langern lesen. Und das andere Buch, so versicherte mir der Verkäufer, soll ... nun ja, äußerst frivole und sündhafte Texte beinhalten.«

Martin seufzte. »Du gibst unser letztes Geld für solchen Schund aus?«

»Ich mag diese Bücher, und außerdem haben Münzen in diesen Zeiten ohnehin keinen Wert mehr. Das hast du doch selbst behauptet.«

Er schüttelte den Kopf, konnte sich ein Lächeln aber nicht verkneifen. »An dem Tag, als dein Vater beschlossen hat, dich das Lesen zu lehren, legte er den Grundstein zu meinem Ruin.«

Sie schürzte die Lippen. »Das mag sein, aber wenn du nicht mehr so grantig bist, lese ich dir heute nacht daraus vor.«

Martin konnte nicht anders, als ihre Sorglosigkeit zu bewundern. Ihrer Unbeschwertheit konnte selbst die größte Not nichts anhaben. Und ihre gute Laune wirkte ansteckend.

Er lachte leise und führte Sophia die Treppe in den ersten Stock hinauf.

Thea schenkte den Kindern, die johlend an ihr vorüberliefen und mit Holzschwertern gegeneinander kämpften, keine Beachtung. Ihr Blick war auf das dreigeschossige Fachwerkhaus auf der gegenüberliegenden Straßenseite gerichtet.

Neben der Eingangstür hing an einem verzierten Eisenhalter ein hölzernes Ladenschild. Jeder Handwerker in der Stadt hatte ein solches Abzeichen über seiner Tür angebracht, damit auch die des Lesens unkundigen Bürger erkennen konnten, welchem Gewerbe in dem Haus nachgegangen wurde.

Über dieser Tür nun befand sich ein Schild, auf dem ein prächtiges Buntglasfenster abgebildet worden war. Es handelte sich um die Werkstatt eines Glasmalers. Das Haus von Martin Fellinger. Wann immer Thea diese Straße zufällig passiert hatte, war sie kurz stehengeblieben und hatte versonnen das Gebäude betrachtet.

Ihre Finger spielten mit dem silbernen Medaillon, und zum wiederholten Mal fragte sie sich, was sie hier eigentlich tat. Ihr knurrte der Magen. Sie hätte längst versuchen können, das Medaillon gegen eine karge Mahlzeit einzutauschen, auch wenn die Bereitschaft der Magdeburger Bürger, etwas von ihren schwindenden Vorräten herauszurücken, mit jedem Tag geringer wurde.

Wann endlich würde diese Belagerung ein Ende finden? Die Zeit des Wartens empfand sie als schwere Last. Der Hunger zehrte an ihrem ohnehin schlanken, zierlich gebauten Körper. Nach den Wochen der Entbehrung empfand sie sich als dürr, und das würde sich früher oder später auch schlecht auf das Geschäft auswirken, denn die meisten Männer bevorzugten dralle Weiber mit großen Brüsten.

Thea klappte das Medaillon auf und betrachtete noch einmal das Porträt der hübschen jungen Frau. War sie Martin Fellingers Eheweib?

Plötzlich verließ sie der Mut. Es würde besser sein, sich nicht mehr in Martins Leben einzumischen und ihn womöglich in Verlegenheit zu bringen, doch das Medaillon gehörte Martin. Sie hatte es Julius nicht entrissen, um es für sich zu behalten.

Kurz entschlossen trat Thea vor den Eingang. Die Türflügel waren mit Schnitzwerk versehen und mit kunstvollen Haspen und Beschlägen sowie einem prächtig geschmiedeten Türklopfer verziert, den sie benutzte, um auf sich aufmerksam zu machen. Sie würde das Medaillon jemandem vom Gesinde übergeben und sich rasch davonmachen.

Thea hörte Stimmen und Schritte. Sie hatte erwartet, einer Magd zu begegnen, aber als die Tür geöffnet wurde, stand sie der Frau gegenüber, deren Porträt sich in dem

Medaillon befand. Ihr Gesicht hatte man auf dem Bild hervorragend getroffen, doch während sie auf dem Porträt recht ernst dreinschaute, begegnete diese Frau ihr hier mit einem freundlichen Lächeln. Sie trug ein schlichtes Kleid und hatte das Haar zu einem Zopf geflochten. Ein schwacher Duft nach Rosenwasser umgab sie.

Unwillkürlich stellte Thea einen Vergleich an. Die Frau mochte etwas kräftiger gebaut sein als sie selbst, mit deutlich weiblicheren Formen, die sie allerdings keineswegs dicklich oder gar plump wirken ließen. Ihre Haare waren von gleicher Farbe und Länge, und auch die tiefbraunen, ausdrucksstarken Augen ähnelten den ihren.

»Kann ich Euch behilflich sein?« fragte die Frau.

»Ich bringe dies hier zurück.« Thea reichte ihr das Medaillon.

Die Frau betrachtete verwundert das Schmuckstück. »Es gehört meinem Mann. Ich habe nicht gewußt, daß es ihm abhanden gekommen ist.«

Also war dies tatsächlich Martin Fellingers Ehefrau. Thea befand, daß es nun wirklich an der Zeit war zu gehen. Sie wollte sich umdrehen, doch Frau Fellinger hielt sie zurück, indem sie eine Hand auf ihren Arm legte. Ihr Blick ließ ein gewisses Mißtrauen erkennen.

»Wartet. Mein Mann wird sich gewiß für Eure Ehrlichkeit bedanken wollen.«

Thea schüttelte den Kopf. »Das ist nicht nötig.«

»Unsinn. Natürlich ist es nötig.« Martins Frau zog sie noch weiter zu sich heran. »Es wird nicht lange dauern. Und Ihr seid doch sicher hungrig.«

Die Aussicht auf eine Mahlzeit ließ Theas Widerstand dahinschmelzen wie Butter in der Sonne. Frau Fellinger leitete sie in den Flur, in den nur wenig Tageslicht fiel. Eine junge Magd kam ihnen entgegen, die Thea mit einem höflichen Nicken bedachte und dann rasch den Blick senkte.

Martins Frau führte sie eine Wendeltreppe hinauf, und

sie betraten eine kleine Stube. »Wartet bitte hier. Ich rufe rasch meinen Mann herbei«, sagte Frau Fellinger und ließ Thea allein.

Nie zuvor hatte Thea die Stube eines Bürgerhauses betreten. Alle Wände waren mit dunklem Holz vertäfelt und mit Schnitzereien und Intarsien verziert. Auf einem das Zimmer rund umlaufenden Borde befanden sich zahlreiche Zinnbecher, Leuchter und bunte Flaschen in den verschiedensten Formen. Die größte Aufmerksamkeit in dieser Stube zog zweifelsohne die Staffelei auf sich, die in der Mitte des Raumes stand. Auf ihr thronte ein prachtvolles Glasgemälde – eine herrliche Arbeit, auf der die Stadt Magdeburg zu einer friedvolleren Zeit abgebildet worden war. Thea trat näher an das Bild heran und fuhr mit einem Finger die Bleistege entlang.

Zahlreiche Details waren in diesem Glasmosaik zu erkennen. Der strahlend blaue Himmel wurde von kleinen weißen Wolken durchzogen. Sie konnte viele charakteristische Merkmale der Stadt ausmachen: den Dom, das Rathaus, die Türme des Festungswalles und sogar einige Rinder und Schafe, die auf den Wiesen vor der Stadt angedeutet waren.

»Du müßtest es sehen, wenn Sonnenlicht hindurch fällt.«

Die Stimme hinter ihr riß Thea aus ihren Gedanken. Sie wandte sich um und sah Martin Fellinger.

»Nur das Licht vermag die Kunst eines Glasmalers zur vollen Entfaltung zu bringen«, entgegnete Thea. »So hast du es mir damals erklärt.«

Er machte einen Schritt auf sie zu. Seine Miene spiegelte Überraschung wider. Doch war da nicht auch eine gewisse Freude über dieses unerwartete Wiedersehen zu erken-nen? Thea musterte ihn einen Augenblick lang. Aus dem schmächtigen Jüngling war ein großgewachsener, wohlgebauter Mann geworden. Martins blaue Augen strahlten noch immer große Freundlichkeit aus. Das kantige Kinn verlieh dem Gesicht eine energische Note. Thea hätte ihn nach all der Zeit gerne in die Arme geschlossen, aber sie spürte seine Reserviertheit, und darum hielt sie sich zurück.

»Das Licht ist eine Illusion. Genau wie dieses Bild. Ich hätte wohl besser die Feldlager und die Einschläge der Kanonenkugeln darauf abbilden sollen, um der Wirklichkeit gerecht zu werden.« Martin schaute verdrossen drein, dann faßte er unter sein Wams und zog das Medaillon hervor.

»Meine Frau sagte mir, daß du es zurückgebracht hast. Ich gebe zu, ich hatte vermutet, du würdest mit dem Dieb gemeinsame Sache machen.«

Sein Verdacht verletzte sie. »Wie kommst du darauf?«

»Entschuldige, es war dumm von mir, so etwas anzunehmen.«

»Du solltest wissen, daß ich es nicht nötig habe zu stehlen.«

Milde lächelnd legte er eine Hand auf ihre Schulter. »Ja, ich weiß.«

Die Berührung ließ sie für einen Moment den Atem anhalten und verwandelte die vergangenen Jahre in einen Tag, eine Stunde, einen Augenblick.

Martin schien zu spüren, daß diese Geste eine starke Reaktion in ihr hervorrief, und zog die Hand langsam zurück.

Kurz breitete sich ein unangenehmes Schweigen zwischen ihnen aus. Dann sagte er: »Du bist dem Dieb also gefolgt und hast das Medaillon an dich genommen.«

»So ist es.«

»Warum tust du das für mich?«

»Erinnerst du dich an das Versprechen, das wir uns gegeben haben?«

Martin nickte. »An dem Tag, als wir mit dem Boot deines Vaters auf die Elbe gefahren sind. Wir versprachen uns, daß wir immer aufeinander achtgeben wollten.«

»Und dann hast du mich geküßt, um es zu besiegeln«, half sie seiner Erinnerung auf die Sprünge.

Er räusperte sich verlegen. »Ich werde dieses Versprechen nicht erfüllen können, Thea.«

Wieder entstand eine betretene Stille zwischen ihnen, die Thea durchbrach, indem sie auf das Medaillon deutete.

»Sie ist deine Frau?«

»Ihr Name ist Sophia. Wir haben vor einem Jahr geheiratet.«

»Sie war sehr freundlich zu mir.«

Thea merkte Martin an, daß ihm das Gespräch über seine Frau mißfiel. Seine Stirn legte sich in Falten, und er sagte: »Thea, warum mußtest du hierherkommen?«

»Ist es dir so unangenehm, daß ich dein Haus betreten habe?«

»Es geht nicht um dich. Ich weiß nur nicht, wie ich meiner Frau erklären soll, daß das Medaillon in die Hände einer ...«

»... einer Hure geraten ist«, beendete sie den Satz für ihn. Inzwischen bereute sie den dummen Entschluß, in dieses Haus zu kommen. Sie hatte Martin in eine verzwickte Lage gebracht, und ihr hätte klar sein müssen, daß er nicht gewillt sein würde, sich mit einer Dirne abzugeben.

»Warum verkaufst du dich?« wollte er wissen.

»Wäre es dir lieber, mich betteln zu sehen?« war ihre knappe Antwort.

»Was ist mit deiner Familie?«

»Mein Vater und meine Brüder starben an der Pest, kaum drei Monate, nachdem wir aus Magdeburg geflohen waren. Meine Mutter entschloß sich, in die Stadt zurückzukehren, und um uns beide zu ernähren, zogen wir in ein Hurenhaus. Sie wurde bald schwanger. Das Kind starb vor der Geburt im Mutterleib und vergiftete sie. Eine Hebamme zerrte das tote Kind aus ihrem Leib, aber meine Mutter war geschwächt und überlebte das Kind nur um wenige Tage.«

»Und danach hast du dich den Männern angeboten.«

»Ich wollte das nicht, und darum habe ich zunächst als Fischerin wie mein Vater gearbeitet. Der Gilde war ich jedoch ein Dorn im Auge. Man untersagte mir, meinen Fang auf dem Markt zu verkaufen. Was hätte ich tun sollen? Ich wollte nicht auf Almosen angewiesen sein, und darum kehrte ich in das Hurenhaus zurück.«

Thea hörte Schritte auf der Treppe. Sophia Fellinger kehrte zurück und reichte ihr eine wohl bemessene Scheibe Schwarzbrot und ein kleines Stück Hartkäse. In der Lage, in der Magdeburg sich befand, kam dies einer großzügigen Entlohnung gleich. Thea vermutete, daß es auch einem Handwerker wie Fellinger schwerfiel, seine Hausgemeinschaft zu ernähren.

»Mehr können wir leider nicht mit Euch teilen«, sagte Sophia Fellinger und schloß Theas Finger um das Geschenk.

»Es ist das mindeste, was wir für Euch tun können«, fügte Martin an. Nun in Gegenwart seiner Frau pflegte er also eine förmliche Form der Anrede. Für Thea war dies ein weiterer Hinweis, daß ihm ihre Begegnung unangenehm war.

»Ich danke Euch«, erwiderte Thea. Sie verstaute das Brot und den Käse in ihrem Rockschurz, dann trat sie unter den Türbalken.

»Es wird besser sein, wenn ich jetzt gehe.«

»Verratet Ihr uns noch Euren Namen?« fragte Sophia Fellinger.

Thea zögerte kurz. »Dorothea ist mein Name, aber alle nennen mich Thea.«

In Sophia Fellingers Gesicht schien sich für einen kurzen Moment eine Andeutung von Genugtuung abzuzeichnen. Martin indes schaute zur Seite und wirkte verlegen. Sein Verhalten verunsicherte Thea. Hatte er seiner Frau von ihr erzählt? War ihr gar der Name bekannt gewesen?

Die beiden begleiteten sie bis auf die Straße, wo Sophia ihre Hand nahm. »Gott schütze Euch und alle, die Euch am Herzen liegen.«

»Danke.« Thea vermied es, Martin anzuschauen, und ging langsam ein paar Schritte rückwärts auf die Straße. Dann wandte sie sich ab, bog in die nächste Gasse ein und holte das Brot hervor. Gierig biß sie davon ab. Auch wenn die Begegnung mit Martin enttäuschend verlaufen war, zahlte sich ihre Ehrlichkeit zumindest auf diese Weise aus.

Thea hockte sich in den Schatten eines Hauseingangs, kaute bedächtig jeden Bissen und überlegte, wie es wäre, in einem Haus wie dem der Fellingers zu leben. In ihrem Innersten verspürte sie eine deutliche Eifersucht auf Sophia Fellinger. Sie neidete ihr die Aufmerksamkeit, die Martin ihr schenkte, denn sie selbst hatte niemanden in Magdeburg, der ihr am Herzen lag, und plötzlich fühlte sie sich sehr allein.

Sobald Thea in der Gasse verschwunden war, drehte Martin sich um und zog sich in die Werkstatt zurück. Er wollte eine Weile allein sein, doch Sophia folgte ihm. Natürlich wußte sie, um wen es sich bei dem überraschenden Besuch gehandelt hatte. Sie hatte von Martin bereits vor ihrer Hochzeit alles über seine gewissen Liebschaften wissen wollen, und er hatte ihr die im Grunde doch recht unschuldige Liaison mit der Tochter des Fischers nicht verschwiegen. Warum auch? Er hatte mit Thea nie das Bett geteilt.

»Welch Glück, daß ausgerechnet diese Thea dein Medaillon gefunden hat«, sagte Sophia nun.

Martin blieb der Spott in ihrer Stimme nicht verborgen. »Du glaubst, ich wäre bei ihr gewesen. Und es scheint ja auch alles darauf hinzudeuten.« Er strich seiner Frau über das Haar. »Ich versichere dir jedoch, daß ich schon seit

Jahren kein Wort mehr mit Thea gesprochen habe und es mir äußerst unangenehm ist, daß diese Dirne unser Haus betreten hat.«

»Ich habe sie hereingebeten«, erwiderte Sophia. »Und mir war es nicht unangenehm.«

Martin wußte nicht genau, wie er diese Worte auffassen sollte, doch bevor er darauf eingehen konnte, ertönte aus der Küche ein heller Schrei.

»Fredeke!« entfuhr es Sophia.

Sie liefen in die Küche, wo Fredeke noch immer schrie und erschrocken einen Mann anstarrte, der ihren Arm gegriffen hatte und sie gegen eine Wand drückte. Der Kerl trug einen breitkrempigen Filzhut. Sein Wams und seine Hose wiesen zahlreiche Löcher und Risse auf. Seine schmutzigen Stiefel hatten den Dreck der Straße auf dem Küchenboden verteilt. Zudem umgab ihn der säuerliche Geruch von billigem Wein.

»Hör auf zu kreischen, du dummes Huhn«, rief der Mann, doch Fredeke verstummte erst, als Martin die Stimme erhob.

»Laß sie los!«

Der Mann entließ Fredeke aus seinem Griff und wandte Martin das Gesicht zu.

Trotz der gräßlich vernarbten und leeren rechten Augenhöhle erkannte Martin seinen Vetter Rupert. Sie hatten als Kinder so manchen Streit miteinander ausgetragen, der mehr als einmal mit einer blutigen Nase geendet hatte.

»Wie bist du hier hereingekommen?« wollte Martin wissen, nachdem er den ersten Schreck überwunden hatte.

Rupert grinste maliziös. »Du selbst hast mir vor vielen Jahren beigebracht, wie einfach sich die Hintertür eures Hauses mit einem gebogenen Stock öffnen läßt. Erinnerst du dich, Martin?«

»Was willst du hier?«

Rupert deutete auf die Pfannkuchen, die Fredeke zubereitet hatte. »Meinem Bruder Berthold und mir knurrt der Magen. Wie wäre es, wenn du uns hilfst, sie zu füllen?«

»Ich denke nicht daran.«

Rupert verzog das Gesicht. »Du bist kein Deut besser als dein Vater. Auch der hat seinem Bruder stets jede Hilfe verweigert.«

»Dein Vater hat sein Geld versoffen und beim Würfeln verpraßt. Warum hätte man ihn darin noch unterstützen sollen?«

»Mein Vater war ein schwacher Mensch. Doch als man unser Haus plünderte und uns davonjagte, hättet ihr uns aufnehmen müssen.«

Martin erinnerte sich gut an den Vorfall, auf den Rupert anspielte. Vor neun Jahren waren in der Stadt Unruhen ausgebrochen, nachdem die Märkte mit billigem Kupfergeld überschwemmt worden waren, was den Preis der meisten Waren, insbesondere den des Getreides, in unverschämte Höhen getrieben hatte.

Die Münzordnung untersagte den Landesherren das Prägen von Reichsmünzen, erlaubte jedoch die Herstellung beliebig vieler Landesmünzen mit niedrigem Silbergehalt. Als die Münzherren dazu übergingen, ihre Prägerechte an die Spekulanten, die sogenannten Kipper und Wipper, zu verpachten, schossen Münzstätten wie Pilze aus dem Boden. Auch Ruperts Vater hatte Münzen gefälscht, indem er das Geld mit hohem Silbergehalt beschneiden ließ, um daraus Münzen mit hohem Kupferanteil prägen zu lassen, die in Weinsteinsäure oder Silberamalgam gekocht wurden, bis sie silbern schimmerten.

Als der Zorn der Bürger auf die Kipper und Wipper losbrach, stürmte die Menge das Haus von Ruperts Vater. Dieser bat seinen Bruder um Hilfe, doch Lukas Fellinger warf ihm nur einige Taler vor die Füße und schickte ihn samt Frau und Kindern fort. Später erfuhr Martin, daß sie eine ärmliche Kate in einem Weiler nahe Braunschweig bezogen hatten.

Martin deutete zur Tür. »Ich kann dir nicht helfen. Geh!«

»Nimm Berthold und mich in deinem Haus auf«, sagte Rupert. »Wir werden euch zur Seite stehen, wenn der Sturm auf die Stadt losbricht.« Seine Worte kamen einer Forderung gleich. Er berührte den Kolben einer Pistole, die aus seinem Wams herausschaute.

Martin schüttelte den Kopf. »Wir brauchen euren Schutz nicht. Wenn die Stadt wirklich geplündert werden sollte, verstecken wir uns im Keller, bis sich die Lage beruhigt hat.«

Rupert betrachtete ihn aus schmalen Augen und machte dann einen Schritt auf Sophia zu. Der lüsterne Blick, mit dem er sie die ganze Zeit über fixiert hatte, war Martin nicht verborgen geblieben.

»Die Soldaten dort vor den Toren gieren nach Blut. Sie werden euch finden und mit deiner Frau gräßliche Dinge tun.« Seine Hand legte sich an Sophias Wange. Sie wich zurück und schlug die Finger fort.

Martin wurde es zuviel. Er wollte Rupert ans Wams fassen und ihn aus dem Küchenraum zerren, doch sein Vetter stieß ihn so hart vor die Brust, daß Martin stolperte und zu Boden fiel.

Fredeke nutzte die Aufregung, griff die Pfannkuchen und lief aus der Küche. Rupert setzte ihr nach, doch Sophia stellte sich ihm mit ausgebreiteten Armen in den Weg.

Einen Augenblick lang standen sie sich so gegenüber, dann lachte Rupert. »Ich hoffe, ihr verreckt in eurem Keller, ihr Misthunde!« stieß er hervor und spuckte verächtlich aus. »Brennen soll euer Haus! Und ihr dazu!« Er schnitt eine Grimasse und ging durch die Hoftür davon.

Martin stand auf und legte einen Arm um Sophia. Sie wirkte erschüttert.

»Er macht mir Angst«, sagte sie leise.

»Rupert ist nur ein großmäuliger Narr«, versuchte er sie

zu beruhigen, doch er merkte, daß seine Hände zitterten, denn Sebastian hatte unzweifelhaft recht. Rupert war gefährlich.

Zerknirscht kehrte Rupert zum »Grauen Gugelfrantz« zurück, der größten Schankwirtschaft, die innerhalb des Zeisigbauers zu finden war. Die Zecher hockten dort in einer offenen, gepflasterten Halle an den Tischen und johlten, sangen und stritten so lautstark, daß die Spielleute, die auf einem Holzpodest ihren Fideln und Flöten feurige Melodien entlockten, kaum zu hören waren. Rupert trat an den grölenden Männern und Weibern vorbei, schob rüde eine Dirne zur Seite, die sich ihm in den Weg stellte, und gelangte zu dem riesigen Herd. Als er vor Wochen eine der stickigen Kammern im »Grauen Gugelfrantz« bezogen hatte, war hier noch an jedem Abend ein Kalb am Spieß gebraten worden. Nun brannte schon lange kein Feuer mehr in diesem Herd, und die meisten Gäste konnten sich glücklich schätzen, wenn sie einen Kanten Brot ergatterten oder eine Scheibe Pökelfleisch, das inzwischen kostbarer als Gold gehandelt wurde.

Auch wenn sie kaum noch etwas Schmackhaftes zwischen die Zähne bekamen, versiegte doch nie der Strom an Wein und Bier. Der Alkohol half dabei, den leeren Magen für eine gewisse Zeit zu vergessen. Rupert ließ sich auf einem freien Platz nieder und verlangte nach einem Krug des spanischen Muskatels, den er rasch die Kehle hinunterstürzte.

Der Rauch, der aus den verrosteten Eisenlampen strömte, brannte in seinen Augen. Verdrossen betrachtete er all die abgerissenen Gestalten um sich herum, von denen nicht wenige bereits mit dem Kopf in einer Bierlache auf dem Tisch schliefen. Eine fatale Untergangsstimmung hatte sich in der gesamten Stadt ausgebreitet. Die Menschen soffen und gerieten außer Rand und Band, als wären sie überzeugt davon, den nächsten Tag nicht mehr zu erleben.

Die Tochter des Wirtes, ein Mädchen von vielleicht zehn Jahren, stellte vor Rupert einen weiteren gefüllten Weinkrug ab, blieb aber stehen und starrte neugierig in sein Gesicht.

»Was glotzt du so?« fragte er barsch.

Sie antwortete nicht sofort, sondern streckte einen Finger zu der vernarbten, leeren Augenhöhle aus.

»Darf ich's mal anfassen?«

Rupert nickte. Das Mädchen richtete sich auf die Zehenspitzen und berührte vorsichtig die Stelle, an der sich einst sein rechtes Auge befunden hatte. Viele Landsknechte bedeckten ein solches Makel mit einem Stoffband oder einer Lederklappe, doch Rupert hatte darauf stets verzichtet. Die häßliche Wunde hatte sein Leben geprägt, und er dachte nicht daran, sie zu verbergen, auch wenn ein solches Kainsmal abstoßend auf andere Menschen wirken mochte.

»Warum ist's nicht mehr da?« wollte das Mädchen wissen.

Rupert zögerte mit einer Antwort auf ihre Frage. Aus welchem Grund sollte er diesem Mädchen davon berichten, was ihm widerfahren war? Doch ihr neugieriger Blick rührte ihn, und so erwiderte er: »Ein dänischer Landsknecht hat mir seinen Dolch hineingetrieben.« Diese Antwort mußte ihr genügen. Er würde nicht davon sprechen, daß die Dänen ihn als Druckmittel benutzt hatten, um seinen Vater zu zwingen, ihnen zu sagen, wo er das Vieh versteckt hielt. Und sie brauchte auch nicht zu erfahren, daß sein Vater in starrer Angst und Reglosigkeit gezögert hatte, bis die Spitze des Dolches das Auge zerstochen hatte. Erst danach war der Widerstand seines Vater zusammengebrochen, und er hatte den Soldaten verraten, was sie wissen wollten.

Ruperts ganzer Haß hatte sich auf seinen Vater und

dessen sinnloses Zögern gerichtet. Jaulend hatte er auf der Erde gekauert, während sein Auge von der Wange in den Sand tropfte. Er hatte seinen Vater verflucht und auch seinen Onkel, den Glasmaler, der schließlich eine Mitschuld daran trug, daß sie in dieser Bauernkate den marodierenden Söldnern hilflos ausgeliefert gewesen waren.

In der Woche nach dem Überfall hatte Rupert immer wieder mit dem Gedanken gespielt, fortzugehen, weil er seinem Vater nicht mehr ins Gesicht sehen konnte. Das einzige, was ihn in der Kate hielt, war Berthold. Rupert fühlte sich für seinen Bruder verantwortlich, und er hätte ihn niemals allein zurückgelassen.

Erst als er Berthold davon erzählt hatte, daß es ihn in die Ferne zog, und sein Bruder eingewilligt hatte, mit ihm zu kommen, waren sie in einer mondlosen Nacht davongelaufen. Eine Zeitlang hatten sie sich als Bettler und Diebe durchgeschlagen. Später folgten sie einem protestantischen Söldnerheer. Hier lernten sie, mit Waffen umzugehen und daß es gar nicht so schwer war, einen Menschen umzubringen, wenn das eigene Leben davon abhing. Das Plündern von Dörfern oder Städten und auch das Töten gehörten für Rupert nun zum Alltag.

Sieben lange Jahre waren sie durch die Lande gezogen, bevor sie nach Magdeburg zurückkehrten. Kurz nach ihrer Ankunft hatte Berthold davon gesprochen, daß es ihm gefallen würde, sich dauerhaft in der Stadt niederzulassen. Rupert aber wollte davon nichts hören. Selbst wenn sie die Belagerung überstehen sollten, zog er es vor, ihr rastloses Leben weiterzuführen. Berthold würde sich seiner Entscheidung fügen müssen. In all den Jahren waren sie keinen einzigen Tag voneinander getrennt gewesen, und daran würde sich auch nichts ändern.

Rupert schickte das Mädchen fort und trank von dem würzigen Muskatel. Als er den Krug absetzte, hörte er, wie sein Name gerufen wurde.

»Rupert!«

Er schaute zur Seite und sah Berthold auf ihn zutreten. Hinter seinem Bruder erkannte er den Roten Wenzel, der ihnen bereits seit Wochen wie eine Klette anhing. Berthold und Wenzel kehrten von ihrer Wache auf dem Stadtwall zurück, zu der Rupert schon seit Tagen nicht mehr angetreten war. Er sah keinen Sinn darin, für einen Kriegsherren den Kopf hinzuhalten, der keinen Sold mehr auszahlen konnte.

Die beiden hockten sich zu ihm an den Tisch. Wenzel griff frech nach Ruperts Weinkrug und setzte ihn sich an die Lippen. Sofort zog Rupert dessen Hand zurück, nahm den Krug an sich und schlug ihm den Hut vom Kopf. Wenzel machte eine trotzige Miene, wagte es aber nicht, die Faust gegen Rupert zu erheben. Er fuhr sich mit den Fingern durch sein feuerrotes Haar, hob den Hut auf und lachte so schrill wie eine betrunkene Dirne, um die Situation zu überspielen.

»Dann sauf halt allein weiter«, meinte Wenzel und gab sich betont gleichgültig.

Rupert ignorierte den Roten Wenzel und wandte sich an seinen Bruder. »Hat man euch mit Proviant versorgt?«

Berthold rümpfte die Nase. »Der Rottmeister hat einen Kanten Brot verteilt, das wohl mit gemahlenem Holz gebacken worden war. Es zerbröselte zwischen den Fingern, bevor man es in den Mund schieben konnte.« Er zog eine mürrische Miene. »Und du? Warst du bei ihm?«

Rupert nickte. »Unser Vetter Martin ist ebenso störrisch wie sein Bruder Sebastian. Obwohl ich in seiner Küche frisches Brot, Käse und gebackene Pfannkuchen gesehen habe, war er nicht bereit, auch nur einen Fingerbreit davon mit uns zu teilen. Er hat es auch abgelehnt, uns unter seinem Dach schlafen zu lassen. Wir sind nur Dreck für ihn, nichts anderes.«

»Er soll zur Hölle fahren.« Berthold schnaufte aufgebracht. »Fast wünschte ich mir, Tillys Söldner würden die Stadt einnehmen und ihm alles rauben, was er besitzt.«

»Gott behüte uns«, stieß Wenzel hervor. »Gegen die Kaiserlichen könnten auch wir uns nicht zur Wehr setzen. Die ziehen wie wilde Tiere durch die Straßen und schlagen alles tot, was sich ihnen entgegenstellt.«

Rupert zögerte einen Moment und wägte ab, ob er den Gedanken aussprechen sollte, der ihn bereits seit mehreren Tagen beschäftigte. Schließlich befand er, daß es an der Zeit dafür war. Grienend schaute er von Wenzel zu Berthold und sagte dann leise: »Und warum sollten wir uns den Kaiserlichen überhaupt entgegenstellen?«

»Du meinst, wir sollen uns wie die Ratten in ein Loch verkriechen?«

Rupert schüttelte den Kopf. »Ich meine, wir sollten uns auf ihre Seite schlagen, sobald Magdeburg fällt.«

»Mit den Wölfen heulen und Beute machen.« Der Rote Wenzel zupfte an seinem Kinnbart. »Warum nicht?«

»Glaubt ihr denn wirklich, daß wir damit durchkommen würden?« fragte Berthold.

»Wir sprechen die gleiche Sprache wie Tillys Männer, und unsere Kleider sind ebenso schmutzig und zerschlissen wie die Uniformen der Kaiserlichen. Magdeburg wird im Chaos versinken, und wir werden zwischen den Landsknechten überhaupt nicht auffallen.« Rupert zog seine Pistole aus dem Wams und rieb über den Lauf. »Warum also sollen wir es den katholischen Aasfressern überlassen, unseren sturen Vetter zur Mildtätigkeit zu zwingen?«

Die Dämmerung schien nicht nur das Tageslicht zu verschlucken, sondern auch die Menschen, die sich von den Straßen in ihre Häuser, in die Notquartiere oder in die Kirchen zurückzogen. Martin stand lange am offenen Stubenfenster und beobachtete, wie die letzten Gestalten unter dem Fenster vorbeizogen. Vereinzelt konnte er noch grölende Betrunkene hören, das Bellen eines Hundes oder einen entfernten Musketenschuß. Eine Turmuhr schlug zur zehnten Abendstunde.

Üblicherweise legte er sich früher zu Bett, doch heute wollte sich bei ihm keine Müdigkeit einstellen. Sein Kopf war beladen mit schweren Gedanken, die ihn nicht zur Ruhe kommen ließen.

Vor allem Theas unerwarteter Besuch beschäftigte ihn. Zwar erleichterte es Martin, daß sie ihm das Medaillon zurückgebracht hatte, aber das Zusammentreffen von Thea und Sophia stürzte ihn in Verlegenheit. Er ärgerte sich noch immer darüber, daß Thea es sich angemaßt hatte, ihn in seinem Haus aufzusuchen. Es wäre klüger von ihr gewesen, wenn sie ihn unter vier Augen auf der Straße angesprochen und das Medaillon zurückgegeben hätte.

Himmel noch mal, ich habe nichts Unrechtes getan, überlegte er ernüchtert. *Wofür muß ich mich rechtfertigen?*

Gewiß, die Zeit mit Thea war nie gänzlich aus seinen Gedanken verschwunden, aber dieses Band glich eher einer alten Erinnerung – wie ein einstmals liebgewonnenes, jedoch lange vergessenes Spielzeug, das einem nach Jahren auf dem Dachspeicher in die Hände fällt. Die einzige Frau, die ihm wirklich etwas bedeutete, war Sophia.

Doch er machte sich nicht nur über Thea Gedanken. Wann immer er die Augen schloß, sah er den Belagerungsring um Magdeburg vor sich – das gewaltige Heer in der Ferne und die hungernden Söldner, die in den Ruinen der Suderburg umherstreiften. Zudem konnte er die Worte seines Bruders nicht vergessen.

In der Nacht sieht man vieles, was am Tag verborgen bleibt.

Sie legen Sprengfallen in der Stadt an.

Falkenberg hat Magdeburg aufgegeben und ist zu jedem Opfer bereit, um dem Feind keine Basis zu hinterlassen.

Zogen auch in dieser Nacht Männer umher, die Pulverminen vergruben und in die Häuser trugen, um die Zerstörung der Stadt zu planen? Martin hielt sich nicht für einen ängstlichen Menschen, aber wenn man seit Wochen am Abgrund zur Hölle lebte, brannte sich die Furcht vor dem Tod wie heiße Glut in die Seele.

Seine Sorge galt vor allem Sophia und ihrem ungeborenen Kind. Sie waren sein Leben und seine Zukunft. Ohne sie war diese Welt für ihn so bedeutungslos wie ein Stein, den man vom Boden aufhob und achtlos fortwarf.

Martin schloß die Fensterläden, nahm das Talglicht vom Sims und trat zu seinem Meisterwerk: der in Glas gestalteten friedvollen Ansicht Magdeburgs. Abgesehen vom schalen Schein des Talglichts war es dunkel im Raum. Die kleine Flamme warf ein bedrohliches Flackern auf das Glasmosaik und spiegelte sich auf den bunten Fragmenten wider. Es hatte den Anschein, als wäre das Feuer auf die Gebäude in diesem Bild übergesprungen.

Wie sehr er doch an dieser prächtigen Stadt hing. Je länger die Belagerung anhielt, desto öfter kam ihm in den Sinn, wie lieb und teuer ihm Magdeburg war.

Martin begab sich zu Sophia in die angrenzende Schlafkammer. Während er seine Zähne mit einem Lappen und mit Salz reinigte, lag sie auf der Bettstatt und las im Kerzenschein in einem der Bücher, die sie gekauft hatte. Sie schmunzelte und amüsierte sich über die kurzen Schwänke. Schon des öfteren hatte sie Martin aus diesen Büchern vorgelesen, doch mit der Zeit langweilten ihn die Geschichten, die stets von geilen Pfarrern, Mönchen oder Knechten handelten, die von gewitzten Mädchen überlistet wurden.

Er entkleidete sich und nahm sein Nachthemd aus der Truhe. Sophias Augen wandten sich nicht vom Buch ab. Martin brummte ungehalten. Eine Frau sollte solchen Schundgeschichten nicht mehr Aufmerksamkeit schenken als ihrem Ehemann.

»Ich frage mich, ob unser Kind deine unkeuschen Gedanken spüren kann«, sagte er und zog ein mißlauniges Gesicht.

Sophias Augen lugten über den Buchrücken zu ihm. »Und was soll dieses Kind von einem Vater halten, der einen höchst zweifelhaften Umgang mit Huren pflegt?« erwiderte sie.

Martin schnaufte enttäuscht. Sie mißtraute ihm also noch immer.

Er streifte das Nachthemd über und setzte sich zu Sophia auf das Bett. »Ich habe dir bereits schon einmal gesagt, daß mich Thea ebenso überrascht hat wie dich. Was sollte ich tun? Sie mit Mißachtung strafen? Immerhin hat sie mir das Medaillon gebracht.«

Sophia bedachte ihn mit einem sparsamen Blick.

»Du glaubst mir nicht«, sagte er.

Zu seiner Überraschung kicherte sie leise. »Doch, ich glaube dir. Wahrscheinlich bist du der aufrichtigste Mann in ganz Magdeburg. Aber es macht mir Spaß, dich zu verunsichern.«

Martin verschränkte trotzig die Arme vor der Brust und holte tief Luft. »Du unverschämter Teufel ...«

»Zudem dürfte es keinen Grund dafür geben, daß du dir körperliche Freuden bei einer Dirne beschaffen müßtest.« Ihre Augen funkelten verführerisch. »Oder habe ich dich in letzter Zeit etwa vernachlässigt?«

»Gewiß nicht.« Martin lachte, denn im Grunde übertraf Sophia ihn sogar in vielen Nächten an lustvoller Begierde.

Er küßte sie und legte eine Hand auf ihren flachen Bauch, der sich schon bald wie ein überreifer Kürbis hervorwölben würde. Wieder mußte Martin an die Gefahren denken, denen dieses ungeborene Kind ausgesetzt war.

»Ich könnte nicht ohne dich leben, Sophia«, sagte er.

Sie streichelte sein Haar. »Natürlich könntest du das.«

»Würdest du denn ohne mich leben wollen?«

»Ich würde auf dieser Welt bleiben und die Erinnerung an uns bewahren. Sonst wäre alles tot, was wir jemals miteinander geteilt haben.«

Martin küßte Sophias Stirn, nahm ihr das Buch weg und legte sich neben sie, so daß er die Wärme ihres Körpers spürte. Sie schmiegte sich an ihn, und unter ihren forschen Fingern vergaß er sogar Thea und die Belagerung für eine Weile.

Kapitel 3

Zu später Stunde zogen sich Rupert, Berthold und Wenzel in eine schmale Kammer im oberen Stockwerk des »Grauen Gugelfrantz« zurück, die sie mit einem Dutzend zwielichtiger Gestalten teilten. Müde und trunken vom Wein, ließen sie sich auf die Strohschütte fallen und schoben die schweren Körper neben sich zur Seite, um zumindest soviel Platz zu schaffen, damit sie sich zusammengekauert hinlegen konnten.

Rupert traute dem diebischen Lumpengesindel nicht und döste mit der Hand am Griff seines Dolches ein. Nach einer Weile wachte er auf, als sein Nebenmann laut knatternd einen Wind fahrenließ. Da er keinen Schlaf mehr fand, erhob er sich. Er griff nach seinem Mantel und breitete ihn über Berthold aus, der ein leises Schnarchen von sich gab. Rupert strich seinem Bruder über das Haar und zog aus seiner Wamstasche eine Gemskugel hervor, die aus der getrockneten Masse eines Tiermagens geformt worden war und Berthold vor den Gefahren der nächsten Tage schützen würde. Vorsichtig schob er die Kugel unter einen Saum von Bertholds Hemd.

Um im Kampf zu bestehen, machten viele Landsknechte sich »fest« oder »gefroren«, wie sie es nannten. Sie trugen »Nothemden«, die von jungen Mädchen gesponnen und mit besonderen Kreuznähten versehen worden waren, führten einen gebrauchten Henkersstrick mit sich oder auch mit Fledermausblut niedergeschriebene Schutzsprüche und eben die Gemskugel, auf die Rupert vertraute.

»Nun bist du unverwundbar«, flüsterte er Berthold zu und kroch dann im Halbdunkel zu der runden Fensteröffnung. Rupert klappte einen Holzladen auf und schaute nach draußen. Der neue Tag dämmerte herauf, und die kühle Luft vertrieb ein wenig den Gestank der von den Urintöpfen in der Kammer ausging.

Rupert mußte wieder an seinen Vetter Martin denken, doch vor allem dessen Frau ging ihm nicht mehr aus dem Kopf. Er sah ihre dunklen Augen vor sich, den Ansatz ihrer Brüste, und er rief sich das Gefühl ihrer Haut unter seiner Hand ins Gedächtnis. Rupert berauschte sich an der Angst, die auf ihrem Gesicht zu erkennen gewesen war, als er ihre Wange berührt hatte. Er stellte sich vor, daß sie nackt unter ihm läge – starr vor Furcht und unfähig, sich gegen ihn zur Wehr zu setzen, so wie die Frauen, die er zuvor schon mit Gewalt genommen hatte.

Der Gedanke erregte ihn, doch er wurde schon bald abgelenkt, als er dröhnendes Geschützfeuer aus der Ferne vernahm. In den vergangenen Tagen hatten die Kanonen der Kaiserlichen die Stadt nur noch vereinzelt unter Beschuß genommen, nun aber schwoll der Lärm plötzlich wieder zu einem regelrechten Stakkato an. Rupert reckte seinen Kopf aus dem Fenster, ohne allerdings im trüben Morgenlicht etwas zu erkennen. Der Lärm der Geschütze hielt jedoch unvermindert an.

Die Sonne schob sich ganz über den Horizont. Rupert machte in Höhe des nördlichen Stadttores eine Rauchfahne aus. Auch aufgeregte Stimmen waren nun zu hören sowie die Schritte der Männer, die zum Ort des Geschehens eilten.

Der Kanonendonner hatte inzwischen die meisten Männer in der Kammer geweckt. Sie drängten sich neben Rupert an das Fenster und wollten wissen, was vor sich ging.

»Eine Attacke der Kaiserlichen«, rief Rupert. »Sie scheinen die Häuser an der Hohen Pforte in Brand gesetzt zu haben.« Er wandte sich um und musterte Berthold und

Wenzel. »Ihr habt hoffentlich nicht vergessen, worüber wir gestern gesprochen haben.«

»Es ist die Zeit gekommen, an unseren Sold zu denken«, erwiderte Wenzel und lachte.

Rupert nickte und führte Berthold und Wenzel auf den Korridor. Von der Straße drangen die Rufe der Offiziere zu ihnen, die ihre Männer aufforderten, zu den Waffen zu greifen und die Stadt zu verteidigen.

Rupert, Berthold und Wenzel rührten sich nicht.

»Wir wissen nicht, ob Magdeburg wirklich fällt«, raunte Rupert im Tonfall eines Verschwörers. »Aber sollten die Kaiserlichen die Oberhand gewinnen und die Stadt plündern, werden wir uns ihnen anschließen und ebenfalls Beute machen.«

Weder Wenzel noch Berthold widersprachen ihm.

Martin hatte bereits früh am Morgen in seiner Werkstatt die Arbeit aufgenommen, wo er die braunen und grünen Butzenscheiben zuschnitt, die er später in die schmalen Nischen eines Hauses nahe der Johanniskirche einsetzen würde. Mit sicherer Hand zeichnete er mit den Schablonen ein Dreieck auf das metallisch schimmernde Butzenglas. Es war der einzige Auftrag, den er in dieser Woche erhalten hatte. Weitaus betrüblicher als die miserable Auftragslage stimmte es Martin jedoch, daß er sich von dieser Arbeit völlig unterfordert fühlte. Jeder Lehrjunge war in der Lage, eine Butzenscheibe mit dem Schneidediamanten in die gewünschte Form zu bringen.

Während Martin das Glas zuschnitt, drangen dumpfe Kanonenschüsse an sein Ohr. Die feindlichen Geschütze feuerten an diesem Morgen weitaus heftiger als in den vergangenen Tagen. Mehrmals legte Martin den Schneidediamanten aus der Hand und lauschte nervös dem Geschützdonner, der vor allem aus nördlicher Richtung zu ihm drang.

Er arbeitete weiter, doch schon bald darauf ließ er die Werkzeuge endgültig ruhen, öffnete das Fenster und verfolgte, wie eine Schar Bewaffneter die Straße entlanglief. Bei den meisten handelte es sich um Söldner oder Männer der Stadtwehr, die Piken, Degen oder Musketen mit sich führten. Einige trugen polierte Eisenharnische und Sturmhauben, doch es befanden sich auch einfache Bürger unter ihnen, die sich ohne jeden Schutz und nur mit Äxten und Knüppeln bewaffnet, den Soldaten anschlossen. Andere wiederum, vor allem Frauen und Kinder, flohen in die entgegengesetzte Richtung.

Martin hatte gehofft, die Kaiserlichen wären nicht mehr in der Lage, einen weiteren Angriff auszuführen, doch anscheinend hatte er sich geirrt. Tilly setzte alles auf eine Karte und zwang die Stadt, ihre letzten Reserven zu mobilisieren, um die Attacke abzuwehren.

Mehrere Reiter trieben die Männer weiter und riefen den Leuten in den Häusern zu, sich zu bewaffnen und ihnen zu folgen. Martin überlegte, ob er seinen Degen an sich nehmen und den Kaiserlichen entgegentreten sollte, aber da er vor allem um Sophia besorgt war, entschied er sich, bei seiner Frau zu bleiben.

Eine Weile blieb er am Fenster stehen, dann trat er auf die Straße und griff sich einen flüchtenden jungen Burschen.

»Was ist geschehen?« rief Martin.

Der Bursche wirkte gehetzt, er schüttelte Martin ab und entgegnete: »Die Hohe Pforte – sie sind durch die Hohe Pforte in die Stadt gedrungen!«

Dann rannte der Junge weiter und verschwand in der Menge. Martin wandte sich um und blickte die Straße hinauf. Aus Richtung der Hohen Pforte stieg eine Rauchsäule in den wolkenverhangenen Himmel. Die Kaiserlichen mußten die Häuser an der Pforte in Brand gesteckt haben. Allem Anschein nach hatten sie das Stadttor bereits in ihre Gewalt gebracht.

»Martin, was geschieht hier?« Auch Sophia kam auf die Straße gelaufen. In der Tür stand Fredeke, die mit bangem Blick das hektische Treiben auf der Straße beobachtete.

»Es ist möglich, daß die Kaiserlichen in die Stadt eingedrungen sind.« Er nahm Sophia für einen Augenblick in den Arm, um ihr das Gefühl von Schutz zu geben. »Laß uns ins Haus gehen«, meinte er dann. Sie begaben sich mit Fredeke in die Stube im ersten Stockwerk, wo sich ihnen ein besserer Blick über die Stadt bot. Von diesem Platz aus erkannten sie, daß die Häuser um die Hohe Pforte tatsächlich in Flammen standen. Martin konnte jedoch nicht ausmachen, ob sich bereits kaiserliche Soldaten in der Stadt befanden.

»Sie haben schon so oft vergeblich angegriffen«, versuchte Martin den beiden Frauen Mut zu machen. »Unsere Musketenschützen werden sie zurücktreiben.«

Sophia starrte gebannt auf den Rauch und ergriff seine Hand. Ihre Finger waren kalt. »Ich habe Angst, Martin.«

»Und ich auch«, jammerte Fredeke. Martin winkte die Magd zu sich heran und nahm auch sie in den Arm. Es war der einzige Trost, den er den beiden Frauen geben konnte, denn auch er fürchtete sich vor dem, was dieser Tag mit sich bringen mochte.

Während der nächsten Augenblicke sprach keiner von ihnen. Sie lauschten dem weiter anschwellenden Krachen der Kanonen und Musketen. Selbst aus dieser Entfernung war ein Gewirr aus wütenden Stimmen und Schreien zu vernehmen. Fredeke sank auf die Knie, faltete die Hände und sprach mit zitternder Stimme mehrere Gebete.

Bald änderte sich das Bild auf der Straße. Die Verteidiger strömten nicht länger zum nördlichen Tor, sondern befanden sich auf dem Rückzug. Zu Dutzenden wichen sie vor der feindlichen Übermacht zurück. Viele der Männer mußten gestützt oder getragen werden. Sie bluteten aus klaffenden Wunden. Martin sah Soldaten mit zerfetzten

Armen oder Beinen, die sich die Seele aus dem Leib schrien, während sie aus der Kampflinie geschleppt wurden.

»Sie werden uns alle töten«, rief Fredeke. Sie schlug die Hände vor das Gesicht und heulte auf.

»Still, du Gans!« Sophias heftige Zurechtweisung sorgte dafür, daß die Magd nur noch lauter schluchzte.

Martin hob die Hände und versuchte die beiden Frauen zu beruhigen. Zumindest er mußte einen klaren Kopf bewahren. Er atmete tief ein und wollte Fredeke gut zureden, doch in diesem Moment brach das Inferno los.

Bereits die erste Explosion in der Ferne ließ den Boden unter ihren Füßen erzittern. Die zweite erfolgte in einer Nebenstraße und riß sie fast von den Beinen. Die Pokale und die Leuchter fielen von den Simsen und schepperten zu Boden. Martin griff gerade noch rechtzeitig nach dem Glasgemälde, bevor es von der Staffelei kippte.

»Um Gottes willen!« Sophia war auf die Knie gestürzt und schaute ungläubig aus dem Fenster. Auch Martin wandte seinen Blick nach draußen und konnte nicht fassen, was dort vor sich ging. In der gesamten Stadt schossen gewaltige Säulen aus Pulverdampf in die Höhe. Eine Detonation nach der anderen schickte ein schmerzhaftes Klingen in seine Ohren. Martin war nicht fähig, sich zu rühren oder auch nur zu atmen. Sebastian hatte sich nicht getäuscht. Man gab Magdeburg auf und opferte die Stadt den Flammen, bevor sie den Kaiserlichen in die Hände fiel. Martin zählte vierzig bis fünfzig Explosionen, von denen jede die Kraft besaß, ein ganzes Haus in sich zusammenstürzen zu lassen, dann endeten die Detonationen und hinterließen zahlreiche Brandherde, die bereits auf die umstehenden Fachwerkhäuser übergriffen.

»Wir müssen uns in Sicherheit bringen«, sagte Sophia. »Der Dom wird uns Schutz bieten. Sie werden es nicht wagen, ein Gotteshaus niederzubrennen.«

Martin schüttelte den Kopf. »In dieser Stadt ist kein Ort

mehr sicher. Kein Haus, keine Kirche und auch nicht der Dom.«

Er schloß die Fensterläden und drängte Sophia und Fredeke zur Tür. »Die Kaiserlichen werden bald in der ganzen Stadt sein. Wir können das Haus nicht mehr verlassen.«

»Also verstecken wir uns im Keller?«

»Wir schließen uns dort ein, bis die Plünderungen vorüber sind.«

Sie eilten in das Kellergeschoß, wo sich neben einem großen Lagerraum noch eine schmale Vorratskammer befand, dessen Holztür von innen mit einem Riegel verschlossen werden konnte. Martin hatte diesen Riegel in Erwartung des Schlimmsten dort angebracht, als die Belagerung begonnen hatte.

Sie kauerten in dem engen Raum wie Kinder, die sich voller Angst im Dunkeln verbargen. Martin spürte den warmen Atem der beiden Frauen auf seinen Wangen. Fredeke schluchzte noch immer und wimmerte bei jedem Musketenschuß, der an ihre Ohren drang, doch Sophia zumindest blieb ruhig und besonnen.

Martin wurde übel, wenn er daran dachte, daß die Plünderer ihnen die Ziege, seine Werkzeuge und alles, was im Haus von Wert war, nehmen würden. Doch sogleich schalt er sich einen Narren. Was kümmerten ihn diese Dinge, wenn sich sein Leben und das der beiden Frauen in Gefahr befanden?

Er schloß die Augen, zog Sophia näher an sich und streichelte ihre Wange. Sie roch noch immer nach Seife.

Vor Theas Augen tanzte ein greller Funkenregen. Benommen zog sie sich am Tisch hoch, tastete ihren Hinterkopf ab und stellte erleichtert fest, daß kein Blut an ihren Fingern klebte.

Sie war zu Boden gefallen, als eine gewaltige Explosion das nebenstehende Haus einstürzen ließ. Die Detonation hatte Theas Kammer wanken lassen und die Butzenscheiben aus dem Fensterrahmen geschleudert. Eine Scherbe hatte sich in ihren Oberarm gebohrt. Thea stöhnte auf, als sie das Glas aus ihrem Fleisch zog. Der Schnitt war zum Glück nicht tief und blutete kaum.

Sie begriff nicht, was überhaupt geschehen war. Vor einer Weile hatte sie Kanonenschüsse vernommen und eine Schwadron bewaffneter Reiter in Richtung der Hohen Pforte eilen sehen. Kurz darauf stand das gegenüberliegende Haus nach einer ohrenbetäubenden Explosion in Flammen. Noch immer erklang ein Getöse aus allen Teilen der Stadt.

Hektisch überlegte sie, was sie tun sollte. Über eines war sie sich jedoch sofort im klaren: Hier in ihrer Kammer durfte sie nicht bleiben. Jede Explosion hinterließ einen Brandherd, und bald schon würde nicht nur das Hurenhaus, sondern die gesamte Stadt in Flammen stehen.

Thea stürzte aus ihrer Kammer nach unten in die Diele, wo sich mehrere erschrockene Dirnen versammelt hatten. Ihnen allen stand die Angst ins Gesicht geschrieben.

»Du solltest das Haus besser nicht verlassen«, warnte sie eine füllige Dirne mit strähnigem Haar, als Thea zur Tür lief. »Es heißt, die Kaiserlichen dringen von allen Seiten in die Stadt ein. Die warten doch nur darauf, eine wie dich in ihre gierigen Finger zu bekommen. Bleibe hier bei uns!«

Thea schüttelte den Kopf und trat rasch auf die Straße, bevor sie der Mut verließ. Sie bewegte sich im Schutz der Häuserzeilen in südlicher Richtung, doch am Ende dieser Straße richteten kaiserliche Landsknechte bereits ein Blutbad an. Jeder, den sie zu fassen bekamen, wurde ohne Erbarmen erschlagen oder niedergestochen. Thea sah eine Gruppe von Kindern, die heranstürmende Soldaten mit Steinen bewarfen. Ihr Trotz wurde von einem wütenden Haudegen bestraft, der sein Breitschwert durch die Reihen der Kinder schwang und zwei Knaben tiefe Wunden in den

Leib schlug. Die beiden fielen röchelnd zu Boden, während die Soldaten über sie hinwegtrampelten. Aus einem Haus schüttete aus dem obersten Stockwerk eine Frau einen Kübel mit kochendem Wasser auf die Landsknechte. Die meisten sprangen rasch zur Seite, doch einer von ihnen wälzte sich mit verbrühter Haut auf der Erde, schlug wild um sich und schrie wie ein Wahnsinniger. Sein furchtbares Schicksal machte seine Kumpane nur noch rasender. Sie brachen die Tür auf, stürmten in das Haus, und kurz darauf vernahm Thea ein markerschütterndes Kreischen.

Die Orgie der Gewalt lähmte sie einen Augenblick lang, doch dann besann sie sich darauf, daß sie keine Zeit verlieren durfte, denn die Landsknechte waren in das Haus gestürmt, und die Straße war somit frei.

Thea lief an den blutüberströmten Leichen der Kinder vorbei, ohne sie anzuschauen. Die verzweifelten Schreie der Frau jedoch verfolgten sie, bis sie am Ende der Straße angelangt war.

Martin hielt die beiden Frauen im Arm und lauschte angestrengt. Hier, in dem engen Kellerverschlag war nichts von dem Kampflärm zu hören, der durch die Straßen tobte. Einzig Glockengeläut drang gedämpft an ihre Ohren.

Die Zeit verging. Martin zog allmählich die Möglichkeit in Betracht, daß die Plünderer sein Haus verschonen würden, doch wenig später zuckte er zusammen, als mit einem lauten Krachen die Tür ihres Hauses aufgebrochen wurde. Von oben erklangen dumpf die Stimmen mehrerer Männer und ein albernes, gackerndes Lachen. Die Plünderer verweilten kurz im Erdgeschoß, dann stießen sie die Kellertür auf. Schritte näherten sich.

Martin überlegte, ob es im Keller dunkel genug war, um die Tür zum Vorratsraum vor den Augen der Landsknechte zu verbergen. Fredeke machte diese schwache Hoffnung jedoch schnell zunichte.

Martin spürte, wie die Magd in seinem Arm unter der Anspannung immer heftiger zitterte. Sie gab ein ängstliches Schluchzen von sich, zunächst nur leise, dann immer vernehmlicher.

»Sei ruhig!« raunte Martin ihr zu, doch seine Worte verstärkten Fredekes Furcht nur noch. Sie japste nach Luft und wimmerte immer lauter und schriller.

»Da ist jemand«, hörte Martin einen der Männer sagen. Die Schritte näherten sich der Tür. Jemand rüttelte am Griff, und Fredeke schrie auf.

Ein kräftiger Tritt zerbrach die schwache Verriegelung und schleuderte die Tür nach innen. Martin zog die beiden Frauen zurück und preßte sich mit ihnen in eine Ecke. Einen Moment lang blieb es still, dann ertönte eine rauhe, kratzende Stimme aus dem Dunkel.

»Kommt hervor, oder ich schieße auf euch!«

Ihnen blieb keine Wahl. Der Raum war winzig. Eine Muskete oder Pistole würde das Ziel selbst im Dunkeln nicht verfehlen. Zögernd trat Martin aus der Kammer. Im Keller konnte er die Umrisse von zwei Männern ausmachen. Einer von ihnen richtete eine Pistole auf ihn, der andere hielt einen Degen. Sophia und Fredeke stellten sich neben Martin. Mit zitternden Fingern tastete er nach der Hand seiner Frau.

»Nach oben!« wies ihn der Söldner mit der Pistole an.

Nun glaubte Martin die Stimme zu erkennen.

»Rupert?« fragte er vorsichtig.

»Halt's Maul und rauf!« erklang es barsch. Sie wurden nach oben in die Werkstatt geführt. Hier erkannte Martin, daß tatsächlich Rupert in sein Haus eingedrungen war. Der junge Bursche an seiner Seite, der den Degen auf sie richtete, sah Rupert sehr ähnlich.

»Du mußt Berthold sein«, sagte Martin und schaute seinem Vetter fest in die Augen. »Du warst noch ein Kind, als wir uns zum letzten Mal begegnet sind.«

Berthold antwortete ihm nicht. Martin sah ihm an, daß ihm die Situation nicht zu behagen schien. Ja, er wirkte regelrecht ängstlich.

Rupert bedrohte sie weiterhin mit der Pistole und betrachtete die silberne Kette, die Martin trug. Seine Hand schnellte hervor und riß ihm das Medaillon vom Hals. Er betrachtete das Schmuckstück zufrieden. »Wir wollen mehr davon. Wo habt ihr eure Wertsachen versteckt? Redet!«

»Sei nicht dumm, Rupert«, sagte Martin. »Magdeburg brennt. Wir alle befinden uns in Gefahr. Versteckt euch mit uns im Keller, aber, in Gottes Namen, senkt die Waffen.«

Ein rothaariger Mann betrat die Werkstatt. Martin durchfuhr ein brennendes Unbehagen, als er sah, daß der Kerl das Magdeburger Glasgemälde im Arm trug.

»Was haltet ihr davon? Sehr bunt und vielleicht von Wert.« Seine Stimme überschlug sich, als gehörte sie einem aufgeregten Weib.

»Idiot!« Rupert machte einen Schritt auf den Rothaarigen zu und schlug mit seiner Pistole in das Gemälde. Die Bleistege hielten das Glas noch zusammen, doch als der Rothaarige es vor Schreck fallen ließ, zersplitterte es auf dem Boden. Martin stöhnte auf. Die Arbeit von Monaten, zerstört in wenigen Momenten.

Der Rote verzog ärgerlich das Gesicht, doch seine Miene hellte sich auf, als er Sophia und Fredeke in Augenschein nahm.

»Dann nehme ich mir etwas, was nicht so zerbrechlich ist.« Er trat auf Fredeke zu und griff ihr zwischen die Beine.

»Bist du noch unberührt, mein Vögelchen?«

Fredeke schrie auf und stieß so heftig gegen die Brust des Rothaarigen, daß er zu Boden stürzte. In ihrer Panik stürmte die Magd aus der Werkstatt. Berthold wollte nach ihr greifen, erwischte sie aber nicht. Sie hatte bereits die Tür erreicht, als Rupert seine Pistole hob und auf ihren Rücken richtete. Sophia sprang auf ihn zu und drückte seinen Waffenarm nach unten. Sein Zyklopenauge funkelte böse. Mit einem brutalen Schlag in Sophias Gesicht entledigte er sich ihrer.

Martin sah seine Frau zurücktaumeln. Seine Wut ließ ihn jede Vernunft vergessen. Er wollte Rupert umstoßen, doch bevor er ihn fassen konnte, richtete sein Vetter auch schon die Waffe auf ihn. Es knallte, und aus dem Lauf schoß eine Pulverwolke hervor. Martin begriff zunächst überhaupt nicht, daß er getroffen worden war. Er merkte nur, daß er sich nicht mehr bewegen konnte. Auf seinem Wams breitete sich oberhalb der rechten Hüfte ein Blutfleck aus. Er taumelte nach hinten, ein Schleier fiel über seine Augen, als er stürzte, und das letzte, was seine Sinne noch aufschnappten, war Sophias verzweifelter Schrei.

Dann wurde es schwarz um ihn.

Nachdem der Schuß Martin zu Boden gestreckt hatte, gebärdete sich dessen Frau wie eine Furie. Sie kreischte so laut, daß es in Ruperts Ohren schmerzte. Wenzel griff nach ihr, aber sie wich ihm aus, kratzte mit den Fingern durch sein Gesicht und hinterließ blutige Schrammen auf seiner Wange.

»Halt's Maul!« fuhr Rupert sie an. Die Frau schrie jedoch weiter und versuchte, Wenzel ein zweites Mal mit den Fingern zu verletzen. Die Magd nutzte indes die Ablenkung und lief auf die Straße. Wenzel wollte ihr nachsetzen, doch Rupert hielt ihn zurück.

Er konnte das Kreischen der Frau nicht länger ertragen. Fluchend steckte er die Pistole in sein Wams und langte nach einer Bleistange, die neben ihm an der Wand lehnte. Wieder erhob die Frau ihre Hand gegen Wenzel und merkte erst im letzten Moment, daß Rupert ausholte, um sie zu schlagen. Sie versuchte, sich zu ducken, doch da erwischte Rupert sie mit der die Bleistange am Kopf.

Es knirschte. Das Geräusch klang wie das Brechen einer Eisscholle. Aus der Nase der Frau spritzte Blut. Einen Moment später sackte sie zusammen. Ihr Körper zuckte zweimal grotesk, dann blieb sie reglos liegen.

»Heiliger Jesus, wir wollten die beiden nicht umbringen«, rief Berthold erschrocken. »Du hast gesagt, sie würden uns ein Lösegeld zahlen, wenn wir sie aus der Stadt schaffen.«

Rupert stieß zuerst Martin, dann dessen Frau mit dem Fuß an. »Dafür ist es nun zu spät«, brummte er. Er schnürte die Bänder an seiner Hose auf und wies Wenzel und Berthold an: »Worauf wartet ihr? Zieht ihr die Röcke hoch.«

Wenzel grinste und machte sich daran, die Kleider der Frau hochzuschieben. Berthold jedoch zögerte.

»Aber wenn sie tot ist ...«, flüsterte er.

Zu gewissen Zeiten rührten Rupert die Skrupel seines Bruders, doch in diesem Moment strömte lediglich eine unbezwingbare Gier wie lodernde Glut durch seine Lenden.

»Noch ist ihr Fleisch warm«, meinte er.

Kapitel 4

Die Gestalt tauchte wie aus dem Nichts auf.

Thea wich im Schatten einer Häuserzeile einer Gruppe Söldner aus, die einen alten Mann und zwei Frauen wie Vieh vor sich her trieb, als zwei starke Hände sie packten und in eine enge Gasse zerrten. Sie schrie auf und versuchte sich loszureißen, doch der Mann, der sie gepackt hatte, grunzte nur ungehalten. Er schleifte sie unerbittlich mit sich und stieß sie rüde zu Boden.

Thea drehte sich auf den Rücken und stützte sich auf die Ellenbogen. Erschrocken starrte sie dem hageren, großgewachsenen Soldaten ins Gesicht. Seine Augen blitzten in lüsterner Erwartung. Es schien sich um einen Offizier zu handeln, denn er war besser gekleidet als die ärmlichen Landsknechte. Der Mann trug einen schweren grauen Mantel sowie einen schwarzen Filzhut mit bunten Federn, von denen die meisten jedoch so verschlissen waren, als steckten sie bereits seit vielen Jahren in dem Stoff. Sein Gesicht wirkte ausgezerrt, Wangen und Kinn waren von einem rotblonden, struppigen Bart bedeckt. Auf seiner Stirn prangte eine häßliche Schürfwunde. Man sah diesem Mann die Strapazen an, denen er in den vergangenen Wochen ausgesetzt gewesen war, und für Thea bestand kein Zweifel daran, daß er nun gedachte, sie für diese Mühen zahlen zu lassen.

»Sei nur brav, mein Kätzchen«, sagte er. Sein Atem ging schwer, als er an den Bändern seiner Hose zog.

Thea wollte die Flucht ergreifen, doch sie war noch nicht halb auf den Beinen, als sein Fuß hart gegen ihre Brust trat und sie zu Boden zwang. Der Offizier warf sich auf sie und drückte ihre Arme auf die Erde. Gierig leckte er über ihr Gesicht. Thea schrie, obwohl sie wußte, daß niemand ihr zu Hilfe eilen würde. Verzweifelt versuchte sie den Soldaten zu beißen, doch damit handelte sie sich lediglich eine Ohrfeige ein, die ihr einen Moment lang die Sinne raubte.

Thea stöhnte dumpf auf, als sie merkte, daß der Mann ihre Beine auseinander zwang. Er ließ ihre linke Hand los, um ihr das Unterkleid abzustreifen und preßte sein Gesicht tief in ihre Halsbeuge. Währenddessen zerrte Thea an seinen Haaren.

»Halt still, oder ich schlage dich tot«, zischte der Soldat ihr ins Ohr.

Sie kniff die Augen zu. Vielleicht würde es weniger schmerzhaft für sie sein, wenn sie ihm zu Willen war und die Vergewaltigung ohne Gegenwehr über sich ergehen ließ. Sie krallte die Hand verzweifelt in die Erde. Plötzlich bekam Thea einen faustgroßen Stein zu fassen. Sie zögerte keinen Augenblick, preßte ihre Finger um den Stein und schlug ihn, so fest sie es vermochte, auf den Hinterkopf des Soldaten.

Wie ein geprügelter Hund jaulte er auf, und Thea schlug ein zweites Mal auf ihn ein. Laut fluchend ließ er von ihr ab. Es gelang ihr, ihn von sich zu stoßen. Keuchend kroch sie ein Stück von ihm fort und kam endlich auf die Beine.

Der Soldat preßte eine Hand auf seinen Hinterkopf und schwankte benommen. Thea trat auf ihn zu und schlug ihm den Stein mit aller Gewalt vor die Stirn. Der Mann röchelte und sackte zusammen.

Atemlos fiel Thea auf die Knie und ließ den Stein fallen. Im Gefühl ihres Triumphes begann sie nervös zu lachen. Nicht jeder Soldat der Kaiserlichen hatte an diesem Tag in Magdeburg reiche Beute gemacht.

Der Offizier gab nur noch ein jämmerliches Stöhnen von sich. Trotz seines erbärmlichen Zustands fürchtete Thea, er könnte aufspringen und sie erneut zu Boden zwingen. Dennoch kroch sie auf ihn zu und zerrte ihm den Mantel vom Körper. Die Kleidung des Soldaten würde es ihr ermöglichen, sich unerkannt zwischen den mordlüsternen Landsknechten zu bewegen. Aus diesem Grund zog sie ihm auch die Stiefel aus und nahm seinen Hut an sich.

Seine Sachen waren, wie zu erwarten war, viel zu groß für sie. Der Saum des Mantels reichte bis auf den Boden, in die Stiefel mußte sie Stoffetzen stecken, um nicht zu stolpern, und der Hut rutschte ihr fast über die Augen. Aber nur so konnte sie mit heiler Haut eines der Stadttore erreichen.

Den unhandlichen Degen ließ Thea indes zurück. Allerdings trug der Soldat noch einen Dolch bei sich, den sie unter dem Mantel verbergen konnte. Sie drehte sich noch einmal um, spuckte verächtlich auf den wimmernden Mann vor sich und lief dann rasch aus der Gasse zurück auf die Straße.

Die Stadt versank in einem Chaos aus Blut und Feuer. Ihre Mutter hatte ihr oft von den Schrecken der Hölle erzählt, ohne daß Thea sich recht eine Vorstellung von diesem Ort der Verdammnis hatte machen können. Nun begriff sie, daß die Hölle mehr war als ein Sinnbild des Schmerzes; es gab sie wirklich, und die Menschen selbst schufen diese Hölle.

Die Straßen waren voller Leichen. Mit weichen Knien trat Thea über die verrenkten Leiber hinweg und wich den starren Blicken der vor Schreck und Todesangst geweiteten Augen aus. Der Saum ihres Mantels färbte sich bereits nach wenigen Augenblicken rot. Das Blut der Magdeburger bedeckte das Pflaster, als wäre es vom Himmel geregnet.

Thea sah, wie die Söldner Frauen ergriffen und sie auf offener Straße schändeten. Andere Landsknechte trieben die Menschen zu Dutzenden zusammen und jagten sie ohne Erbarmen in die brennenden Häuser.

Viele der Kaiserlichen waren aber auch nur an den Plünderungen und der Aussicht auf Beute interessiert. Immer wieder kreuzten Söldner Theas Weg, die in Säcken, Kisten oder mit bloßen Händen all das aus der Stadt fortschafften, was für sie von Wert war. Sie sah auch Soldaten, die wohlhabende Magdeburger Bürger unter ihrem Schutz aus der Stadt führten. Wahrscheinlich erhofften sie sich von diesen Männern und Frauen oder ihren Angehörigen ein angemessenes Lösegeld.

Zumindest schien ihre Tarnung tatsächlich von Nutzen zu sein, denn während die Menschen rings um sie herum wie Vieh abgeschlachtet wurden, schenkten die Soldaten ihr keine Beachtung. Trotzdem zog Thea den Hut noch tiefer ins Gesicht und lief rasch weiter.

Vor dem Haus eines Schuhmachers blieb sie dann doch stehen. Um sie herum lagen mehrere übel zugerichtete Leichen. Sie kniete sich zu einem Mädchen, dem die Kehle durchtrennt worden war, und überlegte, warum ihr dieses Gesicht so bekannt vorkam. Einen Augenblick später wurde ihr klar, daß es sich um die Magd handelte, der sie in Martin Fellingers Haus begegnet war. Sie mußte geflohen und in die Hände der mordgierigen Söldner geraten sein. Warum nur hatte die junge Frau die Sicherheit des Hauses aufgegeben?

Thea löste sich von der Magd, die mit ihren leblosen Augen auf die Blutlache starrte, die sich auf dem Straßenpflaster ausgebreitet hatte, und lief rasch weiter, bis sie Martins Haus erreichte.

Das Gebäude war noch nicht vom Feuer erfaßt worden und anscheinend von der Welle der Gewalt, die über Magdeburg hinwegspülte, unberührt geblieben. Die Eingangstür jedoch stand offen. Thea fragte sich, ob sich Martin und seine Frau noch im Haus aufhielten. Sie nahm an, daß die beiden ebenso wie die Magd überstürzt geflohen waren, um Schutz im Dom oder in einer der Kirchen zu suchen.

Thea wußte, daß jede Verzögerung ihr Leben bedrohte. Dennoch lief sie über die Straße und betrat das Haus. Sie stieg einige Stufen auf der Treppe zum ersten Stock hinauf, doch dann blieb sie stehen und schalt sich eine Idiotin.

Ich muß verrückt sein, dachte sie. *Dort draußen bricht ein Blutgericht über Magdeburg herein, und ich verschwende meine Zeit in dem verlassenen Haus eines Mannes, für den ich nur ein dunkler Fleck in seiner Vergangenheit bin.*

Sie machte auf der Treppe kehrt und wollte das Haus verlassen, als sie ein dumpfes Stöhnen aus dem Nebenraum vernahm. Zögerlich öffnete Thea die Tür und sah in der Werkstatt zwei Personen auf dem Boden liegen. Ihr Magen krampfte sich zusammen, nachdem sie erkannt hatte, daß es sich um Martin Fellinger und seine Frau handelte. Sophia Fellinger rührte sich nicht. Ihre Augen waren geöffnet, aber ohne Leben. Man hatte ihr die Unterkleider vom Leib gerissen und ihr den Rock über die Hüfte geschoben. Martin kauerte über ihr und preßte seinen Kopf auf ihre Brust.

Thea hockte sich neben Martin und legte eine Hand auf seine Schulter. Langsam wandte er ihr sein Gesicht zu und schaute sie aus verweinten Augen an. Erkannte er sie überhaupt?

Erst da bemerkte sie das Blut. Eine rote Spur reichte von der gegenüberliegenden Wand bis zu Martin. Sie betrachtete ihn genauer und entdeckte die Wunde an seinem rechten Unterbauch. An seinem Hemd konnte sie verbranntes Schießpulver riechen.

»Martin«, sagte sie. Er schaute sie ausdruckslos an und erwiderte nichts. Bei dem vielen Blut, das er verloren hatte, mußte er dem Tod nahe sein.

Thea beugte sich über Sophias Gesicht. An ihrem Mund befand sich Blut, und an ihrem Hinterkopf entdeckte sie eine Beule, groß wie ein Hühnerei. Wahrscheinlich war sie mit einem stumpfen Gegenstand erschlagen worden. Thea hielt ein Ohr an Sophias Lippen und lauschte nach Atemzügen, doch sie konnte nichts hören. Auch einen Puls fühlte sie nicht. Martins Frau war tot, und die Art, wie ihre Schenkel auseinander gezwängt worden waren, verriet eindeutig, was mit ihr geschehen war.

Thea war Sophia Fellinger nur einmal begegnet, aber sie hatte sie vom ersten Moment an gemocht. Der erniedrigende Tod dieser Frau schmerzte sie.

Martins Finger strichen zärtlich über die Wangen seiner Frau. Mit brüchiger Stimme flüsterte er: »Sophia, sprich mit mir.«

»Sie ist tot.« Thea erschienen diese Worte herzlos und hart, doch sie konnte nicht mit ansehen, wie Martin verzweifelt auf ein Lebenszeichen seiner Frau wartete.

Sie erhob sich und überlegte, was sie tun sollte. Konnte sie Martin hier zurücklassen? Es wäre einfacher für sie gewesen, wenn sie ihn tot aufgefunden hätte. Sie hätte ihm und seiner Frau die Augen geschlossen und wäre des Weges gezogen.

Aber Martin lebte und stellte sie vor eine schwere Entscheidung.

Sie durfte sich von einem Sterbenden nicht länger aufhalten lassen. Jeden Augenblick konnten weitere Plünderer das Haus betreten, und dann würden auch Mantel und Hut sie nicht mehr retten. Man würde sie schänden wie Sophia Fellinger, ihr die Kehle durchschneiden und sie zu den anderen Leichen werfen.

Langsam trat Thea zur Tür. Ihr Blick blieb auf Martin Fellinger gerichtet, der schluchzend das Haar seiner toten Frau streichelte.

Sie sollte nun gehen und ihn zurücklassen.

Thea schloß die Augen und wandte sich um. Sie mußte an eine Zeit denken, die lange zurücklag, eine Zeit, in der sie noch keine Hure gewesen war, sondern nur ein temperamentvolles Mädchen, das davon geträumt hatte, eines Tages den Sohn des Glasmalers zu heiraten, dem sie bereits den Kopf verdreht hatte.

Als sie zu Boden blickte, erkannte sie, daß sie inmitten eines Scherbenhaufens stand. Thea bückte sich und fuhr mit den Fingern über die bunten Glasfragmente, aus denen Martins wunderbares Panorama der Stadt Magdeburg bestanden hatte. Einem Impuls folgend, hob sie eine der Scherben auf und steckte sie in ihre Schurztasche.

Sie konnte es nicht über sich bringen, Martin seinem Schicksal zu überlassen. Es war Irrsinn, aber sie würde ihn aus der Stadt schaffen. Doch wie sollte sie das fertigbringen? Er konnte sich in diesem Zustand kaum auf den Beinen halten.

Thea schaute sich in der Werkstatt um. Zunächst entdeckte sie nichts, womit sie Martin hätte transportieren können, doch schließlich stieß sie in einer Ecke auf eine alte Karrette, die groß genug war, um einen Menschen hineinzusetzen.

Zuvor nahm sie Martins Zustand in Augenschein. Thea rollte ihn ein Stück zur Seite, was er schwach protestierend geschehen ließ. Sie zog ihm das Wams aus und riß sein Hemd über der Wunde auf. Das Geschoß war ein Stück oberhalb seiner Hüfte eingedrungen und am Rücken ausgetreten. Der Durchschuß hatte ein häßliches Loch hinterlassen, in dem verbrannte Stoffetzen steckten. Thea griff nach den achtlos fortgeworfenen Unterkleidern Sophia Fellingers, preßte sie auf die Wunde und band sie mit einer Schnur fest. Es war kein wirklicher Verband, aber er würde seinen Zweck erfüllen.

Sie schob die Karrette heran und hievte Martin auf die Holzplanken. Erst als sie ihn von seiner Frau fortzog, regte sich ein schwacher Widerstand in ihm.

»Nein«, sagte er. »Nein, nein!« Er versuchte sich an Sophia zu klammern, doch Thea zog ihn unerbittlich auf die

Karrette. Sie schlang einen Strick um ihn und das Gefährt, so daß er nicht herausfallen konnte.

Ganz in der Nähe wurde geschossen. Soldaten stürmten am Fenster vorbei. Thea stockte der Atem. Sie wartete kurz ab, bis sich die Schritte entfernt hatten. Erleichtert ließ sie die Luft aus den Lungen weichen.

»Laß mich hier«, krächzte Martin. Er versuchte am Seil zu zerren, doch seine Hand fiel sogleich schlaff herab.

»Ich kann nicht«, sagte Thea, drückte ermutigend Martins Hand und kniete sich dann zu seiner toten Frau. Sie schloß Sophia Fellinger die Augen, strich ihren Rock glatt und faltete die Hände über der Brust zusammen.

Martin flehte noch einmal darum, bei seiner Frau bleiben zu dürfen, dann verstummte er, und sein Kopf sank kraftlos nach unten. Thea glaubte schon, er sei gestorben, doch sie konnte seinen Atem spüren, als sie zwei Finger vor seinen Mund hielt.

Es erleichterte sie, daß er die Besinnung verloren hatte, denn sie befürchtete, er würde sich auf der Straße heftig wehren und damit unnötige Aufmerksamkeit auf sich ziehen.

Einen Moment lang dachte sie darüber nach, ob sie sich seinem Wunsch, hier neben seiner Frau sterben zu wollen, widersetzen durfte, dann aber stieß sie die Tür auf und schob Martin nach draußen. Die Hitze des Feuers schlug ihr entgegen, das am Ende der Straße von einem Gebäude zum anderen übersprang. Es würde nicht mehr lange dauern, bis Martins Haus den Flammen zum Opfer fiele. Der Rauch hüllte bereits die gesamte Straße ein. Thea hustete, doch der dichte Qualm gereichte ihr zum Vorteil, denn durch ihn würde man sie nicht so leicht erkennen können.

Stöhnend schob sie die schwere Karre voran. An manch unebenen Stellen mußte sie ihre ganze Kraft aufbringen, um voranzukommen. Der Hut und der Mantel schützten sie weiterhin vor Übergriffen. Einer der Landsknechte lief sogar ein kurzes Stück mit geschulterter Muskete neben ihr her, schaute skeptisch auf Martin und meinte abfällig: »Glaubst du etwa, du wirst eine Ranzion für ihn bekommen? Der ist doch schon so gut wie tot.«

Sie reagierte nur mit einem Brummen darauf, und zu ihrer Erleichterung entfernte sich der Soldat schnell wieder.

Thea beeilte sich und erreichte nach einer Weile den Festungswall. Erschüttert beobachtete sie, wie sich junge Mütter mit ihren Kindern vom Wall aus in die Tiefe stürzten, um den Händen der Plünderer zu entgehen. Die Kinder schrien und heulten in Ahnung ihres Todes, während die Frauen sie mit versteinerten Mienen auf die Zinnen trieben und sich mit ihnen hinabstürzten.

Die Frauen zogen den Tod einer grausamen Behandlung durch die Plünderer vor. Thea hingegen war nicht bereit, sich diesem Schicksal zu ergeben. Nun jedoch stand der gefährlichste Moment ihrer Flucht bevor. Sie mußte das östliche Stadttor passieren, das dicht mit kaiserlichen Soldaten umstellt war. Thea zog den Hut tiefer ins Gesicht und schob Martin auf das Tor zu. Sie versuchte ruhig zu bleiben und sich nicht von der Furcht lähmen zu lassen. Die Blicke mehrerer Männer richteten sich bereits auf sie und den Mann auf ihrem Karren. Stumm verfluchte sie ihren Entschluß, Martin Fellinger aus der Stadt schaffen zu wollen. Wie einfach wäre es doch gewesen, die Aufmerksamkeit der Soldaten zu vermeiden, wenn sie allein in ihrer Verkleidung an ihnen vorbeigeeilt wäre.

»Armer Teufel«, raunte ein stämmiger Pikenier, der wohl vermutete, sie schaffe einen kaiserlichen Söldner aus der Stadt. Sein Nebenmann, der einen geschwärzten Birnhelm trug, fixierte sie mit argwöhnischen Augen. Thea antwortete nicht und lief weiter. Sie passierte das Tor und hatte endlich die Stadt hinter sich gelassen. Vor ihr lag das Elbufer. Die Brücke vor ihr war von den Magdeburger Verteidigern bereits vor Wochen zerstört worden, um die Kaiserlichen von der Stadt fernzuhalten. Thea mußte sich also nun entscheiden, ob sie versuchen sollte, auf einem der Kähne, die über den Fluß fuhren, zum anderen Ufer überzusetzen oder ob sie die Stadtmauer entlangziehen sollte, bis sie an den Rand der Neustadt gelangt war. Sie mußte Martin nur schnell fortschaffen, denn hier am Elbufer befand sie sich inmitten Hunderter Soldaten, welche die Stadt bereits wieder verlassen hatten und mit ihrer Beute zurück in die Lager eilten. Viele dieser rußgeschwärzten Gestalten waren mit dem Blut der Magdeburger befleckt.

Eine Hand langte nach Theas Schulter. Sie erschrak und erstarrte. Im nächsten Moment wurde ihr der Hut vom Kopf gerissen.

Sie drehte sich um und sah den Soldaten mit dem Birnhelm vor sich. »Hab ich's mir doch gedacht«, sagte er. »So klein und dürr ist keiner unserer Offiziere.«

Als der Mann mit der Hand ausholte, um sie zu schlagen, zog Thea den Dolch hervor und stach ihn dem Söldner in die Brust. Es war eine ungelenke Attacke. Das Messer prallte auf eine Rippe und fiel ihr aus der Hand. Der Soldat taumelte zurück, preßte eine Hand auf die Wunde und stieß einen lauten Schrei aus.

Dutzende Augenpaare richteten sich auf sie. Zwar schienen die Soldaten noch nicht recht zu begreifen, warum ihr Kamerad solch wütende Wehklagen ausstieß, doch es würde sicher nicht lange dauern, bis sie ihm zu Hilfe eilten. Thea blieb nun nur noch eine Möglichkeit zur Flucht. Sie hob den Dolch auf und durchtrennte damit das Seil, mit dem sie Martin an die Karrette gefesselt hatte, dann faßte sie ihn um die Schultern und schleppte ihn keuchend bis zum Ufer.

»Haltet sie auf, die Metze!« kreischte der verwundete Soldat. Thea beobachtete, wie sich die ersten Männer aus der Menge lösten und auf sie zueilten. Endlich hatte sie das

Ufer erreicht. Sie streifte den Mantel und die schweren Stiefel ab, dann schleifte sie Martin in das kalte Wasser der Elbe.

Sie waren nicht die ersten, die sich in den Fluß geflüchtet hatten. Zahlreiche Männer und Frauen trieben in der Elbe. Viele von ihnen wurden leblos von der Strömung davongetragen, andere hielten sich mit ungelenken Bewegungen über Wasser oder klammerten sich an die wenigen Bretter und Äste, die im Fluß trieben. Thea war in diesem Moment sehr froh, daß ihr Vater sehr viel mehr Wert darauf gelegt hatte, sie das Schwimmen zu lehren als das in seinen Augen überflüssige Lesen und Schreiben. Ohne diese Übungen hätte sie es wohl kaum geschafft, Martin an sich zu klammern und darauf zu achten, daß sein Kopf nicht untertauchte, während sie selbst bis in die Flußmitte schwamm.

An den Ufern und auf der Elbinsel hatten sich Musketiere aufgestellt und schossen auf die Flüchtenden im Wasser. Bleigeschosse surrten pfeifend über den Fluß. Mehrmals vernahm Thea das Ächzen von Menschen in ihrer Nähe, die sich kurz aufbäumten und dann reglos auf dem Fluß trieben, während sich das Wasser um sie herum rot färbte.

Hier in der Mitte des Flusses brachte sie die Strömung am schnellsten aus der Reichweite der Musketen. Thea wähnte sich bereits in Sicherheit, als ein Geschoß ihren Oberarm streifte. Sie schrie auf, konnte es aber verhindern, daß Martin ihr aus dem Arm glitt. Zwar war sie noch in der Lage, ihre Schulter zu bewegen, aber die Kugel hinterließ eine schmerzhafte Wunde. Jede Bewegung verursachte Schmerzen, und daher preßte sie Martin fester an sich und ließ sich einfach treiben. Sie schloß die Augen und überließ es dem Schicksal, ob sie dem Feuer der Musketen entkamen. Eine Weile noch vernahm sie die Schüsse, dann drang nur noch das Rauschen des Flusses an ihre Ohren.

Sie öffnete die Augen und sah, daß sie sich nicht mehr auf Höhe des Kampfgeschehens befanden. Thea bekam einen Ast zu fassen und klammerte sich an ihm fest. Die Strömung trug sie nach Norden und brachte sie fort von der Stadt, die unaufhaltsam im Feuer unterging.

Sie hatte keine Ahnung, wie lange sie auf der Elbe trieben. Es mochte mehr als eine Stunde vergangen sein, bis sie eine Stimme hörte. An einer Uferböschung stand ein kahlköpfiger Mann und winkte sie heran.

»Hier rüber. Hier seid ihr in Sicherheit«, rief er.

Mit letzter Kraft bewegte sich Thea auf das Ufer zu. Der Kahlköpfige kam zu ihr und half ihr, den bewußtlosen Martin aus dem Fluß zu schleppen.

Thea hustete und spuckte Wasser. Sie konnte es kaum begreifen, daß sie der Vernichtung der Stadt entkommen war und bemerkte nun erst die kleine Gruppe hinter dem Kahlköpfigen, denen Angst und Verzweiflung tief ins Gesicht geschrieben standen. Thea zählte neun Personen, darunter zwei Kinder.

»Lebt er?« Der Mann, der ihr geholfen hatte, hob Martins Kopf an.

Thea legte ein Ohr an Martins Brust und vernahm ein schwaches, aber beharrliches Pochen. »Er lebt«, bestätigte sie. »Aber er ist sehr schwach.«

»Auch du bist verletzt.« Der Kahlköpfige betrachtete besorgt Theas blutenden Arm. Sie berührte den Streifschuß und verzog das Gesicht.

»Ich bin Alfred.« Er erhob sich und blickte traurig auf den Rauch, der hinter den Bäumen in der Ferne gen Himmel stieg.

Einen Moment lang wurde es Thea schwindelig, und sie glaubte, die Besinnung zu verlieren. Sie holte tief Luft, und ihr Kopf wurde etwas klarer. Eine lähmende Müdigkeit, die jede Bewegung schwer machte, breitete sich in ihr aus. Sie legte sich auf den Rücken und schaute in den Himmel, an dem die unheilvollen Rauchwolken vorüberzogen. Selbst hier zeugte der trockene Brandgeruch noch vom schrecklichen Schicksal Magdeburgs. Ihre Hand tastete nach Martin. Plötzlich war sie unglaublich erleichtert darüber, daß er sich an ihrer Seite befand.

Thea kamen die Menschen in den Sinn, die in Magdeburg zurückgeblieben waren und die an diesen Tag den Tod fanden. Sie weinte, als sie an all die Frauen dachte, mit denen sie im Hurenhaus zusammengelebt hatte und von denen ihr einige ans Herz gewachsen waren. Auch der Verlust von Julius, der lange Zeit wie ein Bruder für sie gewesen war, bevor er zum Dieb wurde, war nur schwer zu ertragen.

Eine ganze Stadt – vernichtet an nur einem Tag. Tausende, die in wenigen Stunden den Tod fanden.

Kapitel 5

Bis zum Einbruch der Dämmerung war die Gruppe zwar auf mehr als dreißig Personen angewachsen, doch in Relation zu den unzähligen Leichen, die wie in einer bizarren Prozession in der Elbe an ihnen vorbeigetragen wurden, stellten sie nur ein elendes Häufchen dar.

Viele von ihnen weinten unablässig. Es wurde kaum gesprochen, und die meisten der blassen Gesichter waren von Todesangst gezeichnet. Nur Alfred schien sich seinen Tatendrang bewahrt zu haben. Unermüdlich hielt er sich in der Nähe des Ufers auf, versuchte im Fluß Leben auszumachen und organisierte die Versorgung der Verletzten.

Einige der Geretteten starben unmittelbar, nachdem man sie ans Ufer gezogen hatte. Alfred ließ die Toten zurück in die Elbe tragen, um den Überlebenden den Anblick der Leichen zu ersparen. Mehrere Male schon hatte er sich neben Thea gehockt und nach Martins Zustand gefragt. Thea vermutete, daß er darauf hoffte, daß die Schwächsten der Gruppe den Lebensatem aushauchten, bevor sie von hier aufbrachen.

Zum Glück war es ein warmer Tag. Thea zog sich und Martin bis auf die Unterkleider aus und legte die nassen Sachen zum Trocknen in die Sonne. Martin war sehr schwach, aber stets wenn sie nach seinem Herzschlag tastete, spürte sie das beharrliche Pochen unter ihrer Hand, das sie erleichtert aufatmen ließ. Für eine kurze Zeit war er sogar zur Besinnung gekommen und hatte die Augen geöffnet. Sie sprach ihn bei seinem Namen an, doch er reagierte nicht darauf und blieb abwesend. Dann ließ ihn die Erschöpfung wieder in einen tiefen Schlaf fallen.

»Bleibe bei mir«, flüsterte sie in Martins Ohr. »Ich habe mein Leben nicht aufs Spiel gesetzt, damit du an diesem jämmerlichen Ort stirbst.« Sie schmiegte sich eng an ihn und versuchte ihm ein wenig Wärme zu geben.

Ihre Wunde am Oberarm brannte schmerzhaft. Unter den Geretteten befand sich die Frau eines Apothekers, die Martins und auch Theas Wunde auswusch und ein Hemd in Streifen riß, um damit einen Verband anzulegen. Trotzdem benötigte Martin dringend die Hilfe eines Arztes. Es war nur eine Frage der Zeit, bis sich seine Wunde entzünden und ihm ein Fieber die letzte Kraft rauben würde.

Die Nacht brach herein. Thea verspürte ein Hungergefühl, aber es gab nichts zu essen für sie. Der letzte Überlebende war vor mehr als drei Stunden zu ihnen gestoßen, und die Dunkelheit machte es unmöglich, die schwachen Lebenszeichen im Fluß zu erkennen.

Thea begrüßte die Dunkelheit, die sich wie ein gnädiger Schleier über die Schrecken dieses Tages legte. Doch die Nacht war nicht schwarz. Selbst aus der Entfernung mehrerer Meilen erreichte sie der Schein des großen Feuers.

Von einer Anhöhe aus beobachteten einige von ihnen schweigend, wie das stolze Magdeburg von den Flammen verzehrt wurde. Zusammenstürzende Häuser schleuderten Funkenregen in das Firmament, und wenn der Wind auffrischte, trug er schwach die Schreie der Menschen zu ihnen, die noch immer inmitten des Infernos mit dem Tode rangen.

Diese Schrecken ertrug Thea nicht länger, sie ging zurück zu Martin. Gefangen in einem Traum, zuckten seine Hände. Die Lippen formten tonlose Wörter. Welche Bilder mochte sein Geist ihm vor Augen halten? Sie hoffte, daß es sich um eine bessere Zeit handelte und nicht um die Erinnerung an das, was mit ihm und seiner Frau geschehen war. Seine Gesichtszüge wirkten entspannt, also nahm sie an, daß er keinen Alptraum durchleben mußte.

Alfred setzte sich neben sie und betrachtete Martin eine Weile nachdenklich. Dann sagte er: »Wir müssen befürchten, daß wir in dieser Gegend schon bald auf kaiserliche Truppen stoßen werden.«

»Oder sie auf uns«, meinte Thea.

Er nickte. »Wir sind nicht weit genug von Magdeburg entfernt, um vor ihnen sicher zu sein, und wir alle haben mit eigenen Augen gesehen, wozu diese Teufel fähig sind. Darum dürfen wir nicht an diesem Ort verharren.«

»Aber sieh dir diese Menschen an! Viele sind schwach und hungrig und vom Schrecken gelähmt. Sie können kaum einen Fuß vor den anderen setzen.«

»Wir haben mehrere Stunden lang geruht. Das muß genügen.«

Alfred bedachte Martin mit einem skeptischen Blick und rieb sich über sein kahles Haupt. »Ist er dein Ehemann?«

Sie schüttelte den Kopf. »Nein. Ich ... ich kenne ihn kaum.«

»Gut«, sagte er. »Wir werden ihn zurücklassen müssen.«

»Er wird sterben.«

»Er ist doch schon so gut wie tot.«

Thea schaute Alfred entsetzt an.

»Der Mann wäre nur eine Belastung für uns. Wer sollte ihn tragen?«

»Nein«, sagte Thea entschieden. »Ich werde ihn nicht zurücklassen.«

»Dann werden wir ohne euch gehen müssen.« Alfred erhob sich und zog einen Dolch hervor. »Ein schneller, gnädiger Tod würde ihn von seinem Leiden erlösen. Überlege es dir!«

Er ging davon und ließ Thea ratlos zurück. Seine Offerte widerte sie an, aber sie konnte verstehen, daß es in seinen Augen die einzig richtige Lösung war. Es stand nicht gut um Martin, und auch Thea zweifelte daran, ob er die Nacht überstehen würde. Durfte sie ihr eigenes Heil für diesen Mann aufs Spiel setzen, der dem Tod näher war als dem Leben?

Sie hatte eine Entscheidung getroffen, als sie ihn von seiner Frau getrennt und unter größten Gefahren aus der Stadt geschafft hatte. Sollten all diese Mühen vergeblich gewesen sein? Thea sträubte sich gegen den Gedanken, Martin durch Alfreds Dolch mit einem raschen Tod zu erlösen. Sie hatte zuviel Blut an diesem Tag fließen gesehen.

Noch einmal hockte sich Alfred zu ihr. »Ist deine Entscheidung endgültig?« wollte er wissen.

Thea zögerte einen Moment lang. Sie wollte nicht allein zurückbleiben. Der Gedanke an die Einsamkeit machte ihr Angst, aber sie würde Martin Fellinger nicht im Stich lassen.

Also nickte sie und sagte: »Ich bleibe bei ihm.«

Bald schon machten sich die anderen zum Aufbruch bereit. Die Frau des Apothekers zeigte sich entsetzt über Theas Entschluß, nicht mit ihnen zu gehen und redete vehement auf sie ein, um sie umzustimmen. Thea hingegen schüttelte nur den Kopf und verteidigte ihre Entscheidung.

»Ich bedauere deine Sturheit«, meinte Alfred und zog eine enttäuschte Miene. »Du bist eine tapfere und entschlossene Frau. Diesen Menschen hier könntest du von weit größerem Nutzen sein als deinem sterbenden Freund.«

Seine Worte klangen einleuchtend, doch sie änderten Theas Entschluß nicht.

»Ich lasse Martin nicht zurück.«

»Du bringst dich selbst in Gefahr.«

Alfred schwieg einen Moment lang, dann teilte er Thea mit: »Wenn er bereits in dieser Nacht stirbt und du uns folgen willst, so lauf nach Osten. Wir werden versuchen, bis zum Tagesanbruch den Marktflecken Netzau zu erreichen.«

»Ich wünsche euch allen Glück«, erwiderte Thea.

»Wir werden es brauchen können.« Alfred drückte ihre

Schulter und rief seine Schützlinge zusammen. Thea bettete Martins Kopf in ihren Schoß und verfolgte mit Bangen, wie die Magdeburger sich im Dunkel der Nacht entfernten. Sie war allein – allein mit einem Sterbenden.

Es war kühl geworden. Thea preßte sich an Martin und bemerkte, daß er die Augen geöffnet hatte. Auf seinem Gesicht glänzte Schweiß. Als sie eine Hand auf seine Stirn legte, fühlte sie, daß er fieberte.

»Sophia«, phantasierte er. »Fort ... fort ... der Tod greift nach uns ...«

Thea küßte sanft seine fiebrige Wange. »Ich bin bei dir. Hab keine Angst.«

Sie entdeckte den Anflug eines Lächelns in seinen Zügen, bevor er wieder einschlief. Anscheinend glaubte er wirklich, seine Frau säße neben ihm.

Auch Thea versuchte, zur Ruhe zukommen. Die Strapazen des vergangenen Tages hatten ihre Glieder schwer wie Blei werden lassen, doch sobald sie die Augen schloß, tauchten in ihrem Kopf erneut die schrecklichen Bilder auf. Sie sah die Menschen, die unter den Schwertern ihr Leben ließen oder im Feuer starben; Mütter, die mit ihren Kindern vom Wall in den Tod sprangen.

Irgendwann glitt sie trotzdem in einen unruhigen Schlaf, fuhr aber bei jedem Geräusch erschrocken hoch.

Als sie schließlich aufwachte, erkannte sie am Stand der Sonne, daß es bereits später Vormittag sein mußte. Martins Zustand hatte sich nicht verändert. Sie selbst fühlte sich durch den Schlaf erfrischt, wenngleich ihr Magen sich vor Hunger schmerzhaft zusammenzog.

Die Elbe trug nun kaum noch Leichen mit sich. Von der Anhöhe aus sah Thea, daß Magdeburg noch immer brannte. Die Flammen schlugen allerdings nicht mehr so hoch wie am Tag zuvor.

Es war für sie und vor allem für Martin wichtig, um zu überleben, daß sie etwas zu essen auftrieb. Barfuß streifte

Thea durch den Wald und humpelte bereits nach kurzer Zeit, da sich immer wieder spitze Steine in ihre Fußsohlen bohrten. Sie fand viele Pilze, aber sammelte nur einige Mairitterlinge und Schirmlinge, von denen sie wußte, daß man sie essen konnte.

Die Pilze schmeckten mehlig und bitter. Thea würgte sie dennoch hinunter, um den ärgsten Hunger zu stillen. Auch für Martin suchte sie eine Handvoll zusammen.

Auf dem Weg zurück zu ihm stieß sie auf einer Lichtung auf eine halbverfallene Bauernkate. Die aus grobem Bruchstein gebaute Hütte war verlassen. Sie mußte bereits seit Jahren leer stehen. Am rechten Giebel war der Dachstuhl eingebrochen, und in dem noch überdachten, schmutzigen Innenraum fand sie nichts außer zahlreichen Vogelnestern und Spinnennetzen.

Thea schaute sich noch eine Weile um, dann kehrte sie zu Martin zurück.

Er sträubte sich in seinem fiebrigen Halbschlaf beharrlich dagegen, die Pilze hinunterzuschlucken, und so gab sie es nach einer Weile enttäuscht auf, ihn zum Essen zu zwingen.

Sie löste seinen Verband und betrachtete besorgt die in den vergangenen Stunden stark angeschwollene Wunde. Als sie vorsichtig an der Blutkruste kratzte, zuckte er zusammen und stöhnte laut. Die Schmerzen mußten furchtbar sein.

Lange hockte sie einfach bei ihm und lauschte dem Knarren der Bäume, das wie das Heulen von Gespenstern klang. Thea versuchte, die traurige Welt um sie herum zu vergessen, und stellte sich erneut die Fragen, die sie quälten, seit sie Martin Fellinger aus Magdeburg fortgeschafft hatte.

Durfte ich ihn von seiner Frau trennen? Hätte ich ihn in seinem Haus an ihrer Seite sterben lassen sollen? Wird er überhaupt jemals ein Leben ohne sie führen wollen?

Wird er mich verdammen für das, was ich ihm angetan habe?

Thea wußte, was es bedeutete, die Menschen zu verlieren, die einem am Herzen lagen. Das Leben erschien sinnlos, aber die Erfahrung hatte sie gelehrt, daß ein solcher Verlust nicht das Ende bedeutete. Sie selbst hatte einst innerhalb weniger Jahre ihre gesamte Familie zu Grabe tragen müssen.

Das Leben war ein Geschenk, das ihr Gott, die Natur oder wer auch immer bereitet hatte, und sie hatte sich stets mit aller Kraft dagegen gewehrt, dieses Geschenk zu verdammen. Ihr starker, unerschütterlicher Wille zu überleben war seit jeher die Kraft, die sie vorantrieb.

Aber besaß auch Martin Fellinger diese Kraft?

Während sie ihren Gedanken nachhing, setzte ein leichter Nieselregen ein. Thea fluchte leise. Noch eine Nacht in nassen Kleidern würde für Martin den sicheren Tod bedeuten. Sie mußte ihn zu der verlassenen Kate schaffen. Dort war es zwar dreckig, aber zumindest würde die Hütte ihnen Schutz vor dem Regen bieten.

Es war nicht einfach, Martin zur Kate zu schleppen. Thea legte seinen Arm um ihre Schulter, und es bereitete ihr Mühe, ihn auf den Beinen zu halten. Nach der Hälfte des Weges stürzte sie auf den Waldboden. Schwindel umfing sie, und sie glaubte, sich übergeben zu müssen, doch schließlich sammelte sie ihre letzten Kräfte und zog Martin wieder auf die Beine.

Sie erreichten die Kate, unmittelbar bevor der Nieselregen in einen Wolkenbruch überging. Eine Maus huschte davon, als sie Martin auf den Lehmboden niederlegte. Leider gab es in der Hütte nichts, um es ihm bequemer zu machen. Thea zog sich bis auf ihr knielanges Unterkleid aus, legte die Kleidung unter Martins Kopf und schlang die Arme um seinen zitternden Körper. Der Regen trommelte auf das Dach. Müde von der Anstrengung dieses Tages schlief sie ein.

Vogelgezwitscher weckte Thea. Sie blinzelte müde und betrachtete die beiden Spatzen, die in der Fensteröffnung herumspazierten. Zartes Sonnenlicht fiel in die Kate. Thea richtete sich auf und schaute zu Martin, der friedlich neben ihr schlief. Die Sonne blendete sie ein wenig, aber dennoch genoß sie die wärmenden Strahlen. Es war beruhigend, daß die Welt keineswegs ihre simple Schönheit verloren hatte. Nach den Ereignissen der letzten Tage hätte sie kaum noch daran glauben mögen.

Martin stöhnte leise. »Schlaf«, sagte Thea. Sie betrachtete mit Sorge die Wunde. Das Fleisch um den Durchschuß hatte sich gelblichbraun verfärbt. Die Schwellung war vorangeschritten und hatte den Umfang einer großen Männerhand angenommen. Sie würde die Entzündung kühlen müssen. Vielleicht fand sich draußen eine Pfütze, in der sie ein Stück Stoff anfeuchten konnte.

Thea trat aus der Kate. Seufzend reckte sie die Arme. Die Wunde an ihrem Oberarm zwickte unangenehm. Sie ging hinter die Hütte und entleerte ihre Blase. Während sie da hockte, überlegte sie, was nun mit ihr und Martin Fellinger geschehen sollte. In seinem Zustand würden sie kaum den nächsten Marktflecken erreichen können. Seine Wunde mußte versorgt werden, sonst würde ihn die Entzündung schon bald das Leben kosten. Diese ganze Situation war so verdammt hoffnungslos, und es machte sie wütend, daß sie zur Untätigkeit gezwungen war.

Ein Geräusch ließ sie zusammenfahren. Das Schnauben eines Pferdes, nicht weit entfernt von der Kate. Thea blieb ruhig sitzen und lauschte. Nun vernahm sie auch vereinzelte, anschwellende Stimmen. Sie schluckte trocken. Handelte es sich um einen Spähtrupp der Kaiserlichen oder stieß womöglich eine weitere Gruppe Überlebender aus Magdeburg zu ihnen?

Sie hörte das Poltern eines größeren Wagens und ein lautes Rufen in einer fremden Sprache. Das konnten keine Leute aus Magdeburg sein.

Martin, dachte sie erschrocken. Sie mußte Martin aus der Kate schaffen und im Wald verstecken, solange noch Zeit blieb.

Thea wollte in die Kate laufen, doch nach wenigen Schritten prallte sie gegen einen massigen Leib. Zwei Söldner gafften sie neugierig an, und ihr wurde plötzlich bewußt, daß sie nur ein dünnes Unterkleid trug.

»Kuka sinä olet?« sagte der jüngere der beiden und lachte leise. Thea hatte keine Ahnung, was das für eine Sprache sein mochte. Sie hatte davon gehört, daß in der Armee der Kaiserlichen kroatische Söldner kämpften, doch wie Südländer sahen diese beiden hellhäutigen, blonden Männer nicht aus.

Der andere winkte sie zu sich heran. *»Tule hieman lähemmäksi.«*

Thea rührte sich nicht von der Stelle und kreuzte die Arme vor der Brust.

»Astukaa taakseppäin!« erklang es im Befehlston hinter dem Rücken der Söldner, was diese veranlaßte, schnell zur Seite zu treten. Ein weiterer Mann kam herbei und musterte Thea verwundert. Er war ein wenig älter als die beiden Burschen und trug elegantere Kleider. Sein Wams schmückte eine goldbesetzte Schärpe und mehrere bunte Bänder. An seinem Gürtel befand sich ein verzierter Degen. Allem Anschein nach handelte es sich um einen Offizier, denn die beiden Soldaten zogen sich rasch zurück.

Zu Theas Überraschung sprach der Offizier nun auf deutsch mit ihr. »Ich muß mich für das Verhalten dieser Kerle wohl entschuldigen.« Er musterte sie mit einem Blick aus wasserblauen Augen. Aus seiner Stimme war ein leichter Akzent herauszuhören.

Thea beruhigte sich. »Wer seid Ihr?«

»Mein Name ist Jöran Poutiainen, Rittmeister im Dienst der Armee König Gustav Adolfs.«

»Ihr seid Schwede?«

Er schüttelte den Kopf. »Finne. Ich befehlige ein finnisches Reiterregiment, das der schwedischen Armee unterstellt wurde.«

Der Offizier führte sie um die Kate, wo auf dem Platz vor der Hütte rund zwei Dutzend Reiter und vielleicht vierzig Fußsoldaten sowie zwei Planwagen eingetroffen waren. Einige der Soldaten trugen Verbände, und an nicht wenigen Hemden klebte Blut.

»Wir wurden als Vorhut entsandt. Vor zwei Tagen gerieten wir in ein Scharmützel mit einer Einheit der Kaiserlichen und haben bittere Verluste zu beklagen. Glücklicherweise wurde ein Medicus zu uns geschickt.«

»Ein Arzt?« brachte Thea aufgeregt hervor. »Unter euch befindet sich ein Arzt?«

Jöran Poutiainen nickte und schien nicht recht zu verstehen, warum das so wichtig für sie war.

»Bringt mich zu ihm, bitte!«

»Warum?«

»In der Kate befindet sich ein Mann, der dem Tode nahe ist. Er braucht dringend Hilfe.«

Der Rittmeister schwieg einen Moment und musterte ihren verletzten Oberarm. »Du bist aus Magdeburg?«

»Wir sind vor zwei Tagen von dort geflohen, als die Stadt geplündert und niedergebrannt wurde.«

»Kuriere haben uns die betrübliche Nachricht überbracht«, sagte Jöran Poutiainen. »Wir hätten die Stadt entsetzen müssen, doch es wurde zu lange gezögert. Ich habe nie begriffen, warum.«

»Dann zögert jetzt nicht noch einmal. Schafft Euren Arzt herbei, damit er das Leben dieses Mannes rettet.«

»Wartet.« Der Rittmeister trat zum vordersten Wagen und kehrte kurz darauf mit einem untersetzten, etwa fünfzigjährigen Mann zurück, der einen verschlissenen schwarzen Wollmantel trug und schwankend seine Schritte setzte. Sein Gesicht wirkte grobschlächtig wie das eines Bauern oder Tagelöhners. Trotz des grauen Bartes konnte Thea erkennen, daß die Wangen des Mannes von roten Äderchen durchzogen waren. Dazu hing ihm allzu deutlich der Dunst von billigem Wein an.

Ein Betrunkener, seufzte Thea in Gedanken.

»Ich bin Conrad«, sagte der Mann und rülpste dabei leise.

»Seid Ihr ein Arzt?«

»Hab nie eine Universität besucht, wenn du das meinst, Mädchen, aber ich verstehe mich auf die Behandlung von Brüchen, Wunden, Verbrennungen und eben all dem, was ein Soldat in der Schlacht erleiden kann.«

»Euch schickt der Himmel.« Thea nahm ihn an die Hand und brachte ihn zu Martin in die Kate. Dort untersuchte Conrad den Durchschuß. Thea fiel auf, daß die Finger des Arztes zitterten.

»Könnt Ihr ihm helfen?« fragte sie nach einer Weile.

»Brauchst nicht so förmlich zu sein. Bin kein Offizier oder sonst jemand, dem man übertriebenen Respekt zollen müßte.«

»Trotzdem – könnt Ihr … kannst du diesen Mann heilen?«

»Er hat sicher viel Blut verloren, und womöglich stecken noch Splitter der Pistolenkugel in seinem Leib. Müßte sie entfernen, aber das könnte ihn das Leben kosten. Zumal ein starkes Fieber an seinen Kräften zehrt.«

»Und wenn du diese Splitter nicht entfernst? Wird er dann trotzdem sterben?«

Conrad nickte verhalten.

»Wenn es für ihn auch nur die geringste Chance gibt, einen solchen Eingriff zu überstehen, dann bitte ich dich, ihn auszuführen.«

»Wir rasten hier nur kurz, und während der Fahrt werde ich den Eingriff nicht vornehmen können. Unser Wagen ist beladen mit Männern, denen es nicht besser ergangen ist als deinem Begleiter«, meinte Conrad. »Ich hab mehr als genug Arbeit mit den Finnen, und das Heer ist zwei Tagesreisen von uns entfernt.«

»Du bist doch ein Christ. Ich bitte dich in Gottes Namen ...«

Jöran Poutiainen legte eine Hand auf Conrads Schulter. »Sie hat recht. Wir sollten sie mit uns nehmen. Die Magdeburger haben genug gelitten. Wir haben etwas an ihnen gutzumachen.«

Thea bemerkte, wie Conrad ihren nur mit dem dünnen Hemd bedeckten Körper verstohlen musterte, und sie erkannte in seinem Blick einen lüsternen Ausdruck. Wenn das der Lohn war, den er sich erhoffte, so war sie durchaus bereit, ihn für Martins Leben zu entrichten. Dieser Trinker mochte kein ausgewiesener Fachmann auf seinem Gebiet sein, aber er war der einzige Arzt, der zur Verfügung stand.

Thea ergriff Conrads Hand und rückte näher an ihn heran, so daß ihre Brust seine Schulter streifte. Er schien damit nicht gerechnet zu haben, denn er sog tief den Atem ein, und sein Körper spannte sich.

»Hilf diesem Mann!« Sie beugte sich nah an Conrads Ohr und flüsterte ihm zu: »Dann werde ich alles für dich tun, was du willst.«

Conrad grinste erwartungsvoll und begriff anscheinend sofort, worauf sie anspielte. »Nun gut. Wir schaffen deinen Begleiter auf meinen Wagen«, sagte er. »Wenn das Fieber zurückgeht und er noch leben sollte, bis wir die Armee erreichen, nehme ich den Eingriff vor. Auch wenn meine Schwester mir den Teufel an den Hals wünschen wird, wenn wir nun zwei Mäuler mehr zu stopfen haben.«

»Gott wird dir deinen Großmut vergelten.« Thea beugte

sich vor und küßte Conrad auf die Wange, damit er seinen Entschluß nicht in Zweifel ziehen würde.

Thea mußte sich schon bald eingestehen, daß das geringschätzige Urteil, das sie sich über Conrad gebildet hatte, voreilig gewesen war. Sie hatte in dem Feldscher nur einen Trinker mit spärlichen medizinischen Kenntnissen vermutet, doch ihr wurde bald klar, daß die Art und Weise, wie er sich um Martin kümmerte, auf einer langjährigen und gründlichen Erfahrung mit Heilkräutern und der Kunst der Wundchirurgie beruhte.

Conrad wusch Martins Wunde sorgfältig aus, pflückte dann in der Nähe der Kate eine Handvoll Spitzwegerich und zerkaute die Blätter gründlich. Diesen Brei preßte er auf die Wunde und verband sie neu. In seinen Vorräten befand sich außerdem ein Vorrat an zerkleinerter Weidenrinde, die er zu einem Tee aufgoß. Er trug Thea auf, Martin zu jeder Stunde einen Becher davon einzuflößen, um das Fieber zu senken. Zwar fieberte Martin auch weiterhin, aber seine Stirn fühlte sich schon bald nicht mehr ganz so heiß an, und er phantasierte kaum noch.

Sie reisten auf Conrads Wagen, der von zwei plumpen Stuten gezogen wurde. Martin legten sie neben vier verletzte Finnen unter das Plandach. Thea blieb auf dem schwankenden Gefährt die meiste Zeit in seiner Nähe, doch ab und an gesellte sie sich auch zu Conrad auf den Bock und erfuhr, daß sich der Feldscher und seine Schwester dem schwedischen Heer vor sechs Monaten angeschlossen hatten. Ein Wundarzt, so erklärte er ihr, konnte in einem fahrenden Heer niemals über einen Mangel an Arbeit klagen, auch wenn nur wenige Landsknechte und Troßleute in der Lage waren, seine Dienste angemessen zu entlohnen.

Endlich bekam Thea auch etwas zu essen. Gierig schlang sie das Dörrfleisch hinunter, das Conrad ihr reichte. Ihr wurde fast ein wenig übel dabei, trotzdem war es ein herrliches Gefühl, wieder einmal satt zu werden.

Eine Weile ritt Jöran Poutiainen neben Conrads Wagen. Thea fragte ihn, wieso er die deutsche Sprache beherrschte. Der Rittmeister berichtete ihr, daß er lange Zeit bei einem Onkel in Lübeck gelebt hatte, bevor er nach Finnland zurückgekehrt war, um die Universität zu besuchen. Er erzählte Thea außerdem, daß seine Frau ihn auf diesem Feldzug begleitete und daß sie in wenigen Wochen ihr erstes Kind erwartete.

Thea begann Conrad und auch Jöran Poutiainen schnell zu mögen. Die beiden behandelten sie so aufmerksam und höflich, daß sie sich in der Gegenwart dieser beiden Männer sehr behütet fühlte. Nach den schrecklichen Ereignissen von Magdeburg tat es gut, eine gewisse Sicherheit zu spüren.

Der Feldscher und der Finne fragten sie danach, was in der Stadt geschehen war. Thea schilderte es ihnen, verschwieg aber viele Einzelheiten, die sie sich nicht mehr ins Gedächtnis rufen wollte.

Conrad äußerte die Vermutung, der schwedische König habe die Entsetzung Magdeburgs herausgezögert, um Tillys dezimiertes Heer hungernd in wüster Ödnis zurückzulassen. Ein Angriff auf die schwedische Armee sei für die geschwächten Kaiserlichen nun unmöglich geworden. Gustav Adolf habe somit seine erste Schlacht auf deutschem Boden gewonnen, ohne seine Soldaten überhaupt ins Feld zu führen.

Thea dachte in der Nacht noch lange über die Worte des Feldschers nach. Sie hielt Martin im Arm und überlegte, ob die Schweden wirklich für eine gerechte Sache kämpften. Tötete das strategische Machtkalkül womöglich jegliches Empfinden für die Menschen ab, die diesen Krieg ertragen mußten? War es ratsam, den Schutz einer solchen Armee zu suchen?

Conrads Stimme weckte sie in der Morgendämmerung.

»Dort, Mädchen! Schau!«

Thea kletterte auf den Bock und blickte in die Richtung, die Conrad ihr wies. Der Wagen stand auf einem Hügel, von dem aus sie in ein weites Tal schauen konnte.

»Gütiger Himmel!« entfuhr es Thea, und die Müdigkeit fiel von ihr ab. Eine halbe Meile von ihnen entfernt wälzte sich die schwedische Armee entlang eines breiten Flusses voran. Sie hatte niemals etwas Vergleichbares gesehen. Ein schier unendlicher Strom an Menschen, Pferden und Fuhrwerken bewegte sich auf sie zu. Auf dem Fluß begleitete eine ganze Armada von Kähnen und Booten die Armee, und abseits des Heerstroms wurden gewaltige Viehherden vorangetrieben.

Wie viele Menschen mochten das sein? Zwanzig-, dreißig- oder gar hunderttausend? Sie konnte es nicht abschätzen.

»Wir sind angekommen«, sagte Conrad und lächelte bitter. »Ein Zuhause aus Eisen, Schmutz und Blut – aber ein Zuhause.« Er setzte einen Weinschlauch an den Hals und genehmigte sich einen kräftigen Schluck.

Thea wandte sich zu Martin um. Er war aufgewacht, und sein Blick richtete sich starr auf das Dach des Wagens.

»Die Schweden«, sagte Thea. »Wir sind in Sicherheit, Martin.«

Martin nickte matt, ohne sie recht zu beachten. In seinen Augen sah sie Tränen schimmern.

Zweiter Teil

Kapitel 6

Conrad lenkte den Wagen die Anhöhe hinab, und bald schon wurden sie von der riesigen Heeresmasse verschluckt wie ein Fisch vom Maul eines Wales.

Gebannt betrachtete Thea die scheinbar endlosen Kolonnen der Soldaten. Die zumeist jungen Männer marschierten im dumpfen Takt der Heerpauken in lockeren Reihen mit lässig geschulterten Musketen oder langstieligen Piken. Viele Söldner stapften mit stoischer Miene daher, andere gaben Thea Handzeichen, riefen ihr Worte in fremden Sprachen zu und lachten gackernd.

Alles in allem wirkten die Soldaten ärmlicher, als Thea es erwartet hatte. Sie hatte sich die reichsschwedischen Verbände als eine gut ausgestattete, wohlgeordnete Armee vorgestellt, doch die Einheiten, die an ihr vorüberzogen, trugen zumeist ausgebleichte und schmutzige Kleidung. Die meisten führten einen Degen mit sich, dazu einen kleinen Rucksack, ein Lederkoller oder Küraß, und auf dem Kopf trugen sie einen Helm oder einen Filzhut. Manche hatten sich bunte Federn an ihre Kopfbedeckung gesteckt oder sich mit leuchtenden Rosetten geschmückt, als wollten sie es den hohen Offizieren gleichtun, die in auffallend prächtiger und protziger Kleidung die Regimenter auf stattlichen Pferden anführten.

Conrad schnalzte mit der Zunge und lenkte die Gäule im gemächlichen Trab durch die Gassen, die von den Einheiten gebildet wurden. Immer noch versuchten viele Männer, Theas Aufmerksamkeit auf sich zu ziehen. Inzwischen aber vernahm sie auch deutsche Rufe. »Steig vom Wagen, Mädchen, und lauf ein Stück mit mir«, meinte einer und ein anderer wurde ungleich deutlicher, als er mit einem breiten Grinsen auf dem Gesicht rief: »Wie wäre es mit einer Rast hinter dem Buschwerk dort? Meine Muskete ist geladen, und die Lunte glimmt bereits.« Der Kerl und seine Nebenleute lachten schallend. Thea quittierte seine Anzüglichkeiten mit einem koketten Zwinkern, das weitere Rufe provozierte.

Zumeist jedoch verstand sie die Rufe der Söldner nicht, auch wenn ihr klar war, was die Burschen von ihr wollten. Je weiter sie durch die Reihen der Landsknechte vorankamen, desto mehr fühlte Thea sich einem babylonischen Stimmengewirr ausgesetzt.

»Was sind das für Menschen?« fragte sie Conrad. »Warum kämpfen sie in dieser Armee?«

»Die schwedischen Einheiten setzen sich zum größten Teil aus Bauern zusammen, die in die Armee gezwungen wurden. Aber es befinden sich auch Deutsche, Finnen und Dänen unter ihnen, die freiwillig zum Heer gestoßen sind. Sie haben sich werben lassen, um der Armut zu entfliehen, die der Krieg über dieses Land gebracht hat. Dann sind da noch die Schotten – berüchtigte Verbrecher und Radaubrüder –, derer sich ihr Land entledigt, indem man sie in den Krieg verschifft. Alle diese Männer leben von ihrem kärglichen Sold und von den Plünderungen.«

Damit beuten sie dieses Land bis aufs Blut aus und treiben weitere Männer zu den Waffen, die ihrerseits zu Plünderern werden, überlegte Thea.

Sie warf einen Blick zu Martin, der hinter dem Kutschbock lag und trotz des schaukelnden Wagens und der anschwellenden Geräuschkulisse wieder eingeschlafen war. Das Sacktuch, das sie über ihm ausgebreitet hatte, war zur Seite gerutscht. Thea zog es zurecht und wandte sich wieder zu Conrad um.

»Aus welchem Grund hast du dich diesem Heer angeschlossen?« wollte sie wissen.

Conrad runzelte die Stirn. »Mir ist beizeiten klar geworden, daß es besser ist, ein Teil dieses mordgierigen Haufens zu sein, als in einer dunklen Nacht von ihnen überfallen und abgeschlachtet zu werden. Denn eine Krähe hackt der anderen kein Auge aus.«

Auf ihrem Weg passierten sie mehrere Reiterregimenter, mit Schanzwerkzeug beladene Wagenzüge und Kolonnen, welche die schweren Geschütze transportierten. Vor allem eine gewaltige Kanone versetzte Thea in Erstaunen. Das Feuerrohr und die Lafetten wurden von jeweils zwanzig Pferden gezogen. Conrad verriet ihr, daß es sich um einen 24-Pfünder handelte, der erst unmittelbar vor einer Schlacht zusammengesetzt werden konnte und dessen Reichweite mehr als eintausend Schritt betrug.

»Himmel«, meinte Thea, noch immer beeindruckt von der Menge an Kriegsgerät, das diese Armee mit sich führte. »Wer sollte sich einer solchen Kriegsmacht widersetzen können?«

Conrad lächelte bitter. »Es heißt, Tillys Heer wäre den Schweden zahlenmäßig weit überlegen. Aber seine Männer sollen sich in schlechterer Verfassung befinden. Die Belagerung von Magdeburg hat an ihren Kräften gezehrt, und nach der Zerstörung der Stadt leiden sie Hunger. Die Schweden sind besser ausgerüstet, jedoch unerfahren im Kampf. Seit ihrer Ankunft auf deutschem Boden haben sie es nur fertiggebracht, einige Städte zu plündern.«

Nachdem sie geraume Zeit durch die Söldner- und Artilleriekolonnen gefahren waren, wandelte sich das Bild dieser Armee. Inzwischen kamen ihnen kaum noch Soldaten entgegen, statt dessen begegneten ihnen mehr und mehr Zivilisten, darunter sehr viele Frauen und Kinder. Sie folgten dem Heer mit ihren Bagagewagen, Handkarren oder geschultertem Gepäck. Ihre Kleider waren ebenso zerschlissen und schmutzig wie die der Soldaten. Selbst wenn Thea sich auf dem Bock aufrichtete, konnte sie ihre Zahl nicht überblicken. Es mochten Tausende, ja Zehntausende sein, die sich der Armee angeschlossen hatten. Für Thea schien es so, als befände sich eine ganze Stadt auf dem Marsch.

»Dies nun ist unser eigentliches Ziel«, sagte Conrad und beschrieb mit der Hand einen weiten Bogen über die Leute. »Handwerker, Marketender, Glücksspieler, Dirnen, Soldatenweiber, Kurpfuscher und Bettler. Der stinkende Rattenschwanz von Gustav Adolfs stolzer Armee.«

»So viele«, raunte Thea. Sie fühlte sich wie erschlagen von diesem nicht enden wollenden Menschenstrom.

»Sie suchen nach Schutz – ebenso wie du«, sagte Conrad. »Aber es sind auch viele unter ihnen, die sich am Krieg bereichern wollen, sei es durch Raubzüge oder Betrug. Also schau besser zweimal in jedes Gesicht, dem du hier begegnest.«

Theas Auge folgte einer Krähe, die über sie hinwegflog. Die schwarzen Vögel waren überall. Sie hockten dicht gedrängt auf den Bäumen, flatterten in Schwärmen wie ein dunkler Schatten über dem gesamten Heerzug und stürzten sich gierig auf den Unrat, den der Menschenstrom hinter sich zurückließ.

Conrad reckte seinen Hals und schaute sich angestrengt in alle Richtungen nach dem Wagen seiner Schwester um. Thea hielt diese Suche für ein schwieriges Unterfangen, denn auch wenn viele dem Troß zu Fuß und mit leichtem Gepäck folgten, befanden sie sich inmitten von Hunderten Gefährten, Planwagen und Pferdekarren auf einer Breite von fast einer ganzen Meile.

»Wie willst du deine Schwester hier finden?« fragte Thea deshalb.

Conrad hielt den Blick auf die entgegenkommenden Fahrzeuge gerichtet. »Es gibt ein Zeichen. Siehst du die Fahnen und Tücher, die an den Wagen befestigt sind?«

Plötzlich fielen Thea die bunten Erkennungsmerkmale auf. An fast jedem Wagen waren an langen Holzstreben

Stoffetzen angebracht, die munter im auffrischenden Wind flatterten und von weither zu erkennen waren.

»An Katharinas Wagen befindet sich ein rotes Dreieckstuch. Halt Ausschau danach!«

Thea suchte nach dem Zeichen, und nach einer Weile entdeckte sie tatsächlich ein Tuch, das Conrads Beschreibung entsprach.

»Ja, das ist sie«, meinte Conrad mit Blick auf den noch ein gutes Stück entfernten Planwagen. Während sie sich dem Gefährt näherten, machte Conrad ein skeptisches Gesicht. »Katharina wird nicht erfreut darüber sein, daß ich euch beide aufgenommen habe.«

»Wir wollen euch nicht zur Last fallen.« Thea bereute diesen Satz, sobald sie ihn ausgesprochen hatte. Schließlich waren sie auf Conrads Hilfe angewiesen.

»Unsinn«, tat Conrad ihren Einwand ab. »Katharina mag eine giftige Zunge haben und stur wie ein alter Maulesel sein, aber tief in ihr steckt ein guter Kern.« Conrad nahm seine Pfeife aus dem Mund und legte sie neben sich auf den Bock. »Trotzdem danke ich dem Herrn auf Knien, daß Katharina meine Schwester ist und nicht die Frau, mit der ich das Bett teilen muß.«

Er lachte laut und trieb die Pferde an. Thea konnte den mit grauer Plane überspannten Wagen nun besser erkennen. Er war etwas größer als die meisten Gefährte in diesem Troß und wurde von zwei stämmigen Ochsen gezogen. An den Seiten waren Fässer und Kisten mit Seilen festgezurrt und auch ein Käfig, in dem sich mehrere Hühner befanden. Die Zügel auf dem Kutschbock führte eine hochaufgeschossene, hagere Frau, in deren knochigem Gesicht vor allem ein schmallippiger Mund und der stechende Blick auffielen. Sie trug ein schwarzes, schmuckloses Kleid sowie ein Kopftuch, das ihr Haar verbarg und ihre strengen Züge hervorhob.

»Katharina«, rief Conrad laut und winkte ihr. Seine

Schwester bemerkte ihn, ließ aber keine Regung erkennen. Als sich die beiden Wagen auf gleicher Höhe befanden, brachte sie die Ochsen zum Stehen. Conrads Schwester maß Thea mit argwöhnischer Miene, während sie mit ihrem Bruder sprach. »Wird Zeit, daß du zurückkehrst. Jonas Driekamp macht ein Geschwür an der Seite zu schaffen, und Elina, die Frau von Theodor Drahl, hat sich zwei Finger gequetscht, wahrscheinlich sind sie sogar gebrochen.«

Conrad hob beschwichtigend die Hände. »Gemach, Katharina. Zunächst möcht ich dich mit Thea bekannt machen. Sie wird uns eine Weile begleiten.«

Katharina verzog das Gesicht, als hätte man ihr Essig eingeflößt. »Was soll das heißen?«

»Na, was schon? Sie bleibt bei uns. Und auch der Mann an ihrer Seite, dem eine Kugel durch den Leib geschossen wurde.«

Conrads Schwester hielt in ihrer rechten Hand eine lange Gerte, die sie drohend auf Thea richtete. »Das kann nicht dein Ernst sein! Sie werden uns die letzten Vorräte wegfressen, und wer weiß, vielleicht bestehlen sie uns sogar.«

Thea fühlte sich in der Nähe dieser Frau nicht wohl. Auch wenn sie zunächst angenommen hatte, Conrad hätte in der Beschreibung seiner Schwester maßlos übertrieben, so befand sie nun, daß seine harten Worte dieser scheinbar herzlosen Vettel durchaus gerecht wurden.

»Sie sind aus Magdeburg, Katharina«, wandte Conrad ein. »Man hat ihnen alles genommen.«

Katharinas Augen blieben hart. »Und wenn sie aus den Pforten der Hölle geflohen wären ... Ich will sie hier nicht.«

»Das ist mir egal.« Der Ärger über seine Schwester ließ eine Ader an Conrads Kopf schwellen. »Sie bleiben! Finde dich damit ab!«

Nach diesem Machtwort strafte Katharina die beiden mit

verächtlichem Schweigen. Thea und Conrad trugen den bewußtlosen Martin vom Lazarettwagen und legten ihn zwischen Kisten und Truhen in Katharinas Gefährt nieder. Katharina verharrte derweil reglos auf dem Bock.

Sie kletterten vom Wagen. Conrad deutete zu dem Gefährt, auf dem sich noch immer die verletzten Finnen befanden. »Ich werde diese Männer zu ihrem Regiment schaffen. Du bleibst hier bei Martin und Katharina. Keine Angst. Sie wirkt bissig wie ein Wolf, aber sie wird dich nicht zerfleischen.«

Thea nickte, doch der Gedanke, sich mit Conrads mürrischer Schwester abgeben zu müssen, gefiel ihr ganz und gar nicht. Betrübt schaute sie dem Feldscher nach, wie er den Lazarettwagen wendete und davonfuhr. Als sie zu Katharina auf den Bock steigen wollte, fuhr jedoch die Gerte schmerzhaft auf ihre Finger nieder.

»Untersteh dich, hier heraufzukommen!« rief Katharina wütend. Noch einmal sauste die Gerte hinab und verfehlte Theas Gesicht nur knapp.

»Was soll das?« schimpfte Thea. »Hast nicht gehört, was dein Bruder gesagt hat? Er will, daß ich euch begleite.«

»Der Himmel weiß, mit welch sündhaften Verlockungen du ihn betört hast, aber bei mir gelingt dir das nicht. Wenn du mit uns kommen willst, dann mußt du uns zu Fuß folgen.« Mit diesen Worten peitschte Katharina die Gerte auf die Hinterteile der Ochsen und trieb sie zu einem raschen Trab an. Thea blieb zunächst wie erstarrt stehen und verfluchte dieses gräßliche Weib in Gedanken. Sie betrachtete ihre Hand, auf der die Gerte einen blutigen Striemen hinterlassen hatte. Dann endlich löste sie sich und lief dem Wagen hinterher.

Die Ochsen legten ein strammes Tempo vor. Schon bald geriet Thea völlig außer Atem. Ein unangenehmes Kneifen breitete sich an ihrer rechten Seite aus, und ihre nackten Füße schmerzten von all den Steinen und Wurzeln, die sich in ihre Fußsohlen drückten und ihr das Laufen mit jedem Schritt schwerer machten.

»Fahr langsamer!« keuchte Thea, doch ihre Stimme war zu schwach, als daß Katharina sie hätte hören können. Conrads Schwester trieb das Ochsengespann unerbittlich an. Nach kurzer Zeit war Thea so erschöpft, daß ihre Schritte immer schwerfälliger wurden, während sich der Wagen weiter entfernte. Ein panischer Gedanke ergriff sie. Der Wagen würde zwischen all den Gefährten verschwinden und Martin mit ihm. Sie mußte ihn in der Gewalt dieser schrecklichen Person zurücklassen, die ihn womöglich ohne eine Spur von Mitleid von ihrem Wagen stoßen und seinem Schicksal überlassen würde.

Während sie noch mit Katharina haderte, näherte sich ihr ein schlaksiger Kerl in schmutziger Kleidung, den ein unangenehm säuerlicher Geruch umgab. Er drängte sich neben sie, grinste sie an und entblößte dabei einige auffällige Zahnlücken.

»Schaust bedrückt aus, Mädchen«, meinte er. »Kann ich dich aufheitern?«

»Scher dich zum Teufel!« entgegnete sie.

»Aber, wer wird denn gleich fauchen wie eine Wildkatze.« Völlig unvermittelt schlang er seine Arme um Thea und zog sie an sich. »Hab dich nicht so. Ich kann dir schöne Stunden bereiten.«

Verzweifelt versuchte Thea sich loszureißen. Doch das Laufen hatte ihr zuviel Kraft geraubt, als daß sie sich ernsthaft hätte zur Wehr setzen können.

»Nimm die Finger von mir, du Mistfresser!« rief sie und konnte doch nicht verhindern, daß er sie noch enger an sich preßte. Er reagierte auf ihre Beschimpfung mit einem kehligen Lachen, das aber erstarb, als Thea ihm ins Gesicht spuckte. Einen Moment lang starrte er sie wütend an, dann schlug er ihr so hart mit der Faust gegen ihre Stirn, daß sich für einen Augenblick ihre Sicht trübte.

Thea erwartete den nächsten Schlag, kniff die Augen zusammen und hob einen Arm schützend vor ihren Kopf. Doch der Hieb erfolgte nicht. Statt dessen vernahm sie ein Surren und sofort darauf ein gequältes Jaulen.

»Scher dich fort, du schwachköpfiger Teufel!«

Sie öffnete die Augen und sah, wie Katharina die Gerte ein zweites Mal auf den Rücken des Mannes peitschte. Er brüllte wütend und entließ Thea aus seinem Griff. Als er auf Katharina losgehen wollte, brachte ihn ein weiterer Hieb dazu, schimpfend das Weite zu suchen.

Thea war auf die Knie gefallen. Katharina trat auf sie zu und reichte ihr die Hand. »Steh auf! Niemand hat es verdient, von solch einem Schwein belästigt zu werden.«

Ohne zu zögern, ergriff Thea die helfende Hand und ließ sich auf die Beine ziehen. »Danke«, sagte sie knapp.

Katharina schaute ihr einen Moment lang streng in die Augen. Dann fragte sie: »Wie ist dein Name?«

»Thea.«

»Also gut, Thea. Du brauchst ein sauberes Kleid. Du bist kleiner als ich. Ich werde eines von meinen umnähen müssen. Und wir besorgen dir Gamaschen.«

»Damit ich besser neben deinem Wagen laufen kann?« Thea gab sich keine Mühe, den Unmut in ihrer Stimme zu verbergen.

»Wir werden sehen«, meinte Katharina. »Fürs erste biete ich dir den Platz neben mir an. Wenn du allerdings zu stolz bist, kannst du auch weiterhin laufen.«

Katharina wandte sich um und ging. Thea stand einen Moment lang nur da und wußte nicht, was sie von dieser seltsamen Person halten sollte.

Sie seufzte und folgte Conrads Schwester auf wunden Fußsohlen.

Während sie Schulter an Schulter auf dem Bock saßen, verhielt sich Katharina reserviert und schweigsam. Eine Weile wechselten sie kein Wort miteinander, dann reckte Katharina ihr Kinn nach hinten zu Martin, der noch immer unter dem Plandach schlief.

»Dieser Mann«, sagte Katharina. »Bist du mit ihm verheiratet?«

Thea schüttelte den Kopf.

»Du lebst mit ihm?«

»Nicht einmal das.«

»Warum sorgst du dich dann um ihn?«

Es hätte wohl keinen Sinn ergeben, Katharina zu erklären, was sie mit Martin verband. Also sagte sie nur: »Ich weiß, daß er ein guter Mann ist.«

»Ein guter Mann?« Katharina verzog abfällig das Gesicht. »Männer sind selten gut. Sie sind wie Tiere. Schau dich um! Sie streifen durch das Land und gieren nach Blut. Ob sie in kaiserlichen oder schwedischen Diensten stehen, macht dabei keinen Unterschied. Das Übel der Welt liegt in der Natur des Mannes begründet.«

»Aber das trifft nicht auf meinen Begleiter zu. Und willst du behaupten, auch dein Bruder wäre ein blutgieriges Tier?«

»Allemal ein geiler Straßenköter, der den verlockenden Duft zwischen deinen Beinen gewittert hat.«

Thea hätte ihr gerne widersprochen, doch im Grunde schätzte Katharina ihren Bruder sehr treffend ein. Conrad hatte sich wohl vor allem deshalb hilfsbereit gezeigt, weil Thea sich ihm angeboten hatte, und sie zweifelte nicht daran, daß der Feldscher schon bald seinen Lohn einfordern würde.

Mit Einbruch der Dämmerung kam der Heerzug zum Stehen, und das Nachtlager wurde aufgeschlagen. Katharina und Thea errichteten ein schlichtes Zeltdach, das ein wenig windschief wirkte, aber ausreichend Schutz vor der Witterung bot. Sie breiteten Strohmatten auf dem Boden aus, die sie vor der klammen Feuchtigkeit der vergangenen

Regentage schützten. Vor dem Zelt entzündete Katharina ein Feuer und bereitete einen Eintopf aus Weißkohl, Speck und Zwiebeln zu. Thea kümmerte sich in der Zwischenzeit um Martin und flößte ihm einen Becher des fiebersenkenden Tees ein. Der Glasmaler schlug nur kurz die Augen auf und phantasierte über einen einäugigen Teufel, bevor er wieder einschlief.

Bald darauf kehrte Conrad zurück. Er verschlang den Kohleintopf und trank einen Krug Rotwein dazu. Zufrieden schaute er von Katharina zu Thea und schien sich darüber zu wundern, daß die beiden so einträchtig nebeneinander hockten. Dann wurde er auf Theas Füße aufmerksam.

»Deine Fußsohlen sind verschrammt und blutig«, bemerkte er stirnrunzelnd.

Thea hatte beschlossen, Conrad nichts davon zu erzählen, daß Katharina sich zunächst geweigert hatte, sie auf dem Wagen mitfahren zu lassen, und so entgegnete sie nur: »Ich bin auf einen Stein getreten.«

»Mit beiden Füßen?«

»War ein großer Stein.« Sie wußte, daß es eine dumme Antwort war, aber Conrad ließ das Thema fallen und widmete sich wieder seinem Weinkrug.

Thea zog sich auf den Wagen zu Martin zurück. Es dauerte nicht lang, bis der Feldscher ihr folgte, um Martin zu untersuchen. Er schob den Verband hoch und legte die häßliche Wunde frei, die in den letzten Stunden stark angeschwollen war.

»Der Wundbrand setzt ein«, sagte Conrad. »Das kann ihn umbringen.«

»Aber du hast versprochen, den Eingriff vorzunehmen und die Splitter aus seinem Leib zu entfernen, wenn er das Heer lebend erreicht. Er atmet noch, also steh zu deinem Wort.« Conrads Finger tasteten über das entzündete Fleisch. Martin stöhnte leise auf.

»Selbst wenn er den Eingriff übersteht, bräuchte es viele heilende Kräuter und Tränke, um ihn zu Kräften kommen zu lassen. Mir würden Kosten entstehen.«

Wieder einmal entdeckte Thea einen gewissen lüsternen Ausdruck in Conrads Augen. Die Worte seiner Schwester kamen ihr in den Sinn. Sie nahm seine Hand und legte sie auf ihre Brust. Die Finger schlossen sich sofort um die Wölbung und übten einen sanften Druck aus.

»Ich hab dir schon einmal gesagt, daß ich bereit bin, den erforderlichen Preis zu entrichten«, meinte Thea.

Conrad schob die Hand tiefer unter das Kleid und seufzte dabei leise. Dann nahm er die Hand von ihrer Brust und wollte sie zwischen ihre Beine schieben, doch Thea drückte ihn von sich und entzog sich ihm.

»Thea, bitte«, flehte Conrad.

Sie schüttelte den Kopf. »Mach ihn gesund, dann darfst du mich anfassen, wo du willst.«

»Vorher nicht?«

»Nein.«

Conrad brummte enttäuscht, fügte sich aber. »Es ist schon fast dunkel. Besser wär's gewesen, den Eingriff bei Tageslicht vorzunehmen. Wir werden deinen Freund trotzdem sofort operieren, denn mit jeder Stunde wird sich der Wundbrand weiter ausbreiten.«

»In Ordnung«, sagte Thea zufrieden. »Doch ich verlange noch etwas von dir.«

»So?« fragte Conrad argwöhnisch.

»Meine Blutungen sind ausgeblieben.«

»Du bist schwanger?« Der Feldscher schaute sie ausdruckslos an. »Was schert mich das?«

»Ich brauche von dir ein Mittel dagegen.«

»Du willst den Bankert also raustreiben.«

Thea nickte und mußte an die Worte der Hebamme ihrer Mutter denken, die einst davon gesprochen hatte, daß die Kinder der Huren zumeist von schwacher Konstitution waren, weil sich der Samen vieler Väter in ihnen vermengte. Und nicht wenige dieser Kinder starben bereits im Mutterleib.

»Ich habe mit ansehen müssen, wie meine Mutter nach einer Geburt langsam verblutet ist. Dieses Schicksal will ich nicht mit ihr teilen.«

»Wer sagt denn, daß auch dir so etwas widerfahren würde?«

»Hilfst du mir oder nicht?«

Conrad runzelte die Stirn. »Ich bin nicht im Besitz solcher Kräuter, aber Klara, eine Krämerin, die mir noch einen Gefallen schuldig ist, wird dir gewiß helfen können.« Er betrachtete Martin und meinte: »Ist er der Vater des Kindes?«

»Nein. Ich weiß nicht, wer der Vater ist.«

Sie hatte vermutet, daß ihn diese Offenheit überraschen würde, doch nachdem sie ihm bereits ihren Körper angeboten hatte, schien Conrad genau diese Antwort von ihr erwartet zu haben.

»Bist du eine Dirne?«

»Würde es dich stören, wenn's so wäre?«

Conrad lachte. »Nein, keineswegs.«

Ihr Gespräch wurde von einem lauten Grölen unterbrochen. Drei oder vier betrunkene Männer zogen am Wagen vorüber und sangen in schiefer Tonlage ein Sauflied mit zotigen Reimen, das manch sittsamer Frau die Schamesröte ins Gesicht getrieben hätte.

Thea zwinkerte. »Mir scheint, ich bin am richtigen Ort gelandet.«

Während Conrad seine chirurgischen Instrumente zusammensuchte, entfernte Thea Martins Verband und rieb die Blutkrusten mit Öl ein. Conrad legte mehrere langstielige Schraub- und Faßzangen bereit, dazu Lanzetten in verschiedenen Größen sowie sauberen Verbandsstoff. Auch ein Krug Branntwein durfte nicht fehlen, doch Conrad betäubte nicht Martin mit dem Alkohol, sondern setzte den Krug an seine eigenen Lippen und trank in kräftigen Zügen. Thea war nicht verborgen geblieben, wie sehr seine Hände wieder zitterten. War der Feldscher in diesem Zustand wirklich der richtige Mann, um mit den unförmigen Zangen die Reste des Bleigeschosses aus Martins Leib zu entfernen?

»Trink nicht soviel, und gib lieber ihm davon«, sprach sie Conrad ins Gewissen. »Er braucht es dringender als du.«

»Was weißt du schon«, knurrte Conrad. Er nahm noch einen letzten Schluck, dann stellte er den Krug zur Seite und steckte dem bewußtlosen Martin einen Lederstreifen zwischen die Zähne. Anschließend rollte er ihn auf die unverletzte Seite.

Conrad wies auf die beiden Talglichter, die er bereitgestellt hatte. »Du mußt die Lampen so halten, daß immer ausreichend Licht auf meine Hände fällt.«

Thea nickte. Der Feldscher zog ein kleines Glasflakon aus seinem Wams, mit dessen Inhalt er die Zangen und Messer beträufelte. Als er ihren fragenden Blick bemerkte, erläuterte er ihr den Sinn dieses Vorgangs.

»Das geweihte Wasser neutralisiert den Dunst des Todes, der an den Instrumenten haftet.«

»Wie viele Menschen sind unter deinen Händen gestorben, Conrad?«

Einen Moment lang schaute er versonnen drein. »Man könnte wohl ein Dorf mit ihnen bevölkern. Aber ebenso viele haben meine Operationen lebend überstanden. Ich denke, damit weise ich mehr Erfolg auf als die meisten meiner geschätzten Kollegen.«

Regen setzte ein und trommelte leise auf das Plandach des Wagens. Conrad gab Thea ein Zeichen, daß sie mit den Talglichtern näher an die Wunde rücken sollte.

Zunächst untersuchte er das zerrissene und blutverkrustete Gewebe und betrachtete mit besorgter Miene die dunklen Verfärbungen an den Rändern.

»Ich muß zuerst die Blutkruste und den Wundbrand entfernen. Er ist noch nicht sehr weit fortgeschritten. Trotzdem ist Eile geboten.«

Thea verfolgte aufmerksam, wie Conrad mit einem Skalpell fingerdicke Streifen an den Wundrändern abtrennte. Martin gab ein dumpfes Stöhnen von sich, blieb aber ansonsten völlig regungslos.

Nachdem er den Wundbrand aus dem Leib geschnitten hatte, tupfte Conrad das frische Blut von der Wunde und machte sich daran, mit einer Lanzette den Schußkanal zu weiten. Der üble Geruch von Blut und Eiter hing drükkend in der Luft. Conrad wechselte ständig zwischen dem Messer und einer schmalen Zange, mit der er verbrannte Stoffetzen aus der Wunde entfernte. Er arbeitete ruhig und sicher. Seine Hände zitterten nicht mehr. Scheinbar hatte der Branntwein ihm gutgetan.

»Nun folgt der schwierigste Teil«, meinte er und nahm eine der langen Faßzangen zur Hand. Das Instrument besaß an den Enden löffelförmige Mulden, die es einfacher machen sollten, die Metallsplitter zu greifen und aus dem Körper zu ziehen.

Thea bemerkte einen Schweißtropfen, der an Conrads Stirn hinunterlief.

»Halt ihn fest! Vor allem die Arme«, wies der Feldscher sie an. »Das wird schmerzhaft für ihn.«

Thea nickte. Sie stellte die Lampen ab und umfaßte Martins Ellenbogen.

Conrad behielt recht, denn sobald er begann, die Zange in die Wunde einzuführen, zuckte Martin unerwartet heftig zusammen und schlug die Augen auf. Seiner Kehle entrang sich ein kurzer Schrei, bevor er so fest auf das Lederstück biß, daß ein deutlicher Abdruck seiner Zähne darauf zu erkennen war, als er den Mund zum nächsten Schrei aufriß.

Conrad brach den Versuch ab und zog die Zange zurück.
»Festhalten, habe ich gesagt!« fuhr er Thea an.
»Du bringst ihn ja um.«
»Nein, ich rette ihm das Leben.«
Thea hielt Martin nun in einem festeren Griff, und Conrad setzte erneut die Zange an.
Martins Schreie schmerzten in Theas Ohren. Conrad fluchte laut. Während die Zange noch mit halber Länge in der Wunde steckte, griff er rasch zur Branntweinflasche und setzte sie sich an den Mund. Danach schloß er die Augen und tastete sich wie ein Blinder voran.
»Da ist etwas«, raunte Conrad.
Martin schrie nun nicht mehr, aber er keuchte heftig.
»Hab ich dich endlich.« Der Feldscher grinste. Mit ruhiger Hand zog er einen kleinen Bleisplitter aus der Wunde. Er ließ das Metall in Theas Hand fallen und arbeitete konzentriert weiter. Conrad entfernte insgesamt vier weitere Splitter und zahlreiche Stoffetzen. Er untersuchte den Schußkanal eingehend, bis er sich davon überzeugt hatte, daß er vollständig gereinigt war.
»Du hast gute Arbeit geleistet«, lobte ihn Thea.
Conrad hob die Schultern. »Ob ich erfolgreich war, wird sich erst in den nächsten Tagen zeigen. Die Erfahrung hat mich gelehrt, daß ein Mensch nach einem solchen Eingriff entweder die letzte Kraft verliert und stirbt, oder das Fieber verschwindet aus seinem Körper, und er wird genesen. Sein Schicksal liegt nun in Gottes Hand.«
Er langte nach einem Tiegel aus Ton, nahm den Deckel ab und strich die Wunden mit einer klebrigen Flüssigkeit ein.
»Was ist das?« wollte Thea wissen.
»Ein Digestivum, bestehend aus Eigelb, Oleum rossatum und Terpentin. Es wird helfen, eine Entzündung und eine allzu starke Schwellung des Fleisches zu vermeiden. Viele meiner Kollegen ziehen es vor, eine solche Wunde mit sie-

dendem Öl auszubrennen, doch ich vertraue auf diese neuartige Methode. Glaub mir, sie wird ihm nicht zum Schaden gereichen.«

»Oh, ich vertraue dir voll und ganz.«

Conrad runzelte die Stirn. »Vorhin klang das aber noch ganz anders.«

»Entschuldige.« Thea bedachte ihn mit einem Lächeln und küßte ihn auf die Stirn.

Sie wuschen Martin den Schweiß vom Körper, verbanden die Wunde mit sauberem Leinen und breiteten eine Decke über ihn aus. Martin war nun wieder ruhig, hielt die Augen geschlossen und schlief. Thea sah das als ein gutes Zeichen an.

Conrad räumte seine Instrumente zusammen, verstaute sie in einer Truhe aus Eichenholz und begab sich mit Thea unter das Zeltdach, das neben dem Wagen errichtet worden war. Katharina schlief, zusammengerollt in eine Decke, in einer Ecke.

Es war Conrad anzumerken, daß ihn der Eingriff sehr angestrengt hatte. Er wirkte müde, und als er seine Pfeife entzündet hatte, sog er seufzend den Rauch ein und behielt ihn lange bei sich, bevor er ihn entweichen ließ.

Thea nahm ihm die Pfeife aus dem Mund und genoß ebenfalls den würzigen Qualm, der für eine gewisse Beruhigung nach diesen aufregenden Stunden sorgte. Die Glut des Tabaks glimmte zwischen ihnen im Dunkel der Nacht.

»Du bist so still«, meinte Thea, leise genug, um Katharina nicht zu wecken.

»Ich denke darüber nach, was dich mit diesem Mann verbinden mag.« Eine weitere Rauchwolke strömte Conrad aus Nase und Mund. »Er ist nicht dein Ehemann, aber es ist offensichtlich, daß er dir sehr wichtig ist. Sag mir, habt ihr das Bett miteinander geteilt?«

»Nein.«

»Aber es gibt da etwas, was euch verbindet.«

»Vor vielen Jahren war ich regelrecht vernarrt in ihn – den Sohn eines angesehenen Glasmalers.«

»Und ich nehme an, er hat eine andere geheiratet.«

»Hätte er die Tochter eines Fischers oder gar eine Hure zur Frau nehmen sollen?«

»Es wäre dir schon recht gewesen, vermute ich.«

Thea kicherte und knuffte Conrad in die Seite. »Was willst du mir einreden?«

»Nichts, gar nichts«, entgegnete Conrad.

Thea lehnte sich an Conrads breite Schulter und seufzte. Sie hatte den behäbigen Feldscher in der kurzen Zeit durchaus liebgewonnen und genoß den Umgang mit ihm, obschon er zuviel Wein trank.

Es drängte sie danach, sich Conrad anzuvertrauen. Also beschrieb sie ihm ihre Enttäuschung über die Mißachtung, die Martin ihr entgegengebracht hatte, nachdem er davon erfahren hatte, daß sie sich als Hure anbot, und dann sprach sie auch über den Diebstahl des Medaillons, den sie zum Anlaß genommen hatte, Martin Fellinger und dessen Frau aufzusuchen.

Conrad lächelte des öfteren verständnisvoll, doch seine Miene wurde ernster, als sie von der Erstürmung Magdeburgs erzählte, davon, was in Martins Haus geschehen war und wie sie ihn aus der brennenden Stadt gerettet hatte.

»Glaubst du, er wird mich verfluchen für das, was ich getan habe?« fragte sie leise.

»Du hast ihn vor dem Tod bewahrt«, meinte Conrad. »Doch wieviel mag ihm das Leben noch wert sein?«

»Ich habe oft daran gezweifelt, ob es richtig war, daß ich ihn von seiner Frau getrennt hab. Er wollte es nicht, und doch habe ich ihn auf die Karre gebunden und fortgeschafft.«

Conrad schwieg eine Weile. Dann sagte er: »Wirst bald wissen, ob er noch am Leben hängt.«

»Wie meinst du das?«

»Ich kann vielleicht seinen Leib heilen, doch Martins Seele wird dadurch nicht gesunden. Wenn er den Willen zum Leben verloren hat, dann wird es ihm nicht helfen, daß ich ihm die Bleisplitter aus dem Leib geholt habe.«

»Du zweifelst daran, ob er überhaupt leben will?«

»Oftmals haben die Toten mehr Macht über uns als die Lebenden.« Conrad erhob sich. Er klopfte seine Pfeife an dem Holzstecken vor dem Zelteingang aus und stellte fest: »Es regnet nicht mehr.«

Thea maß ihn respektvoll. »Conrad, manchmal erinnerst du mich an meinen Vater.«

Seine Augen weiteten sich in nicht ganz ernst gemeinter Besorgnis. »Sag doch so etwas nicht, Mädchen. Ich will kein Vater für dich sein. Denk an unsere Abmachung. An den Lohn, den du mir versprochen hast.«

»Du sollst ihn erhalten.«

»Nicht heute, aber ich werde dich bald daran erinnern.« Er steckte die Pfeife hinter seinen Gürtel und trat in die Nacht hinaus.

Kapitel 7

Bereits seit vier Tagen wartete Thea nun schon darauf, daß Martin sie erkannte und mit ihr sprach.

Sein Zustand hatte sich merklich gebessert. Die Wunde hatte sich nicht wieder entzündet, das Fieber war allmählich zurückgegangen, und er schwitzte kaum noch. Dann und wann hatte er die Augen aufgeschlagen, doch seine Lippen blieben verschlossen. Er starrte traurig ins Leere und schlief rasch wieder ein. Stunde um Stunde harrte Thea neben ihm aus, in der Hoffnung, daß er beim nächsten Aufwachen endlich die Welt um sich herum wahrnehmen würde.

Auch ihr Verhältnis zu Katharina gestaltete sich weiterhin schwierig. Zwar legte Conrads Schwester keine offene Feindseligkeit mehr an den Tag, doch sie gab sich noch immer äußerst wortkarg und ließ Thea deutlich spüren, daß sie keinen großen Wert auf ihre Nähe legte. Manchmal jedoch überraschte sie Thea durch unerwartete Aufmerksamkeiten. So brachte Katharina ihr tatsächlich die versprochenen Filzgamaschen, und bald darauf entdeckte Thea auch ein schlichtes, graues Leinenkleid auf ihrem Lager.

Obwohl Thea in diesen Tagen die meiste Zeit an Martins Seite oder mit Conrad und Katharina verbrachte, lernte sie recht schnell die Eigenarten der Troßgemeinschaft kennen. Während sich das Heer am Tag voranwälzte, beobachtete sie vom Wagen aus die Menschenmassen, die an ihr vorüberzogen. Die Männer und Frauen des Trosses unterschieden sich deutlich von der Stadtbevölkerung. Die Leute im Troß schienen schneller und intensiver zu leben. Sie lachten lauter und stritten sich heftiger als die Leute aus den Städten. Vielleicht lag es daran, daß ihnen in Begleitung dieser Armee der Tod allgegenwärtiger war und daß dieser Umstand sie jeden Moment des Lebens auf eine besondere Art zu schätzen lehrte.

Auch wenn sich im Unterschied zum Heer in diesem Troß vor allem Deutsche aufhielten, fiel es Thea häufig schwer, zu verstehen, worüber die Menschen in ihrer Umgebung redeten. Sie schienen sich in einer Art Geheimsprache zu verständigen, deren Sinn ihr zumeist verborgen blieb. Häufig fragte sie Conrad nach Begriffen, die ihr unbekannt waren. So erfuhr sie, daß unter anderem der *Krachwedel* der Ausdruck für einen schmächtigen Kerl war, die hölzernen Würfel, mit denen sich viele Männer die Zeit vertrieben, *Schelmenheuer* genannt wurden und daß ein *Schleppsack* ein niederes Frauenzimmer bezeichnete. Mit jedem neuen Tag schnappte Thea wohl ein Dutzend solcher Ausdrücke auf, und in der Nacht rief sie sich vor dem Einschlafen die Wörter stets noch einmal ins Gedächtnis und versuchte sie sich einzuprägen.

Tagsüber befand sich die Armee zehn Stunden oder länger auf dem Marsch. Erst gegen Abend wurde das Lager aufgeschlagen. Während die Soldaten sich in die langen Verpflegungsschlangen vor den Feldküchen einreihten, mußte der Troß sich selbst ernähren. Der Hunger ließ viele Menschen ihre moralischen Bedenken und Skrupel vergessen. Mehr als einmal erlebte Thea mit, wie sich ganze Scharen vom Troß lösten und in nahe gelegene Siedlungen einfielen. Wenn die Plünderer, unter denen sich auffallend viele Frauen befanden, zurückkehrten, schleppten sie Ferkel, Hühner und Schafe heran oder waren beladen mit Säcken voller Hausrat oder Kleidungsstücken, die sie wie stolze Trophäen präsentierten und an die jüdischen Händler im Troß verschacherten. Es kam vor, daß Offiziere bemüht waren, diesen Plünderungen Einhalt zu gebieten, doch Thea hörte davon, daß vor allem die Söldner in den

Dörfern den schlimmsten Schaden anrichteten und sogar die Glocken aus den Kirchen entwendeten, um sie einschmelzen und aus der Bronze Kanonenrohre gießen zu lassen.

Die unbarmherzige Gier, die den Troßleuten in den Gesichtern geschrieben stand, betrübte Thea. Sie fragte sich, ob auch sie eines Tages mit den anderen ziehen würde, um den Menschen in den Dörfern ihre letzte Habe zu rauben.

Soweit wollte sie es auf keinen Fall kommen lassen. Noch litt sie keinen Hunger, denn Conrad und Katharina sorgten für sie. Und sollten die Zeiten irgendwann schlechter werden, würde sie das tun, womit sie seit vielen Jahren ihr Überleben gesichert hatte: Sie würde ihren Körper verkaufen und damit ihre Seele retten.

Am Abend, nachdem das Lager aufgeschlagen war, fand Thea zumindest ein wenig Zerstreuung, als Jöran Poutiainen Conrads Zelt aufsuchte, sich nach Martins Zustand erkundigte und allerlei Nachrichten und Gerüchte über die weiteren Ziele des Kriegsherrn Gustav Adolf vor ihnen ausbreitete.

Thea hatte schnell begriffen, daß Poutiainen über die Dinge, die im Lager und in der Welt vor sich gingen, mehr Wissen besaß als die meisten anderen. Er pflegte den Kontakt zu einflußreichen Männern, die ihm Informationen anvertrauten, und kaum eines der zahlreichen Nachrichtenblätter, die im Troß verteilt wurden, konnte ihnen mehr über das verraten, was um sie herum vor sich ging und welche Auswirkungen es auf ihr Leben haben würde, als Jöran Poutiainen.

Der Rittmeister machte keinen Hehl aus seiner glühenden Bewunderung für den schwedischen König. Er vergötterte Gustav Adolf wie einen Übermenschen und war fest davon überzeugt, daß der Löwe aus dem Norden von der göttlichen Gnade geleitet wurde.

Thea, Conrad und Jöran Poutiainen hockten sich vor das Zelt um ein Feuer und teilten sich einen Krug Malvasier. Katharina hatte darauf verzichtet, sich zu ihnen zu setzen. Sie hielt sich in der Nähe des Wagens auf, wo sie mit einem Holzstab die Läuse aus den Säumen ihrer Kleider entfernte. Sie gab sich unbeteiligt, doch Thea vermutete, daß auch sie insgeheim jedes Wort genau hörte, das Poutiainens vom Wein gelockerte Zunge hervorbrachte.

Der Finne sprach davon, daß sich die Fürsten Wilhelm von Hessen-Kassel, Georg Wilhelm von Brandenburg und Johann Georg von Sachsen schon bald dem schwedischen König anschließen würden. Die drei hatten sich lange geziert, ein Bündnis einzugehen, doch nach der schändlichen Zerstörung Magdeburgs und dem Anrücken von Tillys Armee sprach alles dafür, daß sie sich in der entscheidenden Phase des Krieges an die Seite Gustav Adolfs stellten. Nach Abschluß eines Bündnisvertrages würden die Schweden umgehend in die sächsischen Lande einrücken. Eine vereinigte schwedisch-sächsische Armee war dem kaiserlichen Heer zahlenmäßig überlegen, und doch glaubte Poutiainen nicht daran, daß die erwartete Konfrontation der beiden Armeen tatsächlich innerhalb der nächsten Monate erfolgen würde.

»Welcher Feldherr mag schon die Folgen einer solchen Schlacht abwägen«, meinte der Rittmeister. »Gustav Adolf weiß, daß alles, was er bis jetzt erreicht hat, innerhalb weniger Stunden zu Asche zerfallen könnte. Wenn dieser Waffengang sich zu seinen Ungunsten entscheidet, wäre sein mühsam und kostspielig aufgestelltes Heer ruiniert. Statt dessen wird er versuchen, die Kaiserlichen in fruchtloses, verheertes Gebiet zu drängen und sie auszuhungern. Und Tilly wird eine ganz ähnliche Strategie verfolgen.«

Conrad spuckte ins Feuer. »Was für ein erbärmlicher Krieg! Anstatt sich dem Gegner zu stellen, umschleichen sich diese Armeen wie zwei rivalisierende Kater. Monatelang – ja vielleicht sogar über Jahre.«

»Ich habe noch immer nicht begriffen, warum dieser Krieg überhaupt geführt wird«, mischte sich Thea ein.

»Wir kämpfen für die Freiheit unseres Glaubens und gegen einen Kaiser, der dieses Land zu den papistischen Irrlehren zurückführen will.« Jöran Poutiainen schaute von Conrad zu Thea, als suche er in ihren Gesichtern Bestätigung.

Conrad lachte zischend. Poutiainen runzelte ob seiner Reaktion die Stirn.

»Kühne Worte«, sagte Conrad. »Und doch könnte ich mich beleidigt fühlen.«

»Aus welchem Grund?«

»Weil ich als Katholik getauft wurde und Eurer Meinung nach einer fälschlichen Lehre anhänge.«

Einen Moment lang herrschte Stille. Dann lächelte Thea und fragte: »Was hast du dann in dieser Armee verloren? Müßtest du dich nicht den Kaiserlichen anschließen?«

Conrad hob die Schultern. »Was macht es schon für einen Unterschied, welcher Fahne ich folge? Als dieser Krieg vor vielen Jahren seinen Anfang nahm, mag es eine streng konfessionelle Aufteilung gegeben haben, doch nun verwischen die Grenzen mehr und mehr. Ich bin Katholik und folge dem König von Schweden. Hingegen dienen in Tillys Regimentern zahlreiche protestantische Fähnlein, und wenn die evangelischen Kaufleute aus Hamburg Tilly nicht die Munition für seine Kanonen geliefert hätten, wäre Magdeburg niemals zerstört worden.«

»Was für einen Sinn hat dann dieser Krieg?« raunte Thea. Politik war für sie nie von Belang gewesen. Aber selbst ihr war klar, daß dieser Konflikt das Land in immer größeres Elend stürzte. Welche Religion war es wert, solch Ungemach über die Menschen zu bringen?

Poutiainen leerte seinen Becher. »Er bereitet uns den Boden für eine herrliche Zeit, in der Gottes Glanz über uns strahlen wird.«

Conrad wirkte nachdenklich. »Ich glaube nicht mehr an diese verlockende Hoffnung.« Seine traurigen Augen richteten sich auf den finnischen Rittmeister. »Der Samen Gottes wird schwerlich auf einem blutdurchtränkten Acker sprießen.«

In dieser Nacht kam Conrad zu Thea und forderte ihr Versprechen ein. Sie war an Martins Seite eingeschlafen und wachte aus einem wirren Traumgebilde auf, als der Feldscher ihre Schulter berührte. Er sprach kein Wort, sondern gab ihr nur ein Zeichen, ihm zu folgen. Thea kletterte auf die Erde und ließ sich von Conrad in das kleine Zelt neben dem Wagen führen, in dem der Feldscher seine Nächte verbrachte.

Sie legte sich auf die Strohmatte. Conrad beugte sich über sie und küßte ihren Hals, während seine Finger nach ihren Brüsten tasteten. Sein Atem stank nach Wein. Allem Anschein nach hatte er auch nach Jöran Poutiainens Aufbruch noch mehrere Becher des Malvasiers getrunken.

Thea streifte ihr Kleid über die Hüfte. Conrads Finger fanden rasch den Weg zwischen ihre Beine. Eine Weile streichelte er sanft ihre Scham, dann ließ er seine Hose fallen, nahm Theas Hand und legte sie an sein Geschlecht. Sie war überrascht, wie steif und fest sein Glied war.

Conrad schien es ihr anzusehen, daß sie ihm diese Manneskraft kaum zugetraut hatte, denn er grinste lüstern und meinte nur: »Du weißt doch: Je älter der Bock, desto härter das Horn.«

Seine Worte ließen sie schmunzeln. Conrad legte sich nun über sie und drang in sie ein. Bereits nach wenigen Stößen ergoß er sich. Sein Kopf fiel stöhnend in ihre Halsbeuge, und sein säuerlicher Atem strich unangenehm über ihr Gesicht.

Er rollte zur Seite, und sie lagen eine Weile stumm nebeneinander.

»Widere ich dich an?« fragte er schließlich.

»Nein.« Thea küßte seine Wange. »Ich habe es schon mit schlimmeren Kerlen getrieben.«

»Wie viele waren es?«

»Ich habe sie nicht gezählt.« Thea stützte sich auf die Ellenbogen und schaute ihn an. »Du bist doch nicht etwa eifersüchtig?«

»Eifersüchtig? Nein, ich weiß, daß dein Herz Martin gehört. Aber ich habe deinen Körper genossen und möchte, daß du auch in den nächsten Wochen hin und wieder bei mir liegst.«

»Also wirst du mich bei Martins Pflege unterstützen und weiterhin für uns sorgen?«

Conrad nickte.

Thea legte eine Hand auf ihren Bauch, dort, wo sie die Frucht vermutete, die in ihr heranwuchs.

»Du hast mir noch etwas anderes versprochen.«

Er zog unter seinem Wams eine kleine Metalldose hervor und öffnete sie. Thea sah, daß sich darin ein graues Pulver befand.

»Dies ist ein Extrakt aus den Pflanzen Rainfarn und Arnika. Er wird in deinem Körper starke Krämpfe auslösen und den Bankert ausstoßen.« Conrad klappte die Dose zu und reichte sie ihr. »Es ist nicht ungefährlich, einen Abort durchzuführen.«

»Ich weiß.« Thea nahm das Mittel an sich. Es war nicht das erste Mal, daß sie eine unerwünschte Schwangerschaft beendete.

Von einem Moment zum anderen fühlte sie sich schwach und verletzlich. Sie zog rasch das Kleid über ihre Scham und verließ das Zelt ohne ein weiteres Wort.

Trotz der frühen Morgenstunde herrschte am Ufer der Havel bereits ein reges Treiben. Der Fluß war die Lebensader der Armee und ihres Trosses. Vor allem die Frauen bevölkerten im ersten Tageslicht das Ufer und nutzten die Zeit vor dem Aufbruch, um ihre Kleidung zu waschen, Wasser zu schöpfen oder sich ihrer Abfälle zu entledigen. Auch Hunde, Ziegen, Maulesel und anderes Vieh wateten durch den Fluß.

Thea war von Katharina mit einem Holzeimer zum Fluß geschickt worden. Sie fühlte sich an die Stunden erinnert, die sie an den öffentlichen Brunnen Magdeburgs verbracht hatte. Auch dort war es immer sehr lebhaft zugegangen, wenn sich die rotwangigen und feisten Weiber lautstark über die Neuigkeiten in der Stadt und vor allem über ihre Ehemänner ausgetauscht hatten.

Auch hier am Ufer wurde geschwatzt, gelacht und gestritten. Ganz in der Nähe erklang ein heftiges Geschrei, als eine fette Matrone, die einen Eimer in das Wasser tauchte, eine Frau fortscheuchte, die nicht weit von ihr entfernt ihre Notdurft im Fluß verrichtete. Mürrisch zog das Weib davon und hockte sich einige Schritte weiter über das Wasser. Thea sah viele Frauen und auch einige Männer, die im knietiefen Wasser standen und ihren Urin und Kot im Fluß zurückließen. In ihr stiegen Zweifel auf, ob sie ihr Wasser wirklich aus dem Fluß schöpfen sollte.

Thea lenkte sich ab, indem sie, wie so häufig, an Martin dachte. Wieder hatte er kaum ein Lebenszeichen von sich gegeben. Er war nur einmal kurz aufgewacht, hatte stumm an das Dach des Wagens gestarrt und bald darauf wieder die Augen geschlossen.

Befand er sich in einer Welt, die den Toten näher war als den Lebenden? Thea wünschte sich, daß er endlich mit ihr sprechen würde, damit sie ihm erklären konnte, was geschehen war und warum es sie in diese befremdliche Gemeinschaft verschlagen hatte. Und selbst wenn er nicht mit ihr reden wollte – warum konnte er ihr nicht zumindest zeigen, daß er sich aus dem Schatten des Todes gelöst hatte?

Ein heftiges Kneifen im Unterbauch riß Thea aus ihren Gedanken. Sie ahnte, was dieser Schmerz zu bedeuten hatte. In den Jahren, in denen sie ihren Körper für Geld verkauft hatte, war sie ein halbes Dutzend Mal geschwängert worden. Sie konnte ein Kind nicht ernähren, und darum hatte sie sich stets an die kräuterkundigen Frauen gewandt, die ihr die Mittel verkauft hatten, die einer Schwangerschaft ein Ende setzten.

Die Folgen, die mit einem solchen Abort einhergingen, waren von unterschiedlichem Ausmaß. Zumeist hatte es sie kaum mehr als eine normale Monatsblutung belastet, doch es war auch vorgekommen, daß die Schmerzen sie tagelang ans Bett gefesselt hatten.

Thea rieb über ihren Bauch und wartete, bis die Schmerzen abgeklungen waren. Sie zog die Filzgamaschen aus und watete einige Schritte in das kühle Flußwasser. Winzige Fische flüchteten vor ihren Füßen. Thea bückte sich, um Wasser in den Eimer zu schöpfen. In diesem Moment jagte eine Schmerzwelle durch ihren Körper, die sie auf die Knie zwang. Sie ließ den Eimer fallen und rang nach Luft. Ihr war, als hätte man ihr ein Schwert in den Unterleib gestoßen. Sie taumelte ans Ufer zurück, kauerte sich auf den Boden und schob die Hand zwischen ihre Beine. Als sie die Finger hervorzog, klebte Blut an ihnen. Rote Tropfen fielen auf den Sand. Einen Augenblick später krümmte sie sich erneut zusammen und betete keuchend, daß diese Qualen ein Ende finden mochten.

»Kann ich dir helfen?« fragte eine ältliche Frau, die zu ihr getreten war und einen Arm um ihre Schulter legte.

»Es geht schon«, log Thea, aber sie erkannte an dem skeptischen Blick, den die Frau auf ihr blutverschmiertes Kleid richtete, daß man ihr keinen Glauben schenkte.

Thea deutete auf einen nahen Ginsterstrauch. »Kannst du mich dorthin schaffen?«

»Wie du willst.« Die Frau stützte Thea und schleppte sie hinter die Zweige, die sie vor neugierigen Blicken schützten.

»Kann ich sonst noch was für dich tun?« fragte die Frau. Thea schüttelte nur den Kopf, und die Alte zog sich zurück.

Dies ist die Strafe für den Frevel, daß ich mich gegen das von Gott gewollte Leben stelle, schoß es ihr durch den Kopf. *Es ist seine Weise, sich an uns Frauen zu rächen.*

Eine Weile lag Thea hinter dem Gebüsch. Mit tränennassen Augen ertrug sie die ständig wiederkehrenden Krämpfe. Dann endlich ebbte der Schmerz ab, und es war ihr möglich, sich aufzurichten. Sie erschrak, als sie sah, daß sich an ihrem Kleid von der Hüfte bis zum Saum ein breiter Blutstreifen abzeichnete. Auf der Erde hatte sich eine dunkle Lache gebildet. Inmitten des Blutes lag ein kleines, unförmiges Gebilde. Es war nicht größer als ihr Daumen, aber trotzdem empfand sie Mitleid für dieses Kind, das an die Erde zurückgegeben wurde, bevor es überhaupt das Leben gespürt hatte. Thea nahm eine Handvoll Sand und bedeckte die Leibesfrucht damit.

Mit wackligen Schritten kehrte sie ans Ufer zurück. Der Eimer und ihre Gamaschen waren gestohlen worden. Sie fluchte leise und stapfte in das Wasser, wo sie sich bemühte, das Blut aus ihrem Kleid zu waschen. Es gelang ihr nur bedingt, und so kehrte sie barfüßig und mit einem auffälligen Blutfleck an ihrem Kleid zum Troß zurück.

Katharina nahm sich ihrer an und vermied es zu Theas Erleichterung, ihr Vorwürfe wegen des Verlustes der Gamaschen und des Eimers zu machen. Statt dessen reichte sie ihr eine Salbe aus Ziegenfett, um den schmerzenden Unterleib damit einzureiben, und bot ihr an, den Blutfleck mit Schmierseife aus dem Stoff zu waschen.

»Herr, warum läßt du zu, daß sie uns so etwas antun?« murmelte Katharina. Thea fragte sich, was Katharina damit genau meinte. War ihre Klage, wie so oft, an die Männer im allgemeinen gerichtet? Jedenfalls strafte sie auch ihren Bruder mit einem finsteren Blick, als der Feldscher aus seinem Rausch erwacht war und unter das Zeltdach trat.

Conrad betrachtete Thea sorgenvoll. »Das Kind?« fragte er.

Thea nickte. »Das Pulver hat Wirkung gezeigt.«

Er legte eine Hand auf ihre Stirn und fühlte die Temperatur. »Hast du noch Schmerzen?«

Sie schüttelte zunächst den Kopf, doch dann gestand sie ihm ein: »Es tut weh, wenn ich mich bücke oder mich zu rasch bewege.«

»Das wird vergehen. Leg dich auf den Wagen! Die Armee bricht bald auf.«

»Weiter nach Norden?«

Anscheinend war Conrad der abfällige Ton in ihrer Stimme nicht verborgen geblieben.

»Scheint dir nicht zu gefallen«, meinte er.

»Wann werden wir uns endlich nach Süden wenden und Magdeburg befreien?«

Conrad schwieg einen Moment, bevor er antwortete: »Dort gibt es nichts mehr, was wir befreien könnten.«

»Wie meinst du das?«

Er zog aus seinem Wams ein Papier hervor, faltete es auseinander und reichte es Thea. Sie hatte niemals lesen gelernt, deshalb blieb ihr der Sinn der Worte verborgen, die unter das Bild dieses Nachrichtenblattes gedruckt worden waren. Doch sie begriff auch so, was dem Betrachter vor Augen geführt werden sollte.

Die Abbildung zeigte die brennende Stadt Magdeburg, über der dichte Rauchschwaden den Himmel verhüllten. Im Vordergrund wurde aus einem der Stadttore auf Fuhrwerken die Asche der Toten aus der Stadt gekarrt und zu gewaltigen Haufen aufgeschichtet. Im unteren Teil des Bildes waren Engel zu sehen, welche die Tränen der Überlebenden auffingen und in großen Bottichen sammelten.

Conrad senkte den Kopf. »Es sind Kuriere aus Magdeburg eingetroffen. Die Stadt wurde nahezu vollständig zerstört. Nur der Dom soll vom Feuer verschont worden sein. Alles andere ist niedergebrannt worden.«

»Und die Menschen?«

»Es heißt, einige Bürger hätten im Dom überlebt. Von den anderen entkamen nur wenige hundert. Die meisten Flüchtlinge wurden von den Kaiserlichen aufgegriffen und gegen ein Lösegeld wieder freigesetzt. Die Zahl der Toten aber soll mehr als zwanzigtausend Seelen betragen.«

Die Zahl traf Thea wie ein Fausthieb. »Zwanzigtausend«, wiederholte sie leise.

»Sie kippen die Asche der Leichen in die Elbe. Der ganze Fluß ist schwarz – schwarz wie der Tod.«

Der Kummer schnürte ihr die Kehle zu. Obwohl sie das Inferno mit eigenen Augen mitverfolgt hatte, war das Ausmaß dieser Schandtat kaum zu begreifen.

»Seht doch!«

Thea wandte sich zu Katharina um, die einen Kessel über das Feuer gehängt hatte und nun auf den Wagen wies. Als Thea in diese Richtung schaute, war ihre Trauer um die Magdeburger vergessen, denn dort stand Martin und klammerte sich an eines der Räder. Sein Haar stand ihm zerzaust vom Kopf ab, und seine Augen waren von dunklen Ringen gezeichnet, doch allem Anschein nach war er ohne Hilfe aufgestanden und vom Wagen gestiegen.

»Martin«, sagte Thea und machte einen Schritt auf ihn zu.

Sein gehetzter Blick wanderte von Thea zu Conrad und wieder zu ihr. »Sie … sind tot? Sie sind alle tot?« brachte er mit krächzender Stimme hervor.

»Es tut mir so leid.« Thea wollte ihn berühren, doch er wich vor ihr zurück.

»Meine Frau ... ist tot.« Martin richtete zitternd einen Finger auf Thea. »Du hast mich von ihr fortgerissen. Möge Gott dich dafür strafen!«

Seine Beine gaben nach. Conrad eilte rasch auf Martin zu und fing ihn auf. Thea sah Martin kraftlos in Conrads Arme sinken und fühlte sich unter seiner bitteren Anschuldigung wie erstarrt.

Ein Geräusch ... eine Stimme weckte ihn. Martin richtete sich schlaftrunken auf und glaubte zunächst, er befände sich in seinem Haus in Magdeburg. Doch er lag nicht in seinem Bett, und auch Sophia war nicht in seiner Nähe. Das schale Mondlicht offenbarte ihm die Umgebung eines mit Plane überspannten Fuhrwerkes. Er kauerte zwischen Kisten, Truhen und Fässern auf einer kratzenden Strohmatte und war kaum in der Lage, einen klaren Gedanken zu fassen.

Sophia? Wo war Sophia?

Er erinnerte sich daran, daß Thea mit ihm gesprochen hatte. Ausgerechnet Thea, die ihn durch ihren unerwarteten Besuch in seinem Haus in Verlegenheit gestürzt hatte.

Von draußen vernahm er nun wieder die Stimme. Leise, fast flüsternd. Er kroch auf den Ausstieg des Wagens zu und kletterte hinunter. In der Umgebung machte er mehrere Feuer und die Umrisse vieler anderer Gefährte aus. Aber er sah keinen einzigen Menschen. Wo, zum Himmel, war er? Nicht in Magdeburg, das war gewiß. Hielt sich Sophia ebenfalls in dieser Wagenstadt auf?

Hinter einem der Fuhrwerke machte er eine Bewegung aus. Eine Frau, gekleidet in ein weißes, wallendes Hemd, lief auf ein Waldstück in der Nähe zu. War es Sophia? Die Nacht trübte seine Sicht. Ebensogut konnte es auch Thea sein. Sie und Sophia sahen sich so ähnlich, daß er sie auf diese Entfernung kaum voneinander zu unterscheiden vermochte.

Er folgte ihr. Zunächst langsam, dann rannte er und hatte sich ihr bald bis auf wenige Schritte genähert.

»Sophia!« rief Martin. Die Frau blieb beim Klang seiner Stimme zwischen der ersten Baumreihe stehen und wandte sich zu ihm um. Ein leichter Windstoß bauschte das Hemd auf, das sie wie ein Schleier umhüllte. Alle Sorge fiel von Martin ab, als er seine Frau erkannte. Auch Sophias Augen strahlten, als sie ihn ansah.

»Komm nicht näher«, sagte Sophia, doch gleichzeitig breitete sie die Arme aus. Er wollte auf sie zugehen, doch da löste sich hinter Sophia ein Schatten aus den Baumreihen. Eine kräftige Hand legte sich auf ihren Mund, und Rupert trat hervor.

Sophia stöhnte unter dem Griff des Einäugigen. Rupert schien es Vergnügen zu bereiten, ihr Schmerzen zuzufügen, denn er preßte sie noch fester an sich.

Martin machte einen Schritt auf ihn zu. Er wollte Sophia aus seiner Gewalt befreien, doch Rupert lachte nur und richtete mit der anderen Hand eine Pistole auf ihn. Überrascht hielt Martin in seiner Bewegung inne. Ein berstender Knall ertönte, und das Geschoß, das durch seinen Leib fuhr, streckte ihn zu Boden.

Martin zuckte zusammen und schreckte aus dem Traumgebilde auf. Er bewegte sich und verspürte einen unangenehmen Schmerz an der Seite. Für einen Moment schien es, als wäre es kein Traum gewesen, und Rupert hätte tatsächlich vor wenigen Augenblicken auf ihn geschossen. Doch als er seine Seite betastete, fühlte er einen dicken Verband, unter dem eine Wunde heftige Stiche aussandte.

Er war also tatsächlich von einem Geschoß getroffen worden. Aber das mußte bereits Tage, wenn nicht Wochen zurückliegen. Und er war davon überzeugt, daß er diesen Traum schon mehrere Male durchlebt hatte. Wieder und wieder war er Sophia gefolgt – durch Wälder, Höhlen oder Ruinen –, um stets aufs neue mit ansehen zu müssen, wie Rupert sie in seine Gewalt brachte und die Pistole auf ihn abfeuerte.

Sophia – was war mit Sophia geschehen?

Seine Erinnerung bestand nur aus Fragmenten. Magdeburg. Rupert, der die Waffe auf ihn gerichtet hatte. Der Schmerz, als die Kugel durch seinen Leib gedrungen war.

Plötzlich stand ihm Sophias Gesicht vor Augen, ihre Augen so leer, die Haut bleich und kalt.

Martin schlug die Hände vor das Gesicht und versuchte die schreckliche Erkenntnis von sich abzustreifen, doch es gelang ihm nicht. Sophia war an jenem Tag in ihrem Haus in Magdeburg getötet worden.

Ein ersticktes Heulen, das mehr wie ein Würgen klang, entrang sich seiner Kehle. Einige Momente gab er sich der Trauer um seine Frau und sein ungeborenes Kind hin, doch dann drängte sich eine wichtige Frage in den Vordergrund.

Wo war er?

Er war gestern schon einmal aufgewacht und von diesem Wagen gestiegen, der Teil eines gewaltigen Lagers zu sein schien. Und er hatte Thea an der Seite eines ihm unbekannten Mannes gesehen.

Warum hielt sich Thea hier auf? Oder entsprang die Erinnerung an sie ebenfalls nur einem weiteren wirren Traumbild?

Martin vernahm in der Ferne ein gackerndes Lachen, das Wiehern von Pferden und die Stimme eines Mannes, der in einer fremden Sprache fluchte. Er richtete sich auf, schleppte sich an das Ende des Wagens und zog die Abdeckung zur Seite.

Es war Nacht, doch das Lager lag nicht verlassen da wie in seinem Traum. An vielen Stellen brannten Feuer. Überall hockten Menschen vor den Flammen oder streiften zwischen den Zelten und Fuhrwerken umher.

Martin rutschte mit den Beinen voran vorsichtig auf die Erde. Er stöhnte laut auf und preßte die Zähne zusammen. Seine Verletzung schmerzte so heftig, daß es ihn einen Moment lang lähmte. Jeder Pulsschlag sandte quälende Wellen durch seinen Körper, die ihm den Atem raubten.

Nach einer Weile ebbte der Schmerz ein wenig ab. Martin hielt sich gekrümmt am Wagen fest und tastete sich langsam vorwärts. Jede Bewegung tat ihm weh, aber obwohl seine Beine weich wie Teig waren, setzte er sie wankend Schritt um Schritt vorwärts.

Martin holte tief Luft und löste die Hände vom Wagen. Er taumelte, als er ohne Halt weiterging. Wahrscheinlich würde man ihn für einen Betrunkenen halten. Er schaute in die Runde. In der Nähe des Wagens, von dem er herabgestiegen war, befanden sich zwei Zelte. Hielt sich Thea dort auf? Und wenn schon! Er wollte sie nicht sehen. Zwar drängte es ihn danach, zu erfahren, was mit ihm geschehen war, aber gleichzeitig spürte er eine brennende Wut. Thea hatte ihn von Sophia fortgerissen. Er hatte neben seiner Frau sterben wollen, doch die Hure hatte das verhindert.

Martin ließ die Zelte hinter sich und passierte ein Feuer, an dem drei Männer einem Würfelspiel nachgingen. Die Hasardeure warfen ihm mürrische Blicke zu; er indes kümmerte sich nicht um die Kerle und setzte schwer atmend einen Fuß vor den anderen, bis er an das Ufer eines breiten Flusses gelangte. War es die Elbe? Oder womöglich ein anderer Fluß? Wie weit hatte man ihn von Magdeburg fortgeschafft?

Als er am Tag zuvor vom Wagen gestiegen war, hatte er gehört, wie der Mann neben Thea davon berichtet hatte, daß die Elbe schwarz sei von der Asche der Opfer Magdeburgs.

Martin sank auf die Knie und schluchzte laut. Tränen

rannen seine Wangen hinab. Das Licht des Mondes schickte ein Flimmern über die Wasseroberfläche.

Das Wasser wirkte klar und sauber. Trotzdem ging es Martin nicht aus dem Kopf, daß womöglich auch Sophias Asche von diesem Strom fortgetragen wurde. Tausende kleiner Ascheflocken, die sich im ganzen Fluß verteilten.

Wimmernd preßte er seine Faust an die Stirn. In seinem Kopf tauchten Bilder auf, die vor kurzer Zeit noch selbstverständlich gewesen waren, und doch lagen sie nun so weit von ihm entfernt wie die Sterne am Himmel.

Sophias Lachen, das Gefühl ihrer Berührung, der sanfte Ausdruck in ihren Augen.

Ihr Bauch, der begonnen hatte, sich sanft zu wölben.

Seine Hand schlug auf den Boden. Wieder und wieder, bis sich sein Arm wie taub anfühlte.

Wie soll ich ohne sie leben? schoß es ihm durch den Kopf, doch als flüsterte es ihm eine fremde Stimme ein, veränderte sich die Frage.

Wieso sollte ich ohne sie leben wollen?

In flachen Wellen pulsierte das Wasser ans Ufer. Martin kroch langsam darauf zu.

Bist du dort im Fluß, Sophia? Ich komme zu dir.

Er schleppte sich weiter voran, bis er sich ganz im Wasser befand. Einmal noch hob er den Kopf und betrachtete das Mondlicht, das sich auf der Oberfläche spiegelte, dann streckte er Arme und Beine aus und tauchte den Kopf in das Wasser.

Wie lange mochte es dauern, bis er die Besinnung verlor? Würde es schmerzhaft sein, wenn sich seine Lungen mit Wasser füllten? Gewiß nicht so qualvoll wie ein Leben ohne Sophia.

Nach einer Weile verlangte sein Körper nach Luft. Martin japste und schluckte einen Schwall Wasser. Noch einmal sah er Sophia vor sich, wie sie neben ihm in ihrem Bett lag. Und er hörte ihre Stimme.

Natürlich wirst du ohne mich leben können. Mit dir würde die Erinnerung an alles, was uns verbunden hat, sterben. Willst du das?

Nicht, Sophia, verlange das nicht von mir!

Willst du das?

Willst du das?

Sein Kopf schnellte aus dem Wasser. Wild um sich schlagend, rang er nach Luft. Seine Wunde strafte ihn mit peinigenden Stichen, die ihn rasch zur Besinnung brachten.

Keuchend erreichte er das Ufer und kauerte sich auf dem Boden zusammen.

Ein auffrischender Wind ließ ihn vor Kälte zittern. Martin richtete sich stöhnend auf und wankte in das Lager zurück. Die Leute um ihn herum warfen ihm verwunderte Blicke zu. Wahrscheinlich hielten sie ihn, wie er so tropfnaß an ihnen vorbeitaumelte, nicht länger für einen Betrunkenen, sondern für einen Wahnsinnigen.

Er mußte mit Thea sprechen. Sie würde ihm erklären können, was geschehen war. Und er wollte eine Rechtfertigung von ihr – dafür, daß sie ihn von Sophia getrennt hatte.

Er vermutete, daß sie sich in einem der Zelte aufhielt, die man in der Nähe des Wagens aufgeschlagen hatte, auf dem er erwacht war. Martin nahm die beiden Zelte in Augenschein. Durch den Stoff konnte er erkennen, daß in dem kleineren eine Lampe brannte. Außerdem glaubte er Theas Stimme vernommen zu haben. Er machte einen Schritt auf das Zelt zu und zog das Leinentuch zur Seite, das die Vorderseite bedeckte.

Der Anblick überraschte ihn. Thea war nicht allein. Sie lag neben dem Mann, mit dem er sie gestern gesehen hatte. Martin nahm an, daß sie schlief, aber schon im nächsten Moment wurde sie auf ihn aufmerksam und schlug die Augen auf.

»Martin«, entfuhr es Thea. Einen Wimpernschlag lang schaute sie ihn verdutzt an, dann ließ Martin das Tuch zurück vor den Eingang fallen und humpelte so schnell wie möglich davon.

Der Schreck schnürte Thea noch immer die Brust zusammen. Conrad, der Martin wohl nicht bemerkt hatte, schien erst jetzt ihre Anspannung zu spüren.

»Was ist?« fragte er.

Thea schluckte. »Martin.«

»Er war hier?«

»Er hat uns gesehen.«

Conrad kratzte sein Kinn. »Warum sorgst du dich darum? Er weiß doch, daß du eine Hure bist.«

»Aber er begreift doch überhaupt nicht, was mit ihm geschehen ist und wo er sich befindet. All das muß ihn verwirren.«

Da gab es noch etwas, was ihr seltsam vorkam. Thea kroch zum Ausgang des Zeltes und schlug das Laken zur Seite. Martin war verschwunden. Doch sie wunderte sich vor allem darüber, daß es nicht regnete, denn Martin war völlig durchnäßt gewesen, als er in das Zelt geschaut hatte.

Was war mit ihm geschehen? War er womöglich in den Fluß gefallen?

»Ich muß ihn suchen.« Thea richtete sich auf und verließ das Zelt. Zunächst schaute sie auf dem Wagen nach Martin. Sein Lager war verlassen. Sie rief nach ihm, doch vernahm keine Antwort.

Warum mußte ich ihn heute allein lassen? schalt sie sich. Ausgerechnet in dieser Nacht, wo er sie so dringend gebraucht hätte. Nur sie war in der Lage, ihm die Erklärungen zu geben, nach denen es ihn gewiß verlangte.

Sie dachte an den gestrigen Tag, als Martin so überraschend vor ihr gestanden und ihr mit haßerfülltem Blick bittere Vorwürfe gemacht hatte. Seine Worte hatten sie betrübt, und als die Nacht hereingebrochen war, hatte sie sich nach ein wenig Nähe gesehnt. Selbst Conrads Zelt, in dem ihr der schwere Weindunst den Atem raubte, war ein verlockenderer Ort als der Platz an Martins Seite auf dem Wagen.

Conrad hatte sich ihres Körpers bedienen wollen, aber sie machte ihm unmißverständlich klar, daß sie nicht zu ihm gekommen war, um seine Lust zu befriedigen. Ihr Unterleib schmerzte noch immer zu sehr von dem Abort, als daß sie bereit dazu gewesen wäre, einen Mann in sich aufzunehmen. Conrad hatte sich mürrisch gefügt und ihr gestattet, sich neben ihn zu legen.

Sie war schon fast eingeschlafen, als sie Martin erblickt hatte. Seine Augen hatten sie mit der gleichen kalten Ablehnung fixiert wie am Tag zuvor. Haßte er sie dafür, daß sie sein Leben gerettet hatte?

»Martin, wo bist du?« sagte sie leise, mehr zu sich selbst, als daß sie hoffte, er würde sie hören.

Womöglich war er zum Fluß zurückgekehrt. Thea griff nach einer Decke aus Sacktuch und lief an das Ufer der Havel. Ihr Unterbauch zwickte bei jedem Schritt, als würde eine Hand in ihr Gedärm kneifen.

Sie suchte eine Weile lang das Ufer ab, dann entdeckte sie seine Silhouette im Mondlicht. Martin hockte am Wasser und starrte auf den Fluß.

Sie ging langsam auf ihn zu und legte ihm die Decke um die Schultern. Unter ihren Fingern spürte sie das Schlottern seines Körpers. Zitterte er vor Kälte – oder weil sie sich ihm genähert hatte?

Zögernd setzte Thea sich neben ihn. Zunächst schenkte er ihr keine Beachtung und blieb stumm. Dann sagte er: »Du Hure liegst bei ihm.«

Seine abfälligen Worte schmerzten. Sie konnte seine Verbitterung verstehen, dennoch ärgerte es sie, daß er sich anmaßte, ihr Verhalten zu beurteilen.

Martin verzog angewidert das Gesicht. »Der Kerl war alt und fett, und es stank in diesem Zelt nach billigem Wein und Schweiß.«

»Sein Name ist Conrad«, sagte Thea leise. »Er ist ein Feldscher, und er hat dir das Leben gerettet. Zudem versorgt er uns mit Proviant und läßt uns auf seinem Wagen schlafen.«

»Und dafür gibst du dich ihm hin.«

»Wäre es dir lieber, ich würde für dich stehlen?«

»Warum für mich?« Aufgebracht warf er die Arme in die Höhe, und seinem Gesicht war anzusehen, daß ihm diese unbedachte Bewegung Schmerzen bereitete. Er schaute auf und fragte: »Warum kümmerst du dich um mich? Warum bist du hier, und wo befinden wir uns überhaupt? Wer sind all die Menschen in diesem Lager?«

Thea widerstand dem Impuls, ihn in die Arme zu schließen und erklärte ihm mit knappen Worten, wie sie ihn in seinem Haus in Magdeburg aufgefunden und aus der Stadt geschafft hatte. Dann berichtete sie ihm, daß sie auf die Vorhut der finnischen Söldner und auf Conrad gestoßen waren und daß sie sich inmitten des Trosses befanden, der dem schwedischen Heer folgte.

Martin lauschte schweigend und ausdruckslos ihren Worten, doch als sie geendet hatte, erkannte sie, wie verzweifelt er war.

»Sie ist tot, nicht wahr? Sophia ist tot.« Seine Stimme klang erstickt.

Thea nickte. Ihr Bericht hatte Martin erschüttert. In weiser Voraussicht hatte sie ihm verschwiegen, daß Sophia von den Plünderern geschändet worden war. Der Verlust seiner Frau setzte Martin auch so schon arg zu.

Martin nahm einen Stein vom Boden, betrachtete ihn und warf ihn dann in das Wasser. »Ich wollte allem ein Ende setzen, Thea. Ich bin in den Fluß gegangen, um den Bildern in meinem Kopf zu entfliehen. Der Tod erschien mir als sanfte Verführung. Fort von dieser Welt – untergehen und ins Dunkel hinabsinken wie dieser Stein. Aber sie läßt es nicht zu. Sophia dringt in meine Seele. Sie zwingt mich, weiterzuleben.«

Wieder schämte sich Thea dafür, daß sie Martin in dieser Verfassung allein gelassen hatte. Beinahe hätte er sich das Leben genommen, während sie bei Conrad lag.

»Auch ich habe erfahren, was es heißt, die liebsten Menschen zu verlieren«, sagte sie. »Aber im Leben fällt man oft zu Boden, steht auf und läuft weiter.«

Martin tastete nach seiner Wunde. »Ich werde mein Leben nicht fortwerfen, doch nicht, weil du es so willst, sondern weil ich die Mörder meiner Frau finden und zur Rechenschaft ziehen werde.«

Eine Weile versank er in Gedanken, dann sagte er etwas, das sie sehr erstaunte: »Es waren nicht die Kaiserlichen, die in mein Haus eingedrungen sind. Ich kannte zwei der Männer. Es waren Vettern von mir, Thea. Das ist es, was mich fast wahnsinnig macht. Sophias Mörder stammen aus meiner Familie. Mein Blut. Das bekomme ich nicht aus dem Kopf.«

Thea faßte seine Hand. »Wahrscheinlich sind auch diese Männer in Magdeburg gestorben. Es heißt, nur wenige konnten aus der Stadt fliehen.«

»Und wenn sie nicht tot sind?« Martins Miene verfinsterte sich. »Dieser Gedanke quält mich. Mein Vetter Rupert verfolgt mich in meinen Träumen. Er preßt Sophia an sich, und sein Auge funkelt teuflisch, wenn er die Waffe auf mich richtet. Mir ist, als sei ich verdammt, diese Bilder immer und immer wieder zu sehen, weil es nicht sein soll, daß ich ohne Sophia lebe.«

Er blickte Thea ernst in die Augen. Der Unmut, der in seinen Worten lag, war ihr nicht verborgen geblieben.

»Warum konntest du mich nicht an ihrer Seite sterben lassen? Es war meine Bestimmung.«

»Glaubst du das wirklich?« Thea verschränkte die Arme vor der Brust. Plötzlich war ihr sehr kalt. »Woher willst du wissen, daß ich dein Schicksal beeinflußt habe?« fragte sie. »Vielleicht bin ich dein Schicksal.«

Kapitel 8

Martin gewann mit jedem neuen Tag an Kraft. Zwar bereitete ihm so manche Bewegung noch höllische Schmerzen, doch immerhin setzte er seine Schritte mittlerweile sicherer, so daß das Humpeln kaum noch zu bemerken war. Thea und Conrad pflegten seine Wunde mit wohlriechenden Salben. Bald schon waren die Schwellungen verschwunden, und auch die Verfärbung der Haut verblaßte allmählich. Nachdem Conrad die Fäden aus der Wunde entfernt hatte, blieb allerdings eine häßliche Narbe zurück, ein Makel, der Martin für immer an den schrecklichsten Tag seines Lebens erinnern würde.

Auch wenn sein Fleisch heilte, wollten die trüben Gedanken nicht aus seinem Kopf weichen. Das Gespräch mit Thea hatte ihm die Todessehnsucht genommen, doch die bösen Träume verfolgten ihn auch weiterhin.

Während die schwedische Armee weiter nordwärts zog, hockte Martin zumeist auf Conrads Wagen und betrachtete gelangweilt die vorbeiziehenden Landschaften und die Troßleute in seiner Umgebung. Oftmals schloß er die Augen und stellte sich vor, er hielte sich nach wie vor in Magdeburg auf, einem Magdeburg, das von der Katastrophe verschont geblieben war. Er würde die Augen öffnen und Sophia vor sich sehen, die seinen Kopf zwischen ihre Hände nahm, sich auf die Zehenspitzen stellte und ihn zärtlich küßte.

Die lauten Stimmen der Landsknechte und Troßleute, das Schnauben und Wiehern der Pferde und das Rumpeln zahlloser Wagen und Gefährte rissen ihn stets zurück in die wahrhaftige und traurige Welt. Wenn er die Augen öffnete, lösten sich seine Illusionen in nichts auf, und er befand sich wieder unter all diesen Fremden, den Tausenden und Abertausenden Männern, Frauen und Kindern, die ihm nicht das geringste bedeuteten.

Inzwischen neigte sich der Juni bereits dem Ende zu. Je heißer die Sonne vom Himmel brannte, desto unangenehmer erschien Martin der Geruch dieser Masse, die sich unaufhaltsam durch das Land wälzte. Der Dunst von Schweiß und Exkrementen und der Gestank nach Krankheit und Tod schienen diesem Troß anzuhaften wie die Fliegen einem Dunghaufen.

Zumeist zog er es vor, allein zu bleiben. Manchmal jedoch war er froh darüber, wenn Thea sich neben ihm niederließ, belanglose Gespräche mit ihm führte und ihn so für einige Zeit aus seiner Melancholie riß.

Seit einigen Tagen blieb sie immer öfter fort. Auch wenn Martin es sich nur ungern eingestand, fühlte er sich von ihr vernachlässigt. Vor allem in den Abendstunden hielt sie sich kaum noch bei ihnen auf, sondern kehrte oft erst spät in der Nacht zurück. Martin fragte sie nicht, wo sie gewesen war, und auch Thea sprach nicht darüber.

Martin glaubte indes zu wissen, wohin es sie trieb. Er nahm an, daß sie ihr altes Gewerbe wieder aufgenommen hatte und ihren Körper an die Männer verkaufte, die allzulang ohne ihre Frauen diesem Heerzug gefolgt waren und nach Befriedigung im Schoß der zahlreichen Huren suchten.

In manchen Momenten verspürte er fast so etwas wie Eifersucht. Er brachte Thea keine Gefühle entgegen, aber wenn ihn allzu schwer die Trauer um Sophia und um sein ungeborenes Kind heimsuchte, wünschte er sich ihre Nähe. Doch Thea brachte nur noch selten Zeit für ihn auf.

An ihrer Statt suchte mehr und mehr der Feldscher Conrad seine Gesellschaft. Martin hatte schnell erkannt, daß Conrad dem Alkohol übermäßig häufig zusprach. Zumeist stank Conrad penetrant nach Wein, außerdem sprach er häufig lallend und schleppend. Martin war aber auch aufgefallen, daß sich Conrads Finger oft verkrampften, wenn er den Weinkrug an den Mund führte. Seine Hände zitterten dann so sehr, daß ihm der Wein über die Lippen rann und von seinem Kinn auf den Boden tropfte.

An diesem Abend schien es besonders schlecht um Conrad bestellt zu sein. Sie hockten auf einer Strohmatte unter dem Zeltdach, wo der Feldscher ungelenk versuchte, den Branntweinkrug zu greifen. Er verzog gequält das Gesicht und stieß den Krug um, so daß sich der Alkohol über die Erde ergoß. Martin stellte das Gefäß schnell auf, goß den Branntwein in einen Becher und setzte ihn Conrad an die Lippen.

»Ich danke dir«, sagte Conrad erleichtert, nachdem Martin den Becher abgesetzt hatte. Die Hände des Feldschers lagen wie verkrampfte Klauen in seinem Schoß und zitterten noch immer. Aus seinen Mundwinkeln tropfte der Branntwein, den er gierig mit der Zunge ableckte.

»Was ist mit deinen Fingern?« fragte Martin.

»Die verfluchte Gicht plagt mich schon jahrelang, aber seit einigen Monaten wird es immer schlimmer. Es scheint, als befänden sich meine Körpersäfte in einem groben Ungleichgewicht.«

Martin schaute ihn fragend an, und so führte Conrad weiter aus: »Mit dem Schmerz gehen heftige Hitze und ein beißendes Stechen einher. Das läßt darauf schließen, daß sich das Blut mit der gelben Galle vermischt hat.«

Der Feldscher setzte ein gequältes Grinsen auf. »Vielleicht ist es aber auch nur Gottes Strafe für die unkeuschen Handlungen, die ich mit diesen Händen an vielen flatterhaften Weibsbildern und vor allem an mir selbst vorgenommen hab.« Er schaute versonnen auf die verkrümmten und knotigen Finger. »Doch dann dürfte es im Grunde wohl kaum einen Mann auf Erden geben, der nicht von dieser Strafe heimgesucht werden würde.«

»Oder gewisse Frauen«, sagte Martin.

»Du meinst Thea, nicht wahr?«

Martin schaute Conrad ausdruckslos an.

Der Feldscher räusperte sich verlegen. »Nimmst es mir doch hoffentlich nicht krumm, daß ich von Zeit zu Zeit bei ihr liege?« Er lächelte versonnen. »Ihre Haut ist so weich wie die einer unschuldigen Prinzessin. Klara, die Hure, die ich üblicherweise besuche, ist fast so alt wie ich, und in ihrem Gesicht kann man mehr Falten zählen als in den verhärmten Zügen meiner Schwester.«

»Du brauchst dich nicht vor mir zu rechtfertigen. Thea ist eine Dirne. Es steckt ihr im Blut, die Männer zu verführen, und die meisten lassen sich allzu leicht dazu verlocken, ihr zu folgen.«

»Klingt so, als würde dich das wütend machen.«

»Es ist mir egal. Selbst wenn sie es mit einem Ziegenbock treiben würde, wäre es mir gleichgültig. Sie ist nicht meine Frau.«

»Ich weiß«, sagte Conrad und fügte dann leise an: »Deine Frau ist tot.«

Martin schluckte trocken, und für einen Moment hinderte ihn die Trauer um Sophia an einer Antwort.

»Du hast recht«, meinte er schließlich. »Meine Frau starb in Magdeburg.«

»Das tut mir leid. Ich weiß nur zu gut, wie schwer ein solcher Verlust auf der Seele lastet. Vor mehr als fünfzehn Jahren raubte mir die Pest meine Frau und meinen Sohn. Ihr Tod hätte auch mich fast das Leben gekostet.« Er schaute traurig drein. »Und wenn ich ehrlich bin, hilft mir der Alkohol dabei, nicht nur die Schmerzen in meinen Gliedern zu vergessen.«

Conrad gab Martin ein Zeichen und ließ sich einen weiteren Schluck Branntwein einflößen.

»Thea hat mir gesagt, daß der Name deiner Frau Sophia war.«

Martin verspürte nicht die geringste Lust, mit einem Betrunkenen über seine Frau zu sprechen. »Und was hat Thea dir sonst noch so alles erzählt?« wollte er wissen und ließ seinen Unmut deutlich herausklingen.

»Verurteile sie nicht!« Conrad zog ungelenk eine Pfeife aus einer Tasche seines Wamses und reichte sie Martin, damit er sie für ihn mit Tabak stopfte. »Ich kenne Thea erst kurze Zeit, aber mir war sofort klar, daß sie eine äußerst tapfere Frau sein muß. Nur wenige hätten den Mut und die Kraft aufgebracht, ihr Leben aufs Spiel zu setzen, um dich inmitten der Flammen und Plünderungen aus Magdeburg herauszuschaffen.« Er lächelte. »Sie wirkt zierlich und zerbrechlich, aber wenn sie sich etwas in den Kopf gesetzt hat, scheint sie zu wachsen, bis ihr die Stärke eines Riesen innewohnt.«

Martin zündete die Pfeife an und sog zuerst selbst kurz den würzigen Rauch ein, bevor er sie Conrad in den Mund steckte.

»Thea hat nichts in Magdeburg zurückgelassen, was ihr am Herzen lag«, sagte Martin. »Da wird es ihr nicht schwerfallen, sich in einer neuen Umgebung zurechtzufinden. Ich dagegen habe so viel mehr verloren. Man achtete mich als ehrbaren Glasmaler. Und meine Frau erwartete unser erstes Kind. War dir das bekannt?«

Conrads Miene drückte überraschtes, ehrliches Mitgefühl aus. »Nein, Thea hat es nie erwähnt.«

»Sie weiß nichts davon.« Martin blickte traurig in das Feuer vor sich. Ein Scheit brach in sich zusammen, und Funken loderten auf. »Mein Leben, wie ich es mir erträumt habe ... und nun ... zu Asche zerfallen.« Martin wischte sich eine Träne aus dem Auge und murmelte: »Sebastian hat es gewußt.«

»Wer ist dieser Sebastian?«

»Mein Bruder. Auch er lebte in Magdeburg. Es ist möglich, daß er im Dom vor den Brandmördern sicher war, aber ich befürchte, daß auch seine Asche in der Elbe treibt.«

»Was hat dein Bruder gewußt?« fragte Conrad.

Einen Moment lang herrschte Stille. Dann antwortete Martin: »Nicht Tilly hat Magdeburg zerstört, sondern die Verteidiger der Stadt – unsere Leute. Der Obrist Falkenberg, dem das Kommando oblag, hat Sprengminen in der Stadt anlegen lassen, um dem Feind keine Basis zu hinterlassen.«

»Unfaßbar«, raunte Conrad.

»Mein Bruder hat es mir gesagt – am Vorabend der Katastrophe. Aber was hätte ich schon tun können? Die Stadt wurde belagert. Es gab keine Möglichkeit zur Flucht. Ich konnte nur dort am Fenster meines Hauses stehen und hilflos mitansehen, wie die Säulen aus Rauch und Feuer gen Himmel schossen und unser herrliches Magdeburg der Asche preisgaben.«

Conrad deutete auf den Branntwein. »Du solltest mehr davon trinken. Dieses herrliche Gesöff läßt nicht nur den körperlichen Schmerz vergessen.«

»Darauf verzichte ich.« Der Anblick des lallenden, schwankenden Feldschers widerte Martin an. Vor einigen Tagen hatte er tatsächlich Trost im Wein gesucht und soviel getrunken, bis er sich erbrochen hatte. Der Alkohol hatte den Schmerz um Sophias Verlust nicht gemildert, sondern nur dafür gesorgt, daß er sich noch elender gefühlt hatte.

»Vielleicht will ich meinen Schmerz nicht betäuben«, meinte Martin.

»Pah!« brauste Conrad auf. »Warum bemitleidest du dich nur immer selbst?«

»Weil ich allen Grund dazu habe.«

»Eines Tages wirst du in deinen eigenen Tränen ertrinken.« Conrad streckte seine Hand nach dem Becher aus. »Laß uns nicht weiter streiten. Wenn du nun schon nicht mit mir trinken willst, dann schenk zumindest weiter ein.«

Martin zuckte beiläufig mit den Schultern und setzte Conrad den Becher erneut an die Lippen. Der Feldscher hatte ihn schon fast geleert, als sie ein dringender Ruf erreichte.

»Conrad!« Katharina trat unter das Zeltdach. Sie stemmte ihre Hände in die Hüfte, und für einen Augenblick befürchtete Martin, daß Conrads garstige Schwester ihm bittere Vorhaltungen machen würde, da er dem Feldscher dabei half, sich zu betrinken.

Doch Katharina ersparte sich jeden Vorwurf. Statt dessen wies sie hinter sich und sagte: »Ein Bote des Rittmeisters Poutiainen ist eingetroffen und verlangt nach dir.«

»Was will er?« brachte Conrad mit schwankender Stimme hervor.

»Poutiainens Frau liegt in den Wehen. Das Kind kommt zu früh, und es scheint, als sträube es sich, den Leib zu verlassen.«

Conrad winkte ab. »Laß ihn nach einer Hebamme schikken.«

»Die Hebamme befindet sich schon seit Stunden am Kindbett und ist hilflos. Sie ruft nach einem Chirurgen.«

Martin maß den betrunkenen Conrad mit einem bedauernden Blick. »Dein Bruder ist wohl kaum in der Lage, der armen Frau zu helfen«, meinte er. »Man sollte einen anderen Arzt heranschaffen.«

Ein junger Mann trat neben Katharina, allem Anschein nach der Bote, der von Poutiainen ausgeschickt worden war.

»Der Rittmeister betonte ausdrücklich, daß ich diesen Mann zu ihm bringen soll.« Er deutete auf Conrad. »Ich werde nicht ohne ihn zurückkehren.«

Conrad richtete sich auf und taumelte dabei so stark, daß

er sofort wieder hinfiel. Martin stützte ihn und half ihm auf die Beine.

»Ich werde ihn begleiten«, sagte Katharina. »Er kann ja kaum allein stehen.«

Conrad schüttelte den Kopf. »Du wirst zu Klara gehen und ihr ausrichten, daß sie zum Quartier des Rittmeisters kommen soll. Wir brauchen ihre Kräuter und Salben.«

Katharina schaute mürrisch drein und streckte einen Finger nach Martin aus. »Dann wird *er* mit dir gehen.«

Martin hätte liebend gerne darauf verzichtet, Conrad während einer komplizierten Geburt zu unterstützen, doch es war nicht zu übersehen, daß der Feldscher kaum einen Schritt vor den anderen setzen konnte. Also fügte er sich Katharinas Anweisung.

Conrad zog einen Schlüssel hervor, den er an einem Lederband um seinen Hals trug, und gab ihn Katharina.

»Schaff mir meine Instrumente herbei, bevor du dich auf den Weg machst.«

Katharina nickte und lief zum Wagen. Währenddessen nahmen Martin und der Bote den schweren Feldscher in ihre Mitte und schafften ihn nach draußen. Nicht weit entfernt stand eine einspännige Kutsche bereit, in die sie Conrad hineinzwängten. Der Feldscher sank stöhnend auf die Sitzbank und ließ einen lauten Wind fahren.

Katharina kam vom Wagen geeilt und drückte Martin eine schwere Ledertasche in die Hand.

»Möge Gott euch beistehen«, sagte sie.

Ohne eine Erwiderung drehte Martin sich um und stieg zu Conrad in den Wagen. Poutiainens Bote war inzwischen auf den Bock geklettert und ließ den Falben die Gerte spüren.

Es wurde eine unruhige Fahrt. Der Wagen preschte holpernd über den unebenen Grund. Bei so mancher Erschütterung stieß Conrad ein lautes Rülpsen aus und blies

Martin in der engen Kabine einen unangenehm sauren Dunst ins Gesicht.

Martin dachte an Thea und ärgerte sich über sie. Sie hätte sich an einem Wochenbett gewiß weitaus nützlicher machen können als er, doch anstatt Conrad zur Seite zu stehen, warf sie sich den Männern an den Hals.

Als die Kutsche hielt, schlief Conrad und schnarchte laut. Martin schüttelte den Feldscher, bis er aufwachte, und half ihm dann beim Ausstieg. Conrad war so schwer und steif, daß Martin den Kutscher zu Hilfe rufen mußte. Gemeinsam gelang es ihnen, den keuchenden und nach Luft japsenden Feldscher auf die Erde zu stellen. Martin langte nach der Ledertasche und stützte Conrad anschließend, um die letzten Schritte bis zu Poutiainens Zelt zurückzulegen.

Das Quartier des Rittmeisters bestand aus einem breiten Hauptzelt und mehreren kleineren Unterkünften sowie zwei nahe gelegenen Pferdekoppeln. Sie wurden in das große Zelt geführt. Zahlreiche Lampen und Kerzen erleuchteten den Innenraum, der weitaus komfortabler wirkte als ihre eigenen kargen Unterkünfte. Den Boden hatte man komplett mit Rinderfellen ausgelegt und die Wände mit bunten Seidentüchern geschmückt. Das Mobiliar war aus poliertem dunklem Holz gefertigt. Nicht weit vom Eingang befanden sich mehrere Gestelle, auf denen prächtige Harnische und Koller sowie Säbel, Degen und Schwerter bereitgestellt waren.

Der hintere Teil war mit einer Stoffwand abgetrennt worden. Martin vernahm von dort Stimmen und ein flehendes Wimmern. Zudem drang ein seltsamer Geruch an seine Nase, den er nicht recht zu bestimmen wußte.

Jöran Poutiainen trat hinter der Stoffwand hervor. Martin war dem finnischen Offizier zuvor erst ein einziges Mal begegnet. Das lag zwei Tage zurück. Der Finne hatte einen ruhigen und höflichen Eindruck auf Martin gemacht, als er

Conrad aufgesucht und ihn um einige Kräuter gegen die Kopfschmerzen gebeten hatte, die seine Frau plagten. Nun jedoch wirkte Poutiainen alles andere als entspannt. Seine Augen blickten ihnen ängstlich und gehetzt entgegen, und auf seiner Stirn glänzte der Schweiß.

Doch seine Miene hellte sich auf, als er Conrad vor sich sah.

»Gott sei gelobt!« rief er aus. »Helft meiner Frau! Ich fürchte um ihr Leben.«

Conrad gab nur ein Brummen von sich. Martin sah es Poutiainen an, daß er nun erst begriff, in welchem Zustand sich Conrad befand. Dennoch winkte er sie hinter die Stoffwand.

Die Frau des Rittmeisters lag auf einer schmalen Bettstatt. Ihr Kopf wurde von mehreren Kissen gestützt. Ein hübsches, von verschwitzen blonden Haaren umrahmtes Gesicht wandte sich ihnen zu.

Sie wirkte ausgezehrt und müde. Die Augen waren von dunklen Rändern gezeichnet. Der Schweiß klebte nicht nur auf ihrem Gesicht, sondern am ganzen Körper, so daß das Hemd an ihr wie eine zweite Haut klebte. Unter dem dünnen Stoff zeichneten sich deutlich die geschwollenen Brüste und der gewaltige kugelrunde Bauch ab. Auch der nach außen gedrückte Nabel war unter dem Hemd zu erkennen.

Zwischen ihren gespreizten Beinen hockte eine junge Frau. Sie hielt in einer Hand einen kleinen Topf, in dem sich ein grünlicher Schleim befand, von dem zweifelsfrei der faulige Geruch ausging, der Martin schon beim Eintreten in die Nase gestiegen war. Die Frau tauchte zwei Finger in den Topf und verrieb den Brei auf der Vulva der Schwangeren.

»Bist du die Hebamme?« fragte Conrad lallend.

Die Frau schaute ihn nur fragend an.

»Sie spricht eure Sprache nicht«, klärte Poutiainen den Feldscher auf.

»Fragt sie, was sich in diesem Tiegel befindet.«

Poutiainen wechselte einige finnische Sätze mit der Frau und sagte dann: »Es handelt sich um die zerstoßene Galle eines Stieres, vermengt mit pulverisierten Eselshufen. Sie sagt, es wird die bösen Kräfte schwinden lassen, die dem Kind den Geburtsweg versperren.«

»Dreck! Nichts als Dreck!« ereiferte sich Conrad. »Dieser Aberglaube wird Eure Frau noch umbringen.« Er deutete auf die Hebamme. »Schafft sie fort, bevor sie noch schlimmeres Unheil anrichtet.«

Poutiainen sprach in ruhigem Ton mit der Frau, worauf diese nur nickte, sich erhob und das Gemach verließ. Martin merkte ihr an, daß sie erleichtert war, nicht länger an diesem Ort bleiben zu müssen.

»Sie wird draußen warten, falls Ihr sie doch noch brauchen solltet«, sagte der Finne.

Conrad zog einen Schemel heran und ließ sich ächzend darauf sinken. »Nun, Herr Rittmeister, was verlangt Ihr von mir?«

Poutiainen zog ein trauriges Gesicht. »Die Wehen sind zu schwach. Das Kind will nicht auf die Welt kommen. Die Hebamme ist ratlos.« Der Rittmeister sank neben seiner Frau auf die Knie und schluchzte jämmerlich.

»Wie lautet der Name Eurer Frau?« wollte Conrad wissen.

»Maija«, antwortete Poutiainen.

»Spricht sie deutsch?«

Der Rittmeister schüttelte den Kopf.

»Gut, so wird sie nicht verstehen, wenn wir über Dinge sprechen müssen, die sie erschrecken würden.« Conrad rieb sich angestrengt über die Stirn. »Was mir vor allem Sorge bereitet, ist die Tatsache, daß ich kaum Erfahrung darin habe, Kinder auf die Welt zu bringen. Meines Erachtens sollte das Sache der Frauen bleiben.«

»Aber wenn das Leben der Frau und des Kindes in Gefahr ist, braucht es der Hilfe eines kundigen Chirurgen«, meinte Poutiainen.

Conrads Blick verharrte einen Moment auf der Schwangeren, die mit schmerzverzerrtem Gesicht ihre Hände in die Strohmatte krallte.

»Koskee niin kovasti«, stieß sie kraftlos hervor.

Jöran Poutiainen faßte ihre Hand. *»Rauhoitu. Olen tässä.«*

Eine weitere Wehe schüttelte ihren zarten Körper, und sie schrie verzweifelt auf.

»Gibt es hier Fett und Nesselsaft?« fragte Conrad den Finnen.

»Die Hebamme hat einen kleinen Tiegel mit Fett bereitgestellt. Aber Nesselsaft ...« Er schüttelte den Kopf. »Damit kann ich Euch nicht dienen.«

»Sie wird ihn brauchen, um nach der Geburt wieder zu Kräften zu kommen.« Er rieb sein Kinn. »Nun ja, ich hoffe, daß Klara welchen mit sich führt.«

Jöran Poutiainen herzte und küßte seine Frau und versuchte sie zu beruhigen, doch die Schwangere verzog nur gequält das Gesicht und drückte ihn von sich.

»Herr Rittmeister«, rief Conrad, dem die übertriebene Fürsorge des Rittmeisters nicht zu behagen schien. »Ihr müßt mir einen Dienst erweisen.«

»Was soll ich tun?« fragte der Finne.

Conrad wies auf den Topf mit der Stiergalle, den die Hebamme zurückgelassen hatte. »Eure Hebamme hat es gut gemeint, denn sie hat gewiß nicht gewußt, daß sie eine verzauberte Salbe mit sich führte. Von diesem Tiegel gehen teuflische Kräfte aus, und darum muß er schleunigst entfernt werden.«

»Wohin soll ich ihn bringen?«

»Ihr müßt ihn unter einem Eichenbaum vergraben, der sich mindestens zweihundert Schritte entfernt von diesem Ort befindet. Nur so können die bösen Kräfte gebannt werden.«

»Ich werde einen Pagen beauftragen.«

»Nein«, widersprach Conrad. »Das Teufelswerk verliert nur dann an Wirkung, wenn der Vater des Kindes die Substanz fortschafft.«

»Seid Ihr Euch dessen gewiß?«

»Ganz gewiß.«

Poutiainen schien ganz und gar nicht davon angetan zu sein, seine Frau zu verlassen, aber er fügte sich Conrads eindringlicher Weisung, griff nach dem Tiegel, den er mit weit ausgestreckten Armen vor sich hertrug, und machte sich auf den Weg.

Martin runzelte die Stirn über diesen Mummenschanz. »Eine verzauberte Salbe?«

»So hat diese arme Frau ein wenig Ruhe vor ihm«, erwiderte Conrad augenzwinkernd. »Es wird eine Weile dauern, bis er in der Dunkelheit die passende Eiche gefunden hat.«

Conrad hockte sich zu der Schwangeren. Er wollte ihr das Hemd hochschieben, doch die Gicht hinderte ihn daran. Martin half ihm und entblößte ihre Scham und den Bauch.

»Ich vermute eine Schieflage des Kindes«, sagte Conrad. »Das Fruchtwasser ist bereits abgegangen, da hat es kaum noch Sinn, eine Wendung von außen zu versuchen.« Er deutete zum Tiegel. »Reich mir das Fett.«

Martin griff nach dem Topf und nahm den Deckel ab, unter dem das Fett schimmerte.

»Nun reib mir die Hände mit dem Fett ein.«

Martin rührte sich nicht.

»Na was? Worauf wartest du?« drängte der Feldscher. »Ich muß die Lage des Kindes ertasten.«

Martin betrachtete die traurige Gestalt des sturzbetrunkenen Feldschers, der allen Ernstes beabsichtigte, seine gichtverkrümmten Finger in den Unterleib dieser bemitleidenswerten Frau einzuführen.

In diesem Moment kam ihm Sophia in den Sinn. Er fragte sich, ob man ihr die Schwangerschaft inzwischen angesehen hätte. Eine kleine Wölbung vielleicht, die jedem deutlich gemacht hätte, daß sie ein Kind unter ihrem Herzen trug. Sein Kind.

Und ganz sicher hätte er sie keinem Arzt aussetzen wollen, der sich in Conrads Zustand befand. Sophia nicht – und auch keine andere Frau.

Eine ungeahnte Entschlossenheit erfaßte ihn. Er steckte zwei Finger in das Fett und verschmierte es auf seine eigene Hand.

»Was machst du da?« fragte Conrad ungehalten.

»Du wirst mich leiten«, sagte Martin. »Deine eigenen Hände könntest du ihr ja nicht mal zum Trost reichen. Also werde ich sie für dich untersuchen. Du mußt mir nur sagen, worauf ich achten soll.«

»Du willst es tun?«

Martin lächelte nervös. »Denk daran, ich habe die feinfühligen Finger eines Glasmalers.«

Conrad wog Martins Vorhaben einen Moment lang ab, dann nickte er und dirigierte Martin ungelenk zwischen die Beine der Frau.

»Reib dir die Hände gründlich mit dem Fett ein und taste nach dem Kind. Wir müssen wissen, wie es im Mutterleib liegt.«

Das Wimmern der Finnin steigerte sich zu einem kurzen, aber spitzen Schrei, der Martin durch Mark und Bein fuhr. Schweigend strich er das Fett über die Hände.

»Sei behutsam, wenn du in sie eindringst«, mahnte Conrad. »Du könntest sie verletzen.«

Martin kniete sich zwischen Maijas Beine. Sie starrte ihn ängstlich und stumm an. Mit einem aufmunternden Lächeln versuchte er sie ein wenig zu beruhigen, was tatsächlich Wirkung zeigte, denn sie schloß die Augen und atmete ruhiger.

Mühelos glitt seine Hand in ihr Geschlecht. Er schob sie vorsichtig durch den feuchten Gang, bis er auf etwas stieß, das sich wie ein wulstiger Mund anfühlte. Schweiß rann ihm in die Augen. Er kniff sie zu und tastete sich weiter voran.

»Da ist es«, raunte Martin. »Ich fühle das Kind.«

»Gut.« Conrad hockte sich neben ihn. »Was ist unter deinen Fingern? Der Kopf oder der Arsch?«

»Ich bin mir nicht sicher.« Martin bewegte die Hand und ertastete Gliedmaßen, konnte aber beim besten Willen nicht bestimmen, ob es sich dabei um winzige Finger oder Zehen handeln mochte.

Dann jedoch glaubte er ein Gesicht zu fühlen, eine winzige Nase, den Mund und ein Ohr. Direkt daneben lag ein Ärmchen.

»Der Kopf befindet sich unten«, sagte Martin. »Aber die Schulter versperrt den Weg.«

»Du mußt das Kind so wenden, daß der Kopf ganz vor die Öffnung rutscht.«

Martin schob seine Hand unter den Körper und versuchte ihn zu bewegen. Die Finger fanden am glatten Fleisch jedoch keinen Halt, und das Kind blieb in der Schieflage. Er zog die Finger ein wenig zurück und drückte gleichzeitig mit der anderen Hand auf den Bauch der Frau. Diese kombinierte Wendung zeigte mehr Erfolg, denn nun rutschte der Kopf vor die Öffnung, doch sobald Martin den Druck verringerte, glitt das Kind in die ursprüngliche Lage zurück.

Er wiederholte diese Prozedur mehrere Male; das Ergebnis blieb indes enttäuschend. Bei jedem neuen Versuch kreischte die Frau auf. Ihre Schmerzen mußten entsetzlich sein.

»Ich schaffe es nicht«, krächzte Martin.

Conrad verzog das Gesicht und stieß seine Ledertasche um. Einige langstielige Haken fielen heraus. »Man hat uns hergebacht, um das Kind aus dem Leib zu holen. Willst du diese Instrumente hier benutzen müssen?«

»Mit diesen ungeschlachten Instrumenten würden wir das Kind in Stücke reißen.«

»Wenn das der einzige Weg ist ...«, sagte Conrad.

Martin schüttelte den Kopf. »Es muß einen anderen geben.«

Conrad überlegte kurz, dann meinte er: »Versuch, das Kind auf die Fußlage zu wenden. Vielleicht kannst du es mit den Beinen voran auf die Welt holen.«

Der Vorschlag klang vernünftig. Martin rieb seine Hände noch einmal mit dem Fett ein und schob die Finger ein weiteres Mal in den Geburtskanal. Mit der anderen Hand drückte er wieder von außen auf den Bauch, und tatsächlich gelang es ihm nach einer Weile, das Kind so zu wenden, daß sich nun die Füße vor der Öffnung befanden. Er wartete ab, bis eine Wehe Maijas Körper durchlief und sie das Kind herauszupressen versuchte. Martin konnte einen Fuß vor der Scheidenöffnung erkennen. Er schob seine Hand unter das Beinchen und zog das Kind vorsichtig weiter heraus. Bald spürte er einen Widerstand, als der Rumpf des Kindes feststeckte. Er zerrte etwas stärker an dem zerbrechlichen Körper, doch dann hielt er inne, als er bemerkte, daß an seiner Hand Blut klebte.

»Der Damm ist eingerissen«, sagte Conrad. Er deutete auf die Unterseite der Vagina, von der aus sich ein Riß fast bis zum After zog. Blut sickerte hervor, und Conrad schaute besorgt aus. »Zieh das Kind behutsam heraus. Wenn der Ringmuskel des Afters reißt, würde das der Frau großen Schaden zufügen und sie vielleicht sogar das Leben kosten.«

»Zum Teufel, ich bin behutsam«, ereiferte sich Martin. Nahm Conrad etwa an, er wolle das Kind zu einem Krüppel machen?

»Untersteh dich, an diesem Ort zu fluchen, du Tölpel«, schalt ihn Conrad. »Du lockst damit die bösen Geister an.«

»Ich dachte, du glaubst nicht an einen solchen Mummenschanz.«

»Bei allen Heiligen! Willst du mit mir diskutieren, bis diese Frau den letzten Atemzug getan hat?«

Martin brummte nur mißmutig und machte sich mit der nächsten Wehe daran, daß Kind weiter aus dem Bauch zu ziehen. Aus den Augenwinkeln schaute er noch einmal auf die schrecklichen Haken, und die Befürchtung, das Kind damit aus dem Bauch zerren zu müssen, verlieh ihm neue Kraft. Er faßte die Beine und zog so kräftig an ihnen, daß der Rumpf und der Kopf endlich aus dem Leib rutschten. Plötzlich hielt er einen rosigen Jungen in den Armen, der bereits gierig nach Luft schnappte und einen kräftigen Schrei ausstieß, kaum daß er ganz den Mutterleib verlassen hatte.

»Du hast es geschafft«, rief Conrad. »Schau dir dieses prächtige Kind an, das du auf die Welt geholt hast.«

Martin lachte erleichtert und wischte dem Kind den Schleim aus dem Gesicht. In diesem Moment fühlte er einen Stolz in sich aufsteigen, der einem leiblichen Vater gewiß in nichts nachstand.

Nachdem er die Nabelschnur durchtrennt hatte, legte er das Kind zu seiner Mutter, die es völlig ermattet, aber glücklich an ihre Brust legte. Bald darauf traf Katharina mit der Marketenderin Klara ein, und auch Jöran Poutiainen kehrte zurück und durfte seinen Sohn auf den Arm nehmen. Der Finne, der kaum noch daran geglaubt hatte, daß seine Frau die Nacht überstehen würde, wirkte regelrecht fassungslos vor Glück und dankte Conrad und Martin überschwenglich.

Katharina stemmte die Hände in die Hüften und bedachte Conrad und Martin mit einem Kompliment auf ihre ganz eigene Art. »Ein Säufer und ein Trübsinniger! Welche Frau hätte sich freiwillig in diese Obhut begeben?«

»Sie haben es gut gemacht«, meinte Klara, ein grobes Weib mit ausladenden Hüften, aus deren Gesicht freundliche Augen hervorblitzten.

Klara machte sich daran, die blutige Scham zu waschen, und holte Nadel und Faden hervor, um den gerissenen Damm zu nähen, während Katharina der Finnin stärkenden Nesselsaft verabreichte.

Martin hockte ganz in der Nähe der jungen Mutter. Er bemerkte, daß sie nach seiner Hand tastete und ihn mit einem strahlenden Lächeln bedachte.

»Ich stehe tief in Eurer Schuld.« Jöran Poutiainen zog einen Lederbeutel hervor und reichte Conrad einige Münzen.

»Das ist mehr als genug«, meinte der Feldscher.

Der Finne schüttelte den Kopf. »Man kann das Leben eines Kindes nicht mit Geld aufwiegen. Wenn Ihr jemals Hilfe brauchen solltet, so laßt es mich wissen.« Er drehte sich zu Martin um. »Das gilt natürlich auch für Euch, Herr ...?«

»Fellinger«, sagte Martin. »Mein Name ist Martin Fellinger.«

Jöran Poutiainen nickte und klopfte Martin zufrieden auf die Schulter.

Das erste Tageslicht dämmerte bereits herauf, als die Kutsche Martin, Conrad und Katharina vor ihrem Quartier absetzte. Thea mußte kurz vor ihnen dort eingetroffen sein. Sie saß am Feuer und hielt einen Becher mit dampfender Milch in den Händen. Als Martin und Conrad eintraten, erhob sie sich und kam auf sie zu.

»Da seid ihr ja endlich«, sagte Thea. »Ich habe den Wagen und das Zelt verlassen vorgefunden. Was ist geschehen?«

Katharina erklärte ihr mit knappen Worten, daß die Frau des Rittmeisters Poutiainen in dieser Nacht niedergekommen war und daß es der Hilfe eines Wundchirurgen bedurft hatte, um Mutter und Kind das Leben zu retten.

»Katharina, schenk uns von dem braunen Rum ein«, rief Conrad. »Ich weiß, wir haben nur noch wenig davon übrig, aber dies ist der passende Moment, um die Flasche zu leeren.«

Katharina kramte eine halbvolle Flasche hervor und goß jedem ein wenig Rum in den Becher. Martin half Conrad, den Becher an den Mund zu führen. Der Feldscher verzog gequält das Gesicht, nickte dann in Martins Richtung und sagte stolz: »Er war meine helfende Hand.«

Thea maß Martin mit einem ungläubigen Blick. »Du hast das Kind auf die Welt geholt?«

» Was sollte ich tun? Conrad war schließlich nicht dazu in der Lage.«

»Zuerst habe ich ja befürchtet, er würde ohnmächtig neben Poutiainens Frau zu Boden sinken«, meinte Conrad. »Aber er hat sich tapfer geschlagen, dein Begleiter.«

Martin leerte den Becher in einem Zug. »Zeitweilig glaubte ich, meine Finger würden noch weit stärker verkrampfen als die von Conrad.«

Conrad schmunzelte. »Mir scheint, ich habe ab heute einen tüchtigen Gehilfen an meiner Seite. Es wird Zeit, daß du nicht länger wie ein Toter ins Leere starrst, Martin. Nutze diese Zeit sinnvoller!«

»Du willst einen Chirurgen aus ihm machen?« fragte Thea.

»So einfach ist das gewiß nicht, aber ich kann mein Wissen mit Martin teilen. Die Schmerzen in meinen Händen schreiten mit jeder Woche voran. Es wird immer öfter Tage geben, an denen ich nicht mehr in der Lage sein werde, die simpelsten Eingriffe vorzunehmen.«

Conrad streckte Martin die verkrümmte Hand entgegen. »Ist es abgemacht?«

Martin zögerte. Er schaute in Conrads erwartungsvolles Gesicht, und plötzlich sträubte sich alles in ihm gegen das Angebot des Feldschers.

»Such dir besser einen anderen«, sagte er leise, drehte sich um und trat aus dem Zelt. Er ging bis zum Wagen, lehnte sich an eines der mannshohen Räder und blinzelte in die Sonne, die am Horizont heraufzog.

»Warum?«

Er drehte sich um und stand Thea einen Moment lang schweigend gegenüber.

»Warum hast du es abgelehnt?«

»Ich bin kein Wundenflicker, sondern ein Glasmaler.«

Thea quittierte diese Worte mit einer abschätzigen Handbewegung. »Findest du hier in diesem ganzen Troß auch nur ein einziges Fenster? Ich nicht. Aber ich sehe Menschen, die krank sind und leiden. Sie brauchen eine helfende Hand.«

Sie trat an ihn heran und legte ihre Hand an seine Wange. Die Wärme war angenehm, trotzdem entzog er sich ihr.

»Als du vorhin von der Geburt berichtet hast, habe ich endlich wieder das Leben in deinen Augen aufblitzen sehen. Martin, wach endlich auf!«

»Ich bin wach.«

Sie schüttelte entschieden den Kopf. »Nein, du dämmerst seit Wochen in einer Traumwelt dahin. Du versuchst die Vergangenheit zu dir zurückzuholen, aber du hast sie verloren. Wir beide haben sie verloren. Sie ist nichts weiter als eine Illusion.«

»Was verlangst du? Daß ich Sophia vergesse?«

»Ich verlange nichts von dir, aber glaubst du wirklich, sie hätte gewollt, daß du hier sitzt und dich in deiner Trübsal verkriechst? Meinst du nicht, sie wäre stolz auf dich, wenn du diese geschickten Finger dazu einsetzen würdest, um anderen Menschen zu helfen.«

Martin betrachtete seine Hände, die unter dem Eindruck dieser Nacht noch immer leicht zitterten.

»Ich weiß nicht, ob ich die Kraft dazu aufbringen könnte.«

»Versuche es! Ich werde dir helfen.«

In einem Punkt gab er Thea recht. Er hatte sich in dieser Nacht zum ersten Mal seit langer Zeit lebendig gefühlt. Als er den Säugling in seinen Händen gehalten hatte, war er einen Augenblick lang glücklich gewesen.

»Soll ich Conrad sagen, daß du sein Angebot annimmst?« fragte Thea.

Martin nickte bedächtig.

»Gut.« Sie drückte seine Hände und ging langsam zum Zelt zurück.

Kapitel 9

Zur Mitte des Monats Juli änderte die schwedische Armee ihre Marschrichtung und zog nach Süden. Der kaiserliche Generalissimus Tilly war zuvor mit seinen Truppen in das vom Krieg bislang weitgehend verschont gebliebene Sachsen eingerückt und hatte begonnen, das Land zu plündern. Dieses Vorgehen nahm nun der bislang so zögerliche sächsische Fürst Johann Georg zum Anlaß, das von König Gustav Adolf offerierte Bündnis mit Schweden zu schließen und ihn als seinen Verbündeten zu begrüßen.

Beide Armeen, die der Schweden und die der Kaiserlichen, bewegten sich unaufhaltsam aufeinander zu.

Martin schnappte hin und wieder solche Nachrichten auf, wenn Thea ihn bat, ihr eine der immer häufiger verbreiteten Flugschriften vorzulesen. Ihn selbst interessierte die politische Lage nicht sonderlich. Im Grunde kam er sich vor wie jemand, der in einem kleinen Boot der reißenden Strömung eines breiten Flusses ausgesetzt worden war und unweigerlich in die Richtung getrieben wurde, in der sich der Wasserlauf durch das Land zog.

Die Trauer um Sophia belastete ihn noch immer sehr. Wenn er allein war, brach er oft von einem Moment zum anderen in Tränen aus und glaubte, der Verlust würde ihn zerreißen. In den Nächten wanderte er stundenlang allein umher, zwischen all den Wagen und den fremden Gesichtern, und führte in Gedanken Zwiesprache mit seiner toten Frau, ohne daß ihn dies recht zu trösten vermochte.

Zumindest zeitweilig fand er ein wenig Ablenkung, denn er mußte sich eingestehen, daß Thea gut daran getan hatte, ihn von Conrads Vorschlag zu überzeugen, sich in den

Fertigkeiten eines Chirurgen unterweisen zu lassen. Der Feldscher nahm Martin jeden Tag an seine Seite und gewährte ihm einen Einblick in das Wirken der Wundärzte.

Zunächst bemühte sich Conrad, seinem Schüler das Verständnis für die Beschaffenheit der menschlichen Natur einzuschärfen. Natürlich war Martin die Lehre von den vier Körpersäften nicht gänzlich unbekannt. Jedes Kind wußte, daß eine Mischung aus Blut, Schleim, schwarzer und gelber Galle den Leib und die Konstitution eines Menschen in Einklang hielt. Conrad erläuterte ihm aber auch die Theorie des griechisch-römischen Arztes Galenos, der zu der Auffassung gelangt war, daß das Übermaß eines dieser Körpersäfte sich immens auf den Gemütszustand eines Menschen auswirkte, weshalb die Körpersäfte auch als die »vier Temperamente« bezeichnet wurden. Die Mediziner unterschieden dabei den Sanguiniker, einen lebhaften und frohen Menschentyp; den schwermütigen und verzagten Melancholiker, in dem die schwarze Galle ein Übergewicht gewonnen hatte; den leidenschaftlichen und jähzornigen gelbgalligen Choleriker sowie den behäbigen Phlegmatiker, für dessen Stimmungslage eine übermäßige Menge an Schleim im Blut vermutet wurde.

Nach dieser ersten Lektion ging Conrad es an, Martin die praktischen Arbeitsweisen eines Wundchirurgen zu erläutern. Er machte ihn mit der Anwendung von Sägen, Zangen, Messern, Knochenschabern, Klistieren und Brenneisen vertraut, deren Gebrauch für Conrad so selbstverständlich war wie die Werkzeuge, mit denen Martin einst sein Handwerk als Glasmaler und Kunstverglaser ausgeübt hatte.

Ein Gerät, das Martin zugleich faszinierte und abschreckte, war der verzierte Drillbohrer, der zur Trepanation der Schädeldecke benutzt wurde. Es gab, so führte Conrad aus, mannigfaltige Krankheiten, bei denen dieser Bohrer zum Einsatz kam. Traumatische Kopfverletzungen, langwierige Augenleiden sowie syphilitischer Knochenfraß machten eine Trepanation des Schädels unabdingbar. Doch diese Behandlung, so lernte Martin, konnte dem Menschen auch zum Schaden gereichen.

»Vor vielen Jahren«, so schilderte ihm Conrad, »suchte mich eine Frau auf, die davon überzeugt war, daß ein Dämon ihren Sohn befallen hatte, der ihm böse Gedanken eingab und seinen Kopf vergiftete. Auf ihr Drängen hin bohrte ich dem Jungen an drei Stellen die Schädeldecke auf, damit der böse Geist hervorkommen sollte. Ich habe jedoch keinen Dämon erkennen können. Nur ein schreiendes Kind, das sich seit diesem Tag schwermütig und phlegmatisch verhielt.«

»Glaubst du denn an den Einfluß von Dämonen?« wollte Martin wissen.

Conrad zuckte mit den Schultern. »Teuflische Gelüste stecken gewiß in vielen von uns. Leider jedoch dienen die dämonischen Mächte für vieles als Erklärung, was in unserer rein menschlichen Natur verborgen liegt. Man sollte stets bestrebt sein, die Leiden der Menschen zu heilen, nicht sie aufgrund eines unhaltbaren Aberglaubens noch zu verstärken. Die Behandlung dieses Knaben war mir eine Lehre, mich nicht von übertriebenen Ängsten vor den Kreaturen der Hölle leiten zu lassen.«

Zumeist begleitete Martin den Feldscher nun, wenn der gerufen wurde. Conrad versorgte Wunden, verabreichte heilsame Klistiere oder entfernte eiternde Zähne. Martin wurde Zeuge, wie sein Lehrmeister einen Leistenbruch operierte, bei dem die Hoden entfernt werden mußten; er befand sich auch an Conrads Seite, als dieser einem schottischen Söldner zwei zerquetschte Finger amputierte, und verfolgte aufmerksam, wie der Feldscher einem Schweden, der vom Pferd gestürzt war, mit einem beherzten Griff die Schulter einrenkte.

Mit der Zeit fand Martin Gefallen an Conrads Ausführungen. Zu Beginn seiner Unterweisung war er sich an dessen Seite unpassend vorgekommen, wie ein Schmied, der einem Bäcker zur Hand gehen sollte. Doch mit jedem Tag gewöhnte er sich mehr an Conrad und mußte sich eingestehen, daß er den knorrigen Mann sehr gerne begleitete.

Mittlerweile ließ Conrad seinem Gehilfen auch einige einfache Behandlungen selbst ausführen. Zunächst wies er Martin an, ihn dann und wann zur Ader zu lassen, um die Körpersäfte in Einklang zu bringen und so seine Gicht zu lindern. Während der ersten Versuche zitterten Martins Hände noch ein wenig, wenn er mit dem Skalpell in Konrads Venen stach, doch bald schon führte er das Messer so sicher wie einst den Schneidediamanten, mit dem er das Glas geteilt hatte.

Wann immer Conrad von der Gicht geplagt wurde, erhielt Martin Gelegenheit, unter der Aufsicht seines Lehrers die neuen Fertigkeiten auch an anderen Patienten unter Beweis zu stellen. Er nahm kleine Eingriffe vor, nähte Wunden oder kümmerte sich um Knochenbrüche, die eingerenkt und geschient werden mußten. In diesem Troß, in dem sie an der Seite mehrerer zehntausend Menschen reisten, gab es an jedem Tag Gelegenheit, an Erfahrung zu gewinnen, auch wenn der Lohn, den sie für ihre Arbeit erhielten, zumeist äußerst karg ausfiel.

»Warum bist du ein Arzt geworden?« fragte Martin an einem Tag im August, als er Conrad wieder einmal zur Ader ließ. Das dunkle Blut plätscherte gemächlich in eine Zinkschale, während der Feldscher aus einem Weinkrug trank.

»Ein Arzt?« brummte Conrad abfällig. »Nimm eines zur Kenntnis: Jeden der mich als Arzt bezeichnet, den nenne ich eine ausgemachte Schafsnase.«

»Warum?«

»Weil diese so hochgeschätzten Mediziner zumeist nichts Besseres zu tun haben, als in ihren Kollegien ausschweifend über neue Behandlungsmethoden und Verwaltungsaufgaben zu disputieren, ohne jemals zu fruchtbaren Ergebnissen zu gelangen. Nicht umsonst heißt es im Volke: Drei Ärzte bei einem Kranken, da kann sich der Kirchhof bedanken.«

»Also bist du kein Arzt. Das habe ich jetzt verstanden.«

»Ich habe die Kunst der Chirurgie erlernt. Manch einer bezeichnet diesen Beruf auch als Wundenflickerei und nennt ihn unehrenhaft, doch dann verweise ich stets darauf, daß sich das Wort Chirurgie aus der griechischen Sprache ableitet und nichts anderes als »Handwerk« bedeutet. Die Mediziner erachten es immer noch als unter ihrer Würde, das chirurgische Messer zu führen, und wenden sich lieber ihren Uringläsern zu. Also liegt es weiterhin an uns Chirurgen, die groben und blutigen Arbeiten durchzuführen.«

»Aber du verstehst dich auch darauf, heilende Salben anzufertigen und Kräuter anzuwenden.«

»Dafür ist wohl mein Vater verantwortlich«, erwiderte Conrad. »Ich war mein Leben lang bestrebt, das an den Menschen gutzumachen, was er an ihnen verbrochen hatte.«

»Was hat er getan?«

»Er zog als Bader durch das Land und gab vor, die Leute von ihren Leiden heilen zu können, doch seine einzige Sorge war es wohl, ihnen dabei zu helfen, nicht zu schwer an ihren Geldbörsen zu tragen.«

»Also war er ein Scharlatan?«

»Einer der übelsten Sorte. Die Heilmittel, die er bei sich führte, werden im allgemeinen als Dreckapotheke bezeichnet. In ihr findest du Ingredienzien wie gedörrte Kröten, Vogelzungen, Ziegenkot, Schlangenfett, verbrannte Maulwürfe und zahlreiche andere unappetitliche Bestandteile, die ich inzwischen, dem Himmel sei Dank, aus der Erinnerung getilgt hab. Mein Vater pries diese angeblichen

Wundermittel mit solch salbungsvollen Worten an, daß die Leidenden an seinen Lippen hingen und hofften, mit seiner Hilfe den Krankheitsdämon aus ihren Körpern vertreiben zu können.«

»Deshalb hast du also so wütend auf die Stiergallenpaste der Hebamme reagiert.«

Conrad schüttelte sich. »Grauenhaft.«

Martin befand, daß Conrad genug Blut gelassen hatte. Er drückte seinen Daumen auf die Vene und legte einen Verband an. Dann löste er den Gurt von Conrads Oberarm und setzte sich neben den Feldscher.

»Erzähl mir mehr von deiner Familie«, bat Martin.

»Wir waren niemals wirklich seßhaft«, begann Conrad. »Es wäre wohl auch gar nicht möglich gewesen, da die Behandlungen meines Vaters nur in den seltensten Fällen von Erfolg gekrönt waren und zumeist Unmut und Zorn hervorriefen. Doch eine Zeitlang schien selbst er an die Wirkung seiner Dreckapotheke zu glauben. Meine Mutter, eine Frau von schwächlicher Konstitution, litt nach einem strengen Winter an einem schrecklichen Husten, der sie auszehrte und zudem Blut spucken ließ. Ich war noch ein Knabe, aber ich erinnere mich gut daran, daß mein Vater ihr Pillen verabreichte, die er aus pulverisierten Krähenfedern hergestellt hatte. Angeblich, so erläuterte er es mir damals, war meine Mutter von einem Hustenzauber befallen, und die Pillen sollten sie gegen die Kräfte des Bösen immun machen. Nun, einige Tage später hustete sie tatsächlich nicht mehr, weil sie gestorben war.

Nach ihrem Tod vertiefte mein Vater sich noch stärker in seine Arbeit. Er trank viel, und wenn die gelbe Galle in ihm die Überhand gewann, schlug er auf mich ein, und auch Katharina prügelte er, wann immer er einen Grund dazu fand. Ich vermute, das ist auch der Grund dafür, daß sie noch heute jeden Mann auf der Welt mit Verachtung straft. Die Heilmittel meines Vaters gerieten indes immer obskurer, und die Kuren, die er den Kranken verabreichte, setzten sich aus den widerlichsten Substanzen zusammen, die man sich vorstellen kann.

Im Jahr darauf behandelte er in einem Dorf eine Frau, die von einem eitrigen Geschwür auf ihrem Rücken geplagt wurde. Er schmierte die nässende Wunde mit frischem Hühnerdreck ein und verursachte dadurch ein hohes Fieber. Zwei Tage später starb die Frau. Noch in der Nacht, in der sie ihr Leben aushauchte, kamen drei Männer zu unserem Nachtlager, ergriffen meinen Vater und prügelten ihn, bis er blutüberströmt und winselnd vor ihnen auf dem Boden kroch. Dann zwangen sie ihn, den Inhalt seiner Apotheke zu fressen, und erhängten ihn an einem Baum. Katharina und ich klammerten uns schützend aneinander und flehten den Herrn an, von der rasenden Wut der Männer verschont zu bleiben. Letztendlich hatten sie es aber nur auf unseren Vater abgesehen. Im Morgengrauen zogen sie davon, ohne uns ein Haar zu krümmen.

An diesem Morgen legte ich für mich das Versprechen ab, daß ich niemals solch ein Ende erleiden wollte. Mit den Ersparnissen meines Vaters überzeugte ich einen fahrenden Chirurgen, Katharina und mich aufzunehmen und mir die wahren Künste der Medizin zu lehren. Er brachte mir all das bei, was ich nun an dich weitergeben kann, und weihte mich zudem in die Geheimnisse der Kräuter ein, die Mutter Natur uns offenbart, um viele Krankheiten und Beschwerden auf sanfte Weise zu lindern.

Nach meiner Lehrzeit zog ich mit meinem eigenen Wagen als Wundchirurg durch das Land. Ich heiratete und wurde Vater eines Sohnes, doch die Pest nahm mir Frau und Kind, ohne daß ich mit meinem Wissen etwas dagegen ausrichten konnte. Trotzdem möchte ich behaupten, daß meine Hände vielen Menschen die Schmerzen genommen und nicht wenigen auch das Leben gerettet haben.«

Conrad holte aus einer Tasche seines Wamses ein Skalpell hervor, betrachtete es wehmütig und reichte es dann Martin.

»Das soll ab heute dir gehören.«

»Ich kann das nicht annehmen.« Martin wußte, daß sich dieses Skalpell seit mehr als drei Jahrzehnten in Conrads Besitz befand. Der Feldscher hatte ihm das an einem der ersten Tage seiner Ausbildung anvertraut.

»Unsinn«, meinte Conrad. »Du wirst es gebrauchen können.«

»Warum?«

»Ist es dir denn noch nicht aufgefallen?« Conrad deutete auf eine entlegene Anhöhe, wo eine Schwadron Reiter ein Manöver abhielt. »Die Soldaten feilen ihre Waffen, gießen Unmengen an Munition und werden von ihren Offizieren gedrillt, als wären sie erst gestern zum Heer gestoßen.«

»Willst du sagen ...?«

Conrad nickte. »Es ist soweit. Diese Armee bereitet sich auf ihre erste große Schlacht vor. Es wird nur noch wenige Tage dauern, bis dieser Krieg eine entscheidende Wendung erhält.« Er nahm Martins Hand und drückte dessen Finger um den Griff des Skalpells. »Du wirst schon bald bis zu den Knöcheln im Blut waten. Zwischen den zerfetzten und zuckenden Leibern wird es sich zeigen, ob du das Zeug zu einem Chirurgen hast.«

Auf dem Höhepunkt seiner Lust stöhnte Paulus Roming so laut auf, als wäre ihm ein Messer ins Herz gestoßen worden. Thea drückte ihn rasch von sich, aber es war zu spät. Er hatte sich bereits in ihr ergossen.

Keuchend stopfte er sein Glied zurück in die Hose und schnürte den Latz zu. Thea brachte das Unterkleid in Ordnung und putzte ihre Schenkel ab, an denen der Rest seines Samens klebte. Es drängte sie danach, sich zu waschen, aber sie würde damit warten, bis sie zu Conrads Wagen zurückgekehrt war.

»Warte hier«, sagte Paulus und verschwand kurz. Wenig später kehrte er mit einem geschnürten Stoffbündel zurück und drückte es Thea in die Hand. Der Inhalt fühlte sich weich an, und durch den Leinenstoff konnte sie eine schwache Wärme spüren.

»Rindsleber. Ganz frisch«, beantwortete Paulus ihre unausgesprochene Frage und rieb sich grinsend den beleibten Bauch.

In den vergangenen Wochen hatte er sie häufig zu sich bestellt. Paulus Roming übte das Fleischerhandwerk aus und entlohnte Theas Dienste großzügig mit Würsten, Pökelfleisch, schmackhafter Sülze oder Innereien. Für die Menge an Fleisch, die sie von ihm erhielt, ertrug Thea gerne das Unbehagen, von ihm genommen zu werden. Doch es bereitete ihr keine Freude, bei Paulus zu liegen. Sein fetter, stark behaarter Körper schwitzte arg, und auch sein Gesicht mit den wässerigen Froschaugen und fauligen Zahnstümpfen war nicht unbedingt ansehnlich. Glücklicherweise dauerte der Beischlaf mit ihm niemals allzu lang. Er war immer sehr erregt, nahm sie zumeist im Stehen und erlangte oft schon nach wenigen Stößen seine Befriedigung.

Thea dankte ihm für die Leber und ging. Ihr war aufgefallen, daß in Paulus' Blick häufig eine gewisse Traurigkeit auszumachen war, wenn sie sein Zelt verließ. Ob er sich gar in sie verliebt hatte? Sie schmunzelte bei diesem Gedanken.

Als sie Conrads Quartier erreichte, traf sie nur Katharina an. Nicht ohne Stolz überreichte sie ihr das Bündel. Es bedeutete stets eine Genugtuung für Thea, das Leben ihrer kleinen Gemeinschaft mit diesen Geschenken ein wenig angenehmer zu gestalten. Sie wurden nicht an jedem Tag satt, oft nahmen sie nur ein karges Mahl zu sich, das zumeist aus einer dünnen Gemüsesuppe und einem Kanten hartem Brot bestand.

Doch heute würden ihre Mägen nicht knurren, wenn sie sich schlafen legten.

Katharina nahm das Fleisch entgegen, roch daran und zog eine mürrische Miene.

»Leber«, sagte Thea. »Von einem frisch geschlachteten Rind.«

»Die hat dir wohl dieser fette Metzger mit auf den Weg gegeben?« vermutete Katharina.

»Ganz recht.«

Katharina verzog das Gesicht. »Der Lohn der Sünde. Es stinkt nach Fleischeslust.«

»Du brauchst es ja nicht zu essen.«

Thea streckte die Hände aus und bedeutete Katharina, ihr die Leber zurückzugeben, doch der Hunger ließ Conrads Schwester in ihrer Meinung schwanken. Sie schnupperte noch einmal an der Leber und meinte dann: »Vielleicht werde ich heute über deine Verfehlungen hinwegsehen.«

»Mir soll es recht sein«, sagte Thea erleichtert. Es geschah nicht zum ersten Mal, daß Katharina ihre Meinung änderte, wenn sie dem Reiz einer schmackhaften Mahlzeit erlag.

Thea erinnerte sich daran, daß sie noch etwas Wichtiges zu erledigen hatte. Sie füllte Wasser in eine Zinkschale, griff nach einem sauberen Lappen und zog sich in Conrads Zelt zurück. Hier raffte sie ihre Kleider über die Hüfte und wusch gründlich ihr Geschlecht aus. Es ärgerte sie, daß sie nicht schnell genug reagiert hatte. Sie hätte sich Paulus entziehen müssen, bevor er sich ergoß.

Zu ihrer Überraschung betrat Conrad das Zelt, hielt kurz inne und musterte sie dann mit einem gefälligen Grinsen. Thea drehte sich zur Seite und wandte ihm ihr Hinterteil zu.

»Starre mich nicht so an, sonst fallen dir noch die Augen aus dem Gesicht.«

Conrad wandte den Blick nicht ab. »Du läßt es zu, daß

ich zwischen deinen Beinen liege, aber nun darf ich nicht zusehen, wie du den Samen aus deiner Spalte wäscht. So schamvoll habe ich dich nicht in Erinnerung.«

Thea zischte abfällig. »Die Blicke eines Mannes können bohrender sein als die Rute zwischen seinen Beinen.«

»Und die Zunge eines Weibes schärfer als eine Handvoll Pfefferkörner.«

»Wenn du das meinst ...«

»Natürlich. Bedenke, daß ich mein ganzes Leben an der Seite von Katharina verbracht habe.«

»Wie wahr.« Sie lachte leise.

Der Feldscher kratzte sich am Kopf und schaute zu Boden, doch ihr entging nicht, daß seine Augen noch immer verstohlen in ihre Richtung lugten.

»Wie macht sich dein Schüler?« fragte sie.

»Meine Ausführungen lenken ihn von seinem Kummer ab. Ich habe Martin inzwischen mit so vielen Aufgaben betraut, daß er kaum noch Zeit hat, sich den Kopf über die Vergangenheit zu zerbrechen. Mittlerweile glaube ich auch, daß ihm das Chirurgenhandwerk eine gewisse Erfüllung bringt. Es scheint ihm Freude zu bereiten.«

Auch Thea war aufgefallen, daß Martin in Conrads Gesellschaft regelrecht aufblühte. Zwar verhielt er sich noch immer recht still und wortkarg, doch sie glaubte fest daran, daß er den tiefsten Schmerz inzwischen überwunden hatte. Die Erinnerungen an die Ereignisse von Magdeburg würden sich nicht auslöschen lassen, Martin konnte aber lernen, mit der Trauer umzugehen und neue Freude am Leben zu finden.

»Um Martin sorge ich mich nicht so sehr«, meinte Conrad. »Um ehrlich zu sein, bereitest du mir weitaus mehr Kummer.«

Sie runzelte die Stirn. »Ich? Aus welchem Grund?«

»Schau dich an!. Du versuchst den Schmutz aus dir herauszuwaschen, aber es ist gut möglich, daß du schon wieder geschwängert worden bist. Mit jedem Abort setzt du dein Leben aufs Spiel. Zudem verbreitet sich die Syphillis unter den Männern und den Dirnen in den vergangenen Wochen wie die Maden in einem faulen Stück Fleisch.«

»Das sagt ein Mann, der bereits mehr als ein Dutzend Mal meine Dienste in Anspruch genommen hat, wenn es ihn zwischen den Beinen juckte. Es sind erst vier Tage vergangen, seit ich hier stand und deinen Samen aus mir herausschrubbte.«

Conrad trat auf Thea zu. »Gott helfe mir, ich bin schwach. Ja, ich bin ein Sklave meiner Gelüste. Aber ich mag dich, Thea, und mir liegt viel an deinem Wohlergehen. Du hast deinen Körper verkauft, um bei uns leben zu dürfen und damit es Martin gutgeht. Doch inzwischen geht er mir so fleißig zur Hand, daß ich euch beide nicht mehr missen möchte. Du brauchst uns nichts mehr zu geben, also besteht auch keine Notwendigkeit mehr, dich an die Männer zu verkaufen.«

Seine Worte ärgerten sie. Woher nahm sich Conrad das Recht, über ihr Leben bestimmen zu wollen? Er war weder ihr Vater noch ihr Ehemann.

»Ich verdinge mich seit vielen Jahren als Dirne, und ich bin es gewohnt, mit diesen Risiken umzugehen«, sagte sie. »Ihr alle profitiert davon. Glaubst du wirklich, wir könnten von den wenigen Kreuzern überleben, die deine Patienten springen lassen? Wer schafft die Bündel mit Fleisch heran? Ganz zu schweigen von deinen geschätzten Tabakrationen und vor allem den von dir so begehrten Malvasier, mit dem der Krämer Eckhardt meine Dienste entlohnt. All das ermöglicht uns ein Leben, das besser ist als das der meisten Menschen in diesem Troß. Und wenn es bedeutet, daß ich von Zeit zu Zeit einen Bankert raustreiben muß, dann bin ich dazu bereit.«

Thea wandte sich um und wunderte sich über Conrads

seltsame Miene. Erst da bemerkte sie, daß Martin im Zelteingang stand und sie wütend anstarrte.

»Wie herzlos muß man sein, um so über ein Kind zu sprechen«, sagte er und verzog das Gesicht. Einen Moment lang standen sie sich reglos gegenüber, dann spuckte er auf den Boden und ging fort.

»Was ist mit ihm?« raunte Thea.

»Du weißt es nicht?« Conrad rieb sich das Kinn. »Dann hat er anscheinend nie mit dir darüber gesprochen.«

»Worüber?«

»Seine Frau war schwanger, als man sie erschlug. Ich glaube, dieser Schmerz quält ihn am meisten. Ihm wird nicht gefallen haben, was du gerade zu mir gesagt hast.«

»Oh, verdammt!« Thea hätte sich ohrfeigen können. Welche Wunden mochte sie in Martin aufgerissen haben? Rasch brachte sie ihr Kleid in Ordnung und lief ihm hinterher.

Sie fand ihn auf dem Wagen, wo er seinen Kopf auf die angezogenen Knie gelegt hatte und nachdenklich zu Boden starrte. Thea setzte sich neben ihn und legte behutsam einen Arm um seine Schultern. Es hätte sie nicht überrascht, wenn er sie von sich gewiesen hätte, doch er blieb ruhig sitzen und atmete schwer.

»Es tut mir leid«, sagte sie leise.

»Geh bitte!«

Thea überlegte, ob sie seiner Bitte Folge leisten sollte. Doch sie entschied sich dagegen.

»Conrad hat mir erklärt, warum es dich so sehr verletzt, was ich gesagt habe. Ich hätte dir dieses Glück gegönnt, Martin. Du wärest ein wunderbarer Vater gewesen und Sophia ein gute Mutter. Aber ich bin nicht Sophia, und ich lebe nach meinem eigenen Gutdünken.«

Er nickte und schaute sie ausdruckslos an. »Das weiß ich. Doch als du vorhin so abfällig über eine mögliche Schwangerschaft gesprochen hast, wurde mir wieder einmal bewußt, was ich in Magdeburg verloren habe, und der Gedanke daran zerreißt mich fast.« Erneut stach die Wut aus seinen Augen hervor. »Ich hasse nicht dich, Thea, sondern die Männer, die Sophia getötet haben. Diese Teufel verdienen nichts anderes als den Tod, und mich quält noch immer die Frage, ob sie noch am Leben sind.«

Martin machte ihr Angst. Wenn der Haß so stark aus ihm hervorbrach, kam er ihr wie ein Fremder vor, der Gefahr lief, die Kontrolle über sich zu verlieren.

»Gott wird für Gerechtigkeit sorgen«, behauptete Thea. »Auch wenn diese Männer nicht gestorben sein sollten, wird er sie zu gegebener Zeit strafen. Vielleicht sucht er sie mit der Cholera oder dem Typhus heim, oder er läßt sie von herumziehenden Landsknechten erschlagen. Die Vergeltung ihrer Sünden ist nicht deine Aufgabe. Sie liegt in Gottes Hand.«

»Ich wünschte, ich wäre davon so überzeugt wie du.« Martin hob die Augen skeptisch zum Himmel. »Aber ich zweifle daran, ob ich mich auf diesen Gott verlassen kann.«

Kapitel 10

Ende August traf Gustav Adolfs Heer nördlich von Leipzig ein und bereitete sich auf die bevorstehende Schlacht vor. Kundschafter berichteten davon, daß Tillys Armee nur wenige Meilen entfernt biwakierte. Niemals zuvor hatten sich die beiden Kontrahenten so nah gegenübergestanden.

Für Thea bestand nun kein Zweifel mehr daran, daß es zu einer blutigen Auseinandersetzung kommen würde. Die schwedische Armee war von einem hektischen Eifer erfaßt worden. Wo Thea sich auch aufhielt, vernahm sie den scharfen Befehlston der Offiziere, die ihre Soldaten noch einmal auf das schärfste drillten.

In langen Reihen übten sich die Männer im Kampf mit der Pike. Musketenschützen marschierten auf und ab und bekamen die Handhabung ihrer Waffe eingebleut, bis so mancher von ihnen in der Hitze des Spätsommers zusammenbrach. In der Ferne waren die Reiterschwadronen zu erkennen, die mit donnerndem Hufschlag immer neue Formationen bildeten und mit blank gezogenen Degen auf einen imaginären Gegner zustürmten.

Inzwischen waren auch die Verbände der neugewonnenen Verbündeten eingetroffen. Achtzehntausend frisch ausgehobene Sachsen schlossen sich dem schwedischen Heer an. Die gut ausgestatteten, kräftigen und gesunden Soldaten hoben sich deutlich von den mageren, zerlumpten Schweden ab. Selbst ihre Pferde wirkten prächtiger als die kurzbeinigen und ausgehungerten Tiere der schwedischen Kavallerie. Die sächsischen Offiziere paradierten hochnäsig in ihren glänzenden Harnischen, geschmückt mit leuchtenden Krausen und farbenfrohen Umhängen.

Zur Mittagsstunde suchte ein schwedischer Korporal Conrad auf und teilte ihm mit, daß sich nach Anordnung des Generals Horn alle Bader und Wundchirurgen am frühen Morgen des folgenden Tages auf dem Exerzierplatz zu versammeln hätten, von wo aus sie direkt hinter die Kampflinie geschafft werden sollten, um in den Lazaretten für die Versorgung der Verwundeten bereitzustehen.

Conrad nahm die Anweisung stillschweigend zur Kenntnis und wandte sich an Martin, als der Korporal weitergezogen war: »Wirst du mich und Katharina begleiten? Wir können jede helfende Hand gebrauchen.«

Martin nickte. »Wenn du glaubst, daß meine Fertigkeiten für eine solche Aufgabe bereits ausreichen, stehe ich dir zur Seite.«

»Natürlich reichen sie aus«, meinte Conrad. »Im Grunde genügt es schon, wenn du die Knochensäge führen und eine Aderklemme anlegen kannst.«

Thea fühlte sich übergangen. »Und was ist mit mir?« ergriff sie das Wort.

»Du wirst hier auf unseren Wagen achtgeben«, sagte Conrad. »Ich fürchte, daß sich während der Schlacht viel Diebesgesindel herumtreiben wird.«

»Nichts da«, widersprach sie ihm. »Ich werde Martin nicht allein in das Lazarett ziehen lassen.«

»Thea ...«, setzte Conrad an, wurde jedoch von seiner Schwester unterbrochen.

»Sie kann gern an meiner Stelle mit euch gehen. Mich schert es einen Dreck, ob diese Esel zur Hölle fahren.«

Conrad quittierte die barschen Worte seiner Schwester mit einem bitterbösen Blick und überlegte einen Moment.

»Wird ein schlimmer Tag werden«, sagte er zu Thea.

»Habe schon weitaus schlimmere Tage hinter mich gebracht«, erwiderte sie nur.

Conrad schaute in die Runde und lächelte verhalten. »Vielleicht sollten wir es den armen Teufeln wirklich nicht zumuten, daß sie nach den Schrecken auf dem Schlachtfeld in Katharinas Hände geraten. Also wirst du uns begleiten, Thea, und Katharina wird unser Hab und Gut schützen.«

Nachdem diese Angelegenheit geklärt war, nahmen sie die Vorbereitungen für den kommenden Tag in Angriff. Conrad und Martin säuberten die Sägen, Zangen und Messer, während Thea Leinen- und Hanftücher in Streifen schnitt und aufrollte. Anschließend stellten sie das Digestivum her, das eine Entzündung der Wunden verhindern sollte. Danach füllten sie Branntwein ab, der den Leidenden die Qualen erleichtern würde.

Gegen Abend stattete ihnen Jöran Poutiainen einen Besuch ab, setzte sich mit einem Krug Malvasier zu ihnen an das Feuer und berichtete mit stolzen Augen von der prächtigen Entwicklung seines Sohnes. Dann kamen sie auf die bevorstehende Schlacht zu sprechen. Thea erzählte von den sächsischen Verbänden, die sie zu Gesicht bekommen hatte. Der Finne reagierte darauf mit einer abfälligen Handbewegung.

»Sie mögen stolz, eitel und betont würdevoll daherkommen, aber werden sie sich diesen Stolz in der Schlacht bewahren können? Unsere eigenen Soldaten schauen dürr aus und stecken in Lumpen, doch sie sind mit äußerster Strenge gedrillt worden, und ich schätze sie darum als ausdauernder und loyaler ein als die teuren Landsknechte unserer Verbündeten.«

»Dennoch könnten wir ohne die Sachsen die Kaiserlichen niemals in einer offenen Schlacht besiegen«, warf Conrad ein. »Zahlenmäßig sind die Schweden Tillys Heer nun überlegen.«

Der Rittmeister rümpfte die Nase. »Nicht Zahlen entscheiden eine Schlacht, sondern die bessere Taktik.«

»Und welcher Heerführer besitzt in Euren Augen die größere taktische Begabung?« fragte Thea.

»Tilly ist ein gewiefter Fuchs, der schon viele Schlachten siegreich geschlagen hat. Er wird alles daransetzen, den Stand der Sonne und die Vorteile des Geländes zu seinen Gunsten einzusetzen. Aber es gereicht ihm zum Nachteil, daß er in der Aufstellung seiner Armee streng auf die alte spanische Schule vertraut. Er wird seine Verbände wie in allen Schlachten in zwei Treffen aufstellen. Die Infanterie gliedert er in Tercios, klobigen Karrees von fünfzig Mann Tiefe. Diese Tercios plaziert er in der Mitte und flankiert sie mit seinen Reiterstaffeln.«

»Und wie wird der schwedische König ihm entgegentreten?«

»Er greift ein taktisches Konzept auf, das von den Niederländern am Ende des vergangenen Jahrhunderts entwickelt wurde. Die niederländische Armee besiegte eine Übermacht spanischer Truppen, indem sie die Infanterie nur zehn Glieder tief staffelte und großen Wert auf Feuerkraft und Beweglichkeit legte. Gustav Adolf indes hat diese Taktik weiterentwickelt und stellt die Reihen der Musketiere nur drei Mann tief. Die Schützen feuern im ersten Glied kniend, im zweiten gebückt und stehend im dritten. Sie ziehen sich zum Nachladen nicht zurück, wodurch Unruhe in den Reihen vermieden werden kann.«

»Also gewinnen die Musketiere in Gustav Adolfs taktischem Konzept an Bedeutung?« fragte Conrad.

»So ist es. Tilly wird die Schützen einzig an den Flanken seiner Tercios zum Schutz der Pikeniere einsetzen; Gustav Adolf hingegen läßt ihnen eine offensive Rolle zukommen. Zudem vertraut er einer leichten Artillerie und hat jedem Regiment mehrere bewegliche Dreipfünder zugeteilt, während Tilly seine Kanonen eingraben und starr in eine Richtung ausrichten läßt.«

»Aber wird das genügen?« gab Thea zu bedenken. »Die

kaiserliche Armee steht doch seit Jahren im Feld und hat zahlreiche Schlachten geschlagen. Diese Erfahrung wird ihr Vorteil sein.«

Jöran Poutiainen schüttelte den Kopf. »Unsere Soldaten sind nicht so unerfahren, wie es scheint. Die meisten der älteren haben bereits an den polnischen Feldzügen teilgenommen. Sie wissen, was auf sie zukommt, und werden sich dem Feind tapfer entgegenstellen.«

»Doch über allem befindet sich Gottes Hand, die die Geschicke der Feldherren lenkt«, meinte Conrad. »Und darum sollten wir in dieser Nacht zum Herrn flehen, um seinen Beistand für den Sieg zu erbitten.«

Katharina zog eine Grimasse. »Glaubst du etwa, die auf der Gegenseite würden nicht ihre Gebete zu Gott schikken? Wahrscheinlich schmerzen dem himmlischen Vater schon die Ohren von all den Bitten und Anrufungen. Mich würde es jedenfalls nicht wundern, wenn er sich von diesem gottlosen Treiben längst abgewandt hat.«

»Und mich würde es nicht verwundern, wenn er dir deine lästerliche Zunge abfaulen ließe«, gab Conrad zurück. Er stierte ins Feuer und zuckte mit der Schulter. »Ich fürchte, am morgigen Tag wird das Schlachtfeld mit Blut getränkt werden, ohne daß eine Seite die Bataille für sich entscheiden kann. Beide Feldherren werden sich gebeutelt zurückziehen, ihre Wunden lecken und sich in den kommenden Monaten weiter gegenseitig durch das Land treiben.«

»Ich wünschte mir, ich könnte mit ihnen kämpfen«, sagte Martin plötzlich, der sich bislang recht still verhalten hatte.

»Warum solltest du das tun?« fragte Thea. »Du bist kein Soldat.«

Martin deutete in die Richtung, in der das Lager der Kaiserlichen vermutet wurde. »Unter den Männern dort halten sich viele auf, die in Magdeburg gewütet haben. Sie verdienen den Tod, und ich würde es gerne mit eigenen

Augen sehen, wie sie von den Kanonen und den Musketen niedergestreckt werden.«

Conrad klopfte ihm aufmunternd auf die Schulter. »Solche Worte will ich von dir nicht hören. Wir werden der Armee morgen folgen, um einigen dieser Tölpel das Leben zu retten und nicht, um sie zu töten. Hast du verstanden?«

Martin nickte bedächtig, aber seine Gedanken schienen in weite Ferne gerichtet zu sein. Kurz darauf erhob er sich und zog sich zurück.

Der Feldscher schaute Martin nach, dann wandte er sich an Thea. »Er macht dir Angst, nicht wahr? Der Haß steckt noch immer sehr tief in ihm. Ich befürchte, eines Tages könnte er sein Tod sein.«

Thea schüttelte traurig den Kopf. »Nein, ich glaube eher, er hält ihn am Leben.«

Im Morgengrauen erklangen die Rufe und Trommeln, die den Söldnern das Signal gaben, sich in ihren Regimentern zu sammeln. Durch die schwindenden Nebelschwaden strömten sie nun zu Tausenden durch das Lager und hielten Ausschau nach ihren Fahnen. Zahlreiche Korporäle und Rottmeister brüllten Befehle und drängten die Massen in ein scheinbares Chaos, das sich aber schon bald wie von selbst in eine lange geplante Ordnung auflöste, so daß die Männer in Reih und Glied zum Aufbruch bereitstanden. Die Schweden trugen als Erkennungszeichen Eichenlaub an ihren Hüten und Helmen. Die Sachsen hingegen schmückten sich mit farbigen Bändern und Schärpen, um im Getümmel des Kampfes Freund und Feind auseinanderzuhalten.

Vor dem Abmarsch wurden an vielen Plätzen Gottesdienste abgehalten. Die Feldgeistlichen segneten die knienden Soldaten, schlugen das Kreuz über sie und versicherten ihnen die herrlichsten himmlischen Freuden, die ihnen allerdings nur dann gewährt würden, sofern sie sich in der bevorstehenden Schlacht mutig dem Feind entgegenstellten und nicht zurückwichen.

Thea hatte in dieser Nacht kaum geschlafen. Zu groß war ihre Aufregung über die Folgen, die dieser Tag mit sich bringen mochte. Ihr eigenes Schicksal war eng mit dem Ausgang der Schlacht verknüpft. Was würde mit ihr und Martin geschehen, wenn die Truppen des schwedischen Königs von den Kaiserlichen besiegt und auseinandergetrieben wurden? Der Gegner würde den Troß plündern und in vagabundierende Scharen zerfallen lassen, die ihrerseits hungernd und verwahrlost wie eine biblische Plage über die einheimische Bevölkerung herfallen würden.

Ein heißer Tag zog herauf. Auf den meisten der jungen Gesichter perlten Schweißtropfen, wenn sie mit geschulterten Musketen, Piken oder Partisanen in schier endlosen Kolonnen an dem Platz vorbeizogen, an dem sich rund zwei Dutzend Feldscher und deren Gehilfen versammelt hatten. Vielen Soldaten war die Todesangst anzusehen. Sie wirkten so blaß und elend, als müßten sie sich jeden Moment übergeben. Andere legten wiederum eine grimmige Entschlossenheit an den Tag, als hätten sie begierig darauf gewartet, dem Feind gegenübertreten zu können.

Endlich tauchten die Wagen auf, die die Feldscher in die Nähe der Kampflinie schaffen sollten. Thea, Martin und Conrad zwängten sich mit neun anderen Männern und Frauen auf das vorderste Gefährt. Der Kutscher trieb die Pferde an, und rumpelnd folgte der Wagen den Marschkolonnen.

Sie wurden in die Ortschaft Podelwitz geschafft. Das Dorf lag knapp eine Meile nördlich des Aufmarschgebietes und bestand aus einer Kirche und etwa zwanzig windschiefen, aus Lehm und Holz errichteten Häusern.

Als der Wagen hielt, kletterte Thea als erste hinab und wischte sich den Staub aus den Augen, der von den Stiefeln der Soldaten aufgewirbelt wurde.

Während die Schweden und Sachsen südwärts zu der Ebene zogen, die zum Ort der Schlacht bestimmt worden war, strömten ihnen Hunderte Männer, Frauen und Kinder in entgegengesetzter Richtung entgegen. Thea vermutete, daß es sich um Bewohner der umliegenden Dörfer und Marktflecken handelte, die auf Karren oder in Säcken und Kisten ihr wichtigstes Hab und Gut vor den herannahenden Streitkräften in Sicherheit brachten.

Eine knochige Frau mit einem Kind an der Hand trat auf Thea zu und bat um einen Schluck Wasser. Thea reichte ihr einen Lederschlauch, aus dem die Frau und das Kind begierig tranken.

»Ich danke Euch«, sagte die Frau.

»Aus welchem Dorf stammt ihr?« wollte Thea wissen.

»Breitenfeld.« Die Frau schaute kurz mit einem Ausdruck banger Erwartung dorthin zurück, von wo sie gekommen war. »Ich bete darum, daß sie unsere Häuser verschonen.«

Thea hätte ihr gerne aufmunternde Worte mit auf den Weg gegeben, doch die mächtigen Kanonen, die an ihnen vorbeigeschafft wurden, hätten diesen Trost lächerlich klingen lassen. So wünschte sie der Frau nur alles Gute und ließ sie ihrem ungewissen Schicksal entgegenziehen.

Thea, Martin und Conrad wurden in die Kirche beordert, wo bereits ein notdürftiges Lazarett eingerichtet worden war. Den Boden hatte man mit Stroh bedeckt, und es standen wohl an die zwanzig Tische für die Amputationen bereit. An den Tischen hingen Lederschlaufen, um die Söldner, die unter die Sägen der Chirurgen gerieten, festschnallen zu können. Mehrere Feldscher und Geistliche erteilten ihren Knechten und Helfern lautstarke Anweisungen und ließen sie Wasserkübel heranschleppen, verdünnten Branntwein in Korbflaschen füllen oder noch einmal die Messer und Sägen schärfen.

Ein sanftes, fast schon träumerisches Licht fiel durch die

bunten Fenster auf den schmutzigen Boden und die Wände, von denen der Putz bröckelte. Thea betrachtete einen Moment lang versonnen den gekreuzigten Heiland, der über der Kanzel befestigt war und mit leidendem Blick die Vorbereitungen verfolgte.

Draußen versiegte inzwischen der lange Strom der Marschierenden. Auch das Poltern der Artillerie und das Hufschlagen der Reiterverbände waren nicht mehr zu hören. Eine trügerische Ruhe stellte sich ein.

Welchen Anblick mochten die sich nun Auge in Auge gegenüberstehenden Armeen bieten? Thea malte sich in Gedanken die Szene aus, die ihr Jöran Poutiainen beschrieben hatte. Zwei langgestreckte Kolosse, nur wenige hundert Schritte voneinander entfernt. Vor ihnen die zahlreichen Geschützbatterien, die noch vor dem ersten Schritt eines Soldaten die Kugeln und Kartätschen in die Reihen feuerten und einen blutigen Tribut forderten.

Als hätte Thea mit ihren Gedanken eine Reaktion provoziert, schreckte sie ein lautes Dröhnen auf. Ein schnelles Stakkato an Kanonenschüssen machte ihr klar, daß die Schlacht in diesem Augenblick begonnen hatte. Der Boden unter ihren Füßen erzitterte, und der ohrenbetäubende Donner der Kanonen ließ jeden, der sich in der Kirche aufhielt, für einen Moment erstarren. Die erste Regung erhaschte Thea dann von Conrad, der argwöhnisch seine Hände betrachtete und mit ihnen wie mit aufmüpfigen Kindern sprach.

»Laßt mich nicht im Stich an diesem Tag. Nicht heute.«

Thea beunruhigte der Gedanke, daß die Gicht Conrad allzusehr beeinträchtigen würde. Sie hatte die anderen Feldscher bei den Vorbereitungen beobachtet und nicht den besten Eindruck von ihnen gewonnen. Einigen stand die Furcht vor dem, was hier bald geschehen mochte, deutlich ins Gesicht geschrieben, andere hatten sich nicht einmal die Mühe gemacht, ihre schmutzigen Werkzeuge zu säubern. Ein grobschlächtiger, graubärtiger Bader war bereits so betrunken, daß er sich in einer Ecke übergeben hatte. Er sackte in seinem Dreck zusammen und schlief ein. Erst der Lärm der Geschütze ließ ihn hochfahren.

Etwa eine Stunde nach dem Einsetzen des Kanonendonners wurden auf Wagen und Karretten die ersten Verletzten herangeschafft. Einige Männer suchten vor der Kirche aus den blutigen und zerfetzten Leibern die Toten heraus und ließen die Soldaten, die noch lebten, in das Lazarett schaffen.

Zunächst waren es nur einige Dutzend, die vom Schlachtfeld zu ihnen gekarrt wurden, doch die Zahl stieg rasch in die Hunderte. Die Kirche war bereits nach kurzer Zeit völlig überfüllt, so daß viele Männer auf dem ungepflasterten Vorplatz niedergelegt werden mußten. Hier im Gotteshaus kauerten die schreienden und wimmernden Soldaten Schulter an Schulter nebeneinander. Der schwere Geruch des Blutes hing so drückend in der Luft, daß Thea oftmals glaubte, nicht mehr atmen zu können. Zudem lockte die Hitze unzählige Fliegenschwärme an, welche die frischen Wunden wie schwarze, pulsierende Flecken bedeckten.

Sie teilten sich die Arbeit auf. Martin amputierte mit der Knochensäge die Gliedmaßen, die von den Geschützkugeln zerschmettert worden waren, oder zog mit einer Zange die Kartätschen aus dem Fleisch. Thea rieb die Verletzungen mit dem Digestivum ein, bevor sich Conrad daran machte, Hautstreifen von den Oberschenkeln abzutrennen, um diese auf die Wunden und Stümpfe zu nähen. Anschließend legte Thea die Verbände an.

Trotz all der Qualen und Schmerzen, von denen sie hier umgeben waren, beobachtete Thea stolz, mit welchem Elan Martin sich dieser schwierigen Aufgabe widmete. Die alte Lethargie, die ihn in den vergangenen Wochen belastet hatte, schien plötzlich vergessen. Martin arbeitete schnell und präzise. Conrad mußte ihm ein guter Lehrer gewesen sein, denn Martin stand den anderen Feldschern in nichts nach. Während die meisten Ärzte immer wieder erschöpft die Arbeit ruhen ließen, um kurz aus der Kirche zu treten und der erstickenden Enge zu entfliehen, verschnaufte Martin keinen Augenblick.

Ein Junge wurde herangeschafft, der nicht älter als zehn oder elf Jahre sein mochte. Er schien einer Ohnmacht nahe, ertrug aber trotzdem tapfer die Schmerzen. Der Knabe war offensichtlich als Trommler mit den Soldaten in die Schlacht gezogen, denn in seiner linken Hand hielt er noch immer ein Holzstöckchen umklammert. Den rechten Arm hingegen hatte wohl eine Geschützkugel gestreift. Er baumelte zerfetzt und mit gesplitterten Knochen von der Schulter herab. Auch der Unterleib war getroffen worden. Martin schnitt die Hose auf, und ein Schaudern durchlief Thea, als sie erkannte, daß das Geschlecht des Knaben abgerissen worden war und der zerstörte Blasenkanal offen vor ihnen lag. Obwohl es kaum eine Hoffnung für den Jungen gab, schnürte Martin ein Lederband um den Oberarm und bereitete die Amputation des Armes vor.

Thea strich dem Knaben sanft über das Haar. Er schaute sie an, ohne ein Wort von sich zu geben, und stierte stumpf ins Leere.

»Halt ihm die Augen zu«, meinte Martin.

Thea nickte und legte eine Hand auf das Gesicht des Knaben. Sie vernahm das widerlich knirschende Geräusch der Knochensäge. Auf einmal zeigte der Junge eine Regung und stieß einen spitzen Schrei aus, der sich schmerzhaft in Theas Ohren bohrte. Sie suchte rasch nach einem Holzstück und steckte es dem Jungen zwischen die Zähne.

Plötzlich schien sich alles um sie zu drehen. Ihre Knie knickten ein. Sie stützte sich auf dem Amputationstisch ab, um nicht zu stürzen.

»Was ist mit dir?« fragte Martin.

»Ein leichter Schwindel. Nicht schlimm.«

Martin betrachtete sie skeptisch. »Du solltest eine Pause einlegen. Was nutzt es schon, wenn du uns hier auch noch zusammenbrichst. Geh kurz nach draußen!

Sie sah ein, daß er recht hatte. Auf wackligen Beinen ging sie durch die Kirche und mußte aufpassen, auf keinen der unter ihr kauernden Verletzten zu treten, die fast den gesamten Boden bedeckten.

Am Portal angelangt, sog sie hastig die frische Luft ein. Erschüttert betrachtete sie den Kirchvorplatz, auf dem notdürftige Zeltdächer errichtet worden waren, um die verwundeten Soldaten vor der Hitze des Spätsommers zu schützen. Die schmerzverzerrten Gesichter der Männer waren vom Pulverdampf so schwarz gefärbt wie die Köpfe der Mohren. Auch hier fiel das Heer der Schmeißfliegen über die Söldner her. Das Brummen und Surren mischte sich mit dem Stöhnen der Sterbenden zu einer monotonen Melodie des Leidens.

Abseits der Verwundeten hatte man die langen Reihen der Toten niedergelegt. Einige Männer waren damit beschäftigt, die Leichen aus der Kirche zu schaffen und sie wie totes Vieh zusammenzutragen. Die verrenkten Leiber waren mehrfach übereinandergeschichtet worden und bedeckten bereits die Hälfte des Platzes. Auf den Kadavern hockten die Krähen, die sich am Fleisch der Toten labten.

Die Schlacht zog sich inzwischen schon mehrere Stunden lang hin. Das anfängliche Donnern der Kanonen war dem Lärm von Trompetensignalen und Musketenschüssen gewichen. Mit dem Verlauf der Schlacht änderten sich auch die Art der Verletzungen. In der ersten Phase der Schlacht waren den Soldaten von umherpreschenden Geschützkugeln Arme und Beine abgerissen worden. Nun aber wurden sie in Nahkämpfe verwickelt und wiesen Verletzungen von Musketengeschossen auf oder Wunden, die ihnen mit Schwertern oder Spießen beigebracht worden waren. Einige, die zu ihnen geschafft wurden, trugen die roten Feldfarben der Kaiserlichen. Einige Feldscher ignorierten die verletzten Gegner und verweigerten ihnen jegliche Hilfe, doch Thea war erleichtert, daß sich Conrad und auch Martin um jeden kümmerten, der zu ihnen gebracht wurde, gleichgültig, ob der Mann unter schwedischer oder kaiserlicher Fahne gekämpft hatte.

Thea holte noch einmal tief Luft und wollte in die Kirche zurückkehren, als weiterer Lärm erklang. Sie vernahm ein lautes Hufschlagen, das zu einem regelrechten Tosen anschwoll. Sie befürchtete, daß die Kaiserlichen die schwedischen Linien durchbrochen hatten. Eine schreckliche Angst ergriff sie. Würden die kaiserlichen Söldner in den rückwärtigen Linien ein Blutbad anrichten? Die Bilder, die sie seit ihrer Flucht aus Magdeburg verfolgten, drängten sich vor ihre Augen. Sie klammerte sich hilfesuchend an das Kirchenportal. Ein ganzes Regiment preschte aus dem Wald hervor. Thea erkannte an der Kleidung der Offiziere und an den Feldzeichen, daß es nicht die Kaiserlichen waren, sondern die Sachsen, die offensichtlich die Flucht ergriffen hatten. Thea atmete auf, aber gleichzeitig plagte sie die Sorge, daß durch die Flucht der Sachsen die Schlacht für die Schweden verloren war.

Mehrere Regimenter stürmten panisch durch den Ort und suchten das Weite. Einige Männer jedoch sprangen von ihren Pferden, stürzten sich auf die Leichen und die Verwundeten und bestahlen sie. Auch die ärmlichen Lehmhütten wurden geplündert. Mehrere Sachsen rissen die letzten Branntweinrationen an sich, die dafür bestimmt gewesen waren, die Schmerzen der Leidenden zu lindern.

Kurze Zeit später war alles vorbei, und die Sachsen hatten den Ort verlassen. Fassungslos schaute Thea der Staubwolke in der Ferne nach und wünschte die treulosen Verbündeten zur Hölle.

Sie wartete ab, ob noch weitere Männer aus dem Wald hervorbrachen, doch weder die Schweden noch Kaiserliche tauchten zwischen den Bäumen auf. Allem Anschein nach dauerte die Schlacht auch nach der Flucht der Sachsen weiter an.

Thea kehrte in die Kirche zurück, wo der schneidende Gestank mittlerweile noch drückender in der Luft hing. Conrad und Martin arbeiteten bis an die Grenzen der Erschöpfung. Ihre Hemden und Hosen trieften vom Blut der Soldaten.

Es war nun an Thea, den entkräfteten Conrad zu einer kurzen Rast zu drängen. Eher widerwillig ließ er sich von ihr auf eine Bank führen, wo sie ihm einen Schlauch mit Wasser reichte und ihm mit einem Tuch das Gesicht abwischte.

»Die Kerle sterben uns unter den Händen weg, und ihre Anzahl scheint sich von Stunde zu Stunde zu verdoppeln«, stöhnte Conrad. »Der Verbandsstoff geht zur Neige, und es gibt keinen Branntwein mehr, um den armen Schweinen die Schmerzen zu erleichtern. Nicht mal für mich ist ein Schlückchen übriggeblieben.«

Thea lächelte matt. Auch wenn Conrads Trinkerei oft auf ihr Unverständnis gestoßen war – in diesem Moment hätte sie ihm gerne eine Flasche mit seinem geliebten Malvasier gereicht oder ihm zumindest einen Schluck Branntwein gegönnt. Er war ebenso wie Martin über die Grenzen seiner natürlichen Kraft hinausgewachsen, doch nun drohte er zusammenzubrechen.

»Conrad, Thea!« Martins dringender Ruf ließ sie hochfahren. Sie eilten zu ihm. Thea stockte kurz der Atem, als sie sah, daß man Jöran Poutiainen zu ihnen geschafft hatte. Conrad trennte das rechte Hosenbein des Rittmeisters auf. Ein verrenktes und geschwollenes Bein kam zum Vorschein.

»Wie ist das passiert?« wollte Conrad wissen.

»Mein Pferd«, stieß der Finne gepreßt hervor. »Sie haben mein Pferd niedergeschossen. Es stürzte zu Boden und begrub mein Bein unter sich.«

Conrad berührte das verdrehte Knie, woraufhin der Rittmeister einen gequälten Schrei ausstieß.

»*Tuhon tuomittu!*« stöhnte Poutiainen.

»Oberschenkel und Schienbein sind gebrochen, und auch das Knie macht mir Sorge«, meinte Conrad.

»Ich will das Bein nicht verlieren.« Panische Furcht stand Poutiainen ins Gesicht geschrieben. »Ihr werdet es nicht absägen. Auf keinen Fall.«

Conrad beugte sich mit ernster Miene über den Rittmeister. »Wenn ich es amputieren müßte, um Euer Leben zu bewahren, würde ich keinen Pfifferling auf Euer Einverständnis geben. Aber ich glaube, wir können das Bein retten.« Er wandte sich zu Martin um. »Wir müssen das Bein schienen. Bring mir zwei Holzlatten.«

Martin schaute sich um und runzelte die Stirn. »Ich sehe keine.«

»Draußen vor dem Tor liegen viele Tote, die noch Schienen tragen«, sagte Thea.

»Gut, ich werde das Holz herbeischaffen«, meinte Martin.

Conrad nickte und schickte Martin auf den Weg.

»Die verfluchten Sachsen.« Jöran Poutiainen verzog wütend das Gesicht. »Zum Teufel mit den feigen Gecken. Ich habe sofort gewußt, daß die nichts taugen. Sie mögen sich wie Edelleute kleiden, aber kaum wurden sie von der kroatischen Reiterei in Bedrängnis gebracht, ergriffen sie in panischer Angst die Flucht. Allen voran ihr tapferer Fürst Johann Georg, der vom Schlachtfeld stürmte, als hetze ihn der Leibhaftige höchstselbst.«

»Wie steht es um die Schlacht?« fragte Thea.

Poutiainen redete stockend, doch er schien durchaus gewillt, Thea die Lage zu schildern. Vielleicht lenkte ihn das Sprechen von den Schmerzen ab. »Der verschlagene Tilly hatte alle Vorteile auf seine Seite gebracht. Er nahm mit seinen Truppen Aufstellung auf einer Hügelkette ..., wo er die Sonne im Rücken hatte. Wir haben versucht ... ihm am rechten Flügel in den Rücken zu fallen, doch die Kaiserlichen haben rasch auf unseren Angriff reagiert, und zwischen den Kavallerieverbänden entwickelte sich ein blutiges Hauen und Stechen. Meine Finnen haben während dieser Attacke die Spitze gebildet. Niemand von uns ist auch nur einen Deut zurückgewichen ..., und ich habe viele gute Männer sterben sehen. Bald darauf erfolgte eine Frontalattacke der schottischen Brigaden unter Robert Monroe auf das Zentrum von Tillys Infanterie. Ich weiß nicht, ob dieser Angriff erfolgreich verlaufen ist, denn schon Augenblicke später stürzte mein treuer Hengst zu Boden.«

»Dann liegt unser Schicksal also weiterhin in Gottes Hand.«

»Und in der Hand des Königs«, sagte Poutiainen. Seine Augen leuchteten stolz. »Ihr hättet ihn sehen sollen. Er kämpfte in den vordersten Reihen, Schulter an Schulter mit seinen Soldaten. Welch unbändiger Mut muß diesem Mann innewohnen!«

»Man kann es auch große Dummheit nennen«, knurrte Conrad. »Ein Heerführer sollte sein Leben nicht unnötig in Gefahr bringen.« Seine Blicke wanderten ungeduldig in Richtung des Portals. »Wo bleibt Martin? Er müßte längst wieder hier sein.«

»Vielleicht ist er aufgehalten worden«, sagte Thea. »Ich werde ihm nachgehen.«

Conrad hielt sie zurück. »Bleib du beim Rittmeister. Ich schaue derweil nach Martin.« Er trat an ihr vorbei, und sie hörte, wie er mürrisch zu sich selbst sprach: »Verdammt, Martin! Kein guter Zeitpunkt für eine Rast.«

Ein Schrei hatte Martin aufgehalten.

Ein Schrei von vielen, die unter den Amputationsmessern oder aus schierer Verzweiflung ausgestoßen wurden.

Doch dieser eine Klageruf ließ ihn erstarren. Martins Herz jedoch klopfte so rasend, als wolle es ihm aus dem Leib springen.

Ein Feldschergehilfe lenkte eine mit abgetrennten Gliedmaßen beladene Karre nach draußen und keifte Martin an, er solle ihm gefälligst aus dem Weg gehen. Martin machte einen Schritt zur Seite, lauschte aber angestrengt, ob der Schrei noch einmal zu hören war.

Zunächst geschah nichts. Nach einer kurzen Weile erklang indes erneut die helle, wütende Stimme, die so deutlich aus dem Lärm in dieser Kirche hervorstach.

»Wasser!«

Martin glaubte den Rufer zu seiner Linken auszumachen. Er trat zwischen die Pfeiler und betrachtete eingehend die schmerzverzerrten Gesichter der Männer, die dort vor ihm auf dem Boden lagen.

»Gebt mir endlich Wasser, verdammt!«

Die Stimme, die sich fast überschlug, befand sich direkt in seiner Nähe. Martin ging nur wenige Schritte weiter, dann endlich hatte er ihn gefunden.

Einen Augenblick lang glaubte er, der Boden unter ihm würde schwanken. Die Bilder der Erinnerung verursachten einen Schwindel in seinem Kopf.

Der rothaarige Bursche, der das Magdeburger Glasgemälde trägt.

Er stürmt in die Werkstatt.

Mit schriller Stimme redet er auf Rupert und Berthold ein.

Der Kerl kauerte an einer der runden Säulen. Wie so viele hier trug er die Farben der Kaiserlichen. Sein Gesicht bedeckte ein zotteliger roter Bart, doch Martin hätte ihn zu jeder Zeit wiedererkannt. Zu oft hatte das Bild dieses Mannes ihn in seinen Träumen heimgesucht, als daß auch nur der Deut eines Zweifels in ihm aufgekommen wäre, auf wen er hier hinunterschaute.

Der Rothaarige zog eine sauertöpfische Miene und

betastete sein rechtes Bein. Dort, wo sein Fuß hätte sein sollen, war nur mehr ein zerfetzter Stiefel zu erkennen.

Er sah auf und bemerkte Martin, der direkt vor ihm stand.

»Was glotzt du so?« fragte der Rote. »Bring mir Wasser! Ich verdurste in dieser Hitze. Und schaff mir endlich einen Bader herbei!«

Martin zögerte. Er antwortete erst, als ihm klar wurde, daß der Kerl ihn nicht erkannt hatte.

»Ich bin ein Bader.«

»Dann hilf mir!«

Martin rief einen der Knechte herbei und ließ den Rothaarigen auf einen freien Amputationstisch schaffen. Er schickte den Gehilfen fort und schnürte die Hände und das linke Bein mit den Lederschlaufen fest. Danach legte er auch den zerquetschten Fuß in die letzte freie Fessel und zog das Band so stramm, wie es ihm möglich war. Der Rote jaulte laut auf.

»Himmel!« keuchte der Kerl. »Willst du mich umbringen?«

»Mag sein«, sagte Martin unbewegt.

Der Rothaarige stutzte und bedachte Martin mit einem argwöhnischen Blick aus schmalen Augen.

»Wie ist dein Name?« fragte Martin.

»Wenzel.« Er runzelte die Stirn. »Warum willst du das wissen?«

»Erkennst du mich?«

Wenzel maß ihn einen Moment lang, dann schüttelte er den Kopf.

»Wir sind uns schon einmal begegnet.« Martin ergriff Wenzels verletzten Fuß und drückte seine Finger in die Wunde. Unter der Hand konnte er die zersplitterten Knochen fühlen.

Der Rote brüllte wie ein Ferkel auf der Schlachtbank. Aus seinen Augen schossen Tränen. »Herrgott, was tust du?« Er schnappte nach Luft. »Hast du den Verstand verloren?«

Martin schaute sich um und stellte erleichtert fest, daß niemand auf sie aufmerksam geworden war. Schreie und Wehklagen hallten in dieser Kirche aus jedem Winkel. Keiner der in der Nähe befindlichen Feldscher oder Geistlichen beachtete Wenzels Kreischen.

Er zog nun sein Skalpell hinter dem Gürtel hervor und hielt es Wenzel vor das Gesicht. Der Rote wand sich verzweifelt auf dem Tisch, versuchte sich aus den Riemen zu befreien, erreichte aber nur damit, daß die Fesseln noch tiefer in seinen zerquetschten Fuß schnitten. Stöhnend hielt er inne.

»Du willst mich umbringen, weil ich für den Kaiser in die Schlacht gezogen bin«, quiekte Wenzel. »Komm zur Vernunft, Bruder! Was scheren uns die Feldherren und der Adel. Wir Leute aus dem Volk müssen zusammenstehen. Wir sind Christen. Hörst du?«

»Du willst ein Christ sein?«

Wenzel nickte eifrig. »Ich folge den Worten des Herrn.«

»Und war er es auch, der dich in Magdeburg in mein Haus geführt hat?«

Wenzel starrte Martin einen Augenblick lang ratlos an, doch dann veränderte sich der Ausdruck in seinem Gesicht. Martin sah ihm an, daß ihm klargeworden war, in wessen Gewalt er sich befand.

»Das kann nicht sein«, hauchte Wenzel.

Mit einer schnellen Bewegung öffnete Martin das Wams des Roten, riß das Hemd auf und stieß das Skalpell oberhalb des Nabels in den Bauch.

Wenzel schrie nicht, er keuchte nur überrascht und ließ schnaufend den Atem entweichen.

»Ich war niemals in Magdeburg«, wimmerte der Rothaarige. »Ich kenne dich nicht.«

Martin zog das Skalpell aus der blutenden Wunde und

stieß einen Fingerbreit höher noch einmal zu. Wenzels Gesicht verzerrte sich, und ein ersticktes Grunzen entrang sich seiner Kehle.

»Erinnerst du dich nun?«

Wenzel antwortete nicht. Martin bohrte das Skalpell tief in seinen Bauch. Plötzlich stieß sein Opfer hastig hervor: »Ja, ich war in Magdeburg. Es ist wahr.«

Martin verringerte den Druck. »Ihr wart in meinem Haus«, sagte er. »Du und meine Vettern Rupert und Berthold. Ihr habt meine Frau getötet und auf mich geschossen.«

»Rupert hat deine Frau erschlagen und dich niedergestreckt, aber ich wollte das nicht. Ich bin ein Dieb, das gestehe ich, doch ich bin kein Mörder. Erbarme dich! Laß mir das Leben!«

Sein Flehen weckte Zweifel in Martin. Hatte er das Recht, den Mann auf diese Weise zu malträtieren? Womöglich sprach Wenzel die Wahrheit, wenn er behauptete, daß nur Rupert für Sophias Tod verantwortlich war.

»Ich habe sie nicht getötet«, jammerte Wenzel weiter. »Und ich habe sie auch nicht geschändet. Es war Rupert. Rupert!«

Ein kalter Schauer lief über Martins Körper.

»Was sagst du da?«

»Rupert hat sie geschändet, als sie schon tot war. Doch ich habe mich geweigert, sie auch nur anzurühren.«

Wenzels Augen verrieten die Lüge. Aus ihnen konnte Martin die Todesangst ebenso lesen wie das Wissen um seine Schuld und die Hinterlist, mit der er Martin zu übertölpeln versuchte. Martin hatte keinen Zweifel daran, daß auch Wenzel sich an Sophias totem Körper vergriffen und sie geschändet hatte.

»Was ist mit Rupert und Berthold? Leben sie? Wo halten sie sich auf?«

Wenzels Zögern veranlaßte Martin, ihm das Skalpell ein drittes Mal in den Bauch zu stoßen.

»Ja, sie leben«, stieß Wenzel hastig hervor. »In Magdeburg liefen wir zu den Kaiserlichen über. Rupert und Berthold schlossen sich der Kompanie des Hauptmanns Bockstein an, die nach Prag abkommandiert wurde. Ich blieb hier bei der Armee.«

»Sind sie noch dort? In Prag?«

»Was weiß ich? Ja, wahrscheinlich, ja.« Tränen rannen aus Wenzels Augen. »Laß mich leben. Bitte!«

Sein Winseln widerte Martin an und machte ihn nur noch zorniger. Er preßte Wenzels Kopf auf den Tisch, so daß dessen Kinn hochgedrückt wurde, und durchtrennte mit einem schnellen Schnitt die Kehle. Blut spritzte hervor. Wenzel gab ein gurgelndes Geräusch von sich und zuckte im Todeskampf. Nach wenigen Momenten erschlaffte jede Bewegung.

Martin ließ das Skalpell fallen und klammerte sich mit beiden Händen am Amputationstisch fest. Nun brach der Schmerz über die schreckliche Schändung seiner Frau vollends hervor.

»Martin!«

Martin schaute auf. Seine Augen waren verschleiert, aber er erkannte, daß Conrad vor ihm stand. Der Feldscher starrte ihn erschüttert an.

»Was, in Gottes Namen, hast du getan?« brachte Conrad hervor.

Ohne ein Wort wandte Martin sich um und lief davon.

Thea sorgte sich um Jöran Poutiainen. Er war in einen Zustand der Benommenheit gesunken, aus dem er hin und wieder erwachte und stöhnend einige finnische Wortfetzen murmelte, von denen Thea annahm, daß es sich um Gebete in seiner Heimatsprache handelte.

Sie hatte einen Rest Branntwein für ihn aufgetrieben und

hoffte, daß der Alkohol ihm ein wenig Linderung verschaffen würde. Sein gebrochenes und geschwollenes Bein mußte ihm schreckliche Schmerzen bereiten. Es betrübte sie, diesen guten Mann leiden zu sehen, und sie hoffte, daß Conrad und Martin bald zurückkehren würden, um sich seiner anzunehmen.

Tatsächlich erblickte sie nun Conrad, der langsam und seltsam kraftlos auf sie zukam. Er ging gebeugt und wirkte fahrig.

Die vergangenen Stunden waren für sie alle überaus anstrengend gewesen, aber nun schien ihm etwas Schlimmeres zuzusetzen.

»Wo ist Martin?« wollte sie wissen, als Conrad vor ihr stand.

Er öffnete die Hand, in der sich ein blutverschmiertes Skalpell befand. Seine Gesichtszüge waren wie versteinert.

»Was ist geschehen?«

Mit kratzender Stimme antwortete Conrad: »Ich habe beobachtet, wie Martin einem wehrlosen Mann, der die Feldzeichen der Kaiserlichen trug, die Kehle durchschnitten hat.«

Thea schüttelte den Kopf. Sie wollte es nicht glauben. Martin hatte am Tag zuvor davon gesprochen, daß er die Kaiserlichen tot sehen wollte, aber er hatte in den vergangenen Stunden vielen von ihnen aufopferungsvoll zur Seite gestanden und ihre Wunden versorgt. Aus welchem Grund sollte er sich nun zu einer solchen Tat hinreißen lassen?

»Wo ist er jetzt?« wollte sie wissen.

»Er rannte aus der Kirche, als er mich bemerkte.«

Thea zögerte nicht und lief nach draußen. Vor dem Portal schaute sie sich um, konnte Martin aber nicht entdecken. Ihre Sicht war getrübt von dem Pulverdampf, der vom Schlachtfeld herübergeweht wurde. Sie überquerte den Platz vor der Kirche, ging zwischen den Hütten umher, dann endlich fand sie ihn. Er hockte auf einer halbhohen Mauer und starrte auf einen schmutzigen Weiher.

Thea ging langsam auf ihn zu. Martin sah schrecklich aus. Sein Gesicht und die Haare waren mit Blut verklebt. Seine Augen stierten ins Leere. Es war der altbekannte Ausdruck einer verzehrenden Trauer.

Er bemerkte sie, rührte sich aber kaum. Nur ein nichtssagender Blick streifte sie. Er schien sich mit seinen Gedanken an einem anderen Ort zu befinden.

Mit einer sauberen Ecke ihrer Schürze wischte sie ihm das Blut aus dem Gesicht wie eine Mutter ihrem Kind die Tränen. Martin sträubte sich nicht dagegen.

»Sie leben, Thea.« Er blinzelte müde. »Und ich weiß, wo ich Rupert und Berthold finden kann.«

Thea legte eine Hand an seine Wange. »Martin …«

»Ich werde fortgehen und nach ihnen suchen.«

Es war ihr gleichgültig, warum Martin diesen Mann im Lazarett getötet hatte. Er brauchte es ihr nicht zu erklären, kein Wort verlangte sie von ihm, wenn er nur rasch diesen dummen Entschluß verwarf.

All das wollte sie ihm sagen, doch sie brachte kein Wort hervor, denn ihre Kehle war wie zugeschnürt.

Selbst als er aufstand und langsam davonging, schaute sie ihm nur stumm hinterher und wußte, daß sie ihn verloren hatte.

Dritter Teil

Kapitel 11

Die Schlacht von Breitenfeld endete mit einem Triumph der schwedischen Armee.

Auf einen Erfolg dieses Ausmaßes hatte niemand zu hoffen gewagt, wohl nicht einmal der schwedische König selbst, waren doch in der ersten Phase der Bataille die protestantischen Streitkräfte in schwere Bedrängnis geraten und an den Rand einer Niederlage gebracht worden. Die Flucht der sächsischen Reiterei unter dem Druck der anrückenden kaiserlichen Regimenter hatte Gustav Adolfs Heer zwei Fünftel seiner Stärke gekostet und den linken Flügel der Armee in sich zusammenbrechen lassen.

Nur die hohe Beweglichkeit ihrer Verbände rettete die Schweden. Aus dem hinteren Treffen wurden so rasch Truppen herangeführt, daß ein neuer linker Flügel gebildet und die Attacken der Kaiserlichen abgewehrt werden konnten.

Durch die Anwendung der Zugsalve und die leichte Artillerie, welche die kaiserlichen Truppen mit heulenden Schwärmen von Schrot und Kartätschenkugeln auseinandertrieb, erwiesen sich die Schweden im Nahkampf immens überlegen. Tillys schwerfällige Armee brach unter dieser massiven Abwehr bei Sonnenuntergang zusammen und floh in panischer Hast vom Schlachtfeld.

Innerhalb weniger Stunden war die kaiserliche Streitmacht auf ein Drittel ihrer ursprünglichen Starke zusammengeschrumpft. Zudem fielen alle Kanonen an die Schweden, deren eigene Verluste sich in Grenzen hielten.

Die Zerschlagung des kaiserlichen Heeres schien die Prophezeiungen der Astrologen und Auguren zu bestätigen: Der Löwe aus dem Mitternachtsland hatte dem katholischen Adler die Flügel gestutzt.

Deutschland lag offen vor dem schwedischen König.

Thea war es am Ende dieses schicksalhaften Tages völlig gleichgültig, welche Seite die Schlacht für sich entschieden hatte. Ihre Gedanken waren bei Martin, und sie fragte sich verzweifelt, wo er nur sein mochte.

Eine Weile hatte sie allein auf der Mauer gehockt und ihm nachgeschaut. Solange er noch zu sehen gewesen war, hatte sie gehofft, daß er sich umdrehen und zu ihr zurückkehren möge. Dann war er in eine der Gassen gelaufen und nicht wieder hervorgekommen.

Später ging sie zurück zu Conrad in das Lazarett und nahm die Arbeit wieder auf. Conrad und sie verrichteten schweigend ihren Dienst und versorgten die noch immer zahlreich eintreffenden Opfer der Schlacht. Wenn sie miteinander sprachen, dann verständigten sie sich über medizinische Details. Über Martin verloren sie indes kein Wort. Sie blieben bis zum Einbruch der Nacht in der Kirche. Thea sehnte sich nach Ruhe und Schlaf, doch die Feldschere wurden nun zum Schlachtfeld befohlen, auf dem inzwischen die Kämpfe eingestellt worden waren.

Der Geruch nach Blut, nach verbranntem Fleisch und Schießpulver hing drückend über den Feldern. Im flackernden Licht der Lampen offenbarte sich Thea und Conrad unter dem nur langsam weichenden Pulvernebel, was auf dem Schlachtfeld zurückgeblieben war. Die Äcker waren mit unzähligen Leibern bedeckt, die entweder tot zu Boden gesunken waren oder stöhnend und wimmernd umherkrochen. Manche gaben nur schwache Handzeichen von sich, andere wiederum waren selbst dazu zu schwach. Leblos stierten die Augen der Soldaten zum Firmament, in Erwartung des erlösenden Todes.

Hunderte von Pferdekadavern waren neben den Soldaten zusammengebrochen. Ringsherum humpelten Gäule auf drei Beinen an ihnen vorüber, Wehlaute ausstoßend, die Thea nie zuvor von diesen Tieren vernommen hatte. Sie klangen wie die anklagenden Schreie böser Geister.

Die schwedischen Soldaten, die auf dem Schlachtfeld biwakierten, entzündeten vor ihren Zelten Feuer und enthüllten so mehr und mehr die Umgebung. Viele Landsknechte strichen rastlos umher, scheuchten die Krähen fort, die sich über das Fleisch der Toten hermachten, und plünderten die Leichen. Die Soldaten nahmen Waffen, Stiefel und Harnische an sich, und nach einer Weile traten die meisten von ihnen mit voll beladenen Armen und gierigen Augen über das Schlachtfeld. Niemand hinderte die Männer daran, die Toten zu bestehlen. Auch die Geistlichen, die umherzogen, um den Sterbenden einen letzten Segen zu erteilen, scherten sich nicht um die Plünderer. Ihnen folgten Söldner, welche die Leidenden mit ihren Partisanen von den Qualen erlösten.

Conrad und Thea suchten mit den anderen Feldschern nach den Männern, für die noch eine gewisse Hoffnung bestand. Die Zahl der Verwundeten war so hoch, daß sie kaum noch zu bewältigen war. Stunde um Stunde ging Thea Conrad zur Hand, half ihm, die Blutungen zu stillen, notdürftige Verbände anzulegen und die Männer auf die umherfahrenden Karren zu laden, die die Landsknechte in die überfüllten Lazarette schafften. Tief in der Nacht schwanden Theas Kräfte endgültig. Neben einer Leiche sackte sie zusammen und fiel in einen unruhigen Schlaf.

Conrad weckte sie, als das erste Morgenlicht heraufzog. Thea blinzelte in die aufgehende Sonne und erhob sich stöhnend. Jeder Knochen in ihrem Körper schmerzte. Sie sehnte sich den Schleier der Nacht herbei, denn nun am Tage sah sie sich, so weit das Auge reichte, umgeben von wimmernden und schreienden Menschen, die um Hilfe flehten. Schweigend nahm Thea ihre Arbeit wieder auf und verteilte Wasser an die leidgeprüften Landsknechte.

Kurze Zeit später machte Conrad Thea auf eine Gruppe von etwa zwanzig Reitern aufmerksam, die ihre Pferde mühsam durch das Totenfeld steuerte. Schon von weitem stachen ihr die prachtvollen bunten Kleider dieser Schar ins Auge. Die Hüte der Reiter waren mit leuchtenden Federn geschmückt, und die stolzen Schlachtrösser trabten so prächtig auf sie zu, als wären sie einer Heldensage entsprungen.

»Ich glaube, das ist der König«, meinte Conrad.

Thea war zu entkräftet, als daß sie diese Begegnung in Aufregung versetzt hätte. Sie blieb ruhig stehen und wartete ab, bis die Reiter sie passiert hatten. Ausgehend von den Beschreibungen, die im Troß von dem schwedischen König kursierten, nahm sie an, daß es sich bei dem Reiter, der die Schar anführte, tatsächlich um Gustav Adolf handelte. Der König ritt in einer Entfernung von vielleicht zehn Schritten an ihr vorüber, ließ seinen Blick über die Massen der getöteten Feinde schweifen und machte einen zufriedenen Eindruck.

Dieser stattliche, recht korpulente Mann strahlte die Würde eines mächtigen Feldherrn aus, doch Thea fiel auf, daß der gestrige Tag auch an ihm Spuren hinterlassen hatte. An Gustav Adolfs linkem Arm klebte Blut, und seine Wangen waren nicht minder schmutzig als die der meisten Soldaten. Also stimmte es wohl, was Jöran Poutiainen ihnen berichtet hatte. Der König hatte Seite an Seite mit seinen Soldaten gekämpft.

Mehrere Landsknechte liefen auf die Reiter zu und stießen Jubelschreie aus, die der König milde lächelnd entgegennahm. Selbst viele der Verwundeten schienen für einen Moment ihre Schmerzen zu vergessen und starrten den König wie einen Heilsbringer an.

»Er hat sein Ziel erreicht«, sagte Conrad leise. »Hoffentlich ist er klug genug, diesem Krieg nun ein Ende zu setzen.«

Thea schaute noch immer den Reitern nach. »Und wo sollen wir leben, wenn die Armee nach Schweden zurückkehrt?«

Conrad hockte sich entkräftet auf die Erde. »Ich weiß es nicht, aber ich fürchte, ein weiterer Tag wie dieser könnte mich das Leben kosten.«

Der Feldscher wirkte schwach und um Jahre gealtert. Er hatte sich einen ganzen Tag und die gesamte Nacht aufopferungsvoll um die geschundenen Soldaten gekümmert. Nun hoffte Thea, daß er nicht vor ihren Füßen zusammenbrechen würde.

In der folgenden Nacht raubte die Sorge um Martin ihr den Schlaf. Thea konnte nicht verstehen, warum er so überstürzt aufgebrochen war, um der Spur der Magdeburger Mörder zu folgen. War er sich im klaren darüber, welchen Gefahren er sich aussetzte? Thea hatte davon gehört, daß die ansässigen Bauern viele der flüchtenden kaiserlichen Landsknechte aufgriffen und zu Tode prügelten. Wie schnell konnte es da geschehen, daß auch Martin diesen Zorn zu spüren bekam.

Am Tag darauf kehrten Thea und Conrad endlich in das Lager zurück. Verdreckt und stinkend stiegen sie von dem Wagen, der sie vom Schlachtfeld hierhergeschafft hatte. Mit müden Augen verfolgte Thea das Gebaren der schwedischen Truppen, die sich noch immer im Taumel des Sieges befanden. Die meisten der betrunkenen Männer sangen, sprangen feixend herum oder paradierten geckenhaft mit den Rüstungen, Krausen und Hüten, die sie den toten kaiserlichen Offizieren entwendet hatten.

Conrad hatte unter der Anstrengung der beiden vergangenen Tage weit stärker gelitten als Thea. Sie stützte den Feldscher, der über Schmerzen in seinem Magen klagte und kaum in der Lage war, einen Schritt vor den anderen zu setzen.

Als sie das Quartier erreichten, stockte Thea für einen

Moment der Atem, und sie spürte, daß sich auch Conrads Körper spannte.

Vor dem Zeltdach schürte Katharina das Feuer – und neben ihr hockte Martin. Theas Sorge wich einem Gefühl der Wut. Während sie mit Conrad auf den blutigen Äckern bis an die Grenzen der Erschöpfung geschuftet hatte, war Martin in ihr Quartier zurückgekehrt und hatte sich den Wanst voll geschlagen. In all den Stunden, in denen sie um sein Leben gebangt hatte, hatte es ihn einen Dreck geschert, wie es ihnen auf dem Schlachtfeld ergangen war.

Aber sie war auch erleichtert, daß sie nun mit ihm sprechen und ihm sein unsinniges Vorhaben ausreden konnte.

Conrad schien dieses Bedürfnis nicht zu teilen. Er ignorierte Martin und ließ sich wortlos von Katharina unter das Zeltdach führen.

»Bist also nicht fortgegangen«, sagte Thea zu Martin.

Er hob den Kopf und schaute sie traurig an. »Das heißt nicht, daß ich bleiben werde, Thea. Ich bin fest entschlossen, meinen Vettern nach Prag zu folgen. Zuerst jedoch muß ich mir ein Pferd beschaffen, und ich brauche Geld und Verpflegung, um diese Reise unternehmen zu könen.«

»Diese dumme Idee steckt also noch immer in deinem Kopf.«

Martin nickte. Thea verspürte den Drang, ihn zu schütteln, um ihn von seinem Vorhaben abzubringen, doch statt dessen wandte sie sich um, griff nach einem Tuch, das vor ihr auf dem Boden lag und sagte: »Ich werde mich waschen gehen. Der Gestank, der an mir haftet, ist unerträglich.«

»Darf ich dich begleiten?« fragte Martin. Sie widersprach ihm nicht, und so folgte er ihr zum Fluß, wo Thea sich an das Ufer kniete und ihren Oberkörper entblößte. Seufzend tauchte sie das Tuch ins Wasser und wusch sich das Blut und den Schmutz der vergangenen Tage ab. Martin betrachtete sie zunächst schweigend, dann berichtete er ihr davon, was vor zwei Tagen im Lazarett geschehen war.

Er sprach von einem Mann namens Wenzel und daß er ihm das Geständnis abgerungen hatte, während der Plünderung Magdeburgs in sein Haus eingedrungen und an Sophias Mord beteiligt gewesen zu sein. Er verschwieg Thea auch nicht die Qualen, die er dem Soldaten zugefügt hatte, um mehr über Rupert und Berthold in Erfahrung zu bringen.

Der Mord an Wenzel hatte Martin Befriedigung verschafft, aber den Haß auf seine Vettern nur noch gesteigert. Danach war er lange durch die Gegend gestreift und auf das Schlachtfeld gelangt, wo er sich von den Toten eine Pistole, Munition und ein Pulverhorn beschafft hatte. Martin glaubte, daß er diese Waffe schon bald auf Rupert richten würde, um seine Rache zu vollenden.

Mit Unbehagen lauschte Thea seinen Worten. Vor allem die Schilderung der Tortur, mit der er Wenzel ein Geständnis abgepreßt hatte, jagte ihr einen kalten Schauer über den Rücken. Sie konnte verstehen, daß Conrad von diesem Anblick erschüttert worden war. Ihr selbst lag es fern, Martin dafür zu verurteilen. Sie wollte nur, daß er bei ihr blieb, und sie würde ihn nicht so einfach ziehen lassen.

Als Thea sich gewaschen hatte, zog sie sich wieder an und setzte sich neben ihn. »Du sagst, die Mörder deiner Frau befänden sich in Prag, aber woher willst du wissen, ob sie nicht inzwischen vielleicht in eine andere Stadt gezogen sind. Wahrscheinlich wirst du sie niemals finden und einem Schemen folgen, der nicht zu greifen ist. Zudem steht der Winter bevor. Und bedenke, daß versprengte Soldaten und Marodeure dein Leben bedrohen werden. Es ist zu gefährlich. Laß es gut damit sein, daß du einen von ihnen getötet hast. Sophias Leben für das Leben dieses Mannes.«

»Ich werde sie finden, und wenn es Jahre dauern wird.« Martin verzog gequält das Gesicht. »Dieser Wenzel hat mir gestanden, daß Rupert Sophias Leiche geschändet hat. Der

Gedanke daran macht mich wahnsinnig. Meine Vettern verdienen den Tod.«

Thea senkte den Blick. Sie hatte gehofft, Martin würde niemals von dieser schrecklichen Tat erfahren. Nun war es geschehen, und es würde weiteres Unheil auslösen.

»Ich weiß, du hast deine Frau sehr geliebt«, sagte sie. »Aber diese Liebe wird dich an einen Abgrund führen. Du bist von deiner Rache besessen. Die Feuer von Magdeburg – sie haben nie aufgehört, in deinem Kopf zu brennen.«

»Vielleicht könnte ich es ertragen, wenn Sophia von Fremden getötet worden wäre, aber das Wissen, daß meine Vettern diese Schandtat begangen haben, läßt mir keine Ruhe. Ich muß ihnen folgen, auch wenn ich mich dabei in Gefahr begebe.«

Thea verspürte den Drang, Martin zu berühren. Sie wollte ihre Arme um ihn legen und ihn festhalten, so lange, bis er zur Vernunft gekommen war. Warum hatte sie ihr Leben für ihn aufs Spiel gesetzt und ihn aus der Hölle von Magdeburg befreit? Damit er nun von ihr ging? Es durfte nicht sein.

Sie rückte näher an Martin heran und strich über sein Haar. Ihre Finger spielten in den dunkelblonden Wellen. Sie wollte ihn, spürte das Verlangen, sich ihm hinzugeben. Heute mehr als je zuvor.

Ihre Lippen berührten seinen Mund. Zunächst ganz sanft, dann verlangender. Doch schon im nächsten Moment stieß Martin sie von sich. Thea stürzte zu Boden und schaute Martin verwundert an. Einen Augenblick lang schien er verdutzt, dann aber stand er auf und richtete einen Finger auf sie.

»Du wirst es nicht verhindern können, Thea«, sagte er und ging davon, ohne ihr weiter Beachtung zu schenken.

Thea schloß die Augen und grämte sich über den unglücklichen Kuß. Ein auffrischender Wind ließ sie frösteln.

Am Tag darauf suchte Martin das Quartier von Jöran Poutiainen auf. Maija begrüßte ihn freudestrahlend und küßte ihn auf die Wange. Es war ihre erste Begegnung, seit der Nacht, in der er ihr geholfen hatte, ihren Sohn auf die Welt zu bringen. Die blasse, ängstliche Frau von damals hatte sich inzwischen in eine strahlende Schönheit verwandelt, und das vier Wochen alte Kind, das sie auf dem Arm trug, machte einen wohlgenährten und gesunden Eindruck.

Maija sprach einige finnische Worte und deutete auf eine Weinflasche. Martin schüttelte den Kopf und fragte nach Jöran Poutiainen. Sie nickte und winkte ihn an das Damasttuch, mit dem der hintere Teil des Zeltes abgetrennt worden war. Der Finne lag dort auf seiner Bettstatt und stopfte sich mißmutig eine Handvoll kandierter Früchte in den Mund. Der Rittmeister trug nur ein grobes Wollhemd, das ihm bis zu den Knien reichte. Das verletzte Bein, das darunter hervorlugte, war mit zwei Holzbrettern geschient worden.

Seit der Schlacht waren vier Tage vergangen. Das Bein hatte sich inzwischen dunkel verfärbt, und vor allem das zerstörte Kniegelenk war stark angeschwollen. Martin nahm einen unangenehmen Geruch nach fauligem Eiter wahr, der ihn an den Gestank verdorbener Hühnereier erinnerte und wohl aus dem Verband strömte, den Poutiainen an der Wade trug.

Der Finne drehte seinen Kopf in Martins Richtung. Seine Augen wirkten müde, und auf seiner Stirn glänzte Schweiß. Auf eine gewisse Weise ähnelte er nun ein wenig seiner Frau im Kindbett.

»Fellinger«, sagte Poutiainen matt. »Seid Ihr gekommen, um Euch mein Bein anzusehen?«

Martin schüttelte den Kopf. »Meine medizinischen Fertigkeiten sind noch immer sehr gering. Ich würde Euch wohl eher schaden als nutzen. In diesen Dingen solltet Ihr Euch besser an Conrad wenden.«

»Vielleicht.« Poutiainen richtete sich ein Stück auf und verzog bei der Bewegung das Gesicht. »Wie ich erfahren habe, ist Conrad nicht mehr gut auf Euch zu sprechen. Ihr liegt im Streit miteinander.«

»Woher wißt Ihr davon?«

»Conrad hat in den letzten Tagen des öfteren mein Bein behandelt, obwohl seine Finger so versteift waren, daß er kaum die Salbentöpfe halten konnte. Thea oder auch Conrads gräßliche Schwester mußten die Verbände wechseln, weil er nicht mehr dazu in der Lage war. Ich habe mich darüber gewundert, daß Ihr ihm nicht zur Hand gegangen seid, doch Conrad schwieg beharrlich, als ich ihn auf Euch angesprochen habe. Thea hingegen hat mir auf meine Fragen hin anvertraut, daß es einen Streit gab.«

»Das ist richtig.«

»Es interessiert mich nicht, welchen Hader Ihr mit Conrad austragt, aber ich gestehe, ich bin sehr neugierig, aus welchem Grund Ihr mich nun aufsucht.«

»Ich werde den Troß verlassen und für lange Zeit fortgehen.«

Poutiainen stutzte und grinste schief. »Ich kann Euch schwerlich daran hindern, falls Euch das Sorge bereiten sollte.«

Ein Moment des Schweigens breitete sich zwischen den beiden aus. Schließlich fragte Poutiainen: »Ihr braucht meine Hilfe?«

Martin kam sich wie ein Bittsteller vor, der einen Kanten Brot erflehte. Er räusperte sich. »Nun, als ich Euren Sohn auf die Welt gebracht habe, habt Ihr mir eine Gefälligkeit versprochen.«

»Und Ihr seid heute gekommen, um dieses Versprechen einzufordern?«

»Ja.«

»Dann sprecht frei heraus.«

»Ein Pferd.«

Poutiainen reagierte überrascht auf diese nicht unbedingt geringe Bitte. »Ein Pferd?«

»Ich werde mich auf eine Reise in die böhmischen Lande begeben, und ich kann den Weg nicht zu Fuß zurücklegen. Meine Bitte mag vermessen erscheinen, aber sie ist dringlich. Und wenn es das Schicksal gut mit mir meinen sollte, werde ich Euch das Pferd eines Tages zurückbringen. Es wäre nur geliehen.«

Der Finne kratzte sich nachdenklich an der Stirn. Martin befürchtete bereits, daß der Rittmeister seine Bitte ablehnen würde, doch da mischte sich Maija in ihr Gespräch ein. Sie wechselte einige finnische Worte mit Poutiainen, und Martin vermutete, daß sie sich erklären ließ, worüber ihr Ehemann mit seinem Gast gesprochen hatte. Auch wenn Martin ihre Sprache nicht verstand, konnte er am Klang der Stimme und an den Mienenspielen der beiden doch nachvollziehen, daß Poutiainens Frau mit der Meinung ihres Mannes ganz und gar nicht einverstanden schien. Ihre Stimme wurde lauter und energischer, während Jöran Poutiainen sich zurücknahm und ihr letztendlich mürrisch zuzustimmen schien. Als das Wortgefecht beendet war, schaute Martin den Finnen fragend an.

»Ihr sollt Euer Pferd bekommen«, sagte Poutiainen.

Martin war einen Moment lang sprachlos. Er hatte stark daran gezweifelt, daß Poutiainen seiner Bitte nachkommen würde. »Ich danke Euch«, brachte er hervor.

»Dankt meiner Frau.« Der Rittmeister bedachte Maija mit einem Lächeln. »Sie hat sich für Euch eingesetzt. Ihr habt in der Nacht, in der mein Sohn geboren wurde, eine einflußreiche Verbündete gewonnen. Sie meint, in meiner Verfassung würde es ohnehin Monate dauern, bis ich wieder auf einem Pferd sitzen kann. Also hat sie mich überzeugt, Euch eines meiner verbliebenen Pferde zu überlassen. Ein Page wird Euch zudem morgen eine Karte bringen, damit Ihr an Euer Ziel gelangt, und auch genügend Geld, um mein Pferd anständig zu versorgen. Ich lege keinen Wert darauf, daß Ihr mein Eigentum zu Tode schindet, indem Ihr das Pferd in die falsche Richtung treibt oder es verhungern laßt.«

Martin verbeugte sich tief. »Eure Großzügigkeit beschämt mich.«

Maija nahm Martin an die Hand und führte ihn zu den beiden Pferdekoppeln, in denen die Hengste und Stuten getrennt voneinander grasten. Sie rief einen der Knechte herbei und sprach mit ihm. Der Mann deutete auf eines der Pferde. Maija nickte, woraufhin er in die Koppel der Stuten eilte und einen Apfelschimmel mit ausladenden Schultern zu ihnen führte. Die Finnin nahm Martins Hand und legte sie auf den Kopf des Pferdes – wohl als Zeichen, daß sie ihm das Tier überließ. Martin verstand nicht viel von Pferden, aber die Stute machte durchaus einen kräftigen Eindruck auf ihn.

»Eris«, sagte Maija. Sie deutete auf die Stute. *»Se kuuluu teille.«*

Martin strich der Stute über die Mähne und betrachtete sie stolz. Dankbar küßte er Maijas Stirn.

Sie lächelte beschämt, griff nach seiner Hand und umschloß sie mit ihren Fingern. »Gottes Segen mit Euch«, sagte sie. Es war das erste Mal, daß sie Worte in seiner Sprache an ihn richtete.

Am 2. Oktober machte Martin sich zum Aufbruch bereit. Nachdem er Eris gesattelt und gezäumt hatte, besuchte er einen Feldgottesdienst, den ein junger Geistlicher abhielt, lauschte der Predigt und ließ sich den Segen erteilen.

Im Grunde setzte Martin seit der Plünderung von Magdeburg kein rechtes Vertrauen mehr in die Kirche. Er war schon vor der Katastrophe ein Skeptiker gewesen, was zu so mancher Meinungsverschiedenheit mit seinem Bruder Sebastian geführt hatte. Obwohl er seit Sophias Tod nicht mehr an die schützende Hand Gottes glauben konnte, verlangte es ihn an diesem Morgen dennoch nach den hoffnungsvollen Worten eines Priesters.

Nach dem Gottesdienst kehrte er zu Conrads Wagen zurück und verstaute mehrere Decken, eine Ledertasche mit Proviant und einen Wasserschlauch auf Eris' Rücken. In der Tasche befanden sich zudem ein Dolch und die Pistole, die er auf dem Schlachtfeld einem Toten abgenommen hatte. Bei der Pistole handelte es sich um eine hübsch verzierte Radschloßbüchse mit schneckenförmigem Kolben. Allem Anschein nach die Waffe eines Offiziers. Auf dem Schlachtfeld hatte er auch all das gefunden, was er brauchte, um die Pistole überhaupt benutzen zu können: ein Pulverhorn, einen ledernen Kugelbeutel mit einem Dutzend Bleigeschossen, gefettete Stoffläppchen zur Abdichtung, ein Pulver mit Zündkraut sowie eine Räumnadel zum Säubern des Zündlochs.

Martin hatte die Waffe gründlich gereinigt und sich von einem deutschen Landsknecht die Funktion des Ladens und die Handhabungsweise erklären lassen. Stets, wenn er die Pistole in den Händen hielt, stellte er sich vor, wie er sie auf Rupert richten und ihm ein Loch in den Bauch schießen würde.

Rupert! Nun, da er wußte, daß sein Vetter lebte, war sein Haß auf ihn noch stärker geworden. Es verlangte ihn danach, Rupert so bald wie möglich gegenüberzustehen und ihn ein für allemal aus seinen Träumen zu verbannen.

War das möglich? Würde er den Schmerz wirklich nicht mehr spüren, wenn er Rupert getötet hatte? Er wußte es nicht, aber er versuchte daran zu glauben, daß seine Rache Sophias Tod erträglicher machen würde.

Bevor Martin aufbrach, suchte er noch einmal Thea auf. Der Abschied von ihr fiel ihm schwer. Thea hatte ihm stets zur Seite gestanden. Vielleicht hatte sie sogar recht, wenn sie befürchtete, daß ihnen ein Abschied für immer bevorstand. In diesen Zeiten barg eine Reise viele Gefahren. Die Straßen waren unsicher, denn Scharen von Marodeuren streiften durch das Land, und ein einsamer Reiter war ihnen schutzlos ausgeliefert. Auch das Wetter konnte ihm zum Verhängnis werden. Der Winter stand bevor, und noch bevor er in Prag eintreffen würde, konnten ihm klirrende Kälte und Hunger das Leben kosten. Und Thea? Auch sie war Gefahren ausgesetzt. Hier im Troß konnte schon morgen eine Seuche ausbrechen, die den Tod mit sich bringen würde. Als Hure kam sie zudem mit so vielen Männern zusammen, daß sie diesen Krankheiten weitaus stärker ausgesetzt war als andere Frauen.

Er fand sie in der Nähe des Wagens, wo sie auf einem Schemel hockte und ein Loch in ihrem Kleid stopfte. Thea war anzusehen, daß sie seinen Entschluß noch immer nicht akzeptieren konnte. Doch was sie sagte, überraschte ihn.

»Ich möchte mit dir kommen.«

Martin schüttelte den Kopf. »Das ist keine gute Idee. Wenn die Stute uns beide tragen müßte, befürchte ich, daß sie früher oder später unter dieser Last zusammenbricht.«

»Wir könnten abwechselnd reiten. Oder ich bitte Jöran Poutiainen, uns ein zweites Pferd anzuvertrauen.«

»Diesen Weg muß ich allein gehen«, erwiderte er unmißverständlich. »Ich werde dich nicht mit mir nehmen.«

Thea zog ein enttäuschtes Gesicht, auch wenn sie mit dieser Reaktion wohl gerechnet hatte.

»Kümmere dich um Conrad«, sagte Martin. »Hab ein Auge darauf, daß er sich nicht zu häufig betrinkt. Der Alkohol verschlimmert seine Gicht nur noch.«

»Vielleicht«, meinte Thea. »Aber er leidet vor allem unter dem Streit zwischen euch.«

»Ich habe das nicht gewollt.«

Thea nickte. »Sei vorsichtig und versprich mir, daß du zurückkehrst, sobald du deinen Frieden gefunden hast. Und sollte sich herausstellen, daß du diese Männer nicht aufspüren kannst, dann jage nicht länger diesen Schatten hinterher, die du nicht greifen kannst, und komm zu mir zurück.«

»Bin ich denn noch willkommen hier?«

»Wegen Conrad? Gib ihm Zeit! Er wird dir nicht ewig grollen. Und ich werde auf dich warten, auch wenn es Monate dauern sollte.«

Er befürchtete, daß Thea vor ihm in Tränen ausbrechen würde, und nahm sie schnell in den Arm.

»Ich danke dir für alles, Thea. Für mein Leben, für deinen Mut und für die Kraft, die du mir geschenkt hast.«

Thea zog ein Tuch aus ihrer Schurztasche hervor, in das ein flacher Gegenstand eingeschlagen worden war, und legte es in Martins Hand.

»Nimm es! Ich hab es die ganze Zeit bei mir getragen, aber nie den Mut gefunden, es dir zu geben. Ich hatte Angst, es würde die Vergangenheit heraufbeschwören.«

Martin faltete das Tuch vorsichtig auseinander.

»Sieh es als Pfand an, das du mir irgendwann zurückbringen wirst.«

Im ersten Moment begriff er nicht, was er da in seinen Händen hielt, doch dann erkannte er das handtellergroße blaue Glasstück als einen Teil des Magdeburger Gemäldes, das er einst angefertigt hatte. Ganz offensichtlich handelte es sich um ein Fragment aus dem Himmel. Martin hielt die Scherbe gegen die Sonne und betrachtete fasziniert, wie sich das Licht im Buntglas brach.

»Du wirst es zurückbekommen«, sagte Martin, doch seine Worte blieben ungehört.

Thea war bereits gegangen.

Kapitel 12

Die Reise gestaltete sich beschwerlicher, als Martin angenommen hatte. Schon am Abend des ersten Tages schmerzten ihm nach dem stundenlangen Ritt alle Knochen. Die Narben oberhalb seiner Hüfte schwollen an und brannten so heftig, als wollten sie aufbrechen. Er war es nicht gewohnt, mit Pferden umzugehen, und Eris schien dies zu spüren. Als ihm die Stute von Maija Poutiainen anvertraut worden war, hatte das Tier einen ruhigen Eindruck auf Martin gemacht. Er mußte indes schon bald feststellen, daß er sich in Eris getäuscht hatte. Oftmals blieb sie völlig unvermittelt stehen, graste am Wegrand und weigerte sich beharrlich, sich voranzubewegen. Martin versuchte sie mit sanftem Zureden oder forschen Kommandos in Bewegung zu setzen, doch Eris blieb störrisch, trabte erst dann weiter, wenn ihr der Sinn danach zu stehen schien, oder sie buckelte so heftig, daß er sich nur mit Mühe auf ihrem Rücken halten konnte.

»Himmelherrgott! Ich werde die böhmische Grenze wohl erst im Greisenalter erreichen«, fluchte Martin und befürchtete inzwischen schon, daß ihn dieses Pferd zur Umkehr zwingen würde, denn der verfluchte Gaul legte mehr Launen an den Tag als Conrads verhärmte Schwester.

Drei Tage vergingen, bis Eris sich endlich seinen Befehlen fügte. Es schien, als habe sie plötzlich begriffen, daß es keinen Sinn hatte, ihren Kopf durchsetzen zu wollen. Martin belohnte ihre Erkenntnis mit der letzten Zuckerrübe, die er mit sich führte.

Die Freude über Eris' Einsichtigkeit währte nur kurz, denn inzwischen hatte Martin den gesamten Proviant aufgebraucht und war nun auf die Barmherzigkeit der Bauern und Dorfbewohner angewiesen.

Wann immer er den Rauch eines Schornsteins in der Ferne aufsteigen sah, begann sein Magen laut zu knurren und rief ihm in Erinnerung, wie herrlich es doch war, an einem Ofen zu sitzen und eine warme Mahlzeit zu sich zu nehmen. Seine Hoffnungen wurden jedoch zumeist von den aufgebrachten Bauern zerschlagen, die ihn beschimpften, bedrohten und wie einen Mörder davonjagten.

Er konnte den Haß der Menschen sogar verstehen, denn nicht selten ritt er auf einen vermeintlichen Ofenrauch zu, aber blickte dann nur auf die rußgeschwärzte, qualmende Ruine einer Bauernkate, in deren Nähe oft die Leichen ganzer Familien achtlos zurückgelassen worden waren.

Am achten Tage seiner Reise erreichte er ein Dorf, in dem kein einziger Mensch mehr lebte. Die Hälfte der Hütten war einem Feuer zum Opfer gefallen. Martin zählte mehr als zwanzig tote Männer, Frauen und Kinder, die schrecklich zugerichtet auf den Wegen und vor den Hütten lagen. Die Ratten und Krähen hatten sich bereits gierig über das faulige Fleisch hergemacht, so daß die Gesichter der Toten nicht mehr zu erkennen waren.

Martin schlief in einer kleinen Kirche, aus der sämtliches Inventar geraubt worden war, die ihm aber trotzdem Schutz vor Wind und Regen bot. Sämtliche Fenster des Gotteshauses waren zertrümmert worden. Auf dem Boden fand er viele Scherben. Er hob einige davon auf und betrachtete versonnen das Buntglas. In den vergangenen Tagen hatte er oft daran gedacht, wie gerne er wieder mit Glas arbeiten würde. Mit den Fingern strich er über die Glasscherbe, die Thea ihm mit auf den Weg gegeben hatte und grübelte darüber nach, wie sie diese Nacht verbringen mochte. Waren ihre Gedanken bei ihm oder lag sie bereits wieder in den Armen eines Hurenbocks und hatte den Schmerz über seinen Abschied längst verdrängt?

Am Morgen wurde er von Stimmen geweckt. Eine Schar zerlumpter Kriegsversehrter war in das Dorf gekommen. Einige Männer humpelten auf Krücken umher, anderen fehlte ein Arm oder gar beide, und die meisten der rauhen Gesichter waren von gräßlichen Narben entstellt. Martin wußte nicht, ob diese Krüppel eine Gefahr für ihn bedeuteten, aber er legte keinen Wert darauf, es herauszufinden. Rasch sattelte er Eris und machte sich davon.

Das nächste Dorf, das er erreichte, war vom Krieg verschont geblieben. Hier wurde er herzlich aufgenommen. Er behandelte den greisen Vater eines Schankwirtes, der von einem entzündeten Zeh geplagt wurde. Martin öffnete die verkrustete Wunde und ließ den Eiter herausfließen. Danach säuberte er den Zeh gewissenhaft und legte einen Verband an. Der Wirt lud ihn zum Dank an seine Tafel und überließ Martin für die nächste Nacht ein Quartier in einer engen Kammer, in der er endlich wieder in einem richtigen Bett schlafen konnte.

Am folgenden Tag traf eine Kolonne Tuchhändler im Dorf ein. Der Zug umfaßte elf Wagen und rund dreißig Männer, die ihn begleiteten. Dank einer Empfehlung des Schankwirtes gestattete man Martin, sich der Gruppe anzuschließen.

Leider währte die Sicherheit der Tuchhändler nur wenige Tage, denn schon bald, nachdem der Wagenzug die böhmische Grenze passiert hatte, trennten sich ihre Wege auch wieder. Die Kaufleute zogen südlich auf Passau zu, während Martin den östlichen Weg nach Prag einschlug. Wenn ihm die Witterung gewogen blieb, so hoffte Martin, konnte er die kaiserliche Residenzstadt in weniger als drei Tagen erreichen.

In der folgenden Nacht zog klirrender Frost über das Land. Martin beschloß, eine Rast einzulegen. Es kostete ihn viel Zeit und Mühe, trockenes Holz für ein Feuer zusammenzutragen. Er legte sich auf eine Decke, zog seinen Mantel enger um die Schultern und döste kurz ein.

Lautes Wolfsgeheul ließ ihn aufschrecken. Martin befürchtete, daß die Meute, die sich dort im Wald verbarg, über ihn herfallen würde, doch das Feuer schien die Tiere auf Distanz zu halten.

In dieser Nacht fand er nicht mehr in den Schlaf. Statt dessen gingen ihm die altvertrauten Gedanken durch den Kopf. Rupert und Berthold blieben seine ständigen Begleiter, doch er mußte nun auch oft an Thea denken, und während er schlotternd vor Kälte seine Arme rieb und dem Heulen der Wölfe lauschte, wünschte er sich, sie wäre hier bei ihm und könnte ihm ein wenig Wärme schenken.

Am nächsten Morgen glaubte er um Jahre gealtert zu sein. Auch die Decke hatte nicht verhindert, daß die Kälte des Untergrunds in seine Knochen gezogen war. Seine Glieder fühlten sich so steif an wie Conrads Finger bei einem Gichtanfall.

Da der Schlamm inzwischen gefroren war, hielt Martin es für zu gefährlich, weiterzureiten. Er hielt Eris am Zügel und führte sie zu Fuß vorwärts. Frierend und hungrig stapfte er durch die Wälder und erreichte Prag erst nach fünf langen Tagen.

Hier in der Stadt konnte er zwar endlich wieder eine Nacht unter dem Dach eines Brauhauses verbringen, doch zu seinem Verdruß erfuhr er rasch, daß er noch immer nicht am Ziel seiner Reise angelangt war.

Der Wirt berichtete ihm, daß große Teile Böhmens und so auch Prag im Verlauf des Herbstes von sächsischen Verbänden eingenommen worden waren. Die spärlichen kaiserlichen Truppen hatten kaum Widerstand geleistet. Man sprach davon, daß die katholischen Landsknechte in die zwei Tagesritte entfernte Stadt Gitschin gezogen waren. Gitschin, so erfuhr Martin, diente dem vom Kaiser in Ungnade entlassenen Herzog Albrecht von Wallenstein als

Residenz. In diesem Ort war der ehemalige Feldherr bestrebt, die Pracht und Eleganz europäischer Fürstenhöfe zu kopieren. Und es hieß, Wallenstein habe begonnen, Soldaten zu werben, um eine neue, mächtige Armee aufzustellen.

Martin blieb zwei Tage in Prag, dann folgte er dem Lauf der Cidlina, einem Nebenfluß der Elbe, der ihn nach Gitschin führte.

Es war wieder etwas wärmer geworden. Die Schneeschmelze verwandelte den Boden in einen braunen Sumpf. Trotz der widrigen Umstände kam Martin nicht umhin, die Umgebung zu bewundern. Wenn er die bizarren Felsformationen und die verwunschenen Wälder betrachtete, wünschte er sich, er wäre im Frühling durch die böhmischen Lande gereist, denn dann mußte die Gegend einem märchenhaften Traum gleichkommen.

Als Martin sein Ziel erreichte, wurde ihm schnell klar, daß alles, was er über die Residenz des Herzogs erfahren hatte, der Wahrheit entsprach. Gitschin spiegelte deutlich das Geltungsbedürfnis eines vermögenden Edelmanns wider. Selbst jetzt im Winter wurden viele neue Häuser errichtet, vorhandene Gebäude mit Verzierungen versehen, Straßen gepflastert oder Bäume gefällt, um Platz für die Ausdehnung der Stadt zu schaffen. Das Zentrum Gitschins wurde von Bürgerhäusern, von einem langgestreckten Schloß und von einer Kirche eingerahmt. Der Herzog schien klare, einfache Formen zu bevorzugen, die ein Gefühl von Macht und Stärke ausstrahlen sollten.

In der Stadt selbst herrschte ein reges Treiben. An mehreren Orten waren Werbe- und Musterplätze eingerichtet worden, zu denen die Neuankömmlinge strömten, um sich in Wallensteins Armee einzuschreiben und ihren ersten Sold entgegenzunehmen. Nahe der Residenz hielten sich viele, in prächtige Uniformen gekleidete Offiziere auf. Selbst die gewöhnlichsten Landsknechte, die sich größtenteils in einem westlich der Stadt aufgeschlagenen Lager versammelten, wirkten wohlgenährt und gesund. Offensichtlich verfügte der Herzog tatsächlich über genügend Mittel, um ein Heer auszurüsten und zu verpflegen. Noch war die Anzahl der Soldaten in dieser Armee eher gering. Martin schätzte, daß sie eine Stärke von zwei-, vielleicht dreitausend Mann betragen mochte, aber kampfbereite Männer strömten aus allen Himmelsrichtungen in die Stadt. Wenn der Winter vorüber war, so befürchtete er, würde Wallensteins Heer zu einer ernsthaften Gefahr für die Pläne des schwedischen Königs werden.

Martin führte Eris eine Zeitlang durch das Armeelager und betrachtete zwischen den Zelten und Hütten aufmerksam jedes einzelne Gesicht. Vor Anspannung fiel ihm das Atmen schwer. Wahrscheinlich hielten sich Rupert und Berthold irgendwo zwischen diesen Männern auf. Martin erwartete in jedem Moment, einem von ihnen gegenüberzustehen. So manches Mal glaubte er, einen seiner Vettern erkannt zu haben, doch bei genauerem Hinsehen erwiesen sich die Männer stets als Fremde.

Geraume Zeit später, nachdem er erfolglos durch das gesamte Lager gestreift war, entschloß er sich, Erkundigungen über den Verbleib der Bockstein-Kompanie einzuholen. Die ersten, die er fragte, zuckten nur mit den Schultern und konnten ihm nicht weiterhelfen. Nach einer Weile traf er jedoch auf einen jungen Burschen, der sich gegen eine geringe Entlohnung anbot, ihn zu einem Korporal der Kompanie zu führen.

Der vierschrötige Korporal, der damit beschäftigt war, einen Hasen auszunehmen, eröffnete Martin, daß er sich gut an Rupert und dessen Bruder erinnern konnte. Er hatte sie nach dem Fall von Magdeburg auf ihrem Marsch nach Prag begleitet. Der Korporal hatte oft mit ihnen gesprochen und beschrieb Rupert als einen seltsamen Zeitgenossen, der nicht viel von sich preisgab und jedermann zu mißtrauen schien – außer seinem Bruder, den er augenscheinlich wie einen Engel vergötterte.

Martins Hoffnung, endlich sein Ziel erreicht zu haben, zerschlug sich jedoch schnell. Der Korporal berichtete ihm weiter, daß er zwar zusammen mit Rupert und Berthold in Prag angekommen war, daß die beiden Brüder jedoch nach der Nachricht von der kaiserlichen Niederlage bei Breitenfeld wie viele andere die Kompanie verlassen hatten, um sich den Schweden anzuschließen. Mehr als die Hälfte der Bockstein-Kompanie kämpfte nun für die protestantische Seite.

»Sie drehen ihre Fahnen nach dem Wind«, sagte der Korporal und spuckte verächtlich aus. »Aber vielleicht werden sie schon bald von einem Sturm überrollt, der Blitz und Donner über sie bringt.«

»Könnt Ihr mir sagen, wohin diese Männer gezogen sind?« wollte Martin wissen.

Der Korporal überlegte einen Moment. »Halberstadt.« Er kratzte seinen Schädel. »Ja, sie sprachen davon, nach Halberstadt zu gehen.«

Martin dankte dem Korporal für dessen Auskünfte und ging in bedrückter Stimmung davon. Er hatte gehofft, seine Suche würde in Gitschin ein Ende finden, doch nun war er gezwungen, nach Halberstadt zu reisen. Ein Weg, für dessen Bewältigung er selbst bei günstigsten Bedingungen wohl mehr als einen Monat benötigen würde. Und jeder Tag entfernte ihn weiter von Thea und der schwedischen Armee.

Traurig strich Martin Eris über die kalten Nüstern. Die Stute war ihm nach ihrer anfänglichen Sturheit sehr ans Herz gewachsen und zu einer treuen Begleiterin geworden. Auch in ihren Augen glaubte er eine gewisse Resignation zu entdecken.

»Du ahnst, was auf uns zukommt, nicht wahr, altes Mädchen. Wir werden noch sehr lang unterwegs sein.«

Martins Ritt führte ihn zurück an die Ufer der Elbe. Unweit von Prag, in der Nähe der Stadt Neratovice machte er sich auf die Suche nach einem Fährschiff. Die Reise auf dem Wasser würde ihm Schutz vor Frost und Überfällen bieten. Schon am folgenden Tag erwarb er die Passage an Bord eines Einmasters, dessen Kapitän die Elbe hinauffuhr. Martin schaffte die nervös tänzelnde Eris unter das Deck. Die Stute schnaubte unwirsch, ihr schien die Unterbringung in dem dunklen und engen Verschlag nicht zu behagen, doch zumindest wurde sie hier mit sauberem Hafer und frischem Wasser versorgt.

Neben Eris waren zwei Maulesel angebunden worden. Dahinter befand sich eine notdürftig abgetrennte Ecke, die den Passagieren als Schlafplatz diente. Ansonsten war das untere Deck mit Frachtgut zugestellt, das bis an die Ostseeküste geschifft werden sollte. Neben zahlreichen Branntweinfässern entdeckte Martin einige Kisten mit Rinderfellen, und er nahm zudem den auffälligen Geruch fremdartiger Gewürze wahr.

Außer dem Kapitän und der fünfköpfigen Besatzung reiste noch ein etwa dreißigjähriger Jude mit ihnen, der sich Martin als Amschel Geiger aus Torgau vorstellte.

Zunächst hielt sich Martin von dem Juden fern und verfolgte argwöhnisch dessen befremdliche Rituale. Als Martin am ersten Morgen ihrer Reise aufwachte, kniete Amschel Geiger neben ihm und beugte sich vor und zurück, während er in einer fremden Sprache betete. Am sonderbarsten kamen Martin dabei die kleinen schwarzen Kästchen vor, die sich der Jude mit dünnen Lederriemen um den Kopf und um den linken Arm gebunden hatte. Hier, auf dem düsteren Unterdeck, im schalen Licht einiger Talglichter, erschien Martin dieses Gebaren wie ein gräßlicher heidnischer Ritus.

Amschel Geiger erwies sich allerdings bald als äußerst geselliger Mensch, der oft das Gespräch mit Martin suchte und gerne von sich erzählte. So erfuhr Martin, daß Geiger in Frankfurt aufgewachsen und später mit seiner Familie nach Torgau übergesiedelt war. Er kehrte mit diesem Schiff aus Prag zurück, wo er seinem Onkel am Totenbett die letzte Ehre erwiesen hatte.

Doch erst als Geiger ihm eröffnete, daß er in Torgau als Arzt arbeitete, wurde Martins Neugier geweckt. Amschel Geiger behandelte vor allem Frauen, stand aber auch deren Männern mit seinem Rat zur Seite, wenn der Kinderwunsch in der Familie ausblieb. Er erklärte Martin, daß die Fortpflanzung für das Volk Israels von größter Wichtigkeit war – in welchem Land der Erde sie sich auch befinden mochten. Ein schwacher Samen oder die Unfruchtbarkeit der Frau galt für einen Juden als schlimmes Schicksal, und Geiger war stolz auf jeden Erfolg, den er erringen konnte, indem seine Patienten – wenn auch oft erst nach langen Jahren – mit einem gesunden Kind gesegnet wurden.

Martin lauschte den Schilderungen des Juden, die dieser oft mit kleinen Anekdoten anreicherte, und war mittlerweile froh darüber, daß sich Amschel Geiger hier auf diesem Schiff befand. Seine Berichte ließen die Zeit rasch vergehen und lenkten Martin von den Sorgen und düsteren Gedanken ab, die ihn so häufig plagten.

Drei Tage vor Weihnachten nahm der Kapitän unweit von Dresden zwei weitere Passagiere an Bord. Die beiden Dominikanermönche waren aus einem Erfurter Kloster geflohen, das von dem schwedischen Heer geplündert und niedergebrannt worden war.

Die Mönche verachteten die Schweden. Vor allem Bruder Bartholomäus, ein beleibter, wortgewaltiger Mann mit donnernder Stimme, ereiferte sich so heftig über Gustav Adolfs Armee, daß ihm der Kopf rot anschwoll. Er stieß Flüche aus, die Martin einem Gottesmann nicht zugetraut hätte und nannte die Schweden ein Volk von geifernden

Bluthunden, deren Aufstand gegen die altehrwürdige katholische Kirche sie zusammen mit den aasfressenden deutschen Protestanten geradewegs in den Höllenabgrund führen würde. Dort in den Flammen des Purgatoriums, so hoffte Bruder Bartholomäus, würden die Feuerlanzen dem schwedischen König und dem Geschmeiß, das ihm folgte, bis in alle Ewigkeit in die Ärsche fahren.

Martin ahnte, daß die Dominikaner mit ihrer lautstarken Entrüstung die Enttäuschung über die momentane politische Lage zu verarbeiten suchten. Mit dem Sieg von Breitenfeld und der Zerschlagung der kaiserlichen Armee hatten die protestantischen Kräfte in Deutschland einen überwältigenden Erfolg errungen. Und während der Kaiser an seinem Hof in Wien mit dem Schicksal haderte, war es an Gustav Adolf, über das deutsche Schicksal zu bestimmen.

Martin verschwieg den Mönchen, daß er über Monate hin mit dem Schweden durch das Land gezogen war und daß er insgeheim mit ihnen sympathisierte, weil er befürchtete, die beiden würden andernfalls ihre Christenpflichten vergessen und ihn in ihrem Zorn von Bord stoßen. Daher zog er es vor, seinen Mund zu halten und befragte die beiden, nachdem sie sich ein wenig beruhigt hatten, über die militärische und politische Lage in den deutschen Landen.

Er erfuhr, daß allgemein erwartet worden war, daß Gustav Adolf den Krieg beenden würde. Die katholische Bedrohung war aus dem Weg geschafft worden, und die Ostseeküste lag fest in schwedischer Hand. Ein Kompromißfrieden mit äußerst günstigen Bedingungen für die protestantische Seite lag in greifbarer Nähe, doch Gustav Adolf hatte allem Anschein nach eine andere Entscheidung getroffen.

Die schwedische Armee war nach Südwesten gezogen und hatte das wohlhabende und vom Krieg unberührte

Maintal geplündert. Militärisch konnte Kaiser Ferdinand dieses Vorgehen nicht unterbinden, denn die Regimenter, die noch unter seiner Fahne kämpften, waren dem gewaltigen schwedischen Heer hoffnungslos unterlegen. Man befürchtete gar, daß Gustav Adolf im nächsten Jahr einen Sturm auf Wien unternehmen würde und damit den gesamten deutschen Katholizismus bedrohte.

Nach den sachlichen Schilderungen gingen die Dominikaner wieder zu ihren wüsten Beschimpfungen über und bezeichneten Gustav Adolf und all jene, die ihm folgten, als gottverdammte Teufel, deren Seelen auf ewig verdammt waren.

Martin seufzte. Er mußte sich eingestehen, daß er mittlerweile die Gesellschaft dieser »Teufel« sehr vermißte.

Und vor allem wünschte er sich, Thea wäre an seiner Seite.

An den Weihnachtstagen zog eine bittere Kälte herauf. Das Wasser der Elbe gefror und machte ein Weiterkommen auf dem Fluß unmöglich. Das Schiff legte am Ufer an. Besatzung und Passagiere verbrachten gemeinsam das Weihnachtsfest an einer glühenden Kohlenpfanne und nahmen ein asketisches Festmahl zu sich, das aus salzigen Heringen, hartem Graubrot und einer großzügigen Menge Branntwein bestand.

Nur Amschel Geiger fehlte in dieser Runde. Die Dominikaner hätten seine Anwesenheit nicht zugelassen. Manchmal fragte sich Martin, wem die beiden Mönche mehr Haß entgegenbrachten: den schwedischen Invasoren oder diesem Juden, in dessen Nähe die Mönche ausspuckten und so schnell das Weite suchten, als würde ihnen das Fleisch vom Körper faulen, wenn sie diesem Mann zu nahe kamen.

Nachdem er Eris' Unterstand ausgemistet und das Pferd mit frischem Hafer versorgt hatte, gesellte Martin sich zu den anderen, die sich in der Kajüte des Kapitäns aufhielten.

Seine Augen brannten vom Tabakqualm. Er nahm einen Bissen Fleisch zu sich und lauschte den Texten, die Bartholomäus lustlos aus seinem Stundenbuch rezitierte. Zwei der Matrosen schliefen bereits, die anderen folgten gelangweilt dem Vortrag über die Geburt des Heilands. Martin stellte bald fest, daß in ihm keine besinnliche Stimmung aufkommen wollte. Kurz darauf zog er sich zurück und trat aus der Kajüte auf das Oberdeck.

Die Luft war klirrend kalt. Martin rieb seine Arme und betrachtete den sternenklaren Himmel. Er trat zum Bug des Schiffes und stierte gedankenverloren auf die gefrorene Elbe. Den ganzen Tag über war sein Kopf wie leer gewesen. Er hatte weder an die Zeit in Magdeburg noch an Thea und auch nicht an Rupert oder Berthold gedacht. Nun aber stahl sich Sophia in seine Gedanken, und die Erinnerung daran, daß sein Kind zum Weihnachtsfest auf die Welt gekommen wäre, machte sein Herz schwer. Er verspürte den Drang, die Wut über das Schicksal, das ihn ereilt hatte, laut herauszuschreien, doch er hielt sich zurück, weil er bemerkte, daß er nicht allein war. Nicht weit von ihm hockte Amschel Geiger vor acht Kerzen, die er in einer Reihe auf die Reling gestellt hatte. Martin war aufgefallen, daß der Jude genau an diesem Platz bereits seit mehreren Abenden eine Art Ritual befolgte.

Dies war die fünfte Nacht, in der er die Kerzen aufstellte. Am ersten Abend hatte er nur die erste Kerze entzündet, dann jeweils eine weitere, und heute nun kniete er vor acht Lichtern und sang dabei leise.

Amschel wandte sich zu Martin um und nickte.

Martin trat näher. »Ich bin wohl nicht der einzige, der das Weihnachtsfest in Ruhe und Abgeschiedenheit verbringen möchte.«

Amschel lachte kurz auf. »Ihr unterliegt einem Irrtum, mein Freund. Wir Juden feiern kein Weihnachten. Euer Messias Jesus besitzt für uns nicht die Bedeutung, die ihr

Christen ihm beimeßt. Er ist für uns kein Religionsstifter, sondern nur ein Mann, der versucht hat, die jüdische Religion zu reformieren. Ähnlich wie euer Doktor Luther mit der katholischen Lehre verfahren ist.«

Martin hockte sich zu ihm. »Diese Kerzen – warum entzündet ihr jeden Abend eine weitere?«

»Ich feiere Chanukka.« Amschel seufzte. »Diese schlichten Kerzen sind wenig angemessen. In meinem Haus in Torgau besitzt meine Familie einen prächtigen achtarmigen Leuchter, mit dem seit Generationen das Lichterfest zelebriert wird. Ich hatte gehofft, rechtzeitig dort einzutreffen, um diese Tage mit meiner Frau und meinen Kindern zu verbringen.«

»Was ist das für ein Fest?« wollte Martin wissen.

»Chanukka erinnert an ein Wunder aus längst vergangener Zeit. Einst vertrieben jüdische Krieger die hellenistischen Syrer aus ihrem Land. Sie reinigten den Tempel und weihten ihm dem einen und einzigen Gott, doch es fand sich nur ein kleiner Krug mit geweihtem Öl, gerade genug für einen Tag. Dennoch entschlossen sich die Priester, den großen Leuchter, die Menora, zu entzünden. Der Legende nach brannte das Öl auf wundersame Weise acht Tage lang, genau die Zeit, die es brauchte, bis neues Öl geweiht und zum Tempel geschafft worden war. Aus diesem Grund beginnen wir Juden damit, am 25. Kislew nach unserem Kalender, an jedem Abend vor Chanukka jeweils eine weitere Kerze zu entzünden, bis am achten Tag alle Lichter brennen.«

»Und ihr dankt damit eurem Gott«, meinte Martin.

»Dafür, daß er uns an seinen Wundern teilhaben läßt und aus der Gefahr errettet.« Der Jude musterte Martin eindringlich. Dann sagte er: »Ihr seht traurig aus. Was bedrückt Euch?«

»Die Tatsache, daß Gott mich errettet haben mag, nicht aber die Menschen, die ich geliebt habe.«

»Ich vermute, Euch ist großes Leid zugestoßen.«

Martin zögerte mit einer Antwort. Dann sagte er nur: »Ich stamme aus Magdeburg. Nun habe ich keine Heimat mehr.«

Amschel Geiger zog eine traurige Miene. »Ihr teilt das Schicksal des jüdischen Volkes, mein Freund. Auch uns wurde vor sehr langer Zeit die Heimat genommen. Wir fühlen in uns eine große Sehnsucht nach dem gelobten Land unserer Vorväter. In unseren Sitten und Gebräuchen, in all unseren Liedern und Gedichten bewahren wir die Erinnerung an das von Gott verheißene Land. Wir zogen in die Welt hinaus, doch tragen stets die Heimat in unseren Herzen mit uns, wohl wissend, daß man uns als Fremde ansieht und dafür haßt, daß wir den christlichen Glauben ablehnen.«

Der Jude seufzte. »Vor vielen Jahren mußte ich mit ansehen, wie eine haßerfüllte Menge die Frankfurter Judengasse plünderte. Sie prügelten auf uns ein wie auf tolle Hunde, und alle Juden wurden aus der Stadt verjagt. Mehr als tausend Kinder Israels mußten Frankfurt verlassen. Doch selbst an diesem traurigen Tag konnte ich es deutlich spüren, daß der Eine und Wahrhaftige über uns wachte. Unser Volk leidet seit Jahrhunderten unter dem Haß der Christen. Doch Gott lehrt uns, jeden Augenblick als heilig anzusehen. Jede noch so profane Handlung heiligt das Leben und trägt zur Einheit der Welt bei. Das hilft uns, den Kummer zu ertragen.«

Seine Worte konnten Martin nicht recht aufmuntern. Amschel Geiger schien dies nicht verborgen zu bleiben, denn er lächelte und sagte: »Wenn Euch unsere Lehre nicht zu trösten vermag, dann verweilt einfach ein wenig an meiner Seite und lauscht meinen Gebeten.«

Martin nickte, und schon kurz darauf stimmte Amschel einen melodischen Gesang in den Worten seines Volkes an. Auch Martin faltete die Hände und sprach in Gedanken sein erstes Gebet seit langer Zeit. Er erflehte ein baldiges Ende seiner Reise und daß er eines Tages wohlbehalten zu Thea zurückkehren würde. Dafür aber, so befürchtete er, war ein ähnliches Wunder vonnöten wie das, von dem ihm Amschel Geiger berichtet hatte.

Erst zur Mitte des Januars setzte Tauwetter ein. Das Eis, das die Elbe bedeckte, wurde brüchig, und sie setzten endlich die Reise fort.

Amschel Geiger ging wenige Tage später in Torgau von Bord. Martin reichte dem Juden zum Abschied die Hand und spürte die mißmutigen Blicke der Dominikaner auf sich ruhen. Es kümmerte Martin nicht, ob sie die Freundlichkeit verachteten, die er Amschel Geiger entgegenbrachte. Er hatte die Gespräche mit diesem Mann genossen, und es betrübte ihn, den Rest der Reise ohne ihn fortzusetzen.

Aber auch Martins Zeit auf dem Schiff neigte sich dem Ende zu. Eine knappe Woche später setzte er seine Reise auf dem Landweg fort, denn nun konnte er Halberstadt in einem Zweitagesritt erreichen.

In der Nacht setzte ihm die Kälte arg zu, doch Martin trieb Eris unerbittlich voran. Der Gedanke, daß er den Mördern seiner Frau nun bald gegenüberstehen würde, setzte neue Kräfte in ihm frei und ließ ihn rastlos vorwärtseilen, so daß er Halberstadt bereits vor Einbruch der Dämmerung des nächsten Tages erreichte.

Martin führte Eris durch die Straßen, musterte jedes Gesicht und besuchte zahlreiche Schenken, in denen sich Soldaten aufhielten. Seine Suche blieb jedoch erfolglos.

Am dritten Tag in der Stadt, sprach er mit mehreren Landsknechten, nannte ihnen Ruperts Namen und beschrieb den Soldaten und dessen markantes Äußeres. Tatsächlich fand sich schon bald ein Kerl, der angab, sich vor einem Monat mit einem Einäugigen aus der Kompanie des Hauptmanns Bockstein nach Halberstadt abgesetzt zu haben. Und er glaubte sich zu erinnern, daß der Name dieses Mannes Rupert gewesen war.

Martin bot dem Söldner einige Münzen an, wenn er ihn an den Ort brachte, an dem sich Rupert aufhielt. Der Mann nahm dieses Angebot gerne an und führte Martin durch mehrere schmale Winkelgassen, bis sie ein heruntergekommenes Bürgerhaus erreichten, vor dessen Eingang zwei betrunkene Soldaten ihren Rausch ausschliefen.

»Dort findest du den Einäugigen!« Der Landsknecht griente und entblößte dabei häßliche Zahnstümpfe.

Martin gab ihm das vereinbarte Geld und schickte ihn fort. Eine Weile beobachtete er das Fachwerkgebäude, von dessen Fassade der Putz bröckelte und dessen Butzenscheiben in den Fenstern zum größten Teil zertrümmert waren. Er glaubte zu spüren, daß Rupert sich in diesem Haus aufhielt.

Mit zitternden Fingern machte er sich daran, seine Pistole zu laden. Er füllte das Pulver in den Lauf, schob die Kugel hinein und danach ein gefettetes Stoffläppchen zur Abdichtung. Zu guter Letzt schüttete er das Zündpulver auf die Pfanne und spannte den Hahn. Er verbarg die Pistole unter seinem Mantel, überquerte die Straße und betrat das Haus.

Der Geruch von Wein und Fäkalien stieg ihm in die Nase. Martin öffnete mehrere Türen und spähte in die Zimmer des Erdgeschosses, doch er stieß nur auf drei Landsknechte, von denen einer seine Muskete säuberte und die beiden anderen die Würfel fallen ließen.

Die Männer starrten ihn mürrisch an, doch Martin ließ sich davon nicht beirren und fragte sie: »Der Einäugige? Wo ist er?«

Zunächst reagierten die Männer nicht auf seine Frage. Dann aber deutete einer von ihnen nach oben. Martin verließ das Zimmer und stieg die Treppe in das obere Stockwerk hinauf. Seine Finger preßten sich fest um den Pistolenkolben.

Martin öffnete die erste Tür auf dem Korridor. Der Raum war leer. Auch im zweiten Zimmer blieb seine Suche erfolglos, doch in der dritten Kammer entdeckte er zwei Gestalten, die auf dem harten Bretterboden kauerten. Einer von ihnen wandte ihm sein Gesicht zu, und Martin stockte der Atem.

Er hatte diesen Moment so lange herbeigesehnt. Nun endlich zog er die Pistole hervor und richtete sie auf die entstellte Fratze des Einäugigen, der nicht recht zu begreifen schien, was mit ihm geschah.

Doch es war gar nicht Rupert.

Martin jaulte auf und stolperte einen Schritt zurück. Er hatte im letzten Augenblick erkannt, daß er einen Fremden bedrohte. Zwar fehlte dem Mann ein Auge, aber das war auch schon seine einzige Gemeinsamkeit mit Rupert. Er sah ihm nicht einmal entfernt ähnlich.

Rasch wandte Martin sich um und stürmte aus dem Haus. Er verbarg sich in der Gasse, wo er sich zitternd an eine klamme Hauswand lehnte. Die Pistole glitt ihm aus der Hand und fiel auf die Erde.

Er hatte geglaubt, seine Seele würde an diesem Tag den ersehnten Frieden finden – hatte gehofft, die Feuer in seinem Kopf würden erlöschen.

Aber er hatte sich getäuscht. Und er wußte nicht, wie lange er noch die Kraft aufbringen würde, seine Suche fortzusetzen.

Nach diesem Fehlschlag machte sich Martin daran, weitere Söldner nach dem Verbleib von Rupert und Berthold zu befragen. Seine Mühe blieb jedoch ohne Erfolg. Niemand konnte ihm eine Auskunft über die beiden geben. Martin sprach mehr als hundert Männer und Frauen an; stets erntete er Kopfschütteln.

Nach drei Tagen in Halberstadt war er davon überzeugt, daß Rupert und Berthold niemals an diesem Ort angekommen waren.

Er hatte ihre Spur verloren.

Martin ertränkte seinen Kummer über die mißglückte Suche in mehreren Krügen billigen Weines. Des Nachts torkelte er aus der Schenke, erbrach sich auf der Straße und fiel auf das kalte Pflaster.

Die Stimme einer Frau ließ ihn aufschauen.

»Es gibt bessere Orte, an denen du die Nacht verbringen könntest.« Eine Hand faßte sein Wams und zog ihn auf die Beine. »Wirst dir dort auf dem Pflaster den Tod holen. Wärst gewiß nicht der erste, dem das passiert.«

»Thea ...«, krächzte er, aber im nächsten Moment begriff er, daß nicht Thea ihm aufgeholfen hatte, sondern eine füllige, rothaarige Frau, die ihm fremd war.

»Hast'n paar Groschen für mich übrig? Dann bring ich dich an einen Ort, an dem du dich an mir wärmen kannst.« Sie schob ihre Hand zwischen seine Beine und ließ keinen Zweifel entstehen, welchen Dienst sie ihm zukommen lassen wollte. Martins Geist war noch immer vom Wein vernebelt. Er kramte in seinen Taschen, bis er einige Münzen fand. Die Frau nahm das Geld an sich, legte einen Arm um ihn und führte ihn in ein Haus, wo sie die Treppe bis in das oberste Geschoß hinaufstiegen. Lachend schob die Dirne Martin in eine schmale Kammer und setzte ihn unter der Dachschräge auf ein Bett. Sie richtete sich vor ihm auf und löste rasch die Schnüre an ihrem Hemd. Zwei schlaffe Brüste mit großen Brustwarzen kamen zum Vorschein.

»Thea«, murmelte Martin noch einmal, doch trotz seiner Trunkenheit gelang es ihm nicht, sich selbst zu täuschen. Die Frau dort vor ihm hatte nichts mit Thea gemein. Er schaute in ihr faltiges Gesicht. Die Hure hätte seine Mutter sein können.

»Nenn mich, wie du willst«, meinte sie und streifte ihren

Rock und das Unterkleid ab. Martin richtete seinen Blick auf die kupferrote Scham, die ihn nicht erregte, sondern abstieß.

»Leg endlich deine Kleider ab. Ich habe nicht die ganze Nacht Zeit für dich«, drängte die Dirne, doch Martin erhob sich und torkelte zur Tür.

»Behalt das Geld«, sagte er und stolperte die Treppe hinunter. Die kühle Luft auf der Straße ließ seinen Kopf so klar werden, daß er den Weg zurück in den Stall fand, in dem Eris untergebracht worden war. Er fiel neben der Stute in das Stroh, und seine Gedanken waren bei Thea, als er in den Schlaf sank.

Im ersten Morgenlicht erwachte er mit schrecklichen Kopfschmerzen. Seine Knochen waren schwer, und er fühlte sich elendig. Nur dunkel erinnerte er sich an die Begegnung mit der Hure und daran, daß seine Suche nach Rupert und Berthold endgültig gescheitert war. Nun würde er zu Thea und Conrad zurückkehren. Auch wenn es ihn enttäuschte, daß er all diese Mühen für nichts und wieder nichts auf sich genommen hatte, war er im Grunde doch sehr erleichtert über diese Entscheidung.

Zunächst allerdings ritt er in die nahe gelegene Stadt Oschersleben. Er hatte in den letzten Tagen kaum Nahrung zu sich genommen, zudem besaß er kein Geld mehr und war so erschöpft, als strecke der Tod bereits seine Hand nach ihm aus. In Oschersleben wohnten eine Schwester seiner Mutter und deren Ehemann, der in der Stadt eine Schuhmacherwerkstatt betrieb. Martin hoffte, für eine paar Tage bei ihnen ein Quartier zu finden, denn die Kälte machte eine Weiterreise unmöglich.

Es waren an die fünf Jahre vergangen, seit Martin der Oscherslebener Verwandtschaft einen Besuch abgestattet hatte. Dennoch fiel es ihm nicht schwer, das Haus des Schuhmachers zu finden.

Er klopfte an die Tür. Sein kahlköpfiger Onkel Robert öffnete ihm, bedachte Martin mit einem mürrischen Blick und sagte: »Scher dich fort. Wir geben keine Almosen.«

Er wollte die Tür bereits wieder zudrücken, doch Martin stemmte kraftlos seine Hand dagegen.

»Onkel, weißt du denn nicht, wer ich bin?«

Sein Gegenüber musterte ihn aus schmalen Augen. Martin fragte sich, ob er sich wirklich so sehr verändert hatte, daß sein eigener Onkel ihn nicht mehr erkannte?

Dann endlich wich die Ablehnung aus Roberts Zügen und machte einem verwunderten Ausdruck Platz.

»Martin? Du bist Martin?«

Martin nickte.

»Wir haben geglaubt, du wärest tot. Erschlagen von Tillys Mordbrennern.«

Martin schüttelte den Kopf. »Wie du siehst, bin ich ihnen entkommen.«

»Und du bist wirklich kein Geist?«

Er reichte dem Onkel eine Hand.

»Bist aus Fleisch und Blut, soviel steht fest«, rief Robert erleichtert. Er schob Martin in die Diele, in der die Schuhmacherwerkstatt und ein Ziegenstall untergebracht waren. Ein strenger Geruch nach Leder hing im Raum.

Robert rief nach seiner Frau. »Weib, komm herunter und schau dir an, wer an unsere Tür geklopft hat.«

Martins beleibte Tante Lisa kam schnaufend die Treppe hinuntergeeilt, betrachtete ihn einen Augenblick lang zweifelnd, dann erkannte auch sie ihren Neffen und drückte ihn an sich. Sie führte Martin in die Küche und füllte ihm einen Teller mit einer wohlriechenden Kohlsuppe.

»Iß, soviel du magst, Martin. Du schaust aus, als wärest du kurz vor dem Verhungern«, meinte sie und schnitt noch eine dicke Scheibe Schwarzbrot ab.

»Sehe ich wirklich so schlimm aus?«

Robert holte einen Spiegel herbei und hielt ihn vor Martins Gesicht. Nun begriff Martin, warum die beiden ihn nicht sofort erkannt hatten. Er sah mager aus. Seine Wangen waren eingefallen und die Augen von dunklen Rändern gezeichnet. Ein struppiger Bart bedeckte sein schmutziges Antlitz.

»Wo ist deine Frau?« wollte seine Tante wissen.

Martin zögerte kurz, dann berichtete er ihnen in knappen Sätzen, was in Magdeburg geschehen war. Er erzählte Robert und Lisa auch, daß er einige Monate mit der schwedischen Armee durch das Land gezogen und schließlich in der Hoffnung nach Halberstadt gekommen war, dort auf Sophias Mörder zu stoßen.

»Deine eigenen Vettern«, raunte die Tante kopfschüttelnd. »Ich danke dem Herrn, daß er uns nicht mit solcher Brut geschlagen hat. Aber du solltest sie besser vergessen. So viele Menschen sind in diesem Krieg zu Mördern geworden. Wende dich den Lebenden zu, Martin, nicht den Toten.«

Robert rieb sein Kinn. »Weiß dein Bruder Sebastian, daß du aus Magdeburg fliehen konntest?«

Martin stutzte. »Sebastian? Er lebt?«

»Er suchte uns einige Tage nach der Katastrophe auf. Was dich betrifft, so nahm er an, du wärest getötet worden.«

Martin schob den Teller beiseite. Er war zu aufgeregt, als daß er einen weiteren Bissen hinuntergebracht hätte. »Wo ist er? Hier in Oschersleben?« stieß er hastig hervor.

Lisa legte ihre Hand auf seinen Arm und lächelte. »Er hält sich in Wittenberg auf. Und es geht ihm gut.«

Obwohl er den Glauben an die Barmherzigkeit Gottes verloren hatte, verspürte Martin plötzlich den Drang, eine Kirche aufzusuchen und dem Herrn für das Leben seines Bruders zu danken.

»Ich will ihn sehen«, sagte Martin. »So schnell wie möglich.«

Kapitel 13

Martin verbrachte die gesamte folgende Woche im Haus seiner Verwandten in Oschersleben. Zwar drängte es ihn, endlich aufzubrechen, um in Wittenberg seinen totgeglaubten Bruder aufzusuchen, doch seine Kräfte waren erschöpft, und so ruhte er zunächst einige Tage. Lisa erwies sich als ausgezeichnete Köchin, die dafür Sorge trug, daß Martin am Ende dieser Woche bereits wieder an Gewicht zugelegt hatte. Nach einem Bad und einer Rasur glich sein Spiegelbild auch endlich wieder seinem Äußeren aus früheren Zeiten.

Robert berichtete Martin, daß Magdeburg noch immer mit einer kaiserlichen Garnison belegt war. In der Stadt hielten sich allerdings nur wenige Soldaten auf. Keine der Kriegsparteien schien ein größeres Interesse am einstmals so stolzen Magdeburg zu haben. Die zerstörte Stadt besaß keinen militärischen Wert mehr. Zwar hatten die Kaiserlichen die beschädigten Wallanlagen an der Elbseite neu errichten lassen, doch diese Mauern schützten nur mehr ein Ruinenfeld, in dem neben der kaiserlichen Besatzung lediglich einige Dutzend Bürger ausharrten, die in armseligen Hütten hausten, die sie zwischen den Trümmern errichtet hatten.

Ausgestattet mit reichlich Verpflegung und einem großzügigen Kredit aus der Börse seines Onkels, verließ Martin Oschersleben Anfang Februar. Er ritt nach Osten auf die Elbe zu. Am Tag darauf erreichte er eine Weggabelung. Obwohl er zunächst entschlossen gewesen war, Magdeburg zu meiden, führte er Eris schließlich doch in nördliche Richtung und nahm einen Umweg von mehreren

Stunden in Kauf, um einen Blick auf die Ruinen der Stadt zu werfen.

Von einer entfernten Anhöhe aus konnte er Magdeburg überschauen. Was er sah, erschütterte ihn und trieb Tränen in seine Augen. Einzig der schmale Bereich zwischen dem Dom und dem Kloster Unserer Lieben Frauen war unversehrt geblieben, ansonsten blickte er ausschließlich auf niedergebrannte Häuser und die rußgeschwärzten steinernen Skelette der Kirchen, die aus dieser Ödnis ragten. Auf dem Domplatz machte er mehrere Söldner aus, die dort biwakierten und um ihre Feuer hockten. Zivilisten konnte er keine erkennen, und nur wenige Ofenrohre schickten ihren Rauch in den Himmel.

Eine Weile betrachtete Martin dieses Zeugnis menschlicher Zerstörungswut, trauernd um die Schönheit und den Glanz des früheren Magdeburgs. Dann führte er Eris die Anhöhe hinab und ritt auf die Elbe zu. Er überlegte kurz, ob er sich in die Stadt begeben sollte, doch schon der Anblick aus der Ferne hatte ihn so traurig gestimmt, daß er darauf verzichtete, mit dem Elend aus der Nähe konfrontiert zu werden.

Von einer Fähre ließ er sich zum östlichen Elbufer übersetzen. Die Umgebung hier, auch wenn sie von Schnee bedeckt war, legte noch immer ein deutliches Zeugnis von der Belagerung ab, die mittlerweile neun Monate zurücklag. Martin passierte die tiefen Schanzgräben und erreichte ein weites Feld, auf dem sich wohl einst das Hauptlager der Kaiserlichen befunden hatte. Zahlreiche Erdlöcher und zerfallene Zweigdächer ließen erahnen, unter welchen Bedingungen Tillys Soldaten hier wochenlang gehaust hatten. Nicht weit entfernt von dem ehemaligen Lager entdeckte er einen Acker, auf dem Hunderte Skelette aus dem Boden ragten. Der Herbstregen hatte die obere Erdschicht fortgeschwemmt und die Leichen der kaiserlichen Söldner ihrer Totenruhe beraubt.

Ihm kam in den Sinn, wie er mit Sebastian von der Domgalerie aus das riesige Heer betrachtet hatte. Damals hatte er geglaubt, eine solch gewaltige Armee könne von nichts und niemand aufgehalten werden. Monate später war er bei Breitenfeld eines besseren belehrt worden. Wie viele der Landsknechte, die hier vor Magdeburg ausgeharrt hatten, mochten ihr Blut auf dem Schlachtfeld gegen die Schweden vergossen haben? Ihre Zahl reichte gewiß in die Tausende.

Der Gedanke gab ihm ein Gefühl von Genugtuung. Doch schon im nächsten Moment schämte er sich dieser Häme.

Martin folgte dem Lauf der Elbe und erreichte nach einem zweitägigen Ritt die Stadt Wittenberg, aus deren Silhouette elf Wachtürme aus den Befestigungswerken hervorragten.

Er passierte das westliche Tor und begab sich zum Stadtkern, der von schmucken Patrizierhäusern und einem prächtig verzierten Ratsgebäude geprägt wurde. Auch die Straßen waren gut gepflastert und nur an wenigen Stellen beschädigt.

Vor der Kirche Sankt Marien saß er ab. Sein Onkel Robert hatte ihm gesagt, daß sich Sebastian in den Dienst dieser einst von Martin Luther bevorzugten Predigtkirche gestellt hatte. Martin erinnerte sich daran, daß Sebastian schon als junger Bursche Wittenberg bereist und ihm von der spirituellen Präsenz des Reformators Luthers berichtet hatte, die in diesem Gotteshaus auch lange nach dessen Ableben angeblich deutlich zu spüren war.

Martin band Eris' Zügel an einen Baum in der Nähe und betrat das Gotteshaus. Von dem beschworenen lutherischen Geist bemerkte er nichts, aber dennoch kniete er vor dem mit bunten Bildtafeln geschmückten Altar nieder und senkte demütig das Haupt. In den vergangenen Wochen hatte er oft mit Gott gehadert, ja sogar an seiner Existenz gezweifelt. Nun sprach er in Gedanken zum Herrn und versicherte ihm einen Wandel in ihrem zerrütteten Verhältnis, wenn er denn tatsächlich seinen verloren geglaubten Bruder in die Arme schließen konnte.

Als wolle Gott ihm Antwort schicken, schallte bereits nach wenigen Momenten Sebastians Stimme durch das Kircheninnere. Doch die zornigen Zurechtweisungen galten nicht Martin, sondern zwei Kindern, die sein Bruder an den Ohren gepackt hatte und durch eine Seitentür in die Kapelle zog.

»Wie oft habe ich euch gesagt, daß ich euch hier nicht betteln sehen will. Ihr verlausten Mistkäfer legt es darauf an, daß ich ...«

Sebastians Wortschwall brach abrupt ab, als er den knienden Martin erblickte. Einen Augenblick lang stand er mit offenem Mund da und starrte ihn an, während die Knaben winselnd in seinem Griff zappelten. Schließlich ließ er die beiden los, und sie stürmten aus der Kirche.

Martin erhob sich und trat zu seinem fassungslosen Bruder.

»Träume ich?« fragte Sebastian leise.

»Schläfst du denn?« erwiderte Martin.

Sebastian kniff sich in den Arm und schüttelte den Kopf. »Es ist wahr«, stellte er erleichtert fest. »Du lebst.« Er umarmte Martin und drückte ihn so fest an sich, als könne er sich nur auf diese Weise davon überzeugen, daß Martin wahrhaftig vor ihm stand.

»Ich hab so oft um dieses Wunder gebetet, aber im Grunde niemals daran geglaubt. Es hieß, alle Bürger, die versucht haben, aus Magdeburg zu fliehen, wären erschlagen worden.«

»Nicht alle. Einigen ist die Flucht gelungen. Und mir wurde die Gnade zuteil, das Inferno zu überstehen.«

Sebastian reckte den Hals und schaute zum Eingangsportal. »Und Sophia? Begleitet sie dich? Warum tritt sie nicht ein?«

Martin zögerte einen Moment, bevor er antwortete: »Sie ist nicht hier.«

»Aber sie lebt doch.«

Er schüttelte den Kopf. »Sophia ist tot. Sie ist in Magdeburg gestorben.«

Sebastians freudige Überraschung wich tiefer Betroffenheit. Seine Züge wirkten wie versteinert, als er diese traurige Nachricht vernahm. Er legte tröstend eine Hand auf Martins Schulter.

»Welch schreckliche Prüfung ist über uns gekommen«, sagte Sebastian matt. »Die Mordbrenner haben uns alles genommen, was uns lieb war.«

Martin schaute seinen Bruder an, dann schloß er ihn noch einmal in die Arme. »Nicht alles«, meinte er und legte seine Stirn auf Sebastians Schulter. »Nicht alles.«

Sebastians Unterkunft befand sich in der Nähe der Kirche. Er bewohnte zwei kleine Kammern im Dachgeschoß eines Bürgerhauses, an das auch eine Stallung angeschlossen war, in der Martin die Stute unterbringen konnte.

Nachdem Eris versorgt worden war, gesellte sich Martin zu Sebastian in die Wohnstube, wo er sich an einem Ofen aufwärmen konnte.

Der Raum war schlicht und zweckmäßig eingerichtet und ließ jeglichen Zierat vermissen. Nur ein Holzkruzifix, das zwischen den beiden Fenstern angebracht worden war, schmückte die Wände.

Martin streckte seine klammen Finger nach dem Ofen aus. »Ich habe während meiner Reise die Kälte zu hassen gelernt. Wenn man einen ganzen Tag und eine ganze Nacht durch Schnee und Eis reitet und glaubt, jedes Glied am Körper wäre erfroren, erscheint einem ein Feuer wie das größte Wunder auf Erden.«

Sebastian nickte. »Letztlich bleibt das Leben das höchste Gut. Als ich in Magdeburg mein Ende kommen sah, habe ich zum Herrn gebetet und ihm versprochen, daß ich mein Leben stets in Demut verbringen will, wenn er mich vor dem Tod errettet.«

»Du warst doch schon seit jeher bescheiden, Sebastian. Nach Geld oder Besitz hast du dich nie gesehnt. Selbst als Kind hast du mit Freuden auf viele Dinge verzichtet, die mir lieb und teuer waren.«

»Niemand kennt wirklich die Sehnsüchte des anderen.« Sebastian lächelte, füllte Wein in einen Topf, stellte ihn auf den Ofen und gab einige getrocknete Kräuter hinzu. »Aber wahrscheinlich hast du recht. Der Einsatz für meine Seele war nicht besonders hoch.« Er maß die kleine Stube mit zufriedenem Blick. »Mein Leben ist schlicht, doch wenn man ein Inferno wie Magdeburg überlebt hat, ist man fortan genügsam.«

Bald schon war der Wein heiß genug. Sebastian füllte den dampfenden Inhalt des Topfes in zwei Zinkpokale und reichte einen davon an Martin weiter.

»Du hast in allem recht behalten«, sagte Martin, nachdem er vorsichtig den Wein gekostet hatte.

»Was meinst du?«

»Deine Vermutung über die Pläne des Obristen Falkenberg. Ich wollte diese Befürchtung nicht teilen, wurde aber schmerzhaft eines besseren belehrt.«

»Zu manchen Zeiten sollte man auf die Worte seines älteren Bruders vertrauen«, meinte Sebastian.

»Ich war solch ein Narr.«

»Du hättest nichts gegen das Unglück unternehmen können, ob du mir nun geglaubt hättest oder nicht.«

Martin verzog das Gesicht. »Die Katastrophe verfolgt mich wie ein Dämon. Sie quält mich in meinen Träumen und auch am Tage.«

»Ich weiß, was du meinst.« Sebastian stellte den Pokal ab und schaute einen Moment lang zum Fenster. »Auch ich schrecke oftmals aus dem Schlaf auf, wenn ich in meinen

Träumen nach Magdeburg zurückkehre. Immer wieder erlebe ich den Moment, als das Portal des Doms geöffnet wurde und wir die Ruinen der Stadt vor uns sahen. Meine Vorstellungskraft hatte nicht ausgereicht, mich darauf vorzubereiten, was uns außerhalb der schützenden Mauern des Doms erwarten würde. Unser Magdeburg gab es nicht mehr. Wir blickten auf ein weites Feld schwelender Ruinen, zwischen denen die Haufen verkohlter Leichen zusammengetragen worden waren.«

Sebastian wischte sich über das Gesicht und berichtete mit leiser Stimme davon, wie er das Grauen überstanden hatte.

»Wir harrten mehrere Tage im Dom aus. Einige tausend Menschen, die hinter den verriegelten Türen die Schreie der Bürger, das Johlen der mordgierigen Plünderer und den Gestank des verbrannten Fleisches ertragen mußten, ohne zu wissen, was wirklich in der Stadt vor sich ging. Bereits nach zwei Tagen waren unsere Vorräte aufgebraucht. Vor allem der Durst machte uns schwer zu schaffen. Sogar das geweihte Wasser war aus den Taufbecken geschöpft und getrunken worden, doch noch immer wagte es niemand, die Türen zu öffnen und den Schutz des Gotteshauses aufzugeben.

Am vierten Tag wurde das Domportal von den Kaiserlichen aufgebrochen. Todesangst erfaßte uns, denn wir befürchteten, daß die Soldaten in ihrer Raserei auch diesen geweihten Ort schänden und uns alle erschlagen würden.

Ich schloß mich einer Abordnung an, die aus dem Dom trat und sich den Kaiserlichen entgegenstellte. Ein stattlicher Herr trabte in Begleitung ranghoher Offiziere auf uns zu. Die Männer neben mir raunten seinen Namen: Tilly. Ich konnte in den Augen des Generalissimus die Trauer um das stolze Magdeburg lesen, denn die Zerstörung der Stadt hatte den Feldherrn um eine wichtige Basis gebracht.

Es ist wohl vor allem dem Mut des Dompredigers Dr. Bake zu verdanken, daß uns Überlebenden ein qualvoller Tod erspart blieb. Bake warf sich vor Tilly auf die Knie und rezitierte einen ergreifenden Vers des Dichters Vergil, den er auf Magdeburg abwandelte.«

Sebastian rief sich die Worte in Erinnerung: *»Das ist der Tag des Verderbs und des unabwendbaren Schicksals Magdeburgs. Trojaner waren wir, Ilion war und der Elbestadt strahlender Ruhm.«*

Er schaute auf. »Bake ersuchte um Gnade für die im Dom ausharrenden Magdeburger. Tilly, den der Vergleich mit der Zerstörung Trojas beeindruckt hatte, erklärte die Plünderung der Stadt für beendet und verschonte das Leben der Menschen im Dom. Mehr als dreitausend Seelen wurden an diesem Tag gerettet. Man zwang uns, die Asche der Toten auf die Karren zu schaufeln und in die Elbe zu kippen. Zehn Tage lang verrichteten wir diesen schrecklichen Dienst und luden mit Spaten oder mit unseren bloßen Händen die sterblichen Überreste der Magdeburger Opfer auf die Gefährte, die das Wasser der Elbe schon bald schwarz färbten.

Ich suchte das Haus unserer Familie auf, das ebenfalls ein Opfer der Flammen geworden war. Inmitten von Mauerresten und verkohlten Holzbalken verschaffte ich mir Zugang zu den Kellerräumen, doch da ich auch dort auf keine Spur von dir oder Sophia stieß, nahm ich an, ihr wäret im Feuer umgekommen.

Die meisten der Überlebenden flohen schon bald von diesem Ort der Tränen. Auch ich kehrte Magdeburg in den ersten Junitagen den Rücken und reiste zu unseren Verwandten nach Oschersleben, die mir Unterkunft gewährten. Im August erreichte mich der Brief eines befreundeten Predigers, den es nach Wittenberg verschlagen hatte. Er unterbreitete mir die Offerte, in der Stadt unseres Reformators als Prädikant tätig zu werden.«

Sebastian leerte seinen Pokal. Er zog seine Schuhe aus und legte die Füße an den Ofen. »Nun kennst du meine Geschichte«, meinte er. »Ich glaube, es ist an der Zeit, daß du mir berichtest, wie es *dir* seit unserer letzten Begegnung ergangen ist.«

»Willst du das wirklich wissen?«

»Natürlich.«

Martin verspürte das starke Bedürfnis, all das auszusprechen, was auf seiner Seele lastete. Also schilderte er Sebastian ausführlich, was mit ihm in den vergangenen neun Monaten geschehen war. Er berichtete ihm davon, daß Rupert ihn niedergeschossen und Sophia nach ihrem Tod geschändet hatte und daß er erst Wochen später im Troß der schwedischen Armee aus seinem Fieber erwacht war. Dann erzählte er Sebastian von Thea, die ihm das Leben gerettet und sich aufopferungsvoll um ihn gekümmert hatte, als er an Sophias Verlust fast zerbrochen wäre. Sebastian zeigte sich erstaunt, daß Thea ihn davon überzeugt hatte, sich von einem Feldscher im Handwerk der Wundchirurgie unterrichten zu lassen. Schließlich sprach er über Conrad, seinen Mentor und Freund, der ihn nun verachtete, weil er am schicksalhaften Tag der Schlacht von Breitenfeld zum Mörder geworden war. Es fiel Martin schwer, seinem Bruder von dem Vorfall mit Wenzel zu berichten – ihm zu beschreiben, welche Erfüllung es ihm bereitet hatte, einen der Mörder seiner Frau zu quälen und zu töten, doch er beschönigte nichts.

Martin hatte erwartet, daß dieses Geständnis seinen Bruder schockieren würde. Daß er ihm heftige Vorwürfe machen und zur Buße auffordern würde. Aber Sebastian rieb sich nur nachdenklich das Kinn und meinte dann: »Das also war der Zweck deiner Reise: Du hattest es dir in den Kopf gesetzt, Rupert und Berthold zu finden, um auch an ihnen Vergeltung zu üben.«

»Ich bin ihnen bis nach Prag gefolgt, dann nach Gitschin,

bevor mich mein Weg nach Halberstadt führte, wo ich ihre Spur verlor.«

»Du hast es demnach aufgegeben, nach ihnen zu suchen.«

»Ich habe mich damit abgefunden, daß es keinen Hinweis auf ihren weiteren Verbleib gibt.«

Sebastian nahm die Füße vom Ofen und schenkte ihnen Wein nach. »Ich kann nicht gutheißen, daß du diesen Mann im Lazarett getötet hast, aber ich verstehe deine Wut. Mögen unsere Vettern für diese Schandtat auf ewig in den Feuern der Hölle brennen.« Er leerte den halben Pokal. »Was hast du vor, nun, wo deine Suche beendet ist?«

Martin hob die Schultern. »Wahrscheinlich werde ich zum Troß zurückkehren.«

Sebastian schmunzelte. »Diese Thea fehlt dir.«

»Mag sein«, erwiderte Martin.

»Du verdankst ihr viel. Und mir scheint, deine Augen leuchten, wenn du von ihr sprichst.«

»Was willst du damit andeuten? Daß ich mehr für Thea empfinde, als ich es zugebe?« Martin schüttelte den Kopf. »Mein Herz gehört Sophia.«

»Sophia ist tot.«

Martin antwortete nicht darauf. Natürlich hatte Sebastian recht in seiner Vermutung, daß er Thea vermißte. In den letzten Wochen waren seine Gedanken häufig bei ihr gewesen, und in so manch kalter Nacht hatte er sich gewünscht, sie im Arm zu halten. Doch wie weit reichten diese Gefühle? Rupert und Berthold, Wenzel und auch Sophia – all diese Protagonisten seiner düsteren Tragödie hatten ihn zu sehr in Anspruch genommen, als daß er sich darüber klar geworden war.

»Hast du jemals daran gedacht, nach Magdeburg zurückzukehren?« fragte Sebastian.

»Ich habe die Stadt aus der Ferne betrachtet. Warum sollte ich in diesen Ruinen leben wollen? Alles dort würde mir den schmerzlichen Verlust vor Augen halten.«

»Du bist weiß Gott nicht der einzige, der unter dieser Katastrophe leidet. Die Schändung Magdeburgs ist in Deutschland, ja in ganz Europa zu einem Sinnbild des Schreckens geworden. Unsere Sprache hat ein neues Wort erhalten: Man spricht von ›magdeburgisieren‹, wenn von einem Massaker oder einer besonders brutalen Plünderung berichtet wird. Und die protestantischen Söldner bezeichnen es als ›Magdeburger Pardon‹, wenn sie ihre Gefangenen ohne Gnade hinrichten.« Sebastian trat an eines der Fenster, öffnete es und schaute hinaus. »Es betrübt mich, daß unser Magdeburg nur noch zu einem Sinnbild von Tod und Entsetzen taugt. Wir müssen die Stadt in einem neuen Glanz erstrahlen lassen. Und es ist mein Ziel, an diesem Wiederaufbau mit meinen eigenen Händen mitzuwirken.«

Er wandte sich Martin zu. »Könntest du dir vorstellen, mich darin zu unterstützen?«

Martin zögerte. Dann sagte er: »Verlange das nicht von mir, Sebastian. Magdeburg hängt mir wie ein Fluch an. Ich werde zum Troß stoßen, wenn der Winter vorüber ist.«

Sebastian nickte. »Ich verlange nichts, was du nicht willst. Bleib bis zum Frühling hier in Wittenberg. Wenn es dein Wunsch ist, zu Thea zurückzukehren, so werde ich dich gewiß nicht daran hindern.«

»Vielleicht wird es irgendwann einmal möglich sein«, meinte Martin. »Dann, wenn die Feuer in meinem Kopf verloschen sind.«

»Was bedeutet das?«

Martin schmunzelte. »Es ist ein Bild, das Thea benutzt hat. Sie meinte, die Feuer von Magdeburg würden in meinem Kopf lodern und mich verzehren.«

»Sie scheint dich gut zu kennen, diese Thea.«

Martin widersprach ihm nicht.

Kapitel 14

Die klirrende Winterkälte streckte sich bis in den März. Dann taute die Schneedecke ab, und Martins Abschied aus Wittenberg rückte näher.

In den sechs Wochen, die er in Sebastians Obhut verbracht hatte, war er endlich zur Ruhe gekommen. Die langen Gespräche mit seinem Bruder, eine regelmäßige Verpflegung und selbst die Gottesdienste, die er zuvor meist gemieden hatte, waren zum Quell seiner neuen Stärke geworden.

Doch nun verspürte Martin den Drang, sich auf den Weg zu machen und zur schwedischen Armee zurückzukehren. Seine Gedanken waren bei Thea. Wie herrlich wäre es gewesen, sie in seiner Nähe zu wissen, mit ihr zu reden, ihr dabei in die dunklen Augen zu schauen und ihr Lachen zu hören. Martin vermißte auch Conrad und sogar die spröde Katharina. Würde der Feldscher ihm inzwischen den Mord an Wenzel verziehen haben?

Eris tänzelte unruhig in ihrem Stall und schien ebenso begierig wie er darauf zu sein, die Reise fortzusetzen. Sebastian hingegen bedauerte Martins Entschluß, versorgte ihn allerdings mit großzügig bemessenem Proviant und entzündete mehrere Kerzen im Gotteshaus, um eine sichere Reise für Martin zu erbitten.

Martin versprach seinem Bruder, daß es kein Abschied für immer sein würde, schwang sich dann auf Eris' Rücken und machte sich auf den Weg. Eine neue Suche wartete auf ihn, aber nun war sein Ziel nicht der Tod, sondern die Menschen, die ihm am Herzen lagen.

Martin überquerte die Elbe und ritt in südwestlicher

Richtung auf Mainz zu, wo die Armee Gustav Adolfs ihr Winterlager bezogen hatte. In Erfurt erreichte ihn die Nachricht, daß die Schweden ihr Quartier abgebrochen hatten und auf die Donau zumarschierten. Es hieß, Gustav Adolf würde schon bald in die bayerischen Lande eindringen. Manch einer, von dem Martin eine Auskunft einholte, spekulierte bereits darüber, ob der schwedische König seine Armee direkt bis nach Wien führen würde, um dem geschwächten Kaiser vor den Toren seiner habsburgischen Residenz eine endgültige Niederlage beizubringen.

Martin wandte sich also nach Süden, durchquerte das Vogtland und Franken und erreichte Ende April die ersten bayerischen Städte.

In jedem Ort erreichten Martin neue Nachrichten über den Feldzug der schwedischen Armee. So erfuhr er, daß Gustav Adolf mit seinen Soldaten inzwischen die Donau überschritten hatte. Tilly war den Bayern mit einem eilig zusammengezogenen Heer zu Hilfe geeilt und hatte versucht, den Vormarsch der Schweden an den Ufern des Lechs aufzuhalten. Die schwedischen Kanonen hatten die unterlegenen Truppen des Kaisers jedoch rasch auseinandergetrieben, und der von einem Falkonettgeschoß getroffene Tilly war wenige Tage nach der Schlacht seinen Verletzungen erlegen.

Es war nun sehr einfach für Martin, der schwedischen Armee zu folgen. Er ritt inmitten einer Schneise der Zerstörung, die sich auf einer Breite von mehreren Meilen durch die Landschaft zog und nicht nur zertrampelte Wege, Dreck und Abfälle hinterließ, sondern auch zahlreiche verheerte Ortschaften. Menschen sah er keine mehr. Vermutlich hatten die Dorfbewohner hinter den vermeintlich sicheren Mauern Münchens Schutz gesucht.

Dann endlich erblickte Martin die Silhouette der bayerischen Hauptstadt und auch den riesenhaften Heerhaufen, der vor den Toren Münchens Quartier bezogen hatte.

Der gewaltige Lagerkomplex beeindruckte Martin. Gustav Adolfs Armee und der ihr folgende Troß waren augenscheinlich auf die doppelte Größe angewachsen. Eine Streitmacht, wie sie die Welt wohl noch nie zuvor gesehen hatte, war hier versammelt worden. Martin mußte aber auch an die vielen Söldner denken, die nach Böhmen geströmt waren, um sich der Armee Wallensteins anzuschließen. Bahnte sich hier eine Schlacht an, gegen die sich die blutige Auseinandersetzung von Breitenfeld wie ein harmloses Geplänkel ausnehmen mochte?

Daß sich das Gesicht dieser Armee verändert hatte, wurde Martin klar, sobald er Eris zwischen die ersten Zelte und Holzverschläge geführt hatte. Das Sprachengewirr, das vor seiner Abreise unter den Soldaten geherrscht hatte, war kaum noch zu bemerken. Die Mehrzahl der Landsknechte sprach Deutsch – gewiß eine Folge der umfangreichen Werbungen in den deutschen Landen. Alles in allem machten die Männer einen gesünderen und wohlgenährteren Eindruck auf Martin als noch vor einem halben Jahr. Die erfolgreiche Kampagne des Herbstes ermöglichte Armee und Troß einen gewissen Wohlstand, der ihm Hoffnung machte, daß Thea und Conrad den harten Winter unbeschadet überstanden hatten.

Martin ließ die Quartiere der Soldaten hinter sich und gelangte zum Troß. Die Zahl der Wagen schien sich nicht nur verdoppelt, sondern gar verdreifacht zu haben. Wahrscheinlich überstieg die Zahl der Menschen in diesem Troß sogar die der Bürger Münchens.

Er sprach viele Männer und Frauen an und fragte nach dem Wagen des Feldschers Conrad. Das häufige Schulterzucken und Kopfschütteln ließ ihn befürchten, daß Thea und Conrad den Troß verlassen hatten. Auch plagte ihn die Sorge, sie könnten während seiner Abwesenheit einer Seuche erlegen oder eines gewaltsamen Todes gestorben sein.

Nach Stunden der Suche schickte ihn ein Nagelschmied, dessen Eheweib vor einiger Zeit von Conrad behandelt worden war, zum westlichen Rand des Lagers.

Martin saß ab, führte Eris am Zügel und ging aufgeregt durch die Reihen der dicht beieinander stehenden Wagen und Zelte. Ab und an glaubte er vertraute Gesichter zu erkennen, doch die meisten Menschen waren ihm fremd.

Völlig unvermittelt lief Thea an ihm vorüber. Sie kreuzte seinen Weg nur wenige Schritte entfernt, bemerkte ihn aber nicht. Auf ihrem Arm hielt sie eine Katze. Eine Schar kreischender Kinder umringte sie. Alle streckten ihre Hände aus und wollten das Tier anfassen. Thea schmunzelte und beugte sich hinunter, so daß die Kinder das schwarzgraue Fell der Katze streicheln konnten.

Martin wollte nach ihr rufen, doch er brachte keinen Ton heraus. Er blieb einfach stehen und betrachtete sie. Thea hatte sich kaum verändert, nur ihr Haar trug sie inzwischen ein wenig länger. Martin schluckte trocken. Thea hatte ihn sieben Monate lang in seinen Gedanken begleitet. Ihr hier nun gegenüberzustehen erschien ihm unwirklich.

Er wartete ab, ob Thea in seine Richtung blickte, doch sie schickte die Kinder fort und ging des Weges.

Martin hielt einen Knaben auf, der in seine Richtung davonstob und drückte ihm einen Kreuzer in die Hand. Dann zog er ein Tuch hervor und reichte es ihm.

»Die Münze gehört dir, wenn du das hier der Frau mit der Katze bringst.«

»Und warum bringst du es ihr nicht selbst?« fragte das Kind keck.

Martin zog die Stirn in Falten. »Frag nicht so dumm! Willst du's dir verdienen oder nicht?«

Der Knabe nickte eifrig und lief zu Thea zurück.

Thea kraulte die Stirn des Katers und wurde dafür mit einem zufriedenen Schnurren belohnt. Am Tag vor dem

Weihnachtsfest hatte sie den Kater dabei überrascht, wie er einen Speckstreifen aus ihrem Zelt stehlen wollte. Das halbverhungerte Tier hatte ihr leid getan, und darum überließ sie ihm eine Hälfte des Speckstreifens. Der Kater hatte dies als dauerhafte Einladung verstanden und war ihr fortan nicht mehr von der Seite gewichen. Sie hatte ihn Julius genannt. Der Name erschien ihr passend, denn der Kater Julius war ein gewitzter Dieb – genauso wie Julius aus Magdeburg, der einst Martins Medaillon gestohlen hatte.

»Du weißt ganz genau, warum du immer in meiner Nähe bleibst«, sagte sie zu dem Kater, was dieser mit einem müden Blick aus halbgeschlossenen Augen quittierte.

Eine Hand zupfte an ihrem Kleid. Sie wandte sich um und erkannte einen der Knaben, die sie gerade fortgeschickt hatte.

Thea lächelte. »Kannst wohl nicht genug von dem Kater bekommen, was?«

Das Kind schüttelte den Kopf. »Ich soll dir das bringen.« Es hielt ein Tuch in der Hand.

»Von wem?«

»Ein Mann hat mir das gegeben.« Der Junge deutete hinter seinen Rücken, doch Thea konnte dort niemanden sehen.

Sie setzte Julius auf die Erde und nahm das Tuch entgegen. Der Junge lief davon. Thea fühlte, daß ein harter Gegenstand in das Tuch eingeschlagen war. Sie stutzte einen Moment, dann faltete sie den Stoff auseinander. Als sie erkannte, was sich darin befand, stockte ihr der Atem.

In ihren Händen hielt sie die Scherbe, die sie Martin vor über einem halben Jahr mit auf den Weg gegeben hatte. Er hatte ihr versprochen, sie ihr zurückzubringen, doch nach all den Monaten hatte sie den Glauben daran verloren, daß dies jemals geschehen würde.

Zwei starke Arme umschlangen sie plötzlich von hinten,

und eine wohlvertraute Stimme raunte in ihr Ohr: »Hast du an mir gezweifelt?«

»Martin!« Sie drehte sich um und konnte es nicht fassen, daß er hier wirklich vor ihr stand. Sein Gesicht war mit einem struppigen Bart bedeckt, aber das hinderte sie nicht daran, ihre Lippen auf seinen Mund zu pressen.

Theas Augen brannten vor Freude. Sie befürchtete, vor ihm in Tränen auszubrechen.

»Du lebst«, sagte sie. »Und du bist zurück.«

Martin deutete auf den Kater. »Wie ich sehe, hast du inzwischen einen Ersatz für mich gefunden.«

»Einen weit pflegeleichteren Ersatz«, meinte Thea, bevor sie Martin noch einmal in die Arme schloß.

»Was ist mit Conrad und Katharina? Sind sie wohlauf?« wollte Martin wissen.

Der Gedanke an Conrad trübte ihre Freude über das Wiedersehen. Martins skeptischer Blick verriet Thea, daß er es ihr ansah, wie es um Conrad stand.

Sie faßte seine Hand. »Komm. Er wird sich freuen, dich zu sehen.«

Als sie über Conrad gesprochen hatten, war Martin Theas sorgenvolle Miene nicht verborgen geblieben. Sie führte ihn schweigend zum Wagen des Feldschers, und erst als sie das Gefährt mit den Zeltanbauten bereits sehen konnten, sprach Martin die naheliegendste Vermutung aus.

»Ist er tot, Thea?«

Sie schüttelte den Kopf, aber er sah es ihr an, daß er mit seiner Befürchtung nicht ganz falsch lag.

»Conrad ist krank«, sagte sie. »Es steht schlecht um ihn.«

»Ist es die Gicht, die ihn plagt?«

»Nein. Die Gicht hat ihm den Winter über zwar so schlimm zugesetzt, daß er an fast keinem Tag mehr seine Hände gebrauchen konnte, aber dann kamen heftige Schmerzen in seinem Bauch hinzu, die ihn völlig entkräftet haben. Er ist kaum noch in der Lage, etwas zu essen. Conrad vermutet, daß ein Geschwür in ihm wächst und ihn dahinsiechen läßt.«

Thea wollte weitergehen, doch Martin hielt sie zurück. »Hat er mir je verziehen?«

Sie hob die Schultern. »Ich weiß es nicht. Er hat sich all die Monate geweigert, auch nur ein Wort darüber zu verlieren, was damals im Lazarett vorgefallen ist. Aber ich glaube, er vermißt dich.«

Thea nahm seine Hand und ermunterte ihn, ihr zu folgen. Sie traten unter das Zeltdach. Conrad lag zusammengekauert unter einer Decke auf einem Strohlager. Martin konnte nur seinen Rücken erkennen. Katharina, die neben ihm hockte, bedachte Martin mit einem kühlen Nicken. Er hatte von Conrads Schwester keine stürmische Begrüßung erwartet, aber vielleicht doch ein wenig mehr Erstaunen über seine Rückkehr.

Von Conrad ging ein übler Geruch aus. Fliegenschwärme umschwirrten seinen Körper. Einen Moment lang war Martin versucht, ein Tuch vor die Nase zu pressen, aber da die beiden Frauen in der Lage waren, dem Gestank zu trotzen, unterließ er es.

Er hockte sich neben den Kranken und sprach ihn bei seinem Namen an. Der Feldscher drehte sich stöhnend auf den Rücken. Conrad sah schrecklich aus. Er mußte die Hälfte seines Gewichtes verloren haben. Die Haut, die sich straff über die Wangen spannte, wirkte wie brüchiges Pergament, und sie war so fahl, als hätte man das Haupt des Feldschers mit Mehl bestäubt.

Conrads Augen fixierten ihn müde. Sein Atem ging rasselnd. Eine Zeitlang starrte er Martin nur an, als wolle er sich davon überzeugen, daß er nicht in einem Fiebertraum gefangen war, dann brachte Conrad mit brüchiger Stimme hervor: »Bist gekommen, um mir beim Sterben zu helfen, he?«

Martin senkte beschämt den Blick. Hatte die Gram über den Vorfall mit Wenzel Conrad all die Monate lang gequält? Hatte sie womöglich gar das Voranschreiten seiner Krankheit genährt? Martin wußte nichts auf Conrads Häme zu erwidern.

»Vergiß meine dummen Worte«, zeigte sich der Feldscher einsichtig. Er verzog schmerzhaft das Gesicht. »Mir bleibt wohl nicht mehr die Zeit, um verbittert zu sein.«

Martin legte seine Hand auf Conrads knochige Finger. »Ich wollte dich niemals enttäuschen.«

Der Feldscher stützte sich schwerfällig auf die Unterarme und deutete auf einen Weinkrug in seiner Nähe. »Dann enttäusche mich jetzt nicht noch einmal und trink mit mir. Mein Zustand ist nur noch im Suff zu ertragen.«

Martin schaute kurz zu Katharina und griff erst auf ihr Nicken hin zum Weinkrug. Sie alle waren sich klar darüber, daß der Alkohol Conrad seit langem geschadet hatte, doch in den letzten Tagen seines Lebens würde er ihm helfen, die Schmerzen ein wenig zu lindern.

Er schenkte den Wein in zwei Pokale ein und reichte einen davon Conrad.

»Gibt es nichts, was ich für dich tun kann?« fragte Martin.

Conrad zischte abfällig. »Sprichst du von Heilung? Ich scheiße und pisse seit Wochen Blut und bin zu schwach, um mich ohne Hilfe aufzusetzen.« Er seufzte leise. »Ich sehe den Tod als willkommenen Freund an, Martin.«

Es war dem Feldscher anzumerken, wieviel Kraft ihn dieses Gespräch kostete. Dennoch zeigte er mit einem Finger zum Wagen. »Dort, in einer Eichentruhe, befinden sich meine Instrumente. Katharina wird dir den Schlüssel geben. Ich möchte, daß du sie an dich nimmst.« Ein dünnes Rinnsal Wein floß aus seinem Mundwinkel und tropfte auf den Boden. »Die Zeit war zu kurz, um dich auszubilden, aber ich traue dir dennoch schon jetzt mehr zu als den meisten anderen Chirurgen.« Er schnappte nach Luft. »Such den Feldscher Albrecht Weitz auf! Du findest ihn hier im Troß. Sag ihm, daß ich dich geschickt habe und daß er dich das lehren soll, wozu ich nicht mehr in der Lage war. Er ist mir einen Gefallen schuldig.«

Conrad winkte Martin näher zu sich heran. Er beugte sein Ohr über die Lippen des Feldschers.

»Versprich mir, daß du dich um Thea kümmern wirst. Sie braucht dich.«

»Du hast mein Wort darauf«, sagte Martin.

Conrad lächelte matt, dann verzog er gequält das Gesicht und drehte sich auf die Seite. Martin legte seine Hand auf Conrads Schulter. Er wartete ab, bis Conrad eingeschlafen war, dann stand er auf und verließ das Zelt.

Conrad starb zwei Tage nach Martins Rückkehr. Martin, Thea und Katharina wachten die letzte Nacht über an seinem Lager. Der Feldscher sprach nicht mehr mit ihnen. Nur ein Stöhnen und Wehklagen war zu vernehmen. In den Morgenstunden schließlich verstummte er und schloß die Augen für immer.

Sie begruben ihn am Ufer der Isar. Martin war davon überzeugt, daß Conrad es sich so gewünscht hätte. Der Feldscher war sein ganzes Leben lang umhergezogen und den Wasserläufen gefolgt. Darum sollte er hier am Fluß seine letzte Ruhe finden.

Martin schaffte einen Priester herbei, der einige Psalmen rezitierte und eine kurze Totenpredigt sprach. Nachdem der Priester gegangen war, verweilten auch Thea und Katharina nur noch kurz an Conrads Grab und kehrten dann zurück zum Wagen. Martin indes verharrte eine Weile vor dem aufgeschütteten Erdhügel, hing seinen Erinnerungen an Conrad nach und spielte mit einem Schlüssel in seiner Hand. Katharina hatte ihm diesen Schlüssel am gestrigen Abend ausgehändigt. Er würde damit die Eichentruhe öffnen, in der sich Conrads wichtigster Besitz befand, der nun an ihn übergehen sollte.

Martin scheute sich davor, die chirurgischen Instrumente zu benutzen. Ihn quälte der Gedanke, daß er mit dem Mord an Wenzel gegen einen unausgesprochenen Kodex verstoßen hatte, der ihm das Recht nahm, es ernsthaft in Betracht zu ziehen, seine Ausbildung zum Wundchirurgen zu vollenden.

Nachdem er sich lange den Kopf über dieses Problem zerbrochen hatte und zu keiner Lösung gekommen war, lenkte er sich ab, indem er sich mit Eris zum Quartier des Rittmeisters Poutiainen begab, um die Stute ihrem rechtmäßigen Eigentümer zurückzugeben.

Auch nach all den Monaten hinkte Jöran Poutiainen noch auffällig und benutzte einen Stock, um mit dem steifen Knie seine Schritte zu setzen. Der Finne zeigte sich sehr verwundert über Martins Rückkehr und nahm betroffen die Nachricht von Conrads Tod zur Kenntnis.

Auch Maija ging es gut. Sie überraschte Martin damit, daß sie inzwischen recht passabel die deutsche Sprache beherrschte, und es war nicht zu übersehen, daß sie ihr zweites Kind erwartete. Ihr Sohn hatte sich prächtig entwickelt, krabbelte flink auf dem Boden herum und brabbelte die ersten Silben vor sich hin.

Als Martin Eris in die Koppel der Stuten schaffen wollte, hielt ihn Jöran Poutiainen zurück und machte Martin das Pferd zum Geschenk. Martin zeigte sich beschämt von der Großzügigkeit des Rittmeisters und meinte, er könne die Stute nicht annehmen, doch als Poutiainen ihm berichtete, daß einige seiner Soldaten ein Gestüt im Umland geplündert und mehr als zwanzig prächtige Pferde geraubt hatten, sah er ein, daß Eris kein großer Verlust für den Finnen bedeuten würde, und willigte ein.

So ritt er stolz auf seinem eigenen Pferd durch das Lager, um Meister Albrecht aufzusuchen, den Wundchirurgen, den Conrad auf dem Totenlager zu seinem neuen Lehrmeister erwählt hatte.

Es dauerte eine geraume Zeit, bis er Albrechts Quartier gefunden hatte. Doch schließlich stieß er auf einen Waffenschmied, dem Albrecht bekannt war und der ihm die Richtung wies.

Martin erreichte einen Wagen, an dem zwei Zelte aufgeschlagen waren. Er saß ab und ging auf den ersten Verschlag zu, aus dem ihm eine Frau entgegenkam, der die Tränen in den Augen standen. Sie hatte eine Hand an ihre rechte Wange gelegt, und aus ihrem Mundwinkel tropfte Blut.

Ein kleiner muskulöser Mann folgte ihr. Er trug einen schwarzen Mantel, dessen Saum über den Boden streifte. Bei sich führte er eine Zange, in der ein frisch gezogener Backenzahn klemmte.

»Wollt Ihr ihn denn nicht mit Euch nehmen, den Plagegeist?« rief er der Frau hinterher. »Er wird Euch vor Krankheiten schützen, wenn Ihr ihn bei Euch tragt.«

Die Frau spuckte blutigen Schleim aus, schüttelte nur den Kopf und entfernte sich rasch.

»Und was plagt Euch?« wandte sich der Mann an Martin.

»Seid Ihr Meister Albrecht, der Chirurg?«

Albrecht nickte.

Martin erläuterte ihm sein Begehren, worauf Albrecht mit einem Stirnrunzeln reagierte.

»So, Conrad hat Euch empfohlen«, meinte Albrecht. »Warum kommt er dann nicht selbst zu mir und spricht für Euch vor. Oder besser gefragt: Warum bildet er Euch nicht weiter aus?«

»Er ist gestorben«, sagte Martin.

»Conrad ist tot?« Albrecht kratzte seinen Schädel. »Friede seiner Seele. Er war ein hervorragender Arzt.«

»Er hat es gehaßt, als Arzt bezeichnet zu werden.«

»Ja, in dem Punkt war er stets ein wenig engstirnig.« Albrecht schien einen Moment lang in Erinnerungen versunken zu sein, dann schaute er Martin an. »Und Ihr sagt, er hat Euch zu mir geschickt, damit ich mich um Euch kümmere?«

Martin nickte. »Das war sein Wunsch. Er hat ihn mir auf seinem Sterbelager anvertraut.«

Albrecht zog eine Miene, die erkennen ließ, daß er davon wenig angetan war. Er deutete auf Eris und sagte: »Ihr kommt auf einem Pferd zu mir geritten wie ein hoher Herr. Wäret Ihr überhaupt dazu bereit, meine Anweisungen zu befolgen? Und sagt mir, wie alt seid Ihr?«

»Vierundzwanzig.«

»Das ist zu alt für einen Lehrling.«

»Aber Conrad hat mich bereits sehr gut ausgebildet. Ich bin ihm oft zur Hand gegangen und würde Euch nicht zur Last fallen. Ich könnte Euch tatkräftig unterstützen und dabei mein Wissen über die Chirurgie vervollkommnen.«

»Die Chirurgie ist niemals vollkommen.« Albrecht rieb sein Kinn und wog Martins Vorschlag ab. »Ihr besitzt Eure eigenen Instrumente?«

»Conrad hat mir alles hinterlassen, was er besaß.«

»Ich könnte Euch keinen Lohn zahlen.«

»Den verlange ich nicht.«

»Gut, ich werde es mit Euch versuchen. Ihr dürft ein halbes Jahr an meiner Seite arbeiten. Dann solltet Ihr genug Erfahrung gesammelt haben, um Conrads Platz einzunehmen.«

Martin lachte und reichte Albrecht die Hand darauf. Der schlug aber nicht sofort ein, sondern verschwand kurz in seinem Zelt und kehrte mit einer Korbflasche zurück.

»Branntwein«, meinte Albrecht und zog den Korken heraus. »Wir sollten unsere Vereinbarung so besiegeln, wie es Conrad gefallen hätte.«

Nach dem Gespräch mit Meister Albrecht befand sich Martin in bester Laune. Auf seinem Ritt durch das Lager betrachtete er zufrieden die Menschen in diesem Troß, denen er sich mittlerweile zugehörig fühlte. All die Soldatenweiber, die Handwerker und Hasardeure, selbst die Kriegskrüppel waren für ihn zu einer Heimat geworden, in der auch er nun endlich wieder eine Aufgabe zu erfüllen hatte. Die Herzlichkeit, mit der Albrecht Weitz ihn aufgenommen hatte, vertrieb seine letzten Bedenken und löste eine regelrechte Gier in ihm aus, sich endlich als Chirurg in dieser Gemeinschaft nützlich zu machen.

Sein Weg führte ihn an einem Zuckerbäcker vorbei, der auf einem Karren seine Ware feilbot. Zunächst ritt Martin an ihm vorüber, dann aber wendete er, saß ab und suchte in seinem Wams nach einigen Münzen.

Als er hoch zu Roß ihr Quartier erreichte, zog Katharina eine verwunderte Miene. Sie deutete auf die Stute und meinte schnippisch: »Hattest du nicht gesagt, du wolltest den Gaul seinem Besitzer zurückbringen? Kannst dich von der Mähre wohl nicht trennen, was? Was man einmal besitzt, das gibt man nicht mehr gerne her.«

Martin nahm zufrieden zur Kenntnis, daß die Trauer um Conrad Katharinas gehässige Zunge keineswegs gelähmt hatte. Anscheinend nahm alles wieder schneller seinen gewohnten Gang, als er es erwartet hatte.

»Poutiainen hat mir die Stute überlassen«, erwiderte Martin und band Eris' Zügel an einem Wagenrad fest.

»Er hat sie dir geschenkt?« Katharina verzog das Gesicht. »Dieser finnische Dummkopf muß große Stücke auf einen Mann halten, der ihn einst im Stich gelassen hat, als er mit einem zerschmetterten Bein ins Lazarett geschafft wurde.«

»Du hättest dem Rittmeister ja helfen können, wenn du nicht freiwillig auf dem Wagen geblieben wärest.« Martin grinste. »Katharina, manchmal wünschte ich mir, man würde dir deine scharfe Zunge herausreißen und sie den Krähen zum Fraß vorwerfen.«

Katharina gab einen verächtlichen Laut von sich und stapfte davon. Martin schaute sich nach Thea um, fand sie aber nicht. Er ging daraufhin zum Wagen, kletterte unter das Plandach und holte den Schlüssel zu der Truhe hervor, die hier auf dem Wagen abgestellt worden war.

Er schloß die Kiste auf, klappte den Deckel hoch und nahm die Zangen, Sägen und Lanzetten zur Hand. Seine Finger strichen so ehrfürchtig über das Metall, als wären es Reliquien. Martin fand auch das Skalpell, das er im Lazarett von Podelwitz benutzt hatte. Mit diesem Messer hatte er Wenzel getötet – und auch jetzt noch, nach fast acht Monaten, klebte dessen getrocknetes Blut an dem Instrumente.

»Conrad hat es niemals wieder benutzt.« Theas Stimme riß Martin aus seinen Gedanken, und er zuckte überrascht zusammen. Sie lehnte am Einstieg und streckte eine Hand nach ihm aus.

»Willst du mir hinaufhelfen?«

Er zog sie auf den Wagen, und sie hockten sich voreinander. Martin stierte versonnen auf das schmutzige Skalpell, doch Thea nahm es rasch an sich und wischte die Blutreste an ihrer Schürze ab.

»Es wurde Zeit, diese Spuren zu entfernen«, meinte sie und gab ihm das saubere Skalpell zurück.

Martin nickte. »Wir wollen vergessen, was geschehen ist.« Er zögerte einen Moment, dann sagte er: »Ich habe Meister Albrecht aufgesucht. Er hat eingewilligt, sein Wissen um die Chirurgie mit mir zu teilen und mich zu seinem Gehilfen auszubilden.«

Thea strahlte. »Das heißt, du wirst bei uns bleiben.«

Plötzlich begriff Martin, daß sie überhaupt noch nicht über seine Reise gesprochen hatten. Conrads Krankheit und die Trauer über seinen Tod hatten sie in den vergangenen beiden Tagen so beschäftigt, daß sie kaum Zeit allein verbracht hatten.

»Ich habe nicht vor, die Suche nach Rupert und Berthold wieder aufzunehmen. Es gibt auch keine Spur mehr, der ich folgen könnte.«

Thea seufzte. »Soviel Zeit. Sieben Monate. Für nichts.«

»Meine Reise war nicht ohne Sinn«, widersprach Martin. »Ich bin mir in diesen Monaten über vieles klar geworden. Und ich habe meinen Bruder gefunden.«

»Deinen Bruder?«

»Er lebt in Wittenberg. Während der Zerstörung von Magdeburg hat er mit vielen anderen im Dom ausgeharrt. Ich habe fast den ganzen Winter bei ihm verbracht.«

»Und doch bist du zu uns zurückgekehrt.«

Er faßte ihre Hand. »Auf meiner Reise bin ich einem Mann begegnet, der mir klargemacht hat, daß ich um das Verlorene nicht trauern muß, so lange ich die Erinnerung daran bewahre. Sophia wird immer in meinem Herzen sein, doch hier auf Erden brauche ich dich, Thea. Und je mehr ich mir darüber klar wurde, desto stärker kam in mir der Wunsch auf, dich wiederzusehen. Ich habe dich vermißt. Mehr, als ich es jemals für möglich gehalten hätte.« Er holte ein kleines Leinensäckchen hervor und reichte es ihr. »Du hast dein Leben für mich eingesetzt, und doch habe ich dich so oft im Stich gelassen. Das wird niemals wieder geschehen. Ich verspreche es dir.«

Thea schaute ihn verwundert an und öffnete das Säckchen. Sie ließ die Honigplätzchen auf ihre Hand fallen und betrachtete sie lächelnd.

»Es ist fast wie damals in Magdeburg«, meinte sie.

»Ich werde von diesem Tag an das Versprechen einhalten, das ich dir vor so vielen Jahren gegeben habe«, sagte Martin.

»Du willst also auf mich achtgeben?«

Er nickte. »Was auch immer geschehen mag.«

Thea beugte sich vor und küßte ihn. Er hatte so lange auf diesen Moment gewartet, und nun, da er ihre weichen Lippen spürte und den Duft ihrer Haut atmete, erschien Thea ihm begehrenswerter als jemals zuvor. Ihre Zungen berührten sich, doch schon im nächsten Augenblick rückte Thea von ihm ab.

»Als ich dich vor deiner Reise geküßt habe, hast du mich weggestoßen«, sagte sie.

Martin erinnerte sich verlegen an diesen Tag. »Hast du Angst, das könnte wieder geschehen?«

»Nein.« Thea schmunzelte. Sie biß noch einmal von dem Honiggebäck ab, dann befestigte sie ein Tuch am Ausstieg des Wagens, so daß sie vor neugierigen Blicken geschützt waren. Ihre Augen verrieten, was sie vorhatte.

»Bist du dir sicher?« fragte Martin.

»Natürlich.« Thea öffnete die Lederbänder an ihrem Kleid. »Ich habe schließlich lange genug auf dich gewartet.«

Martin streckte die Arme nach Thea aus und zog sie an sich. Keuchend stürzten sie auf die Bodenplanken, wo sie sich hastig die Kleidung abstreiften und ihre Körper mit Küssen bedeckten.

Kapitel 15

Der Knabe starb, bevor Thea seinen Namen erfahren hatte. Sein fahles, schweißnasses Gesicht nahm einen starren Ausdruck an, und der letzte Atem fuhr seufzend aus seinen Lungen.

Sie hatte sich um den Jungen gekümmert, seit er vor zwei Tagen in der Nähe der Fäkaliengruben auf sie zugetaumelt und vor ihr zusammengebrochen war wie eine Puppe, die von keiner Hand mehr gehalten wurde.

Katharina hatte sich zunächst geweigert, den kranken Knaben in ihre Unterkunft zu schaffen. Thea konnte ihr die schroffe Ablehnung nicht verübeln. Sie wußte, daß der Junge an der roten Ruhr litt – der Seuche, die schon Tausenden in diesem Lager hier vor Nürnberg und vor allem den Menschen, die sich in der Enge der Stadt aufhielten, das Leben gekostet hatte. Sie überließ die Entscheidung Martin, der vorschlug, in gebührlicher Entfernung zu ihrer Unterkunft ein provisorisches Lager für den Jungen zu errichten. Also hatten sie ein Zeltdach über einer Schütte Stroh aufgebaut und den Knaben dort niedergelegt.

Thea hatte versucht, dem Jungen eine dünne Suppe einzuflößen, um ihn zu Kräften zu bringen, doch er behielt keine Nahrung bei sich und spuckte selbst den fiebersenkenden Tee aus. Oft konnte sie hören, wie seine Zähne trotz der drückendheißen Tage klapperten. Einen Tag und eine Nacht lang siechte der Knabe dahin. Am Morgen darauf starb er.

Thea fragte sich, ob es Eltern gab, die dieses Kind vermißten, oder ob der Junge zu den vielen Waisen gehörte, die sich scharenweise in der Stadt herumtrieben, von Almosen und Diebstahl lebten und in den feuchten und dunklen Winkelgassen schliefen.

In den Zeiten der Not waren vor allem die Kinder die Leidtragenden. Sie starben zu Hunderten. Viele von ihnen verhungerten, noch mehr rafften die Seuchen dahin. Thea war des öfteren durch die Straßen Nürnbergs gelaufen. Der Anblick der ausgezehrten zarten Körper, die auf dem schmutzigen Pflaster gestorben waren, wurde für sie zu einer solch schrecklichen Normalität, daß es sie wunderte, wie sehr sie der Tod dieses Knaben noch berühren konnte.

Thea mußte an Maija Poutiainen denken. Auch ihr Neugeborenes war vor wenigen Tagen gestorben. Wohlgenährt von der Muttermilch und gesund. Trotzdem hatte die Finnin es eine Woche nach der Geburt tot in seiner Wiege gefunden, als habe es sich still und heimlich dazu entschlossen, dem Elend dieser Welt zu entsagen und den anderen Kindern in den Himmel zu folgen.

Ratten huschten am Zelteingang vorbei. Katharina schlug mit einem Beil auf sie ein und hob ein fettes Tier auf, dem sie fast den Kopf abgetrennt hätte. Sie ließ die Ratte am Schwanz herabbaumeln und betrachtete sie, während das Blut aus dem Hals auf die Erde tropfte.

»Gut genährt ist sie«, meinte Katharina. »Was meinst du, wollen wir ihr das Fell abziehen und ihr Fleisch in die Suppe schneiden?«

Auch Thea lief bei dem Gedanken an einen Bissen Fleisch das Wasser im Mund zusammen, doch sie erinnerte Katharina daran, was Martin ihnen geraten hatte.

»Du weißt, wie viele von uns an der Ruhr erkrankt sind, nachdem sie die Ratten gefressen haben. Willst du so enden wie er?« Thea deutete auf die Lederplane, unter der sich der tote Knabe befand.

In Katharinas Gesicht zeichnete sich Abscheu ab. »Gewiß nicht.« Sie warf die Ratte angewidert fort. »Gott bewahre uns vor einem solchen Schicksal.«

Thea ging zu dem Toten und wickelte ihn in eine Decke ein. Ein beißender Gestank ging von dem Kind aus. Die rote Ruhr verursachte einen blutigen Durchfall. Thea vermied es, zu atmen, als sie das Sacktuch zurechtzog und mit Nadel und Faden zusammennähte.

Kurze Zeit später vernahmen sie in der Ferne den Klang der Totenglocke, das Signal für einen der Leichenkarren, die durch das Lager fuhren und die Toten zu den Massengräbern schafften. Es hieß, es gäbe zu viele Tote, um sie unter die Erde zu bringen oder zu verbrennen, darum wurden die Körper zu großen Haufen zusammengetragen, die Gerüchten zufolge höher als so manches Haus aufragten. Thea hatte diese Leichenberge niemals mit eigenen Augen gesehen, doch der süßlich faule Geruch, der mit jedem Windhauch herüberzog, ließ in ihrer Vorstellung ein Bild von unzähligen aufgedunsenen Toten entstehen, über die sich Schwärme von Schmeißfliegen, Ratten und Krähen hermachten.

Der Leichenkarren rollte heran. Thea und Katharina trugen den Knaben zu dem Gefährt und hoben ihn auf die Ladefläche, wo bereits rund ein Dutzend grotesk verrenkter Leichen mit toten Augen in den Himmel starrte. Der in Lumpen gekleidete Kutscher gab nur ein Brummen von sich und faßte an seine Hutkrempe, als wollte er sich für diese zusätzliche Ladung bedanken. Dann schlug er erneut die Glocke und trieb sein Pferd an. Katharina entfernte sich rasch, doch Thea blieb noch stehen und schaute dem Karren nach. Es war gut, daß sie sich die Mühe gemacht hatte, den Stoff um den ausgezehrten Körper zu nähen. Der Knabe war die einzige Leiche auf diesem Gefährt, die mit einer gewissen Würde die letzte Reise antrat.

Thea wandte sich um und ging zu ihrem Quartier zurück. Katharina hatte das Krankenlager des Knaben inzwischen mit Öl übergossen und in Brand gesteckt. Dunkler Rauch stieg vor Katharinas ausdruckslosem Gesicht in die

Höhe. Thea fragte sich wie so oft, welchen Gedanken Conrads Schwester nachhängen mochte. Seit dem Tod des Feldschers waren zwei Monate vergangen. Katharina hatte sich ihre Trauer nur selten anmerken lassen, doch in vielen Nächten hatte Thea sie leise weinen und Conrads Namen flüstern hören. Im Grunde beruhigte es Thea, daß Katharina zu diesen Tränen fähig war.

»Wann wird wohl uns dieser Karren fortschaffen?« fragte Katharina nun, ohne den Blick vom Feuer zu wenden.

Thea legte einen Finger vor den Mund und bedeutete ihr zu schweigen. »Es bringt Unglück, so etwas auszusprechen.«

»Das Unglück ist doch schon längst über uns hereingebrochen.«

Thea wußte nichts darauf zu erwidern. In ihrer Situation von einem Unglück zu sprechen kam einer heillosen Untertreibung gleich. Die Verhältnisse in diesem Lager und in der Stadt konnten nur als Strafgericht Gottes bezeichnet werden.

Wehmütig erinnerte sich Thea an die Zeit, die diese Armee vor den Toren Münchens verbracht hatte. Sie waren gut versorgt worden, kaum jemand von ihnen hatte hungern müssen, und es waren auch keine Seuchen ausgebrochen. Mehrere Wochen hatten sie in dieser trügerischen Ruhe verbracht, doch dann waren Gerüchte laut geworden, daß der Feldherr Wallenstein mit der größten Armee, die jemals über deutschen Boden gezogen war, auf den fränkisch-bayerischen Raum zumarschierte. Wenige Tage darauf brach die schwedische Armee auf, um den wichtigen Versorgungsstützpunkt Nürnberg zu verteidigen. Tausende Bürger, Bauern, Weiber, Kinder und Soldaten wurden herangezogen, um rund um Nürnberg einen gewaltigen Verteidigungswall aus Schanzen, Gräben und Mauern zu errichten, der eine Erstürmung Nürnbergs durch das kaiserliche

Heer verhindern sollte. Zudem wurden die Mauern und Befestigungsanlagen der Stadt so sehr verstärkt, daß Nürnberg einem riesigen Felsmassiv glich.

Mehr als achtzigtausend Menschen aus dem Umland hatten sich mit voll beladenen Karren und ihrem gesamten Viehbestand in die Stadt geflüchtet, wo sie auf engstem Raum in den verdreckten Straßen unter der Sommerhitze litten, die den Gestank der Fäkalien, Viehkadaver und Menschenleichen unerträglich werden ließ. Zudem machte ihnen ein Heer von Stechmücken und Bremsen zu schaffen, das über Mensch und Tier herfiel und ihnen selbst in den Nächten noch zusetzte.

Thea, Martin und Katharina lebten dort, wo sich der größte Teil des Trosses niedergelassen hatte. Sie hatten ihr Quartier hinter den Schanzen, aber vor der Stadtmauer aufgeschlagen, wo die Luft besser und die Krankheiten noch nicht so sehr verbreitet waren.

Seit nunmehr einem Monat schon wurden sie von dem kaiserlichen Heer belagert. Wallenstein verzichtete darauf, die Stadt stürmen zu lassen, und zog es vor, die Verteidiger der Stadt auszuhungern.

Die Versorgung der Menschen in Nürnberg brach nach kurzer Zeit zusammen. Zunächst schlachtete man das gesamte Vieh, da es kein Futter für die Tiere mehr gab. Dann aber gingen die Salzvorräte zur Neige, und das Fleisch verdarb ungepökelt in der Hitze. Die Ruhr und die schwarzen Blattern brachen aus und rafften die ausgelaugten und hungernden Menschen an jedem Tag zu Hunderten dahin. Einzig die Ratten schienen sich beständig zu vermehren und strömten in gewaltigen Rudeln durch die Straßen der Stadt und durch das Heerlager vor den Toren Nürnbergs.

Auch Thea, Martin und Katharina hungerten. In ihrer Not hatten sie bereits schweren Herzens all ihre Hühner und die Ziege geschlachtet. Sie hatten es sogar in Betracht gezogen, einen der Zugochsen zu töten, doch da es kein

Salz mehr gab, wäre das Fleisch schon nach zwei oder drei Tagen ungenießbar geworden. Statt dessen hatte Martin eine Ader des Ochsen geöffnet und einen halben Eimer Blut aufgefangen. Katharina hatte aus diesem Blut ein Omelett gebraten, das zwar zäh und bitter schmeckte, aber für eine gewisse Zeit den Hunger vertreiben konnte.

Katharina wandte sich vom Feuer ab und deutete zum Wagen.

»Wann schlachten wir endlich diesen dürren Kater? Je länger wir warten, desto weniger Fleisch wird an seinen Knochen sein.«

Thea reagierte auf die Bemerkung nur mit einem abfälligen Laut. Katharina verlangte nicht zum ersten Mal, den Kater Julius zu essen. Thea war das Tier jedoch so sehr ans Herz gewachsen, daß sie lieber hungerte, als Julius unter das Schlachtermesser zu bringen. Sie hatte ihn in den leeren Hühnerkäfig gesperrt und das Gestell mit einem Tuch zugedeckt, um ihn vor den allzu neugierigen Blicken derer zu verbergen, die ihn, ohne zu zögern, mit sich nehmen und ihm das Fell über die Ohren ziehen würden.

»Irgendwann wird auch dich der Hunger dazu treiben, dem Biest ein Messer an den Hals zu setzen.« Katharina verzog das Gesicht und trat davon.

Thea seufzte. Ihr war klar, daß es so nicht mehr weitergehen konnte. Der Hunger würde sie entkräften und anfällig für Krankheiten machen. Katharinas Sorge, daß auch sie schon bald der Leichenkarren fortschaffen würde, war nicht von der Hand zu weisen.

Seit Tagen schon dachte Thea darüber nach, wie einfach es doch im Grunde war, ihnen das Leben während der Belagerung zu erleichtern. Sie hatte bislang darauf verzichtet, Martin von diesem Vorhaben zu erzählen, denn er würde gewiß alles andere als glücklich auf ihren Vorschlag reagieren. Aber es war nun wohl doch an der Zeit, mit ihm darüber zu sprechen.

Es dauerte fast eine Stunde, bis Thea das Lazarett erreicht hatte. Ihr Weg führte sie in das Zentrum Nürnbergs bis zur Barfüßerkirche. Nahe dem Gotteshaus wurde ein leerstehendes Kontor als Krankenlager genutzt, in dem Martin Meister Albrecht zur Hand ging.

Es kostete Thea stets Überwindung, die Stadt zu betreten. Der Tod hielt Nürnberg in einem eisernen Griff gefangen. Jedes ausgezehrte Gesicht, das sie hier erblickte, legte ein deutliches Zeugnis von den Entbehrungen ab, denen die Bürger seit Wochen ausgesetzt waren.

Das Elend wurde mit jedem Tag deutlicher. Vor einigen Wochen noch hatten Hunde und Schweine die Abfall- und Dunghaufen auf den Straßen durchwühlt, nun machten sich die Scharen der halbverhungerten Kinder daran, zwischen Mist und Unrat nach Nahrung zu suchen, denn zu erbetteln gab es für sie schon lange nichts mehr.

Die Situation in der Stadt erinnerte Thea an das Magdeburg am Vorabend des Infernos. Auch dort waren die Straßen und Plätze von den Schutzsuchenden aus dem Umland überfüllt gewesen, und der Hunger hatte um sich gegriffen. Trotz allem hatte in Magdeburg eine gewisse Ordnung vorgeherrscht – eine Ordnung, die hier in Nürnberg mehr und mehr verlorenging. Eine Zeitlang hatte Thea befürchtet, Nürnberg würde ebenso wie Magdeburg von dem katholischen Heer gestürmt und niedergebrannt werden, aber mittlerweile glaubte sie, daß der kaiserliche Feldherr sich diese Mühe sparen würde. Sein stärkster Verbündeter war wie so oft in diesem Krieg der Hunger, der in einigen Tagen oder Wochen die gesamte schwedische Armee kampfunfähig machen würde. Der schwedische König saß wie eine Maus in der Falle, und sein Nimbus der Unbesiegbarkeit wurde der Lächerlichkeit preisgegeben.

Trotz dieser bedrückenden Situation verzweifelte Thea nicht. Die Zeit mit Martin gab ihr an jedem Tag neuen

Mut, auch wenn sie ihn nur in den Abendstunden und in den Nächten für sich hatte, denn Meister Albrecht spannte Martin fast den ganzen Tag über für seine Zwecke ein.

Sie liebten sich, so oft es ihnen möglich war – so leidenschaftlich, daß sie Katharina bereits aus dem Zelt vertrieben hatten. Die schlief nun auf dem Wagen, wo sie mehr Ruhe fand.

Martin hatte sie nie enttäuscht. Er war zärtlich und zuvorkommend, brachte sie zum Lachen und ihren Körper zum Zittern, wenn er sich des Nachts neben sie legte. Doch Thea wünschte sich, sie könnten diesen prickelnden Rausch ohne die Schrecken genießen, von denen sie hier umgeben waren.

Vor allem auf der Schwelle des Lazarettes wurde sie allzu rasch aus ihren Träumereien gerissen. Schon bevor sie das Kontor betrat, vernahm Thea die Schreie und die Wehlaute der armen Teufel, die in diesem Gebäude, in das kaum ein Schimmer Tageslicht drang, untergebracht worden waren. Als sie eintrat und ihr der Geruch von Blut und Eiter in die Nase stieg, fühlte sie sich schlagartig in das Lazarett von Podelwitz zurückversetzt.

Hier vor Nürnberg hatte sich noch keine entscheidende Schlacht entwickelt, doch an den Wällen und Schanzen trugen die Landsknechte ständig kleinere Scharmützel aus. Dutzende Soldaten wurden an jedem Tag mit durchschossenen Leibern und tiefen Stichwunden in dieses Lazarett geschafft. Der Gestank und die Sommerhitze lockten Scharen von Schmeißfliegen an. Es gab keine Verpflegung für die Leidenden, und auch das Wasser roch faulig und verdorben. Martin hatte ihr berichtet, daß nur etwa jeder zehnte Mann, der in das Kontor gebracht wurde, es lebend wieder verließ.

Nahe des Eingangs entdeckte Thea Meister Albrecht. Der Chirurg trug wie immer seinen schwarzen Mantel. Thea hatte sich oft darüber gewundert, warum Albrecht selbst in dieser Hitze die schwere Kleidung nicht ablegte, doch Martin hatte ihr erklärt, daß sein Lehrmeister fest davon überzeugt war, daß der dicke Wollstoff die Krankheiten von ihm fernhielt, denen er hier im Lazarett in besonderem Maße ausgesetzt war. Jeder Arzt schien eine andere Methode zu befolgen, um sich zu schützen. Viele trugen Amulette, geweihtes Wasser oder Zettel mit Segenssprüchen bei sich. Martin hingegen hatte es sich angewöhnt, sich zweimal am Tag gründlich zu waschen, was von Meister Albrecht spöttisch belächelt wurde.

Albrecht bemerkte Thea und winkte sie heran.

Sie konnte den Chirurgen gut leiden. Albrecht war ein freundlicher, ruhiger Mann, der seine schwierigen Aufgaben gründlich und gelassen erledigte. Auch Martin kam bestens mit ihm zurecht und lobte oft in höchsten Tönen Albrechts umfassendes Wissen und dessen Erfahrungsschatz.

»Welch Freude, eine schöne Frau in diesem stinkenden Rattenloch zu sehen«, sagte Albrecht und streckte Thea seine Hände entgegen. Im nächsten Moment fiel ihm auf, wie schmutzig und blutverschmiert die Finger waren, und er zog sie schnell zurück. »Entschuldige, Thea«, meinte er.

Thea schmunzelte nur über diesen kleinen Lapsus und schaute in die Runde. »Ich muß mit Martin sprechen. Wo finde ich ihn?«

Albrecht deutete in den hinteren Bereich »Dort drüben müßte er sein. Ich glaube, er wollte einem Kerl einige Zahnsplitter entfernen. »

»Ich hoffe, ich störe nicht.«

Albrecht schüttelte den Kopf. »Martin kann eine Pause gebrauchen. Er hat seine Instrumente seit über zehn Stunden nicht aus der Hand gelegt. Geht nach draußen und erfrischt euch am Brunnen.«

Thea folgte der Richtung, in die Albrecht sie gewiesen hatte, und fand Martin über einen Söldner gebeugt, der auf einem Schemel vor ihm saß. Als sie näher trat, konnte sie erkennen, daß dem Mann der Kiefer zertrümmert worden war. Der Soldat blinzelte und jaulte. Tränen liefen seine Wange herab, während Martin mit Zange und Lanzette Zahn- und Knochensplitter aus dem Mundraum entfernte.

»Halt das Maul offen!« wies Martin ihn energisch an. »Und untersteh dich zu schlucken! Du würdest an deinen eigenen Zähnen ersticken.«

Martins Worte ließen den Kerl noch gequälter winseln. Die Hände zitterten in seinem Schoß.

Vorsichtig legte Thea eine Hand auf Martins Schulter. Er zuckte zusammen und drehte sich um. Seine Augen strahlten, als er sie erkannte. Er wollte sie küssen, doch dann hielt er sich vor all den todgeweihten Männern zurück und berührte nur ihre Hand.

»Ich möchte mit dir reden«, sagte Thea.

Martin nickte und deutete mit den Augen auf seinen Patienten. »Du mußt nur warten, bis ich diese Arbeit erledigt habe.«

Thea trat einen Schritt zurück und verfolgte mit, wie Martin einen Splitter nach dem anderen aus dem Mund fischte und auf den Boden fallen ließ. Martins Augen verrieten seine Konzentration, auch wenn er müde wirkte und sein Gesicht mit Bluttropfen besprenkelt war.

Bald darauf legte Martin die Zange zur Seite. Er drückte dem Soldaten ein in Öl getränktes Tuch in die Hand und riet ihm, es einige Stunden an den Kiefer zu drücken. Der Mann nickte matt, und schon diese unbedachte Bewegung schien ihm so arge Schmerzen zu bereiten, daß er wohl einer Ohnmacht nahe war.

Martin nahm Thea an die Hand und führte sie in einen schmalen Hinterhof zu einem Brunnen. Er wollte sie an sich ziehen und küssen, doch Thea entzog sich ihm lachend und meinte: »Unterstehe dich! An dir klebt mehr Blut als an einem Schlachtvieh.«

»Dann solltest du es abwischen, damit du mir näher kommen kannst.« Martin zog den Eimer aus dem Brunnen und legte sein Hemd ab. Thea nahm ein Tuch, tauchte es in das Wasser und begann das Blut und den Schmutz von seiner Haut zu waschen. Zärtlich bedachte sie die gesäuberten Stellen mit Küssen. Ihre Lippen berührten Martins Nabel, die handtellergroße Narbe oberhalb seiner Hüfte, seine Brustwarzen und schließlich seinen Mund. Begierig ging er auf das Liebesspiel ein. Sie küßten sich sanft und gleichzeitig verlangend.

Martin zog eine traurige Miene. »So viele Tote«, sagte er leise und schaute zum Kontor. »Jeden Tag schaffen sie mehr dieser blutenden und zerfetzten Leiber heran. Die meisten von ihnen verrecken schon nach wenigen Stunden in diesem stinkenden Loch. Und nun gehen auch noch die Ruhr und die schwarzen Blattern in der Stadt um. Ich habe Angst um uns.«

Sie streichelte seine Wange. Der Backenknochen stach deutlich hervor. Wie schmal sein Gesicht geworden war. Zwar ging es Martin besser als den meisten Bürgern Nürnbergs, doch es war wohl nur noch eine Frage der Zeit, bis er unter den Strapazen seiner Arbeit zusammenbrechen würde.

»Es muß nicht sein, daß wir hungern, Martin«, sagte sie.

Martin runzelte die Stirn. »Was meinst du damit?«

»Es gibt noch immer viele Offiziere und wohlhabende Patrizier, die über versteckte Vorräte verfügen. Wenn ich zu ihnen gehen würde …«

»Nein!« erwiderte Martin entschieden.

»Aber es könnte uns das Leben retten.«

»Das kommt nicht in Frage. Eher bestehle ich die Toten, als daß du dich an diese Männer verkaufst.«

Sie hatte gehofft, er würde mehr Einsicht zeigen. »Es wird bald nichts mehr geben, was du von den Toten stehlen kannst.«

Er hielt ihre Schulter und schaute ihr fest in die Augen, ein Blick, dem sie nicht ausweichen konnte.

»Ich liebe dich, Thea. Der Gedanke, daß ein fremder Mann zwischen deinen Beinen liegt, macht mich verrückt.«

»Dann hättest du dich nicht mit einer Hure einlassen sollen.«

»Du bist keine Hure mehr. Wie oft soll ich dir das noch sagen?« Er preßte die Lippen zusammen, schaute nach links und rechts, als suche er jemanden, der ihn in seiner Meinung bestätigen würde, und sagte dann: »Diese Belagerung wird nicht ewig dauern. Es wird zu einer Entscheidung kommen. Und bis dahin werden wir uns mit dem begnügen, was wir haben.«

Thea wußte nicht mehr, was sie darauf erwidern sollte, und es hatte ja ohnehin keinen Zweck, mit diesem halsstarrigen Kerl noch länger über das Thema zu sprechen. Statt dessen hielten sie sich eine Weile schweigend im Arm, bis Martin von Albrecht zurück in das Lazarett gerufen wurde.

Thea blieb noch eine Zeitlang niedergeschlagen und ratlos auf dem Brunnenrand sitzen, bevor sie sich zurück auf den Weg in das Lager machte.

Martin kehrte an diesem Abend früher heim und verspeiste wortkarg den letzten Kanten Brot, den sie noch hatten. Dann nahm er Theas Hand und drückte einige Kreuzer hinein. Waren es die Münzen eines Toten? Sie fragte nicht danach.

»Versuch, etwas zu essen davon zu besorgen. Vielleicht bekommst du auf dem Markt einen Laib Brot oder eine Handvoll Bohnen dafür.«

Thea seufzte. »Das käme einem Wunder gleich.«

»Es wäre nicht das erste Wunder, das wir erleben.« Er lachte leise, dann wurde seine Miene wieder ernster. »Wir werden das hier durchstehen, und wir werden überleben. Aber bitte versprich mir, daß du dich niemals wieder verkaufen wirst.«

Thea zögerte. Konnte sie ihm das wirklich versprechen? Welchen Wert besaß ein solcher Schwur denn, wenn der Hunger eine noch größere Macht über sie erlangen würde?

»Ich verspreche es dir«, sagte sie schließlich, reichte ihm die Hand und zog ihn auf die Beine. Umschlungen gingen sie zum Zelt und ließen sich auf dem Nachtlager nieder.

Der weitläufige Nürnberger Markt war so dicht mit Menschen gefüllt, daß es Thea kaum gelang, sich durch die zusammengedrängte Masse zu bewegen. Vor allem die Frauen waren hergekommen. Sie hielten Ausschau nach den Fleischern, Bäckern und Salzhändlern, die sich aber schon seit Tagen nicht mehr blicken ließen. Schuhe, Kleidung, Tücher, Töpfe oder auch Waffen wurden zuhauf feilgeboten, doch niemand interessierte sich dafür. Es wurde davon gesprochen, daß ein Proviantzug von Westen her die Stadt erreicht hatte. Bald, so hieß es, würden Brot, Gemüse und Fleisch an die Bürger verteilt werden, doch Thea entdeckte auf diesem Markt nichts, wovon sie ihre Mägen hätten füllen können. Wahrscheinlich handelte es sich also wieder nur um ein Gerücht, daß die Moral der Belagerten stärken sollte.

Die drückende Sommerhitze machte Thea zu schaffen. Sie schlug nach einigen Stechmücken, die um ihren Kopf tanzten, und ging kraftlos an den dürren Weibern vorbei, die mit ihren fahlen Gesichtern und tiefliegenden Augen wie Gespenster ausschauten. Viele führten ihre Kinder mit sich, die ebenso mager und mit leerem Blick an den Rockzipfeln hingen oder in den Armen ihrer Mütter dösten. Rechter Hand vernahm Thea einen Trommelwirbel. Sie reckte den Hals und sah, daß auf einem Holzpodest acht Söldner durch den Strick gerichtet wurden. Jeder der Todgeweihten küßte das Holzkreuz, das ein Priester vor ihre Gesichter hielt. Dann fielen die Bodenklappen, und die

Männer zappelten wie Fische an ihren Stricken. Ihre Hände griffen ins Leere, als wollten sie das Leben festhalten. Kurz darauf erschlafften die Bewegungen.

Hinrichtungen gab es viele in diesen Tagen. Mord, Raub, Notzucht und die Mißhandlung der Bürger griffen unter den Landsknechten immer weiter um sich und wurden stets mit dem Tod abgestraft.

In der Nähe brach Tumult aus. Thea ließ sich in diese Richtung schieben und erkannte bald den Grund für die Aufregung. Ein Fuhrwerk machte dort Halt, und ein Bäcker stellte drei große Körbe mit Brot bereit. Thea drängelte sich weiter voran. Der Bäcker und sein schmächtiger Gehilfe sahen sich einem gewaltigen Ansturm fordernder Hände ausgesetzt. Noch bevor der erste Laib verkauft worden war, kletterten einige Frauen auf den Wagen und stürmten zu den Körben. Der Bäcker versuchte sie rüde hinunterzustoßen, doch von unten wurden seine Beine gegriffen, und man zerrte ihn auf die Erde. Der Gehilfe verhielt sich klüger, sprang hastig vom Wagen und suchte das Weite.

Die Situation geriet außer Kontrolle. Wie ein Rudel Ratten strömten die Weiber auf den Wagen, griffen nach dem Brot und verteidigten die Beute mit Tritten und Faustschlägen. Bald schon prügelten mehr als hundert Frauen und auch einige Männer rund um den Bäckerwagen auf sich ein und versuchten, ihren Nebenleuten die Brote zu entreißen.

Direkt vor Thea stürzte eine Frau zu Boden, die eines der Brote im Arm hielt. Thea machte einen Schritt auf sie zu und trat ihr mehrere Male auf die Hand, bis sie das Brot freigab. Rasch bückte sich Thea und nahm den Laib an sich. Die Frau kreischte und krallte sich mit der anderen Hand an Theas Bein fest. Schmerzhaft gruben sich ihre Fingernägel in Theas Wade. Thea schrie auf und stieß ihren Fuß in das Gesicht der Frau. Einen Augenblick lang stand

Thea wie erstarrt da und schaute in die schmerzverzerrten Züge der Frau, aus deren Nase ein dünner Blutfaden rann. Ein Blick aus haßerfüllten Augen traf Thea. Sie machte sich schnell davon, verbarg das Brot unter ihrer Schürze und kämpfte sich durch die keifende und um sich schlagende Menge.

In einer dunklen Gasse hockte sie sich auf den Boden, brach eine Kante vom Brot ab und schlang es hinunter. Es schmeckte fürchterlich. Statt Mehl hatte der Bäcker wahrscheinlich Eicheln und Hafer in das Brot gemischt. Angewidert kaute sie eine Weile auf dem trockenen und geschmacklosen Brei herum, den sie kaum schlucken konnte. Das Brot würde sie für den Moment sättigen, doch der Hunger würde schon sehr bald zurückkehren.

Thea schlug die Hände vor das Gesicht und weinte leise. Sie schämte sich dafür, daß sie die Frau auf dem Marktplatz getreten hatte, nur um ihr dieses lausige Brot zu stehlen. Noch immer stand ihr das Bild der außer Kontrolle geratenen Menschen vor Augen, die sich die Köpfe einschlugen, weil der Hunger sie verrückt machte.

Thea betastete ihre Wangen und fühlte unter ihren Fingerkuppen die Knochen unangenehm deutlich hervortreten. Sie betrachtete ihre dünnen Arme, und als sie die Hände auf ihre Brüste legte, war dort kaum noch eine Wölbung zu spüren.

Sie hatte stark an Gewicht verloren. Doch es gab viele Menschen hier in Nürnberg, denen der Hunger noch weitaus stärker zugesetzt hatte. Noch hatte ihr der Mangel am Essen nicht das hübsche Gesicht zerstört, aber bald schon würde sie sich in eine häßliche Vettel verwandeln. Ein paar weitere Tage ohne Nahrung, und ihr Gesicht glich einer knochigen Fratze, die jeden Mann abstoßen würde.

»Verdammt, Martin!« Thea erhob sich stöhnend und trat aus der Gasse.

Auf ihrem Fußmarsch aus der Stadt zurück in das

Feldlager hielt sie den Rest des Brotes wie einen Schatz umklammert. Sie würde es heute abend mit Martin und Katharina teilen. Auch wenn das Brot nicht unbedingt schmackhaft war, würde es ihren Magen besser füllen als die Baumrinde, die Katharina gestern zu einer Suppe ausgekocht hatte.

Mit müden Beinen passierte Thea die Soldatenunterkünfte. Neidvoll betrachtete sie die Landsknechte, die vor den Zelten und Hütten hockten. Zwar mußten auch die Soldaten mit knappen Rationen auskommen, aber jedermann wußte, daß die Offiziere bemüht waren, die Kampffähigkeit ihrer Einheiten aufrechtzuerhalten, indem sie Proviant aus den letzten geheimen Vorratslagern heranschafften.

Thea blieb stehen und schaute einem hageren Kerl nach, der einen Käfig mit mehreren Hühnern zu seinen Kumpanen trug, die vor einem der Zelte einen Krug kreisen ließen. Sie mußte an das Versprechen denken, das sie Martin gegeben hatte.

Das Knurren ihres Magens ließ sie die letzten Bedenken vergessen. Mit einem koketten Lächeln trat sie auf die Soldaten zu, deren neugierige Augen sie sofort fixierten.

»Was haben wir denn da?« meinte einer der Kerle, dessen Gesicht von einem struppigen, verfilzten Bart bedeckt wurde.

Thea stellte sich neben ihn und spielte mit den Fingern in seinem Haar. »Ihr seht aus, als könntet ihr die Gesellschaft einer Frau vertragen.«

Ein anderer runzelte die Stirn und meinte: »An der ist nichts dran. Sie ist zu dürr.«

»Zeig mir in dieser Stadt eine Frau mit Speck auf den Rippen.« Thea deutete auf den Hühnerkäfig. »Aber ihr könntet ja in eurem eigenen Interesse dafür sorgen, daß mein Fleisch wieder etwas weicher und griffiger wird.«

Der Bärtige lachte. »Gut gesprochen, Mädchen.« Er

stand auf und zog das Tuch vor dem Zelteingang zur Seite. »Warum trittst du nicht ein?«

Thea zögerte kurz, dann folgte sie dieser Aufforderung.

Verzeih mir, Martin, dachte sie, als sie das dunkle Zelt betrat und der Bärtige gierig seine Arme um sie legte.

Vierter Teil

Kapitel 16

Die Rotte trat in einer Reihe aus dem Wald. Sie folgte dem Handzeichen des Korporals, der sie an diesem naßkalten Novembermorgen über einen lehmigen Acker führte, um den Befehl des Proviantmeisters auszuführen. Ihnen war aufgetragen worden, das Gehöft zu requirieren, das sich auf dieser Lichtung befand und das Vieh des Bauern zum Heer zu schaffen.

Ihre Schar bestand aus elf Männern. Sibold, der Korporal, achtete stets darauf, daß die Gruppe eine ungerade Zahl aufwies. Anderenfalls, so behauptete er, würden sie ein Unglück provozieren.

Niemand zweifelte an Sibolds Worten oder nannte es gar einen Aberglauben. Sie alle hielten große Stücke auf den alten Haudegen, der länger als jeder andere von ihnen in diesem Krieg kämpfte. Sibold hatte bereits vor mehr als zehn Jahren auf seiten der böhmischen Truppen die Schlacht am Weißen Berg bestritten. Eine abgetrennte Hand, das von einem Splittergeschoß zerfetzte Ohr sowie eine gräßlich vernarbte Wange zeugten davon, daß dieser knorrige Veteran mehr Erfahrung darin besaß, den Tod zu überlisten, als der gesamte Rest der Rotte.

Das Gehöft, dem sie sich näherten, bestand aus einem zweigeschossigen Hauptgebäude, zwei Stallungen und einem Gatter. Noch immer setzten sie ihre Schritte auf einer Linie. Elf Männer in zerfetzter und schmutziger Kleidung, mit Schärpen um den Leib, in denen Messer, Pistolen und Pulverhörner steckten. Einige von ihnen waren mit Partisanen bewaffnet, andere trugen rostige Musketen. Ihre Stulpenstiefel versanken im feuchten Lehmboden.

Jeder Schritt wurde von einem schmatzenden Laut begleitet.

Sie hatten sich dem Gehöft bis auf hundert Schritte genähert, da trat ein schmächtiger Knabe aus einem der Ställe und blieb wie erstarrt stehen, als er die Landsknechte erblickte. Im nächsten Moment stürmte er so hastig in das Haus, als würde er von einem Rudel Wölfe verfolgt.

Sibold hob die Hand. Augenblicklich verharrten die Söldner und warteten ab. Kurz darauf vernahmen sie Stimmen. Die Tür des Hauptgebäudes wurde geöffnet. Drei Männer und der Knabe traten ihnen entgegen. Sie trugen Äxte und Forken in den Händen. Vor ihnen baute sich ein großer, struppiger Hund auf, der Sibolds Schar kläffend fixierte.

Sibold wandte seinen Kopf zur Seite und raunte: »Rupert, mach dich bereit.«

Rupert zog die geladene Pistole aus seiner Schärpe, hielt sie hinter seinem Rücken verborgen und spannte den Hahn. Er machte einen Schritt zur Seite, so daß Berthold hinter seinem Rücken geschützt war. Trotz der zahlenmäßigen Unterlegenheit ihrer Gegner wollte er es nicht darauf ankommen lassen, daß sein Bruder in Gefahr geriet, wenn es zum Kampf kommen sollte.

Einer der Männer machte einen Schritt auf Sibold zu und richtete drohend eine zweizinkige Forke auf ihn.

»Was wollt ihr von uns?« fragte der Mann. Seine Stimme klang fest, und doch konnte Rupert aus seinem Gesicht ablesen, welche Furcht die Soldaten in ihm auslösten.

»Alles, was du besitzt«, entgegnete Sibold.

Der Bauer deutete zum Gehöft. »Ich kann euch zwei Schweine und ein halbes Dutzend Hühner mit auf den Weg geben. Mehr haben wir nicht.«

Sibold spuckte aus. »Ihr Bauern lügt, wenn ihr nur den Mund aufmacht. Wir haben den Befehl erhalten, das gesamte Vieh fortzuschaffen und auch die Vorräte, die ihr versteckt. Außerdem werden wir in eurem Haus Quartier halten, bis das Heer weiterzieht.«

Ehe der Bauer auf diese Forderung reagieren konnte, trat einer der Landsknechte vor, griff sich mit der Hand zwischen die Beine und tönte: »Und wir wollen auch eure Frauen. Uns sind die Huren zu teuer geworden, und der Degen juckt bereits.«

Das Gebaren des Soldaten entfachte in dem Knaben große Wut. »Du Dreckshund!« stieß er hervor und griff den Mann mit der Axt an. Er hob sie über den Kopf, doch bevor er auf den Soldaten einschlagen konnte, richtete Rupert die Pistole auf den Knaben und schoß ihm die Bleikugel in den Bauch. Der Bursche wurde von dem Aufprall auf die Erde geschleudert. Sofort darauf gab Sibold das Zeichen zum Angriff. Die Rotte stürzte sich auf die im Kampf unerfahrenen Männer und streckte sie nieder. Rupert schlug mit seinem Degen auf den Hund ein, der sich in das Bein eines Landsknechts verbissen hatte. Das Tier jaulte auf und sank nach einem zweiten Hieb tot zu Boden.

Zuletzt tötete Sibold den Knaben, der sich wimmernd mit zerschossenem Bauch auf allen vieren davonschleppte. Der Korporal schlitzte ihm mit einem Messer die Kehle auf und betrachtete zufrieden die Leichen. Der Weg zum Hauptgebäude war frei, und sie hatten keine Verluste zu verzeichnen. Einzig der Soldat, der von dem Hund gebissen worden war, folgte ihnen humpelnd, als sie auf das Haus zuliefen.

»Auf, Männer!« rief Sibold ihnen zu. »Nehmt euer neues Quartier in Beschlag.«

Johlend stürmten die Söldner das Haus. In der Diele entstand schnell ein regelrechtes Chaos, denn die Landsknechte schleppten hier das Vieh zusammen, warfen Getreidesäcke und Gerätschaften achtlos auf den Boden und machten sich über die Proviantvorräte her, die sie in einer kleinen Kammer entdeckt hatten.

Doch erst als sie die Frauen fanden, geriet die Plünderung vollends außer Kontrolle. Einige Söldner hatten die drei Weiber in einem Versteck auf dem Dachspeicher entdeckt und zerrten sie nun rüde in die Diele hinunter. Ein Dutzend gieriger Hände streckte sich nach den Frauen aus und zerrte ihnen die Kleider vom Leib. Zwei der Frauen sahen sehr jung aus, die dritte war ein wenig älter, es mochte die Mutter der Mädchen sein. Sie alle kreischten und versuchten kraftlos, sich der geifernden Männer zu erwehren, aber die Soldaten rissen sie zu Boden und zwängten ihre Beine auseinander. Rupert und Berthold blieben derweil am Treppenabsatz stehen und beobachteten das Treiben der anderen Männer.

Eine der Frauen hatte ein mit bunten Blumen besticktes Seidentuch fallengelassen, das Berthold nun aufhob. Er roch kurz an dem Stoff, dann steckte er das Tuch unter sein Wams.

»Wenn wir an die Reihe kommen, sind die Weiber gezähmt und halten still.« Berthold lachte leise. Wie so oft, wenn er aufgeregt war, spielte er mit den Fingern an dem Medaillon, das er unter seinem Hemd trug.

Rupert gab ein mißmutiges Brummen von sich. Er legte keinen Wert darauf, sich wie ein Schwein im Dreck der anderen zu suhlen. Zwar erregte auch ihn der Anblick dieser nackten Leiber und ihrer Schändung, doch der Gedanke, es mit einer Frau zu treiben, die noch mit dem Samen von drei oder vier anderen Männern beschmutzt war, widerte ihn an.

Er zog Berthold mit sich die Treppe hinauf. Sein Bruder löste sich nur widerstrebend von dem Geschehen auf der Diele, doch Rupert wollte die Zeit nutzen, um sich ungestört in den Räumen des Obergeschosses umzusehen, bevor die anderen Kerle ihnen die beste Beute wegschnappten.

Von unten drangen gedämpft die Schreie der Frauen zu

ihnen. Rupert spähte in eine Kammer, in der sich eine breite Bettstatt befand. Er prüfte die Strohmatratze und meinte: »Hier werden wir uns niederlassen. Wie lange ist es her, daß wir in einem richtigen Bett geschlafen haben?«

Berthold war in Gedanken noch immer bei den Frauen. »Hoffentlich lassen sie die Weiber am Leben«, sagte er leise. »Die Junge mit den runden Arschbacken würde ich gern mit in dieses Bett nehmen.«

»Sie würde dir wohl die Augen auskratzen.« Rupert schaute sich in der Kammer um, entdeckte aber nichts, was für sie von Wert gewesen wäre.

»Wir sollten ...«, sagte Rupert, als sie aus dem Zimmer traten. Doch er stockte, als er ein Messer neben Berthold aufblitzen sah. Schnell stieß er seinen Bruder zur Seite und ergriff den Arm des alten Mannes, der Berthold niederstechen wollte. Der Greis besaß nicht die Kraft, sich gegen Rupert zu wehren. Rupert rang dem Alten das Messer aus der Hand, drängte ihn an die Wand und stieß die Waffe tief in sein Herz. Der Greis röchelte kurz und sackte zu Boden.

Die Vorstellung, daß dieser Kerl um ein Haar seinen Bruder verletzt hätte, machte Rupert rasend. Zornig trat er auf den leblosen Körper ein.

»Laß es gut sein, Rupert«, sagte Berthold schließlich und legte eine Hand auf Ruperts Schulter. »Der Alte ist tot. Du kannst ihm nichts mehr antun.«

Rupert schnaufte. »Der Hundsfott wollte dich töten.«

»Was sollte mir schon geschehen, wenn du über mich wachst«, meinte Berthold, der ein schiefes Grinsen aufsetzte und sich neben die Leiche kniete. »Du bist besorgt um mich wie um ein Kind.«

»Es war dein Glück, daß der Alte sich dir von der linken Seite genähert hat.« Rupert deutete auf seine leere rechte Augenhöhle.

Berthold zwängte dem Toten die Finger der linken Hand

auseinander, die ein Ledersäckchen umklammert hielten. »Rupert, schau!« Berthold schnürte den Beutel auf und ließ eine Handvoll Münzen auf den Bretterboden fallen.

Sie zählten achtzehn Gulden und fünf Zinsgroschen.

»Herrje«, raunte Berthold. »Fast soviel wie der monatliche Sold eines Feldwebels. Kein Wunder, daß der Alte die Münzen mit seinem Leben verteidigt hat.«

Rupert nickte. Dies war die wertvollste Beute, die ihnen in den vergangenen Monaten in die Hände gefallen war. Endlich schien sich ihnen das Glück wieder zuzuwenden. Die guten Zeiten lagen für Rupert und Berthold lange zurück. Nach der Schmach von Breitenfeld hatten sie dem katholischen Heer den Rücken gekehrt und sich wieder den Schweden angeschlossen. Damals war es die richtige Entscheidung gewesen. Auch das sie nicht nach Halberstadt gezogen, sondern zum Hauptheer nach Mainz gestoßen waren, hatte sich als Vorteil herausgestellt. Sie wurden dort gut versorgt und konnten reichlich Beute machen. Doch dann war eine schwere Zeit über sie gekommen. Während die Armee in Nürnberg belagert wurde, wären sie fast vor Hunger gestorben. Zudem hatte ein schweres Fieber an Bertholds Kräften gezerrt. Rupert hatte viele Talismane für seinen Bruder gekauft, die ihn schließlich hatten gesunden lassen.

Obwohl die Armee vor zwei Monaten aus Nürnberg abgezogen war, erging es ihnen weiter schlecht. Sie ernährten sich von kargen Rationen, spürten die heraufziehende Kälte in ihre Knochen kriechen und waren zudem in nur siebzehn Tagen in einem unbarmherzigen Gewaltmarsch von Bayern nach Sachsen gehastet. Diese enorme Anstrengung forderte einen hohen Tribut. Tausende Pferde waren auf den morastigen Wegen verendet, und auch vielen ihrer Kameraden hatte dieser Marsch das Leben gekostet. Erst hier vor Naumburg in diesem Gehöft schien sich das Blatt endlich zu ihren Gunsten zu wenden. Sie konnten in einem Bett schlafen, sich an den Vorräten des Bauern gütlich tun und waren nun im Besitz der Münzen.

Rupert hielt einen Gulden vor Bertholds Gesicht. »Vergiß die kreischenden Weiber dort unten«, sagte er. »Hiermit kannst du zu den Huren gehen und dir die Prallste von ihnen in dein Bett holen.«

Mit klammen Fingern zog Thea das Wolltuch enger um ihre Schultern. Ihr war kalt, und die Füße schmerzten. Sie hielt sich ein Stück abseits der Hurenquartiere auf, doch nah genug, um das lustvolle Stöhnen und Keuchen zu hören, das wie ein schiefer Chor hinter den Segeltuchplanen der Wagen erklang.

Das Quartier der Dirnen befand sich am westlichen Rand des Armeelagers. Dutzende Gefährte waren hier im Karree aufgestellt worden. Die Huren hockten auf den Kutschböcken oder posierten offenherzig vor den Wagen und lockten die herumstreifenden Landsknechte mit frivolen Bemerkungen zu sich.

Vor allem in diesen Tagen, da der Zeitpunkt der Schlacht unweigerlich näher rückte, konnten sich die Huren über mangelndes Interesse an den von ihnen angebotenen Diensten nicht beschweren. Die Furcht der Soldaten vor dem Verlust ihres Lebens weckte in ihnen das Begehren, noch einmal bei einer Frau zu liegen, bevor sie dem Feind entgegentraten. Selbst die häßlichsten Dirnen fanden jemanden, der bereit war, sie für einen Liebesdienst zu entlohnen.

Thea indes harrte seit geraumer Zeit abseits der Wagen aus, ohne daß auch nur ein Mann sie beachtet hätte. Sie wagte es nicht, sich näher zu den anderen Huren zu stellen, denn die barschen Weiber wurden schnell handgreiflich, wenn sich eine Frau zu ihnen gesellte, die keinen eigenen Wagen führte. Als weiteres Hindernis erwies sich das Wetter, denn bei der naßkalten Witterung zogen es die

Söldner vor, es mit den Huren auf einem trockenen Lager unter einem Plandach zu treiben.

Allmählich fragte sich Thea, ob es überhaupt einen Sinn hatte, noch länger an diesem Fleck zu verweilen, wo ihre Füße im Morast versanken und der Nieselregen sie frösteln ließ.

Thea mußte an die Zeit in Nürnberg denken. Als das Elend unerträglich geworden war, hatte sie sich oft, zwei- oder gar dreimal an einem Tag, an die Landsknechte verkauft und damit Martin, Katharina und sich selbst vor dem Hungertod bewahrt. Zumeist hatte sie sich bereits für einen Kanten Brot hergegeben, mit ein wenig Glück war sie an manchen Tagen an einen Offizier geraten, der ihr frisches Fleisch mit auf den Weg gab. Einmal hatte ein Hauptmann sie gar an seiner Tafel speisen lassen. Gierig wie ein ausgehungertes Tier hatte sie alles Eßbare in sich hineingestopft, bis ihr der Bauch schmerzte.

Nach dem Überfluß im Lager bei München und der beschwerlichen Zeit in Nürnberg war im Herbst ein normaler Zustand eingekehrt. Die Rationen blieben knapp, doch niemand in der Armee hungerte, und auch die Leute im Troß wußten sich zu versorgen, sei es durch ehrliche Arbeit oder durch die unvermeidlichen Plünderungen, unter denen das Umland einmal mehr arg zu leiden hatte.

Martin hatte nie erfahren, daß sie sich wieder an die Männer verkaufte. Sie nutzte die Zeit, die er an der Seite von Meister Albrecht verbrachte, so daß er völlig ahnungslos blieb.

Anders verhielt es sich mit Katharina. Thea konnte es ihrem finsteren Blick ansehen, daß sie ahnte, warum Thea nach Stunden der Abwesenheit stets mit einigen Münzen oder Proviant in ihr Quartier zurückkehrte. Dennoch hatte Katharina niemals eine abfällige Bemerkung von sich gegeben, sondern stillschweigend das Fleisch, Gebäck oder Gemüse mit verspeist, das Thea heranschaffte. Der Hunger und die Sorge um den nächsten Tag machten sie zu Verbündeten.

Die Furcht, daß Martin irgendwann einmal von ihrem Vertrauensbruch erfahren könnte, belastete Thea sehr. Für sie war es ohne Bedeutung, ob sie ihren Körper verkaufte, doch er würde es nicht verstehen und ihr gewiß heftige Vorwürfe machen. Inzwischen dachte sie oft darüber nach, ob es überhaupt noch sinnvoll war, sich den Männern anzubieten. Martin erhielt inzwischen von Meister Albrecht einen Lohn für seine Arbeit, und er behandelte in den Abendstunden zudem zahlreiche Patienten, die ihm seine Hilfe auch ab und an mit Obst, Gemüse oder gar gedörrtem Fleisch vergüteten. Das alles reichte aus, sie zu ernähren, nicht aber, um wirklich satt zu werden.

Inzwischen beschränkte Thea sich darauf, nur noch an jedem dritten oder vierten Tag das Hurenquartier aufzusuchen. Vor allem der heraufziehende Winter machte ihr zu schaffen. In den Städten hätte sie sich mit den Kerlen in eine windgeschützte Gasse zurückziehen können, wo sie zudem vor neugierigen Blicken geschützt waren. Doch hier war sie gezwungen, es hinter einem Gebüsch oder im Wald zu treiben.

Thea hatte beschlossen, sich nicht mehr zu verkaufen, wenn der erste Schnee fiel. Vielleicht fand dieses Kapitel in ihrem Leben dann einen Abschluß.

Noch immer schenkte ihr niemand Beachtung. Zerknirscht betrachtete Thea den nur wenige Schritte entfernten Hurenwagen. Ein lautes Grunzen und spitze, kurze Schreie drangen von dort herüber. Thea war nicht entgangen, daß innerhalb der vergangenen Stunde bereits der dritte Landsknecht zwischen den Beinen der fleischigen Dirne lag. Sie fragte sich inzwischen, ob es an ihrem Äußeren lag, daß die Männer an ihr kein Interesse zeigten. Sie war hübscher anzusehen als die meisten der grobschlächtigen Huren, aber die Männer zogen nun einmal die

Frauen vor, die ihre Liebesdienste unter dem Schutz eines Wagendaches anboten.

Enttäuscht beschloß Thea, den Heimweg anzutreten. Sie ging an den Hurenwagen vorbei und hatte das letzte Karree schon fast hinter sich gelassen, als ein junger Bursche auf sie zutrat und sie scheu anlächelte. Seine blauen Augen maßen sie erwartungsvoll. Sie kannte diesen Ausdruck auf den Gesichtern der Männer nur zu gut und hatte keinen Zweifel daran, daß er auf der Suche nach einer Dirne war.

»Mir ist nach Gesellschaft«, sagte der Bursche. Er gefiel Thea. Obwohl er sehr ärmlich wirkte, reizte sie die Verlegenheit, die er an den Tag legte.

»Ist das so?« erwiderte Thea. Sie strich über sein dichtes schwarzes Haar, dann stemmte sie ihre Hände in die Seite und drückte den Oberkörper vor, um noch aufreizender zu wirken. Vermutlich würde er sie gleich fragen, wo sich ihr Wagen befand und sich einer der anderen Frauen zuwenden, wenn er erfuhr, daß sie damit nicht dienen konnte.

Der Bursche holte hinter seinem Rücken ein Dreieckstuch aus Seide hervor und legte es Thea um die Schultern. Sie nahm ein Ende zwischen die Finger und betrachtete die hübschen bunten Blumen, die in den Stoff eingestickt worden waren.

»Das wird nicht reichen, um bei mir zu liegen«, sagte sie.

»Und wie wäre es hiermit?« Er hielt eine Münze vor ihr Gesicht.

Thea schnappte ihm das Geldstück aus den Fingern und betrachtete es verzückt.

»Das ist ein Gulden«, sagte sie erstaunt.

»Ist es genug?« fragte er.

»Natürlich. Nur ...«

»Nur was?«

»Ich besitze keinen Wagen.«

Zunächst zog er eine enttäuschte Miene, doch dann meinte

er: »Du könntest mit mir kommen. Es ist nicht weit. Mein Bruder und ich haben Quartier in einem Gehöft bezogen.«

Thea steckte die Münze rasch ein.

»Dann schnell«, sagte sie. »Laß uns gehen.«

Der Bursche grinste, legte einen Arm um Thea und führte sie aus dem Lager.

Sie liefen eine halbe Meile durch tiefen Morast. Thea hob den Rocksaum an, der ihr bis an die Fersen reichte, doch der Schlamm spritzte ihr bis zu den Knien.

Ihr Begleiter ging voran und sprach nur wenig. Er erwähnte aber, daß es möglich sei, daß sich sein Bruder in der Kammer aufhielt, und wollte von ihr wissen, ob sie dessen Anwesenheit stören würde. Thea antwortete ihm, es wäre ihr gleichgültig, und das entsprach der Wahrheit. Für den Lohn, den er zu zahlen bereit war, würde sie es sogar mit beiden treiben.

Sie überquerten einen Acker und erreichten das Gehöft. In der Diele hielten sich mehrere Landsknechte auf. Die meisten schliefen, doch eine der abgerissenen Gestalten grinste und winkte sie zu sich. Ein anderer zog ein helles Stück Stoff hervor. Sie vermutete, daß es sich um das Unterkleid einer Frau handelte. Es war schmutzig und blutbesprenkelt. Der Kerl lachte und rieb den Stoff durch sein Gesicht. Thea überlief ein Schaudern. Ihre Finger berührten das Seidentuch, das sie um die Schultern trug, und sie fragte sich, was mit den Frauen geschehen sein mochte, die in diesem Haus gelebt hatten.

Sie stiegen eine Treppe hinauf und betraten eine Kammer im Obergeschoß.

»Anscheinend ist mein Bruder fortgegangen«, meinte ihr Begleiter. »Um so besser. So bleiben wir ungestört.«

Thea setzte sich auf das Bett und ließ sich einen Becher Wein gegen die Kälte einschenken. Nachdem sie einen kräftigen Schluck getrunken hatte, wollte sie es schnell hinter sich bringen. Sie ließ sich nach hinten fallen, raffte die Röcke über die Hüfte und entblößte ihre Scham vor ihm.

»Soll ich auf dem Rücken liegenbleiben?« fragte sie.

Er legte sich neben sie und küßte sie verlegen. »Es ist gut so«, meinte er nur, streichelte kurz ihr Geschlecht, schnürte dann die Bänder an ihrem Hemd auf und umschloß ihre Brust mit seiner Hand.

Thea drückte seinen Kopf auf ihren Busen. Es war ihr lieber, wenn sie ihm nicht ins Gesicht schauen mußte. Sie stellte sich vor, es wäre Martin, der sie in diesem Moment liebkoste, so wie sie es immer tat, wenn sich ein fremder Mann ihres Körpers bediente.

Nachdem er sie eine Weile geküßt und gestreichelt hatte, erhob er sich, entledigte sich seines schweren Wamses und zog die Hose aus. Mit steil aufgerichtetem Glied kam er auf Thea zu, und sie spreizte die Beine.

Behutsam drang er in sie ein und bewegte sich in ihr. Thea kniff die Augen zu. Sie hoffte, daß er rasch den Höhepunkt seiner Lust erreichen würde, damit sie sich auf den Heimweg machen konnte.

Sie wartete auf den Moment seines Aufbäumens, um sich ihm schnell genug zu entziehen, bevor es aus ihm herausdrängte, doch ihre Aufmerksamkeit wurde durch ein kaltes Stück Metall gestört, das auf ihre Wange fiel. Thea schlug die Augen auf und sah, daß ihm ein Medaillon aus dem Hemd gerutscht war, das nun mit jeder Stoßbewegung auf ihrem Gesicht tanzte.

Als er seinen Oberkörper aufrichtete, konnte sie das Medaillon genauer erkennen. Es mochte aus Silber gefertigt sein und …

Thea zuckte erschrocken zusammen. Der Bursche spürte ihre plötzliche Anspannung. Er hielt inne und raunte: »Was ist mit dir?«

Sie schob ihn von sich und griff nach dem ovalen Anhänger. Es gab keinen Zweifel. Sie hatte dieses Medaillon schon einmal in den Händen gehalten. Vor langer Zeit in Magdeburg.

»Gefällt es dir?« fragte er. »Man kann es aufklappen und das Bild einer Frau anschauen. Sie sieht dir sogar ähnlich.«

»Wie heißt du?« krächzte Thea.

»Berthold«, entgegnete er.

Berthold. Sie wußte, daß dies einer der Namen von Martins Vettern war. Und bei dessen Bruder, den Berthold hier erwartete, konnte es sich nur um Rupert handeln – den Einäugigen, der Martins Frau getötet und geschändet hatte.

Sie drängte den erstaunten Berthold von sich, der verunsichert sein Geschlecht bedeckte.

Der Gedanke, daß einer der Mörder Sophia Fellingers fast seinen Samen in sie ergossen hätte, ließ Übelkeit in ihr aufsteigen. Sie mußte fort von hier. Rasch sprang sie aus dem Bett, legte die Finger um das Medaillon und riß es Berthold vom Hals. Thea raffte ihr Hemd über der Brust zusammen und stürzte aus der Kammer. Auf dem Korridor prallte sie gegen einen massigen Körper. Zwei kräftige Hände hielten sie fest. Sie schaute auf und fuhr wie vom Blitz getroffen zusammen, als sie in das von einer vernarbten Augenhöhle entstellte Gesicht blickte.

Sie wand sich aus dem Griff, und da der Kerl vor ihr wohl ebenso überrascht war wie sie, gelang es ihr, sich zu befreien. So schnell sie konnte lief Thea davon. Erst als sie den Waldrand erreicht hatte, blieb sie keuchend stehen und wandte sich um. Niemand war ihr gefolgt. Sie öffnete die Hand. Ihre Finger zitterten so heftig, daß das Medaillon fast zu Boden fiel, als sie es aufklappte und Sophia Fellingers Porträt betrachtete.

Martin kehrte an diesem Abend in bester Laune von seinem Dienst bei Meister Albrecht zurück. Er war früh am

Tag von dem Chirurgen zu einem Hauptmann geschickt worden, um diesem einen eiternden Zahn zu entfernen. Nach Erledigung dieser Aufgabe entlohnte ihn der Proviantmeister des Offiziers mit einer toten Gans, und Albrecht hatte Martin das Tier überlassen. Katharina hatte die Gans schnell gerupft und das Fleisch in eine Suppe geschnitten. Mit hungrigem Blick streckte Martin nun seine Schüssel zum dampfenden Kessel aus und ließ sich die wohlriechende Mahlzeit auftragen.

Als er Thea die Schüssel reichte, bebten ihre Hände so heftig, daß die Suppe ein wenig über den Rand schwappte. Martin betrachtete sie stirnrunzelnd und meinte: »Du zitterst ja.«

»Mir ist kalt«, erwiderte sie knapp. Wie hätte sie ihm erklären sollen, was ihr zugestoßen war? Welchen Sinn sollte es haben, ihm zu verraten, daß sie wußte, wo sich die Mörder seiner Frau aufhielten? Martin hatte die Schatten der Vergangenheit überwunden. Das Wissen um Rupert und Berthold würde den alten Haß in ihm wecken und ihn zu Taten treiben, durch die sein Leben in Gefahr geraten würde.

Aus diesem Grund schwieg sie. Doch der Gedanke, daß Martin seinen Vettern im Lager zufällig begegnen konnte, machte sie fahrig und nervös. Zudem schnürte er ihr so arg die Kehle zusammen, daß sie keinen Bissen hinunterbrachte.

Ihre linke Hand berührte das Medaillon, das sie in ihrer Schurztasche verborgen hielt. Martin durfte es niemals zu Gesicht bekommen, und darum würde es das beste sein, wenn sie es noch heute in den Fluß warf, wo es auf dem dunklen Grund keinen Schaden mehr anrichten konnte.

»Warum hast du keinen Appetit?« Martins Stimme riß sie aus ihren Gedanken. Sie fühlte sich ertappt und fuhr zusammen.

»Was ist mit dir?« fragte er.

Thea wollte ihm antworten, brachte aber kein Wort hervor.

»Geht es dir nicht gut? Bist du krank?« Martin berührte ihre Stirn, doch sie schüttelte nur den Kopf.

»Du solltest trotzdem essen. Es ist selten genug, daß frisches Fleisch in unseren Töpfen landet.«

»Martin, bitte«, wiegelte sie ab.

Katharina richtete ihren Löffel auf Thea. »Bin wohl doch nicht die einzige launische Person hier.«

Thea stellte den Teller auf die Erde. Sie erhob sich und stemmte erbost die Hände in die Hüfte. »Laßt mich in Ruhe. Alle beide.«

Wütend stapfte sie davon und ärgerte sich schon im nächsten Moment über ihr auffälliges Verhalten. Sie mußte sich von Martin fernhalten, bis sie sich beruhigt hatte.

Thea lief einige Schritte bis zum Wagen und blieb dort stehen. Ein dumpfer Schmerz pochte hinter ihrer Stirn, und ihre Haut kribbelte. Sie holte das Medaillon aus der Schurztasche hervor und strich über das silberne Metall. Es wirkte so unscheinbar, und doch konnte dieses Medaillon alles zerstören, was Martin in den vergangenen Monaten erreicht hatte.

»Thea.«

Sie zuckte zusammen, denn sie hatte Martin nicht kommen hören. Ihre Finger schlossen sich um das Medaillon.

Martin faßte ihre Schulter und drehte sie zu sich um. Er wirkte besorgt.

»Sprich endlich mit mir«, sagte er. »Du bist verwirrt. Und du hast keinen Appetit. Ich mache mir Sorgen um dich.«

Thea versuchte ihn mit einem Lächeln zu beruhigen, doch sie befürchtete, daß es zu einer Grimasse entglitt. »Mein Kopf schmerzt. Mir ist übel. Morgen werde ich mich gewiß besser fühlen, und dann werde ich auch wieder essen können.«

Martin schmunzelte. »Aber es könnte ja vielleicht auch

einen ganz bestimmten Grund für deine Übelkeit und deinen mangelnden Appetit geben.« Er umfaßte ihre Hände, die noch immer zu Fäusten geballt waren. Das Medaillon schien darin wie Feuer zu glühen.

»Bist du schwanger, Thea?«

»Ich ... Himmel, nein!« Seine Vermutung lag so fern der Wahrheit, daß sie fast darüber lachen mußte, doch er schien fest davon überzeugt zu sein.

»Es wäre doch wunderbar«, meinte er. »Ich weiß, daß unser Leben hier im Troß nicht immer einfach ist, aber ich würde mich trotzdem sehr darüber freuen.«

Die Situation wurde immer verfahrener. Thea konnte ihm nicht länger ins Gesicht schauen. Sie verspürte den Drang, fortzurennen. Sie wollte allein sein, und vor allem konnte sie es nicht länger ertragen, daß er ihre Hände umklammerte.

Ruckartig entzog sie sich ihm, machte dabei allerdings eine ungeschickte Bewegung und geriet ins Wanken. Als sie versuchte, ihr Gleichgewicht zu halten, öffnete sich ihre Hand, und das Medaillon fiel in den Morast.

Einen Augenblick lang standen sie nur stumm voreinander und schauten auf den ovalen Anhänger, der halb in den Schlamm gesunken war. Thea stockte der Atem.

»Was ist das?« fragte Martin leise.

Thea bückte sich, hob das Medaillon auf und wischte es sauber. Dann legte sie es in seine Hand.

Martins Gesicht hatte sich in eine starre Maske verwandelt. Selbst als er das Medaillon öffnete und das Bild seiner Frau betrachtete, konnte sie nicht die geringste Regung erkennen.

Schweigend berührte sie seine Schulter und trat langsam an ihm vorbei. Sie glaubte, daß es besser war, ihn nun eine Weile allein zu lassen. Später würde genug Zeit sein, um ihm die Erklärungen zu geben, nach denen es ihn zweifellos verlangte.

Kapitel 17

Nebelschwaden wucherten über den Boden und umschlossen das Gehöft wie ein weißer See. Die Morgensonne tauchte die Gebäude in ein verträumtes Licht. Vereinzelt erklang ein Scheppern, ein Rufen oder ein Fluch. Geräusche, die diese fast verzauberte Umgebung der Wirklichkeit preisgaben.

Martin und Thea verbargen sich hinter einem umgestürzten, moosüberwachsenen Baumstamm am Rande des Waldes, von wo aus sie den vorderen Bereich des Bauernhauses überblicken konnten. Martin hatte ein Wolltuch auf den klammen Boden gelegt, auf dem sie nun ausharrten und schweigend das Gehöft im Auge behielten, das kaum fünfzig Schritte von ihnen entfernt lag. Ein kühler Wind blies ihnen entgegen, doch Martin spürte die Kälte nicht. Seine Aufregung machte ihn unempfindlich gegen die Witterung.

Nachdem Thea ihm am gestrigen Abend das Medaillon in die Hand gelegt hatte, war er lange am Wagen stehengeblieben und hatte auf Sophias Porträt gestarrt. All die unheilvollen Bilder aus Magdeburg waren erneut auf ihn eingestürzt, als hätten sie nur auf diesen Moment gelauert. Die Zerstörung der Stadt, das Eindringen seiner Vettern und der Anblick seiner toten Frau – er hatte geglaubt, die Feuer in seinem Kopf wären erloschen, doch von einem Moment zum anderen loderten sie so heftig auf, als hätte man Öl auf sie geschüttet.

In der Nacht hatte er sich zu Thea gehockt und sich von ihr berichten lassen, wie sie in den Besitz des Medaillons gelangt war. Ihr Geständnis, daß sie bereits schon seit Wochen wieder ihren Körper verkaufte, bereitete ihm weiteren Kummer, doch er verbannte die Wut über diesen Vertrauensbruch vorerst aus seinem Kopf. Weit mehr bestürzte ihn Theas Offenbarung, daß sie sich Berthold hingegeben hatte. Ihn schmerzte die Vorstellung, daß einer der Mörder Sophias bei ihr gelegen hatte, aber er lauschte weiter aufmerksam ihrer Schilderung und erfuhr so, daß Thea erst klargeworden war, um wen es sich bei dem Mann handelte, als sie das Medaillon bemerkt hatte. Ein kalter Schauer lief über Martins Rücken, als er erfuhr, daß sie Rupert auf ihrer Flucht direkt in die Arme gelaufen war.

Das Wissen, daß er über Wochen, ja wahrscheinlich seit Monaten in unmittelbarer Nähe von Sophias Mördern gelebt hatte, raubte ihm in dieser Nacht den Schlaf. Er zog es vor, allein zu sein, und legte sich auf dem Wagen zur Ruhe. Dort zerbrach er sich Stunde um Stunde den Kopf darüber, was er nun tun sollte, und er war zu dem Entschluß gelangt, daß er nur dann in Ruhe leben konnte, wenn er Sophias Mörder tot wußte.

Thea weigerte sich zunächst, ihm zu sagen, wo sich das Gehöft befand, in dem sich Rupert und Berthold aufhielten. Martin drohte ihr damit, daß er jeden Mann in dieser Armee nach seinen Vettern befragen würde, selbst wenn es Wochen dauern sollte, bis er die beiden aufspürte. Sie mußte erkannt haben, daß es sein Ernst war, denn schließlich willigte sie ein, ihn zu Rupert und Berthold zu führen. Martin wollte sie nicht in seiner Nähe haben, wenn es zu einer Konfrontation mit den beiden kam, doch Thea bestand darauf, ihn zu begleiten. Da Martin befürchtete, daß sich die Armee in einigen Tagen bereits wieder auf den Marsch begeben und er die Spur verlieren würde, gab er ihrer Forderung nach.

Sie brachen im ersten Morgenlicht auf, durchquerten das dichte Unterholz eines Waldes und gelangten nach einer Wegstrecke von einer halben Meile an diese Stelle, wo sie das Gehöft von ihrem Versteck hinter dem umgestürzten Baum überblicken konnten.

Wohl über eine Stunde harrten sie bereits aus, ohne daß sich einer der Landsknechte vor dem Haus blicken ließ. Martin erschrak, als er ein Geräusch hinter sich hörte, doch es war nur ein Fuchs, der an ihm vorbeihuschte und eilig das Weite suchte. Martin atmete auf, zog seine Pistole hinter dem Gürtel hervor und überprüfte sie. Thea verfolgte mit bangem Blick jeden seiner Handgriffe.

Eine Bewegung am Haus ließ sie aufmerksam werden. Die Tür der Kate schwang auf, und zwei zerlumpte Gestalten traten ins Freie. Von ihrer Statur her ähnelten sie Rupert und Berthold, doch sie standen halb von ihnen abgewandt, und auf diese Entfernung konnte er ihre Gesichter nicht erkennen.

Der eine ahmte einen lauten Hahnenschrei nach. Sie gackerten albern und drehten sich nun endlich um. Martin hielt den Atem an. Im nächsten Augenblick ließ er die Luft seufzend entweichen. Er hatte die Männer nie zuvor gesehen.

Nach einer Weile kehrten die beiden Soldaten in das Haus zurück. Martin ließ ein paar Momente verstreichen, dann spannte er den Hahn der Pistole und meinte zu Thea: »Ich werde noch verrückt von dieser Warterei.«

Sie schaute ihn skeptisch an. »Was hast du vor?«

»Vielleicht sollte ich in das Haus gehen und die beiden in ihrer Kammer niederschießen.«

»Um Himmels willen!« entfuhr es Thea. »Du scheinst nicht sehr an deinem Leben zu hängen. In diesem Haus halten sich zehn oder mehr Landsknechte auf. Selbst wenn es dir gelingen sollte, Rupert und Berthold zu töten, würden sie dich ergreifen und dich totschlagen oder am nächsten Baum aufhängen.«

»Es juckt mir in den Fingern, es trotzdem zu versuchen.«

Thea schüttelte den Kopf. »Wenn du auch nur einen Schritt auf das Haus zu machst, schreie ich mir die Seele aus dem Leib.«

»Dann werde ich dich wohl fesseln und knebeln müssen.«

Er hatte die Bemerkung nicht ernst gemeint, doch Thea wich vor ihm zurück und nahm eine abwehrende Haltung ein. »Versuche es, Martin, und ich kreische so laut, daß man es selbst noch im Heerlager hören wird.«

Martin hob beschwichtigend die Hände.

»Laß uns fortgehen«, bat sie ihn. »Nicht nur heute, sondern für immer. Wir verlassen den Troß und vergessen die beiden.«

»Ich soll sie vergessen?«

»Du bist kein Mörder. Stelle dich nicht auf eine Stufe mit ihnen.«

Martin wollte ihr erklären, daß er das schon getan hatte, als er Wenzel das Leben genommen hatte, doch er wurde von einer weiteren Bewegung an der Tür zum Bauernhaus abgelenkt. Er kniff die Augen zusammen und verfolgte jeden Schritt des Mannes, der nach draußen trat. Dessen Gesicht wurde von einem großen Hut verdeckt. Der Kerl trat auf den Waldrand zu, und als er die ersten Bäume fast erreicht hatte, zog er den Hut vom Kopf und wischte durch sein Gesicht.

»Das ist er«, raunte Thea in dem Moment, als auch Martin ihn erkannte. Es gab keinen Zweifel. Dort vor ihnen verschwand Berthold im Unterholz.

Martin erhob sich und lief gebückt zwischen den Bäumen auf Berthold zu. Thea folgte ihm dichtauf. Nach wenigen Schritten hielt Martin inne und gab Thea ein Zeichen, hinter ihm zu bleiben und sich ruhig zu verhalten. Martins Finger krallten sich fest um den Griff der Pistole, als er auf Berthold zutrat, der ihm nur einen Steinwurf entfernt den Rücken zuwandte und dort sein Wasser ließ.

Unter Martins Stiefel zerbrach ein Zweig. Berthold wandte sich um und musterte Martin argwöhnisch.

Einen Moment lang standen sie sich abschätzend gegenüber. Berthold wollte etwas sagen, doch noch bevor er auch nur ein Wort hervorbringen konnte, machte Martin einen Satz auf seinen Vetter zu und schlug ihm mit der Pistole auf den Kopf. Berthold sackte jaulend auf die Knie und hielt sich die Hände schützend vor das Gesicht.

Martin hielt inne. Seine Hand schmerzte von dem harten Schlag.

Auch Thea eilte nun herbei und verfolgte erschrocken das Geschehen. Berthold betastete seine blutige Schläfe. Seine Augen wanderten von Martin zu Thea, und er wirkte nun noch erstaunter.

Martin setzte die Mündung der Pistole an Bertholds Stirn. »Du wirst sterben«, raunte er.

Berthold wich zurück und kroch wie ein Hund vor ihm auf dem Waldboden. »Warum?« krächzte er. »Warum denn?«

»Erkennst du mich?«

Berthold schaute ihn aus schmalen Augen an, doch er schüttelte den Kopf.

Martin zog das Medaillon unter seinem Wams hervor, so daß Berthold es sehen konnte. »Du hast es lange getragen. Seitdem du es mir in Magdeburg gestohlen hast.«

Martin las aus Bertholds Gesicht, wie sehr er ihn mit dieser Offenbarung überraschte.

»Martin«, stammelte Berthold. »Das kann nicht sein. Rupert hat dich getötet.«

»Du hast das Bild gesehen, das sich in dem Medaillon befindet.«

Berthold nickte.

»Ihr habt meine Frau ermordet und geschändet.«

Berthold kauerte elendig unter ihm und faltete die Hände wie zu einem Gebet. Seine Lippen zitterten vor Angst.

»Gott ist mein Zeuge, ich habe weder deiner Frau noch einem anderen Menschen das Leben genommen. Und ich habe deine Frau nicht geschändet.«

»Das gleiche behauptete euer Kumpan Wenzel, bevor er unter meinem Messer starb. Nun werde ich dir das Leben nehmen und auch deinen Bruder Rupert töten.«

Berthold wimmerte wie ein Kind und kauerte sich auf dem Waldboden zusammen. Martin hielt noch immer die Pistole auf den Kopf seines Vetters gerichtet. Eine Bewegung seines Fingers würde Bertholds Leben ein Ende setzen. Er wollte ihn tot sehen und Erlösung erfahren.

»Erschieß ihn nicht, Martin«, sagte Thea. Sie berührte seine Schulter. »Lade nicht die Sünde auf dich, die sie begangen haben.«

Ihre Worte kümmerten ihn nicht. Er drückte die Waffe fester gegen Bertholds Schädel. Seine Hand zitterte. Warum fiel es ihm so schwer, ihn zu töten? Er hatte in Podelwitz keinen Moment gezögert, Wenzel das Leben zu nehmen, doch in diesem Moment und unter Theas Augen brachte er es nicht fertig, die Pistole abzufeuern.

»Verdammt, Thea ...«, flüsterte er, doch bevor er weitersprechen konnte, wurden sie von einer fremden Stimme gestört.

»He, was treibt ihr?«

Martin wandte sich um und erkannte hinter sich zwei mit Partisanen bewaffnete Landsknechte. Er fluchte leise, und in diesem Moment rächte es sich, daß er Berthold aus den Augen gelassen hatte. Sein Vetter richtete sich halb auf und versetzte Martin einen Stoß. Martin taumelte und suchte Halt an einem Baum. Berthold rannte davon. Martin richtete seine Pistole auf ihn und schoß. Der Knall schmerzte in seinem Ohr. Pulverdampf umhüllte ihn. Er machte einen Schritt nach vorn und mußte zu seinem Verdruß feststellen, daß er sein Ziel verfehlt hatte. Berthold lief um sein Leben und eilte auf das Gehöft zu.

Auch die beiden Landsknechte waren nun alarmiert und kamen auf sie zu. »Ihr da, bleibt stehen!« rief ihnen der vordere zu.

Martin kümmerte sich nicht um den Befehl, zog Thea mit sich und lief tiefer in den Wald hinein. Eine Weile hörten sie noch die Stimmen der Männer, dann glaubten sie, ihnen entkommen zu sein, und liefen langsamer, aber mit wild klopfenden Herzen zurück zum Lager.

Der Schuß war im Wald gefallen. Rupert legte seinen Degen zur Seite und öffnete das kleine Fenster der Dachkammer, um zu schauen, was dort vor sich ging. Hatte man einen feindlichen Kundschafter gestellt, oder war es einem dieser tumben Idioten aus Übermut in den Sinn gekommen, auf einen Hasen zu schießen?

Rupert konnte nichts Ungewöhnliches entdecken. Kein weiterer Schuß war zu hören, doch aus der Ferne konnte er ein Rufen vernehmen.

Er ließ das Fenster offen, um sich an der kühlen Morgenluft zu erfrischen, und fuhr damit fort, seinen Degen zu schärfen. Die Waffe würde schon bald zum Einsatz kommen. Sibold hatte ihn am gestrigen Abend davon in Kenntnis gesetzt, daß die Armee sich zum Aufbruch bereitmachte. Alles deutete darauf hin, daß eine große Schlacht bevorstand. Die Nachricht überraschte Rupert. Er hatte angenommen, daß die beiden Heere ihr Winterquartier aufschlagen und erst im Frühjahr aufeinander zumarschieren würden, doch das Oberkommando schien eine schnelle Entscheidung herbeiführen zu wollen. Also würden sie nach Leipzig ziehen, um Wallensteins Armee zu stellen und hoffentlich zu vernichten.

Rupert fühlte sich wohl in diesem Haus und grämte sich darüber, es schon so bald verlassen zu müssen, doch zumindest bot eine Schlacht die Aussicht auf Beute – oder aber auf den Tod.

Stampfende Schritte auf der Treppe rissen Rupert aus diesen Gedanken. Die Tür zur Kammer wurde aufgestoßen, und Berthold stürzte keuchend in das Zimmer. Seine Schläfe blutete, und in seinen Augen stand Todesangst.

Der Schuß im Wald – hatte er Berthold gegolten?

»Rupert!« rief Berthold. Seine Beine zitterten so sehr, daß er sich am Tisch festhalten mußte, um nicht zu Boden zu fallen.

Rupert fuhr von seinem Schemel hoch. »Was ist geschehen?«

»Man ... man wollte mich töten.«

»Im Wald? Ist auf dich geschossen worden?«

Berthold nickte eifrig.

»War es einer von unseren Leuten?«

»Nein«, widersprach Berthold, noch immer völlig außer Atem. »Kein Soldat.«

»Ein Dieb?«

»Es war Martin ... unser Vetter aus Magdeburg.«

Berthold langte nach einem Krug Wein. Nur ganz allmählich schien er sich ein wenig zu beruhigen.

»Martin?« raunte Rupert. »Du mußt dich irren.«

Berthold bekreuzigte sich. »Wir haben ihn getötet, Rupert. Ein Toter verfolgt uns.«

»Ein Wiedergänger?« Rupert lachte zischend. »Erzähl keinen Unsinn.«

»Er trug das Medaillon, das mir die Hure gestohlen hat«, stieß Berthold hastig hervor. Seine Stimme überschlug sich. »Sie sieht der Frau in dem Medaillon so ähnlich.« Er heulte elendig auf. »Wahrscheinlich ist sein Weib mit ihm aus dem Totenreich zurückgekehrt. Du hättest ihre Leiche nicht schänden dürfen. Für diesen Frevel werden uns die Toten in die Hölle schicken.«

Rupert stand auf und trat durch den Raum. »Du bist also wirklich davon überzeugt, daß es Martin war?«

»Gewiß.«

Es schmerzte Rupert, seinen Bruder in diesem Zustand zu sehen. Der Gedanke, daß er fast getötet worden war, machte ihn schier wahnsinnig.

»Unser Vetter ein Wiedergänger?« Rupert griente. »Daran mag ich nicht glauben. Wenn es wirklich Martin ist, dann muß er die Plünderung der Stadt überlebt und nach uns gesucht haben.«

»Was sollen wir tun?« fragte Berthold.

Rupert nahm den Degen zur Hand und fuhr mit den Fingerspitzen die geschärfte Klinge entlang. »Na, was schon? Wir kennen seinen Namen, und darum werden wir uns davon überzeugen, ob es sich bei Martin Fellinger um einen Dämon oder um einen Mann aus Fleisch und Blut handelt.«

Die schwedische Armee befand sich wieder auf dem Marsch. Im strömenden Regen schoben sich die langen Kolonnen auf Leipzig zu. Tausende gebeugter Gestalten wälzten sich durch den Schlamm voran, bis sie nach einem Tag und einer Nacht die kleine, südwestlich von Leipzig gelegene Ortschaft Lützen erreichten. Hier nun forderte der schwedische König das kaiserliche Heer, das von Wallenstein bereits aufgeteilt und in die Winterquartiere geschickt worden war, zu der entscheidenden Schlacht am Ende dieses Jahres heraus.

Auch die Armee der Schweden war indes noch nicht zum Kampf bereit. Die schlechte Witterung hatte den Vormarsch der Landsknechte behindert, so daß mehrere Regimenter zurückgeblieben waren und erst am nächsten Tag eintreffen würden. Es hieß, Wallensteins Heer wäre den Schweden zahlenmäßig stark unterlegen, doch der Generalissimus hielt noch einen Trumpf in der Hinterhand bereit: den in Halle stationierten Feldmarschall Pappenheim, dem Wallenstein die Weisung erteilt hatte, mit seinem Korps schnellstmöglich zum Hauptheer zu stoßen.

Traf Pappenheim rechtzeitig ein, würden sich am Tag der Schlacht zwei ebenbürtige Gegner gegenüberstehen.

Thea ließ den Blick über die Äcker streifen. Ringsherum hockten die erschöpften Soldaten auf Fellen und Decken und trotzten der Kälte. Ihre Hutkrempen hingen schlaff herab und verdeckten die meisten der bärtigen, abgestumpften Gesichter. Zumindest hatte der Regen ausgesetzt, und durch den wolkenverhangenen Himmel blitzte sogar kurzzeitig die Herbstsonne hervor.

Sie befand sich auf dem Weg zum Mühlgraben, um frisches Wasser zu schöpfen. Martin hatte sie gebeten, einen Eimer zu füllen, weil er die chirurgischen Instrumente säubern wollte, die er morgen, am Tag der Schlacht, gebrauchen würde.

Thea fragte sich, ob Martin überhaupt in der Lage war, Albrecht in einem der Lazarette zu unterstützen. Der mißlungene Versuch, Berthold zu töten, hatte ihm mehr Kraft gekostet als drei durchwachte Nächte. Er wirkte müde und verhielt sich äußerst mürrisch. Seit dem Vorfall im Wald hatte er kaum mit ihr gesprochen.

Mit dem plötzlichen Aufbruch der Armee hatten sie die Spur der Mörder verloren, und es war fraglich, ob Martin jemals wieder die Gelegenheit erhalten würde, Berthold oder Rupert Auge in Auge gegenüberzustehen. Insgeheim war Thea sogar erleichtert, daß es so gekommen war.

Sie erreichte den Graben und tauchte den Eimer in das Wasser. Für einen Augenblick glaubte sie sich beobachtet, aber sie tat dieses Gefühl als blanken Unsinn ab. In ihrer Nähe hielten sich Hunderte Landsknechte und auch viele Troßweiber auf. Natürlich richtete sich hier das eine oder andere Auge auf sie.

Sie betrachtete die Soldaten und erkannte, wie jung diese Männer noch waren. Als Thea sich vor eineinhalb Jahren dieser Armee angeschlossen hatte, waren gestandene Kämpfer und hartgesottene Veteranen mit dem schwedischen

König in den Krieg gezogen, doch nun fanden sich nur noch wenige der alten Kämpen unter den Soldaten. Der Großteil der Armee bestand aus jungen Burschen, die kaum dem Knabenalter entwachsen waren. Hier vor Lützen warteten sie auf ihre erste große Bewährungsprobe, und vielen von ihnen stand die Furcht vor dem Tod tief in die traurigen Augen geschrieben.

Thea trug den Eimer zu einer Wagenreihe in der Nähe des Flusses. In ihrem Hals breitete sich ein unangenehmes Kratzen aus. Dummerweise hatte sie sich wohl eine Erkältung eingefangen. Thea stellte den Eimer ab und schnäuzte sich in einer Ecke ihrer Schürze. Zwei Kinder tobten an ihr vorbei und stießen dabei fast den Eimer um.

»Langsam, ihr beiden«, schalt sie die Kinder, doch die waren bereits weitergestürmt. Mit einem Kopfschütteln wandte sie sich um und bückte sich nach dem Eimer. Sie stutzte, als sie die Stiefel vor sich bemerkte. Mit einem heftigen Tritt wurde der Eimer umgestoßen. Bang schaute Thea auf, doch da zerrten sie auch schon zwei kräftige Hände hoch. Sie erschrak, als sie direkt vor sich die häßliche Fratze des Einäugigen sah. Im nächsten Moment fuhr Ruperts Faust auf sie herab. Thea stöhnte auf, taumelte zurück und prallte gegen einen anderen Mann, der sie packte und festhielt.

»Nun kriechst *du* vor uns«, säuselte Bertholds Stimme in ihr Ohr.

Thea wollte sich losreißen, doch die beiden schleiften sie zwischen eine Wagenreihe und schlugen weiter auf sie ein. Eine Faust traf sie in den Unterleib und sofort darauf im Gesicht. Sie konnte Blut in ihrem Mund schmecken, und als sie wimmernd auf dem Boden kauerte, raubte ihr ein Tritt gegen die Brust den Atem. Benommen ließ sie sich auf die Beine zerren. Rupert und Berthold nahmen sie in die Mitte und schleppten sie mit sich. Alles an ihr schmerzte. Sie konnte mit der Zunge fühlen, daß Rupert ihr einen

Schneidezahn herausgeschlagen hatte. Nur undeutlich nahm sie wahr, daß man sie in ein Gebäude brachte. Sie schaute auf grobes Mauerwerk, das an einigen Stellen beschädigt war. Durch einen breiten Riß fiel soviel Tageslicht in den Raum, daß sie die beiden hämischen Gesichter über sich erkannte.

Berthold drückte ihre Schultern zu Boden, und Thea spürte, wie Ruperts Hände ihr Kleid über die Hüfte schoben. Sie ahnte, worauf er aus war, und versuchte nach ihm zu treten. Rupert reagierte auf ihre Widerspenstigkeit, indem er noch einmal auf sie einschlug. Der heftige Schmerz lähmte Thea, und so ließ sie es geschehen, daß Rupert in sie eindrang.

Mittlerweile empfand es Thea als Gnade, daß die Schläge sie halb besinnungslos gemacht hatten. Sie nahm Rupert wahr, aber ihre Gedanken entfernten sich von diesem Ort und richteten sich auf Martin. Auch er befand sich in großer Gefahr, denn wenn Rupert und Berthold sie gefunden hatten, konnten sie auch ihn aufspüren.

Rupert hatte sich inzwischen von ihr gewälzt. Thea krümmte sich zusammen und preßte eine Hand schützend auf ihre geschundene Scham. Sie blinzelte und sah, daß Rupert aus dem Gebäude trat.

»Hörst du mich?« fragte Berthold, der nun nicht mehr ihre Schultern festhielt, sondern sich vor sie gehockt hatte. »Es ist bedauerlich, daß wir eine schöne Blume wie dich zertreten müssen, aber du und mein Vetter, ihr wolltet das gleiche mit mir tun, also müssen wir uns doch gegen euch wehren.« Seine Hand legte sich auf ihren Schenkel und fuhr langsam nach oben. »Rupert hatte recht. Du bist kein Wiedergänger. Dein Fleisch ist warm, und du schaust verlockend aus.«

Durch den Schleier vor ihren Augen konnte Thea undeutlich einen Dolch an Bertholds Gürtel erkennen. Sie drehte den Kopf. Jede Bewegung schmerzte, doch sie war sich nun sicher, daß Rupert das Gebäude verlassen hatte. Berthold musterte ihren Unterleib und betastete ihr Geschlecht, während er mit der anderen Hand die Bänder an seiner Hose öffnete. Dieser Moment war womöglich ihre einzige Möglichkeit, Berthold zu überrumpeln, auch wenn sie daran zweifelte, daß sie dazu noch genügend Kraft besaß.

Thea schnappte nach Luft und krallte die Finger beider Hände in Bertholds Gesicht. Sie grub die Nägel, so tief sie konnte, in die Haut und fühlte sein Blut hervorquellen. Die Todesangst verlieh ihr die Stärke, sein Gesicht bis zum Kinn zu zerkratzen.

Berthold jaulte auf und schlug ihre Hände fort. »Verfluchte Hexe!« schrie er und preßte seine Finger schützend auf das Gesicht.

Thea richtete sich auf. Sie griff nach Bertholds Dolch und zog ihn aus dem Gürtel. Ohne zu zögern, trieb sie ihm die Waffe in den Hals. Als sie den Dolch herauszog spritzte ihr eine Blutfontäne entgegen. Berthold gab ein erbärmliches Grunzen von sich und sackte zu Boden.

Stöhnend richtete sich Thea auf. Mit wackligen Beinen taumelte sie auf die Tür zu. Ein Schwindel erfaßte sie, und sie glaubte sich übergeben zu müssen. Trotzdem zwang sie sich dazu, die nächsten Schritte zu machen. Als sie ins Freie trat und sich umschaute, konnte sie erkennen, daß Rupert und Berthold sie in eine verlassene Windmühle verschleppt hatten.

Wo war Rupert? Er mußte sich in der Nähe aufhalten und würde gewiß bald zurückkehren.

Thea spuckte einen Mund voll Blut aus und ergriff die Flucht.

Rupert hatte sich hinter die Mühle zurückgezogen und erleichterte sich an einem Ginsterstrauch. Er mußte daran denken, wie einfach es gewesen war, die Hure zu finden.

Nach der Ankunft in Lützen hatte es kaum einen halben Tag gebraucht, um das Quartier ihres Vetters aufzuspüren. Martin Fellinger war vielen Leuten aus dem Troß bekannt. Sie hatten nur wenige Menschen nach seinem Namen fragen müssen, bis man ihnen den Weg zu seinem Wagen gewiesen hatte. Und noch bevor sie dort angekommen waren, lief ihnen die Hure über den Weg, die an Martins Seite lebte.

Natürlich drohte ihnen von Martin mehr Gefahr als von dieser Frau, aber Rupert sah es als einen Wink des Schicksals an, daß ihnen die Hure in die Hände fiel. Sie hatten im Schutz einer Wagenreihe gewartet, bis die Frau mit ihrem Eimer zurückgekehrt war und sie dann in die alte Mühle geschleppt, in der Berthold und er abseits des Armeelagers Quartier bezogen hatten.

Sie hatte dafür bezahlt, daß sie Berthold an Martin verraten hatte. Und nun würde er sie töten.

Danach konnten sie sich Martin zuwenden. Noch bevor die Schlacht auf den Feldern von Lützen losbrach, würde auch er den Tod finden.

Während Rupert noch überlegte, ob er die Hure schnell umbringen sollte oder ihr zuvor Schmerzen bereiten würde, ließ ihn Bertholds Schrei zusammenfahren. Schnell stopfte er sein Glied in die Hose und lief zum Eingang der Mühle.

Er sah, wie die Hure davonrannte und im nahegelegenen Unterholz verschwand. Wäre er ihr gefolgt, hätte er sie ohne Mühe einholen und sie an sich reißen können, doch seine Sorge galt allein Berthold. Rupert stürmte in die Mühle und jaulte auf, als er seinen Bruder entdeckte, der blutüberströmt auf dem Boden kauerte und ein elendiges Krächzen von sich gab.

Er stolperte voran und fiel vor Berthold auf die Knie. Überall war Blut – auf dem Boden, an der Kleidung seines Bruders und auf dessen Gesicht. Berthold preßte eine Hand auf seinen Hals, doch immer wieder schoß Blut unter seinen Fingern hervor.

»Berthold«, sagte Rupert leise. Sein Bruder sackte zusammen. Die Augenlider flackerten, und der letzte Atem fuhr mit einem Stöhnen aus Bertholds Lungen.

Rupert preßte seinen toten Bruder an sich. Er küßte dessen Gesicht und schmeckte warmes Blut auf der Zunge. Er spürte die tiefe, anschwellende Wut, die wie ein heißes Feuer durch seinen Körper jagte und ihn zu zerreißen drohte. Sein Schluchzen ging über in einen verzweifelten, markerschütternden Schrei. Lauter und lauter schwoll sein Wehklagen an – ein wahnsinniges Heulen, das den Zorn in sich trug, den er gegen die Frau richtete, die seinen Bruder getötet hatte.

Kapitel 18

In Gedanken versunken, betrachtete Martin die chirurgischen Instrumente, die er hier unter dem Dach des Planwagens auf einem Leinentuch vor sich ausgebreitet hatte. Mit den Fingerspitzen fuhr er über die Zangen, Sägen, Aderpressen und Lanzetten. Er kratzte hier und da getrocknetes Blut von den Geräten und grübelte über die Frage, ob er Meister Albrecht während der morgigen Schlacht eine große Hilfe im Lazarett sein würde.

Nach fast sechs Monaten unter Albrechts Obhut waren ihm diese Instrumente so vertraut, daß er eine Aderklemme oder das Skalpell inzwischen ebenso sicher führte wie den Schneidediamanten oder die Kröselzange, mit denen er vor scheinbar unendlich langer Zeit prachtvolle Glasfenster hergestellt hatte.

Doch was nützten ihm diese Fertigkeiten, wenn er keinen klaren Gedanken fassen konnte. Die Ereignisse der vergangenen Tage lähmten ihn und raubten ihm den Schlaf. Martin fühlte sich schwach und ausgelaugt. Sein Kopf schmerzte, und seine Hände zitterten.

Er nahm eine der Knochensägen zur Hand und wischte mit einem Tuch über das befleckte Metall. Katharinas zeternde Stimme riß ihn aus seinen Überlegungen. Wie so oft schimpfte sie auf den Kater ein. Manchmal schien es Martin, als hätte das Tier seit Conrads Tod für Katharina in gewisser Weise dessen Stelle eingenommen. Katharina vermißte anscheinend die Tiraden, die sie einst über ihren Bruder ausgeschüttet hatte, und so mußte nun der Kater ihren Unmut ertragen.

Katharinas Stimme lenkte Martin nur kurz ab. Bald darauf kehrte er bereits wieder im Geiste zu dem Vorfall zurück, der sich vor wenigen Tagen im Wald vor dem Gehöft ereignet hatte.

Sein Versagen quälte ihn. Rupert und Berthold hielten sich noch immer wohlbehalten in diesem Heer auf, womöglich an einem Ort ganz in der Nähe. Vor allem ärgerte Martin sich darüber, daß nun, nachdem die Armee so überstürzt aufgebrochen und nach Lützen marschiert war, kaum noch die Möglichkeit für ihn bestand, die beiden ein weiteres Mal in der Masse der Soldaten aufzuspüren.

Ist das die Strafe für die Todsünde, die ich auf mich geladen habe? Martin dachte an Wenzel, der gefesselt und wehrlos vor ihm um Gnade gefleht hatte, bevor er ihm das Leben genommen hatte.

Sollte er nach dem Ende der Schlacht versuchen, Rupert und Berthold zu finden? Hatte das überhaupt Sinn? Denn selbst wenn es ihm gelang, seine Vettern in diesem Armeekoloß aufzuspüren, war er sich nicht sicher, ob er überhaupt noch dazu in der Lage war, seine Rache in die Tat umzusetzen.

Der Vorfall mit Berthold hatte ihm deutlich gemacht, daß er kein kaltblütiger Mörder war. Seit der Begegnung mit Wenzel im Podelwitzer Lazarett hatte sich viel für ihn verändert. Damals war es ihm leichtgefallen, Wenzel zu töten, und doch hatte er es nicht fertiggebracht, die Pistole auf Berthold abzufeuern.

Würde ihm das gelingen, wenn er Rupert gegenüberstand? Martins Zorn schlug in all den Monaten seit Sophias Tod vor allem ihm entgegen. Rupert war zum Sinnbild seines Schmerzes geworden; er verfolgte ihn in seinen Träumen, und Martin war davon überzeugt, daß nur der Tod seines Vetters ihn von seinem Seelenschmerz erlösen konnte.

Inzwischen schüttete Katharina einen neuen Schwall an Flüchen und Verwünschungen über den Kater aus. Martin verzog das Gesicht und legte die Knochensäge beiseite. Vielleicht war es ratsam, dem Tier zur Seite zu stehen, bevor diese unberechenbare Furie ihm etwas antat.

Er kletterte vom Wagen und hielt nach Katharina Ausschau, die nun abrupt verstummt war. Eris schnaufte leise neben ihm. Martin kraulte das Maul der Stute.

Hinter seinem Rücken vernahm er aufs neue Katharinas Stimme. Doch plötzlich gab sie kein Gekeife von sich, sondern ein Wehklagen. Katharina heulte bitterlich auf.

Martin drehte sich um und eilte auf sie zu. Als er um den Wagen lief, sah er, daß sie Thea im Arm hielt. Katharina strich mit den Fingern über blutbesudeltes Haar. Das Blut klebte überall – in Theas Gesicht, an ihrer Kleidung, an den Händen und sogar an ihren Füßen.

»O Gott, nein!« rief Katharina. »Nein, nein!«

Für einen Moment befürchtete Martin, daß Thea in Katharinas Armen dem Tode nahe war, doch als er auf sie zukam, hob sie beschwichtigend die Hände. Sie mußte die Angst in seinen Augen erkannt haben und beruhigte ihn mit den Worten: »Hab keine Sorge, es ist nicht mein Blut.«

Auch wenn sie nicht ernstlich verletzt sein mochte, stellte er doch fest, daß sie mißhandelt worden war. Ihr rechtes Auge war ebenso geschwollen wie ihre Lippen, und als sie den Mund verzog, fiel ihm eine Zahnlücke auf.

Behutsam schloß Martin sie in die Arme und drückte sie an sich. Ihr Kopf schmiegte sich an seinen Hals, und dann brach sie in Tränen aus.

»Dir kann nichts mehr passieren«, versicherte er ihr. Über Theas Kopf hinweg schaute er zu Katharina, die ihm bedeutete, daß sie keine Ahnung hatte, was mit Thea geschehen war.

»Schaff Wasser herbei, Katharina«, sagte er. »Wir müssen das Blut abwaschen.«

Katharina nickte und machte sich auf den Weg, wobei sie zuvor noch einige Kinder und ein gutes Dutzend Troßleute davonscheuchte, die Theas unheilvoller Anblick angelockt hatte.

Thea zitterte am ganzen Körper. Er führte sie unter das Zeltdach, wo sie vor den neugierigen Blicken geschützt war. Mit einem Tuch wischte er ihr Gesicht ab und behandelte die Schwellung mit einer heilenden Salbe.

»Bist du sicher, daß es nicht dein Blut ist?« wollte er wissen.

Thea nickte, doch sie beugte sich vor und preßte eine Hand auf ihren Unterleib. Schmerzhaft verzog sie das Gesicht.

»Sie haben mich geschlagen und getreten«, brachte sie hervor.

»Wer? Wer hat dir das angetan?« Martin befürchtete, daß er die Antwort auf diese Frage bereits kannte.

»Rupert und Berthold«, bestätigte sie seinen Verdacht. »Sie waren so plötzlich da, als hätte ein böser Zauber sie auftauchen lassen. Die beiden schlugen auf mich ein und schleppten mich fort.«

Thea hustete und krümmte sich wieder zusammen. »Rupert war wie rasend, weil wir seinen Bruder bedroht haben. Er prügelte mich und dann ..., dann hat er mich geschändet.«

»Gütiger Gott.« Martin schauderte. »Was werden diese Teufel uns noch antun?« Er nahm Theas Hand und küßte sanft ihre Fingerkuppen.

»All das Blut – woher stammt das?« wollte er wissen.

»Es ist Bertholds Blut. Ich habe ihn mit seinem eigenen Dolch erstochen, nachdem Rupert von mir abgelassen und sich entfernt hatte. So bin ich ihm entkommen. Ansonsten ...«

»... hätten sie dich getötet«, beendete Martin den Satz. Er fühlte sich elendig und grämte sich darüber, daß er Thea ohne Schutz fortgeschickt hatte.

»Wo ist es geschehen?« fragte er.

Thea beschrieb ihm den Weg zu der Windmühle, die sich etwa eine halbe Meile vom Lager entfernt befand. Dann betrachtete sie ihn skeptisch und runzelte die Stirn.

»Was hast du vor?«

»Wenn Rupert sich noch in der Mühle aufhält, werde ich dafür Sorge tragen, daß er uns niemals wieder gefährlich werden kann.«

Martin erhob sich und trat aus dem Zelt. Er kletterte auf den Wagen und öffnete eine Kiste, in der sich seine Pistole und das nötige Zubehör befanden. Nach dem mißlungenen Racheakt an Berthold hatte er vermutet, daß er die Waffe vielleicht niemals wieder gebrauchen würde. Doch nun war er eines besseren belehrt worden. Er trug die Kiste vom Wagen, stellte sie neben Eris ab und machte die Pistole schußbereit.

Während er noch damit beschäftigt war, die Waffe zu laden, kehrte Katharina mit dem Wasserkübel zurück, stellte ihn vor Martin ab und runzelte die Stirn.

»Welche Torheit bereitest du nun wieder vor? Ist nicht schon genug Unheil über uns gekommen?«

Sie hatten mit Katharina nie über Rupert und Berthold gesprochen. Weder er noch Thea hatten es für nötig erachtet, sie ins Vertrauen zu ziehen, doch nun geriet auch Katharinas Leben in Gefahr, und darum war es wohl an der Zeit, ihr eine Erklärung zu geben.

»Wir haben die Männer gefunden, die meine Frau getötet haben«, sagte Martin. »Sie befinden sich hier im Lager.«

»Haben die Thea so zugerichtet?«

Martin nickte. »Thea hat einen von ihnen niedergestochen. Der andere wird nun nichts unversucht lassen, um uns zu finden. Ich muß ihm zuvorkommen, bevor er uns aufspürt.«

»Unsinn. Wenn dieser Mann wirklich so gefährlich ist, sollten wir uns davonmachen. Wir alle zusammen.«

»Es muß ein Ende haben«, widersprach Martin. »Katharina, ich will, daß du hier alles zusammenräumst und dich mit Thea nach Leipzig begibst. Wenn es Gottes Wille ist, werde ich in ein paar Tagen zu euch stoßen.«

Katharina zog ein unwirsches Gesicht. »Du Narr! Man sollte dich an diesem Wagen festbinden, bis du wieder zu Verstand gekommen bist.«

Er lächelte. »Ich glaube fast, du sorgst dich um mich.«

»Ich sorge mich vor allem um Thea«, entgegnete sie schroff und trat an ihm vorbei. »Es wird Zeit, das Blut von ihrem Körper zu waschen.«

Martin schaute Katharina einen Moment lang nach, dann widmete er sich wieder seiner Pistole. Nachdem die Waffe schußbereit war, sattelte er Eris und legte der Stute das Zaumzeug an. Als er dies erledigt hatte, sah er, daß Thea aus dem Zelt trat und auf ihn zukam. In ihrem Gesicht klebte kein Blut mehr. Sie trug saubere Kleidung, ging aber noch immer leicht gebückt und hatte eine Hand auf ihren Unterleib gelegt.

»Glaubst du, du könntest dich einfach so davonstehlen?« Thea baute sich vor ihm auf und musterte die Waffe, die hinter ihm im Sattelholster steckte. Trotz ihrer Beulen und Schrammen wirkte sie so entschlossen und aufgebracht wie selten zuvor.

»Thea, ich …«

»Du könntest getötet werden.«

»Ich werde vorsichtig sein.«

Thea schüttelte den Kopf. »Wir werden gegenseitig aufeinander achtgeben. Ich könnte es nicht ertragen, auf dich zu warten, in der Sorge, daß Rupert dich überrumpelt haben könnte.«

»Was soll das heißen?«

»Das heißt, daß ich mit dir kommen werde.«

Er verzog das Gesicht. »Du wirst mit Katharina in Leipzig auf mich warten. Dort seid ihr sicher.«

»Sicher fühle ich mich nur in deiner Nähe.« Thea kam

auf ihn zu und schaute ihm fest in die Augen. »Rupert hat mich geschändet, und er wollte mich töten. Ich habe zuvor nie recht verstanden, warum du so besessen von dem Gedanken warst, ihm das Leben zu nehmen. doch nun weiß ich, daß ich den Schmerz, den er mir zugefügt hat, nur ertragen kann, wenn ich mit meinen eigenen Augen seine Leiche gesehen habe.«

Martin zögerte. Er wollte Thea in Sicherheit wissen, aber durfte er ihrem Wunsch widersprechen?

Er seufzte, faßte sie um die Hüfte und hob sie auf den Rücken des Pferdes.

»Es bleibt dabei«, rief er Katharina zu. »Schaff den Wagen nach Leipzig.«

»Ihr biedert euch dem Tod an«, entgegnete Katharina und schüttete Wasser auf das Herdfeuer. Dann trat sie auf ihn und Thea zu und meinte: »Ich werde in Leipzig eine Kerze für euch entzünden.«

»Danke, Katharina.« Martin stieg in den Sattel und trat Eris sanft in die Rippen.

Während des holprigen Rittes über steinige Wege und durch das Unterholz des Waldes krallte Thea ihre Hände in Martins Wams und hoffte, daß ihm ihr gepreßtes Stöhnen verborgen blieb. Ihr Unterleib schmerzte bei jedem Hufschlag, als würde ein Schmiedehammer auf sie einprügeln. Thea schossen Tränen in die Augen, die sie fortwischte, indem sie ihr Gesicht an Martins Schulter rieb. Es tat gut, ihn so nah bei sich zu spüren, seine Stimme zu hören, wenn er wissen wollte, ob sie sich noch auf dem richtigen Weg befanden.

Sie passierten eine Anhöhe, von der aus sie in der Ferne flatternde Banner und dünne Rauchsäulen erkennen konnten. Es mußte sich um das Lager der Kaiserlichen handeln, das etwas mehr als eine Meile von ihnen entfernt lag. Sie hielten sich im Niemandsland zwischen den Frontlinien auf. An diesem Ort würden morgen die beiden Armeen aufeinandertreffen, doch auch schon heute drohte ihnen hier Gefahr, denn Martin äußerte die Vermutung, daß gewiß Patrouillen beider Seiten zwischen den Bäumen herumstreiften.

Nach einer Weile erreichten sie die Lichtung, von der aus sie die Windmühle sehen konnten, in die Thea von Rupert und Berthold verschleppt worden war. Das schiefe, aus Bruchstein gemauerte Untergeschoß wies Risse und Löcher auf, der hölzerne Oberbau schien fast in sich zusammenzufallen und von den Mühlenflügeln schwankte nur noch ein einziger träge im Wind, während die drei anderen lange zerbrochen waren und wie faule Zahnstümpfe wirkten.

Sie saßen ab und banden Eris' Zügel an einem Baum fest.

»Dort ist es geschehen«, sagte Thea und deutete auf die kaum vierzig Schritte entfernte Mühle. Ihr Blick richtete sich auf die geschlossene Tür. Der Gedanke, daß Rupert in diesem Gebäude hockte, ließ sie schaudern. Sie warteten eine Weile ab, bis Martin ungeduldig wurde.

»Wir müssen herausfinden, ob sich Rupert dort noch immer versteckt«, sagte er.

Thea beschrieb mit der Hand einen Kreis. »Wir sollten uns der Mühle von hinten nähern. Dort ist das Mauerwerk eingestürzt.«

»Wie breit ist dieser Einsturz?« wollte Martin wissen.

»Breit genug, um das Innere der Mühle zu überblicken. Du könntest dich sogar hindurchzwängen.«

Martin zog seine Pistole hervor und bedeutete Thea, ihm zu folgen. In einem weiten Bogen schlichen sie durch das Unterholz und liefen einige Schritte über das freie Feld, bis sie die hintere Mauer der Mühle erreicht hatten. Thea spürte ihr Herz aufgeregt schlagen, und dieser Takt beschleunigte sich noch, als Martin sich aufrichtete und vorsichtig durch den Einsturz in die Mühle spähte. Vor ihrem geistigen

Auge malte sie sich ein Schreckensbild aus. Sie war plötzlich überzeugt davon, daß Rupert bereits auf sie aufmerksam geworden war und im nächsten Moment auf Martin schießen würde. Doch alles blieb ruhig.

»Es ist dunkel«, flüsterte Martin ihr zu. »Ich kann eine Leiche erkennen. Oben gibt es eine Balustrade, die ich nicht einsehen kann.«

»Was sollen wir jetzt tun?« fragte Thea.

Martin überlegte kurz. »Du mußt die Tür aufstoßen. Wenn er sich dort oben versteckt hält, wird ihn das vielleicht zu einer unbedachten Bewegung verleiten. Außerdem ist es dann hell genug in der Mühle, damit ich von hier aus auf ihn schießen kann.«

»Glaubst du wirklich, Rupert wird sich so leicht überrumpeln lassen?«

»Welche Wahl bleibt uns denn?«

Thea wußte darauf keine Antwort, und darum nickte sie nur und lief geduckt um die Mühle. Als sie den Eingang erreicht hatte, holte sie tief Luft und trat gegen die Tür, so daß diese nach innen aufschwang. Rasch preßte sie ihren Rücken gegen die Wand und wartete gespannt auf einen Schuß oder ein anderes Geräusch.

Dann trat jemand aus der Tür. Thea zuckte erschrocken zusammen, doch sie beruhigte sich schnell, als sie Martin erkannte.

»Rupert ist nicht hier.« Martin deutete auf die morsche Holzbalustrade, die das Mühlenwerk umgab und die sie nun im Licht gut überblicken konnten.

Er ging zurück in die Mühle und stellte sich neben Bertholds Leiche. Dem Toten waren die Arme über die Brust gefaltet und die Augen geschlossen worden.

»Herrgott, schau dir das an!« Martin wischte mit dem Fuß über die getrocknete Blutlache, die den halben Boden bedeckte. Auch an den Wänden klebte Bertholds Blut. Am Hals der Leiche prangte deutlich die klaffende Wunde.

Thea fühlte sich nicht wohl an diesem Ort. Sie wollte fort von hier, und zudem plagte sie eine neue Befürchtung.

»Vielleicht hält sich Rupert in der Nähe auf.«

»Um uns zu beobachten?« Martin schüttelte den Kopf. »Er muß rasend vor Zorn sein und wäre gewiß auf uns losgegangen, wenn er uns bemerkt hätte.«

Thea verschränkte die Arme und betrachtete die Leiche. »Du glaubst, er läßt seinen Bruder einfach so zurück?«

Martin kratzte seine Stirn. »Dafür kann es nur einen Grund geben: Rupert ist aufgebrochen, um uns zu finden.«

Eine böse Ahnung überfiel Thea. »Du meinst ...«

»... er hat überhaupt nicht erwartet, daß wir hierherkommen«, sprach Martin ihren Gedanken aus.

»Katharina!« raunte Thea.

Martin faßte sie am Arm und zog sie eilig mit sich zurück zu Eris. Er hievte sie auf den Rücken der Stute, schwang sich selbst in den Sattel und trieb das Pferd zu einem halsbrecherischen Galopp an. Sie wußten nicht, wann Rupert aufgebrochen war, und Thea flehte zu Gott, daß sie vor ihm im Lager eintreffen würden.

Rupert nahm die Geräusche um sich herum kaum wahr. Die heiseren Stimmen, das Scheppern von Metall und das Poltern der Geschützwagen drangen so gedämpft in seine Ohren, als wären sie mit Harz verstopft. Die Vorbereitungen zur Schlacht kümmerten ihn nicht. Es war ihm gleich, ob diese Armee am morgigen Tag die Bataille siegreich bestehen oder in ihrem eigenen Blut untergehen würde.

Während er durch das Lager stapfte, wichen die Landsknechte angewidert vor ihm zurück und machten ihm Platz. Einige wandten schnell den Blick ab, als käme es einem bösen Omen gleich, diesem blutbesudelten Mann ins Gesicht zu schauen. Andere spuckten trotzig vor Rupert aus.

Er sehnte sich nach dem Tod. Das Verlangen, Berthold zu folgen, wohin dieser Weg ihn auch führen mochte, erschien ihm wie die süßeste aller Verlockungen. Als er in der Mühle vor Berthold niedergesunken war, hatte er kurz mit dem Gedanken gespielt, seinem Leben ein Ende zu setzen. Doch dann hatte ihm erneut das Bild der Hure vor Augen gestanden, und der Zorn auf diese Frau und auf Martin hatte ihm neue Kraft gegeben.

Die beiden würden sterben. Noch heute. Danach würde er sich neben Berthold zur Ruhe begeben, die Hand seines Bruders halten und diese jämmerliche Welt hinter sich lassen.

Er erreichte den Platz im Lager, an dem Berthold und er vor wenigen Stunden Martins Wagen entdeckt hatten. Nur wenige Schritte davon entfernt hatten sie die Hure überwältigt und mit sich geschleppt.

Warum nur hatte er sie nicht sofort getötet? Das Jucken in seinem Geschlecht hatte ihn dazu verleitet, sich an ihr zu vergehen. Er hatte einen hohen Preis für diese Schwäche entrichtet. Könnte er Bertholds Tod damit ungeschehen machen – er hätte sich, ohne zu zögern, das Glied vom Leib geschnitten.

Rupert näherte sich Martins Wagen. Er duckte sich hinter ein anderes Gefährt, denn sein blutbespritztes Wams leuchtete auffälliger als ein buntes Federkleid.

Einige Momente lang wartete er ab, konnte aber niemanden in der Nähe des Wagens ausmachen. Ein mageres Mädchen mit verfilzten Haaren lief an ihm vorbei, starrte ihn an, als wäre er der Teufel persönlich, und stürzte davon.

Rupert wurde ungeduldig. Er preßte die Zähne aufeinander und hielt weiter nach Martin Ausschau. Nichts geschah. Er fluchte leise.

Dann endlich sah er neben Martins Wagen eine ältliche Vettel hervortreten, die eine Kiste auf das Gefährt hob und einen Moment später auf den Planwagen kletterte.

Sie machen sich davon, schoß es Rupert durch den Kopf. *Sie wollen den Troß verlassen.*

Er zögerte nur kurz, dann trat er mit einem Dolch in der Hand rasch auf das Gefährt zu. Die Alte würde wissen, wo sich Martin und die Hure aufhielten.

Als er sich auf den Wagen stemmte, wandte die Vettel sich um. Er verharrte und fixierte die Augen der Alten. Sie mochte erschrocken sein, doch sie schaffte es, ihre Furcht vor ihm zu verbergen. Mit wütendem Gesichtsausdruck keifte sie Rupert entgegen: »Scher dich fort, du Mißgeburt!«

Sie trat mit dem Fuß nach ihm, aber nicht hart genug, um ihn vom Wagen zu stoßen. Nun griff Rupert nach ihrem Bein und zog sie näher zu sich heran. Bevor die Vettel schreien konnte, schlug Rupert ihr ins Gesicht. Er kletterte ganz auf den Wagen, drängte die Frau zu Boden und setzte sich auf sie. Rupert legte eine Hand auf ihren Mund. Sie grub ihre Zähne in seinen Handballen, und er jaulte auf.

Wütend holte er erneut aus und schlug noch einmal auf sie ein. Die Alte keuchte und hustete.

»Wo ist die Hure?« verlangte er zu wissen.

Als die Vettel sich weigerte, ihm zu antworten, krallte er seine Finger in ihr Kleid und riß es über ihrem Busen auseinander. Er zerrte an ihrem Unterhemd, bis zwei faltige, schlaffe Brüste zum Vorschein kamen. Die Alte fletschte haßerfüllt die Zähne, aber ihre Kräfte reichten nicht aus, um sich ernsthaft gegen ihn zur Wehr zu setzen.

Rupert setzte die Spitze seines Dolches an die rechte Brust.

»Wo ist die Hure?« fragte er noch einmal. »Wo ist Martin Fellinger?« Er drückte das Messer einen Fingerbreit in das Fleisch. Ein dunkler Bluttropfen perlte von der Brust auf die Klinge des Dolches.

Die Alte stöhnte laut auf. »Du Teufel!« preßte sie hervor.

Er bohrte das Messer tiefer in das Fleisch. »Wo sind sie?«

»Fort.« Trotz der Schmerzen funkelten ihre Augen verachtend.

»Suchen sie nach mir?«

»Fahr zur Hölle!«

Die Vettel versuchte ihn anzuspucken. Rupert zog den Dolch aus der Brust und setzte die Spitze der Klinge an ihr Auge.

»Sag mir, wo sie sind!« rief er, bereit, ihr das Auge zu nehmen, wenn sie sich weiterhin so störrisch verhielt.

Ein Geräusch hinter ihm ließ Rupert herumfahren. Am Ausstieg des Wagens erblickte er einen schmächtigen Halbwüchsigen, der ihn mit großen Augen anstarrte.

Der Bursche rannte davon. Rupert fluchte. Es würde nicht lange dauern, bis man der Frau zu Hilfe eilte. Ihm blieb keine Zeit mehr. Sie mußte reden – oder sterben.

Rupert preßte seine Hand auf ihre Kehle und drückte fest zu. Das Gesicht der Vettel lief blau an, ihre Zunge kam weit aus dem Mund hervor und zappelte wie ein Aal.

Er ließ sie los, wartete kurz ab, bis sie würgend nach Luft geschnappt hatte und bellte dann: »Wo ist sie? Wo ist die Hure?«

Die Alte bedeckte die blutige Brust mit ihrer Hand. »Lieber beiß ich mir die Zunge ab.«

Rupert betrachtete das Blut, das von der Spitze des Dolches tropfte. Er fuhr mit einem Finger die Klinge entlang, dann riß er einen breiten Streifen Stoff vom Hemd der Frau ab.

»Du wirst mir trotzdem von Nutzen sein«, zischte er und setzte den Dolch an ihre Kehle.

Thea klammerte ihre Arme fest um Martins Leib. Mit Mühe gelang es ihr, sich auf dem Pferd zu halten. Martin trieb Eris in einem halsbrecherischen Ritt vorwärts. Die Menschen im Lager waren gezwungen, in raschen Sprüngen zur Seite zu weichen, was Martin und Thea zahlreiche zornige Flüche und Verwünschungen einbrachte.

Als sie den Wagen erreichten, brachte Martin sein Pferd so abrupt zum Halten, daß Thea fast vom Rücken der Stute fiel. Sie stöhnte auf, rutschte auf die Erde und nahm sogleich wahr, daß sich um den Wagen ein Dutzend Männer und Frauen versammelt hatte. Eine schreckliche Ahnung überfiel Thea. Martin zog sie auf die Beine, und auch ihm war die Sorge um Katharina deutlich anzumerken.

»Katharina«, rief Martin, als er auf den Wagen zulief. Eine Antwort blieb aus. Statt dessen wandten sich ihnen besorgte und erschütterte Gesichter zu.

Zwei kräftige Männer hoben einen leblosen Körper vom Wagen und legten ihn auf die Erde. Martin stöhnte laut auf. Thea brachte nur ein ersticktes Schluchzen hervor, als sie Katharina in ihrem zerrissenen, blutbefleckten Kleid vor sich liegen sah. Die Augen der alten Frau standen offen, aber sie waren ohne Leben. Jemand hatte ihr die Kehle von einem Ohr zum anderen durchtrennt.

»Ich habe einen Mann gesehen«, sagte ein schlaksiger Bursche, der zum wiederholten Male das Kreuz vor seiner Brust schlug. »Er muß direkt aus der Hölle gekommen sein, um diese Frau zu töten. Sein Gesicht war das eines Teufels.«

»Eines einäugigen Teufels?« fragte Martin.

Der Bursche nickte eifrig.

»Schaut euch das an«, rief einer der Männer vom Wagen. Er reichte Martin einen Fetzen Stoff. Martin faltete ihn vorsichtig auseinander. Zunächst glaubte Thea, er wäre nur mit Blut beschmiert, doch dann erkannte sie, daß Rupert ihnen eine Nachricht hinterlassen hatte. Einen Hinweis, verfaßt mit Katharinas Blut. Es handelte sich um ein Quadrat, in dessen Mitte ein großes ›X‹ gezeichnet worden war.

»Was soll das bedeuten?« fragte Thea.

Martin ließ das Tuch sinken. »Die Mühle«, sagte er leise. Ermattet rieb er über sein Gesicht. »Er wartet dort auf uns.«

Kapitel 19

Sie begruben Katharina in der Nähe des Mühlgrabens. Während Martin eine Grube aushob, wusch Thea Katharinas Leichnam und nähte ihn in ein breites Laken.

Martin fühlte seine Kräfte schwinden. Jedesmal, wenn er die Schaufel anhob, kam es ihm vor, als würde er im nächsten Moment unter dieser Last zusammenbrechen. Thea schien es nicht besser zu ergehen. Gelegentlich hielt er inne und schaute sie an. Immer wieder ruhten ihre Hände über dem Laken, und sie stierte reglos auf den Boden, während sie um Katharina weinte.

Nachdem sie die Leiche in die Grube gelegt und die Erde auf sie geschüttet hatten, senkte sich der Schleier der Nacht über das Lager. Martin verspürte Erleichterung darüber, daß sich dieser schreckliche Tag dem Ende zuneigte.

Die Ereignisse überrollten ihn. Er wünschte sich Ruhe, doch es war notwendig, Katharina zu begraben, bevor sie Rupert entgegentraten. Keiner von ihnen sprach es aus, aber sie wußten, daß sie bei der bevorstehenden Konfrontation mit Rupert ihr Leben verlieren konnten. Sie wollten Katharinas Leiche nicht auf dem Wagen zurücklassen, bis man die Tote vielleicht erst nach Tagen finden und in einem Massengrab verscharren würde.

Es blieb keine Zeit, einen Priester herbeizuschaffen. So hockten nur Martin und Thea am Grab und hielten sich an der Hand. Thea weinte noch immer. Martin erinnerte sich daran, wie gefaßt sie Conrads Tod hingenommen hatte. Nun aber hielt sie ihre Trauer nicht zurück, und Martin konnte ihre Erschütterung verstehen. Sie hatten sich tagelang auf Conrads Ende vorbereiten können, doch der Mord an Katharina traf sie völlig überraschend.

Martin hatte sich in den vergangenen Tagen ausschließlich um Thea oder um sein eigenes Leben gesorgt und Katharina dabei völlig außer acht gelassen. Nun hatte ausgerechnet Conrads Schwester den Preis für sein Verlangen nach Rache bezahlt.

»Als wir uns zum ersten Mal begegneten, schlug sie mit einer Gerte nach mir, sobald wir allein waren«, sagte Thea und lächelte gequält. »Doch kurz darauf, als ein Mann mich bedrohte, schützte sie mich wie eine Mutter ihr Kind.«

Martin runzelte die Stirn. »Davon hast du mir nie erzählt.«

Thea legte eine Hand auf das Grab. »Niemand hat sie recht leiden können, und doch war wohl sie die Tapferste von uns allen.«

Martin nickte. Er überlegte, ob auch er lobende Worte über Katharina von sich geben sollte, doch die Schuld, die er empfand, verschloß ihm die Lippen. Er grub seine Finger in die Erde und ballte sie so fest zu Fäusten, daß es schmerzte.

Eine Weile saßen sie noch schweigend am Grab nebeneinander, dann erhob sich Martin und meinte: »Es wird Zeit.«

Sie beluden den Wagen und brachen auf. Während der Fahrt durch das Lager verfolgten sie das hektische Geschehen im Schein der zahlreichen Pechfackeln. Das Heer des schwedischen Königs bereitete sich auf die Schlacht vor. Unter dem Klang dumpfer Trommelschläge versammelten sich die Regimenter bei ihren Fahnen. Munitions- und Geschützwagen polterten vorüber, und nicht selten mußten sie vorbeiziehenden Reiterstaffeln Platz machen. Bald schon zog dichter Nebel auf, der die Soldaten einhüllte.

Ihr Ziel war das Quartier von Jöran Poutiainen. Der Wagen und ihre Habseligkeiten würden dort vor Dieben geschützt sein, wenn sie zur Mühle aufbrachen.

Martin und Thea ließen sich in das Zelt des Rittmeisters führen, wo dem Finnen von zwei Pagen der Harnisch angelegt wurde. Während der eine Bursche einen geschuppten Oberschenkelschutz festschnallte, befestigte der andere einen glänzenden Brustpanzer. Jöran Poutiainen hatte sich für die Schlacht herausgeputzt. An seinem Hut steckten breite Federn in schillernden Farben, sein Wams war mit bestickten Schärpen und Tüchern geschmückt, und von den Schultern hingen bunte Seidenbänder herab.

Poutiainen zeigte sich verwundert über Martins und Theas Aufwartung so kurz vor dem Beginn der Schlacht. Martin trug seine Bitte vor, und der Rittmeister gewährte ihnen den Aufenthalt in seinem Quartier und Schutz für Martins Besitz.

»Ich bitte euch nur um eines.« Poutiainen gab dem Pagen, der seinen Brustpanzer schnürte, einen leichten Schlag auf den Hinterkopf und bedeutete ihm, die Riemen zu lockern. »Haltet das zänkische Weib von mir fern. Ihre Launen würden mir selbst die Rückkehr von einer siegreichen Schlacht verübeln.«

»Katharina ist tot«, sagte Martin.

Poutiainen zog eine verwunderte Miene. »Tot? Wie ist das geschehen?«

»Sie wurde ermordet. Von einem Mann, der auch Thea und mir nach dem Leben trachtet.«

Der Finne überlegte kurz. »Ich könnte Euch eine Wache zum Schutz stellen. Zwar ziehen die besten Männer mit mir in den Kampf, aber ich werde einigen Pferdeknechten den Befehl geben, sich um Euren Wagen zu postieren und die Augen offenzuhalten.« Er grinste. »Natürlich verfolge ich damit auch Eigennutz, denn mir ist zu Ohren gekommen, daß Ihr Euch inzwischen zu einem fähigen Chirurgen entwickelt habt. Sollte man mich also verletzt vom Schlachtfeld heimschaffen, werde ich mich bei Euch in besten Händen befinden.«

Martin antwortete nicht darauf. Er verschwieg Poutiainen, daß auch er schon bald aufbrechen und vielleicht niemals wieder zurückkehren würde.

»Wollt Ihr mir verraten, warum Euch dieser Mann nach dem Leben trachtet?« fragte der Finne.

»Das ist eine lange und sehr traurige Geschichte«, meinte Martin. »Ich werde sie Euch erzählen, wenn die Schlacht geschlagen ist.«

Thea hatte sich bislang still verhalten, doch nun trat sie näher und legte eine Hand auf den Harnisch.

»Ihr benutzt noch immer den Stock, um Eure Schritte zu setzen«, sagte sie. »Seid Ihr denn wirklich in der Verfassung, Euch in das Schlachtgetümmel zu stürzen?«

Jöran Poutiainen tat ihren Einwand mit einer lapidaren Handbewegung ab. »Auf dem Pferderücken behindert mich die alte Verletzung kaum noch. Und ich werde es mir nicht nehmen lassen, den alles entscheidenden Sieg unserer Armee mit eigenen Augen zu verfolgen.« Er deutete zum Zeltausgang und zog eine bittere Miene. »Sofern dieser vermaledeite Nebel dies überhaupt zuläßt.«

»Und wenn der König die Schlacht verliert?«

»Dann werden uns die kaiserlichen Truppen überrennen und das Lager plündern«, erwiderte Poutiainen kühl. »Sollte das geschehen, werde auch ich Eure Habe nicht länger schützen können.«

»Gott möge das verhindern«, sagte Thea.

Poutiainen nickte. »Der Herr wird ein wachsames Auge auf uns haben. Vor allem auf den König. Gustav Adolf sollte sich hüten, sich so forsch in die Bataille zu stürzen wie bei Breitenfeld, wenn er unserer Sache noch lange dienen will.«

Martin und Thea dankten Jöran Poutiainen noch einmal für dessen Hilfe und zogen sich zurück, um den Wagen hinter das Quartier des Rittmeisters zu schaffen. Sie errichteten das Zelt und entzündeten ein Feuer. Alles geschah ohne Hast, denn nun in der Dunkelheit und im Nebel war es zu gefährlich, Rupert in der Mühle entgegenzutreten. Außerdem würde es ihnen beiden guttun, ein paar Stunden zur Ruhe zu kommen, bevor sie sich auf den Weg machten.

Während sie einen Gerstenbrei und gedörrte Linsen zu sich nahmen, passierte sie eine Kavalkade aus sieben Reitern. Poutiainen und seine Offiziere ritten geharnischt und in voller Bewaffnung an ihnen vorüber. Der Finne nickte ihnen zu und legte zwei Finger an die Hutkrempe, dann verschwand die Schar auch schon in der dichten Nebelwand.

Martin holte das Medaillon hervor und betrachtete versonnen das Antlitz seiner Frau.

»Du solltest nicht mit mir gehen«, sagte er zu Thea. »Es ist zu gefährlich.«

Sie schüttelte den Kopf. »Glaubst du, ich könnte es ertragen, hier auf dich zu warten und dich in Gefahr zu wissen? Weißt doch, wir wollen stets aufeinander aufpassen.«

»Thea …«, setzte er an, doch sie wehrte seinen Einwand energisch ab.

»Wir sind diesen Weg bis hierher zusammen gegangen. Wir werden ihn auch zusammen beenden.«

Martin seufzte. »Du folgst mir ohnehin, auch wenn ich es dir verbieten würde.« Er reichte ihr das Medaillon. »Nimm es! Vielleicht bringt es dir Glück.«

»Das kannst du ebensogut gebrauchen wie ich.« Thea schob seine Hand fort und zog die Scherbe des Glasmosaiks hervor, die sie immer bei sich trug. »Ich besitze meinen eigenen Talisman.«

Er steckte das Medaillon zurück in die Wamstasche, dann rückte er näher zu Thea heran und legte einen Arm um sie. Eine Zeitlang schauten sie still ins Feuer.

Ich möchte sie niemals loslassen, ging es Martin durch den

Kopf, und wie so oft in den vergangenen Tagen tauchte ein weiterer Gedanke auf, den er jedoch nie ausgesprochen hatte. Nun aber fand er den Mut dazu. »Wenn Gott es will, daß wir gegen Rupert bestehen«, sagte er, »dann sollten wir das als ein Zeichen sehen.«

»Was meinst du damit?«

»Ruperts Tod würde die Vergangenheit begraben. Dann möchte ich für immer mit dir zusammenbleiben, Thea.«

»Du willst mich heiraten?« mutmaßte sie.

»Sofern wir beide morgen noch leben. Und natürlich nur, wenn auch du das willst.«

Sie wandte ihm ihr Gesicht zu und wirkte fast ein wenig entrüstet. »Wie kannst du daran zweifeln, du Narr.« Thea beugte sich zu ihm und küßte ihn.

Eine kühle, windstille Nacht neigte sich dem Ende zu. Der Morgen dämmerte herauf, und noch immer lag dichter Nebel über den Feldern um Lützen, der die schwedischen Hoffnungen auf einen frühen Beginn der Schlacht zunichte machte.

Während Thea und Martin langsam und in sicherer Entfernung zur Aufstellung der hinteren Treffen durch den wallenden Schleier ritten, erklangen Morgengebete und Choräle aus Tausenden Kehlen. Die Soldaten beider Parteien standen sich bereits in Schußweite der Geschütze gegenüber und warteten auf bessere Sicht. Während die Schweden auf den Nebel fluchten, priesen die Kaiserlichen die Wetterlage wohl eher als göttlichen Beistand, denn diese Verzögerung verschaffte Wallensteins Heer Zeit, die dringend benötigten Verstärkungen heranzuführen.

Thea überlegte, ob ihnen der Nebel bei der Konfrontation mit Rupert zum Vorteil gereichen würde. Zwar ermöglichte ihnen die Witterung, sich unentdeckt in die Nähe der Mühle zu schleichen, doch wie sollten sie Rupert in diesem Dunst dann finden? Je länger Thea über diese Frage nachdachte, desto mehr fürchtete sie sich davor, einem gewissermaßen unsichtbaren Feind entgegenzutreten.

Martin schien zu einer ähnlichen Überzeugung gekommen zu sein, denn nachdem sie den Wald erreicht hatten, zügelte er Eris, stieg vom Rücken der Stute und hob Thea hinunter. Die Nebelwand war noch immer so dicht, daß sie die Bäume kaum auf eine Armlänge hin erkennen konnten.

»Wir haben den Weg verloren«, meinte Martin und starrte aus schmalen Augen in den undurchdringlichen Schleier. »Es hat keinen Sinn. Wir müssen warten, bis der Nebel sich auflöst.«

Thea widersprach ihm nicht, und so hockten sie sich auf einen Baumstumpf und ließen die trägen Schwaden an sich vorbeiziehen.

Martin legte eine Hand an ihre Wange. »Versuch zu schlafen«, meinte er. Thea war erschöpft, aber die Furcht vor dem, was sie in der Mühle erwartete, hielt sie wach.

Martins Finger fuhren an ihrer aufgeplatzten und verschorften Schläfe entlang, und sie strichen über die Schwellung unter ihrem Auge. Thea betastete mit ihrer Zungenspitze vorsichtig die Zahnlücke, die Ruperts Schlag hinterlassen hatte, doch sie zog sie rasch zurück, als sie damit einen stechenden Schmerz auslöste.

»Ich sehe schrecklich aus«, sagte sie leise.

Martin schmunzelte. »Das wird schon wieder. Bis auf den Zahn natürlich. Aber du wirst nicht die erste und nicht die letzte Braut mit einer Zahnlücke sein.«

Thea bedeutete ihm zu schweigen. Es war nicht gut, das Glück mit diesen Worten herauszufordern.

Sie schmiegte sich an Martin und döste nun doch ein. Bald darauf träumte sie von einem Nebel, der sie nicht weiß, sondern schwarz wie die Nacht umhüllte und in dem sich Dutzende gräßlicher Kreaturen verbargen, die knurrend und geifernd auf sie zukamen, ohne daß es für sie eine Möglichkeit gab, ihnen zu entfliehen.

Ein lautes Donnern riß Thea aus dem Schlaf. Sie wußte nicht, wieviel Zeit vergangen war, aber ihr fiel sofort auf, daß sich der Nebel deutlich gelichtet hatte.

Martin streichelte über ihr Haar. »Der Wind ist aufgefrischt.« Ein neuerliches Getöse ließ Thea zusammenzucken, und er sagte: »Das ist Geschützfeuer. Die Schlacht hat begonnen.«

»Wie spät ist es?«

Er hob die Schultern. »Ich habe keine Ahnung. Es mögen zwei Stunden vergangen sein, seit du eingeschlafen bist.« Martin stand auf und schaute sich um. »Ich kann mich wieder orientieren. Wir sind gestern schon einmal hier entlanggekommen. Es ist nicht mehr weit bis zur Mühle.«

Sie führten Eris am Zügel durch den Wald. Wie Martin richtig vermutet hatte, erreichten sie nach kurzer Zeit eine Anhöhe, von der aus sie die Lichtung überblicken konnten, auf der sich die Mühle befand.

Weiter ostwärts, kaum eine Meile von der Mühle entfernt, bewegte sich eine Kompanie Fußsoldaten unter Trommelschlägen und mit wehenden Bannern auf eine Straße zu und wurde von feindlichem Geschützfeuer unter Beschuß genommen. Kugel um Kugel schlug donnernd in die Reihen ein, ließ Erdfontänen hervorspritzen und forderte einen blutigen Tribut unter den Männern, die aber unerschrocken voranmarschierten.

Martin und Thea verbargen sich hinter einem Gebüsch und nahmen die Mühle in Augenschein.

»Die Tür steht offen«, sagte Martin.

Thea beschlich ein ungutes Gefühl. »Als wollte er uns hereinbitten.«

Eine Weile hockten sie schweigend nebeneinander und hofften, eine verräterische Bewegung zu entdecken. Doch alles blieb ruhig.

»Er wartet dort.« Martin zog seine Pistole hervor und

spannte den Hahn. »Ich werde mich der Mühle wieder von der Rückseite nähern.«

»Ich komme mit dir.«

Martin schüttelte den Kopf. »Du bleibst hier. Sollte ich Rupert nicht sehen können, müssen wir ihn aus seinem Versteck hervorlocken.«

»Und wie?«

»Du mußt ihn auf dich aufmerksam machen. Kneif Eris in die Flanken, damit sie scheut und wiehert. Dann wird er wissen, daß wir uns in der Nähe befinden, und vielleicht läßt ihn das leichtsinnig werden.«

»Wie lang soll ich damit warten?«

»Sobald ich hinter der Mühle verschwunden bin, zählst du langsam bis hundert.«

»Ich tue mich ein wenig schwer mit den Zahlen.«

»Aber du hast doch wohl gelernt, bis zehn zu zählen.«

Sie nickte.

»Gut, dann zählst du an jedem deiner Finger bis zehn, und solltest du bis dahin noch keinen Schuß gehört haben, mußt du das tun, was ich dir gesagt habe.«

»Sei vorsichtig, Martin. Ich will dich heiraten, nicht beerdigen.«

Thea spürte seine Anspannung. Er atmete gedehnt aus, dann küßte er sie und lief geduckt davon.

Rupert spannte sich, als Martin nur wenige Schritte von ihm entfernt durch den Wald schlich und sich in großem Bogen der Mühle näherte. Einen Moment lang war er versucht, aus seinem Versteck hervorzuspringen und ihn mit dem Degen niederzustrecken, doch da er befürchtete, daß die Hure mit dem Pferd die Flucht ergriff, wenn er Martin erschlug, hielt er sich zurück. Gewiß wollte er seinen Vetter tot sehen, doch sein Zorn galt vor allem dieser Frau.

Er hatte gehofft, daß die beiden dumm genug sein würden, zu glauben, daß er dort in der Mühle hockte und auf ihr Eintreffen wartete. Statt dessen hielt er sich schon seit geraumer Zeit hier am Waldrand in einer Mulde verborgen und hatte beobachtet, wie Martin und die Hure aus dem Unterholz hervortraten.

Sie waren ihm so nah gewesen, daß er jedes ihrer Worte verstanden hatte. Dann lief Martin an ihm vorbei und ließ die Hure allein zurück. Rupert betrachtete die Dirne voller Abscheu. Sie hatte Berthold den Dolch in den Hals gestoßen, und dafür würde er sie mit sich in den Tod nehmen.

Langsam richtete er sich auf und schaute sich um. Martin war inzwischen an der Mühle angelangt und schlich auf die Rückseite zu. Der Narr würde schnell erkennen, wie sinnlos sein Vorhaben war.

Während neuerlicher Geschützdonner einsetzte, trat Rupert aus der Senke hervor und näherte sich der Hure. Sie kehrte ihm den Rücken zu und behielt starr die Mühle im Auge, wobei sie leise vor sich hin zählte.

Rupert sprang auf die Dirne zu und schnappte nach ihr. Sie zuckte zusammen, doch da hatte er die zierliche Frau schon fest an sich gedrückt und eine Hand auf ihren Mund gepreßt. Die Hure versuchte zu schreien, doch nur ein dumpfer, erbärmlicher Laut drang unter seiner Hand hervor. Er hätte ihr mit einer einzigen Bewegung den Hals brechen können, aber er hielt der Versuchung stand.

Sie sollte Martin im Moment ihres Todes in die Augen schauen.

Der Boden erzitterte unter dem Donner der Kanonen. Martin stolperte. Geduckt kroch er weiter, bis er den Riß in der Mühlenwand erreicht hatte. Nicht weit von der Mühle entfernt preschten zwei herrenlose Pferde über die Lichtung und suchten im Unterholz das Weite.

Er verharrte einen Augenblick und warf einen Blick über das Schlachtfeld. Viel konnte er im Pulverdampf nicht erkennen, aber er machte eine dichtgedrängte Reihe von Männern und Pferden aus, die etwa eine halbe Meile von der Mühle entfernt auf die Straße zuhielt und unter Feuer genommen wurde. Hastig hervorgestoßene Befehle erklangen, dazu gequälte Schreie und das unaufhörliche Stakkato des Musketen- und Geschützfeuers.

Er wandte sich vom Schlachtgeschehen ab und spähte vorsichtig in die Mühle. Bertholds Leiche lag dort noch immer auf dem Boden. Rupert jedoch war nicht zu sehen. Um die Balustrade in Augenschein zu nehmen, drehte Martin sich zur Seite und achtete darauf, daß sein Kopf möglichst hinter den Bruchsteinen geschützt blieb.

Es war unmöglich, den gesamten Oberbau einzusehen. Die morsche Balustrade bot Rupert unzählige Verstecke. Nun konnte er nur darauf hoffen, daß es Thea gelang, Rupert auf sich aufmerksam zu machen und ihn hervorzulocken.

Die Zeit, die sie hatte abwarten sollen, war längst verstrichen. Noch immer grollte der Geschützdonner in der Ferne. Das würde es Thea nicht leichter machen, Ruperts Aufmerksamkeit auf sich zu ziehen. Trotzdem hielt er gespannt die Balustrade im Auge, bereit, die Pistole auf Rupert abzufeuern, sobald dieser in sein Schußfeld geriet.

Ein Ruf ließ ihn erstarren.

»Martin.«

Achtzehn Monate waren vergangen, seit sie sich in Magdeburg gegenübergestanden hatten, doch Martin erkannte die Stimme sofort. Noch einmal wurde sein Name gerufen. Martin richtete sich auf und erblickte Rupert und Thea in der offenen Tür.

Sein Vetter drückte Thea an sich. Sie wand sich verzweifelt in seinem Griff, ohne daß es ihr gelang, sich ihm zu entziehen.

Martin zwängte sich durch den Riß in die Mühle und zielte mit seiner Pistole auf Rupert. In Theas Gesicht zeichnete sich Todesangst ab. Zwischen ihnen lagen nur zwei Schritte, aber es war ihm nicht möglich, sie aus den Händen des Einäugigen zu befreien, denn Rupert richtete eine Pistole auf Theas Kopf.

In all den Monaten seit der Katastrophe von Magdeburg hatte Martin diesen Moment herbeigesehnt. Er hätte sein Leben, ja seine Seele dafür gegeben, Rupert gegenüberzustehen und ihn für seine Sünden bezahlen zu lassen, doch nun, als er Thea zitternd und bleich in der Gewalt Ruperts vor sich sah, wünschte er sich, er hätte niemals einen solchen Gedanken in Worte gefaßt.

Einen Augenblick lang standen sie sich abschätzend gegenüber. Von draußen erklang noch immer das Getöse des Schlachtenlärms. Martin kam es allerdings vor, als wären die Armeen in weite Ferne gerückt – in eine Welt, fernab der Wirklichkeit, die sich ihm in dieser Mühle offenbarte.

»Laß sie gehen!« verlangte Martin und machte einen weiteren Schritt auf Rupert und Thea zu.

Ruperts Blick ruhte einen Moment lang auf Bertholds Leiche. Martin fiel auf, daß sich sein Arm nun noch fester um Thea krampfte, die vor Angst zitterte und nach Luft schnappte.

Rupert nahm die Pistole von ihrem Kopf, fuhr mit der Waffe langsam den Rücken entlang und drückte sie in Theas Kreuz. Sein Auge fixierte wieder Martin, als er sagte: »Für uns ist der Tod eine Gnade.«

Thea schrie und bäumte sich auf. Martin wußte, daß er Rupert unverzüglich töten mußte.

Bevor er diesen Gedanken voll erfaßt hatte, erfüllte ein berstendes Krachen den Raum. Das Geschoß durchschlug Theas Leib und verfehlte nur knapp Martins Hüfte. Rupert stieß Thea von sich, und sie fiel in Martins Arme. Der Schwung, mit dem sie auf ihn fielen, riß beide zu Boden. Taumelnd fielen sie auf die festgestampfte Erde. Die Pistole glitt aus Martins Hand. Nun war er Rupert schutzlos ausgeliefert.

Theos erschlaffter Körper rutschte von ihm herunter. Seine Hände waren verklebt mit ihrem Blut.

Sie ist tot. Der Gedanke tobte in seinem Kopf. *Sie ist tot, und ich habe sie ebensowenig vor Rupert schützen können wie Sophia.*

Martin blinzelte und sah über sich einen Schatten auftauchen. Rupert hob einen Degen an und zielte auf sein Herz. Für einen Augenblick erschien Martin der Tod tatsächlich wie eine Gnade, doch bevor Rupert zustoßen konnte, rollte er sich zur Seite und versuchte auf die Beine zu gelangen. Während er voranstolperte, setzte Rupert ihm nach. Der Degen fuhr durch die Luft und verfehlte Martin nur knapp.

Martin drehte sich um, griff Rupert mit den Fäusten an und schlug ihm hart ins Gesicht. Rupert stöhnte nur kurz auf und landete sofort darauf einen Fausthieb in Martins Magen.

Martin prallte gegen das Mauerwerk. Der Schmerz ließ ihn schwindeln, doch er konnte dem heranstürmenden Rupert noch einmal ausweichen, indem er sich rasch duckte, als sein Vetter ihm seinen Degen, den er wieder aufgenommen hatte, auf den Kopf schlagen wollte.

Stolpernd stürzte Martin voran. Er bekam in einem Geröllhaufen ein schmales Holzbrett zu fassen und wehrte damit Ruperts nächsten Angriff ab. Als sein Vetter erneut zum Schlag ausholte, rollte Martin sich zur Seite, so daß der wuchtige Hieb nur Erde traf. Martin kam auf die Beine und schlug das morsche Holz mit aller Kraft auf Ruperts Schulter. Der wurde von dieser Attacke so überrascht, daß ihm die Waffe aus der Hand glitt, doch nun packte er Martin mit bloßen Händen und ging mit ihm zu Boden.

Martin stemmte das Brett gegen Rupert, der schwer auf ihm lag und die Holzkante auf seine Kehle drückte. Weiter und weiter senkte sich das Brett und schnürte Martin die Luft ab. Er krächzte und wand sich. Seine Kräfte schwanden.

Plötzlich nahm er aus den Augenwinkeln eine Bewegung wahr, dann hörte er Ruperts Schrei, der wie das Jaulen eines Tieres klang. Der Druck auf seine Kehle ließ nach. Martin schnappte würgend nach Luft.

Über sich preßte der aufheulende Rupert beide Hände vor das Gesicht. Ein Körper sank neben Martin zu Boden. Er drehte den Kopf und starrte in Theas Gesicht.

Rupert torkelte wie ein Betrunkener durch die Mühle. Er stieß noch immer schrille Schreie aus, und als er für einen kurzen Moment die Hände sinken ließ, erkannte Martin, daß Thea ihm die Scherbe aus dem Glasmosaik tief in das Auge getrieben hatte.

Martin wollte sich um Thea kümmern, doch zuvor mußte er Rupert erledigen. Auch blind konnte sein Vetter noch immer eine Gefahr für sie bedeuten.

Seine Pistole lag neben ihm auf dem Boden. Er nahm die Waffe an sich, richtete sie auf Rupert und feuerte. Das Geschoß durchschlug Ruperts Brustkorb und schleuderte ihn auf das zerstörte Mauerwerk der Mühlenrückwand. Dort sackte er zusammen, während sich sein Blut über die Steine verteilte.

Martin ließ die Pistole zu Boden fallen und stürzte zu Thea. Vorsichtig hob er ihren Kopf an. Ihre Augen waren offen. Sie legte die Hand an seine Wange und brachte nur ein Krächzen hervor.

»O Himmel, Thea«, flüsterte Martin. Er schob ihr Hemd hoch und stellte fest, daß die Bleikugel ihren Leib an der gleichen Stelle durchschlagen hatte, an der auch er seine Narbe trug. Er legte seinen Mantel ab und bettete ihren Kopf darauf. Rasch zog er sein Hemd aus und zerriß es, um Thea damit einen provisorischen Verband anzulegen.

»Martin!« entfuhr es Thea mit dünner Stimme. Er drehte

sich zu ihr und wollte ihre Stirn küssen, doch sie verzog das Gesicht und deutete auf das Mauerwerk.

Rupert war fort.

Martin richtete sich auf und blickte fieberhaft um sich, doch erst als er durch die Öffnung spähte, entdeckte er ihn.

Rupert stolperte über das Feld. Taumelnd hatte er sich an die zwanzig Schritte von der Mühle entfernt, als der Lärm donnernder Hufe heraufzog. Aus dem Nebel stürmte eine fliehende Reiterschar auf ihn zu. Schon das Pferd des vordersten Reiters streifte den blinden Mann, der in den Weg des Kavallerieverbandes geriet.

Rupert wurde zu Boden gestoßen. Dutzende Pferde trampelten über ihn hinweg und ließen einen zerfetzten Leib zurück, als sie hastig davonstoben.

Während die Hufschläge verklangen, hüllten die Schwaden des Pulverdampfes den Leichnam ein.

Thea stöhnte laut auf, als Martin sie aufhob und aus der Mühle trug. Er wußte, daß jeder Schritt, jede Bewegung eine Qual für sie bedeutete, aber er mußte sie ins Lager schaffen, um ihre Wunde zu behandeln.

Glücklicherweise befand sich Eris noch immer dort am Waldrand, wo sie das Pferd zurückgelassen hatten. Martin hob Thea auf den Rücken der Stute und schwang sich hinter sie in den Sattel. Theas Körper war so schlaff, daß er sie fest an sich drücken mußte, während er Eris durch das Unterholz lenkte.

»Du wirst nicht sterben«, raunte er in ihr Ohr. Thea reagierte darauf nur mit einem schwachen Stöhnen. Er sprach immer wieder mit ihr, um sie bei Besinnung zu halten, während er gegen den Drang ankämpfte, Eris in rasendem Galopp ins Lager zu treiben.

Von der Anhöhe aus konnte Martin einen Blick über das Schlachtfeld werfen. Der Pulverdampf hatte sich mit dem

Rauch der brennenden Stadt Lützen vermischt. Inmitten dieses Nebels machte er eine langgestreckte Frontlinie aus. Er verfolgte die Schlacht vor allem mit den Ohren, denn der Rauch verschleierte das Kampfgeschehen. Er hörte die Schreie, das Klirren der Schwerter und Spieße und das knatternde Musketenfeuer.

Nur kurz verharrte er. Auch wenn vor seinen Augen das Schicksal einer ganzen Nation entschieden wurde, galt seine einzige Sorge Thea.

Martin küßte ihren Hinterkopf, trat Eris in die Rippen und setzte den Weg fort.

Kapitel 20

Zurückweichende Soldaten verstopften die schmale Straße, die in das Lager führte. Auf Ochsenkarren, Handwagen oder zusammengezimmerten Tragen schleppten sie ihre verwundeten Kameraden vom Schlachtfeld. Viele Landsknechte ließen ihr Leben auf dem Weg. Die Leichen wurden an den Straßenrand geschafft, wo sie mit toten Augen dem traurigen Zug der Heimkehrer entgegenstarrten.

Martin schaute nur selten zur Seite. Er wollte die Toten nicht sehen. Es fiel ihm bereits schwer, in die gequälten Mienen der Leidenden vor sich zu blicken. Die Landsknechte harrten apathisch auf den Karren aus oder reckten hilfesuchend die Hände in den Himmel. Die meisten von ihnen würden das Lager nicht lebend erreichen. Ihr Schicksal rührte ihn, und doch wünschte Martin sie alle zum Teufel, denn der dichte Menschenstrom hielt ihn auf, und er bangte um Theas Leben.

Martin lenkte Eris an den Rand der Straße und nutzte jede Lücke, die sich zwischen den Fuhrwerken auftat. Dennoch verging viel Zeit, bevor er den Weg zum Lager zurückgelegt hatte und endlich die Palisaden und die ersten Zeltreihen erreichte. Hinter ihm war in der Ferne noch immer das Getöse des Kanonen- und Musketenfeuers zu hören. Zeichnete sich bereits ein Sieger der Schlacht ab? Die Zahl der Verwundeten auf dieser Straße ließ nichts Gutes für die Schweden vermuten, aber wahrscheinlich beklagten die Kaiserlichen ebenso viele Opfer. Auch hinter ihren Linien würden die Lazarette mittlerweile überfüllt sein.

Martin neigte seinen Kopf vor und flüsterte Thea zu, daß

sie im Lager angekommen waren. Sie reagierte darauf nur mit einem kaum merklichen Nicken.

Ihre Kräfte schwanden zusehends. Der Weg bis zu Poutiainens Quartier zog sich so lang und beschwerlich hin, daß er befürchtete, sie könnte jeden Augenblick in seinen Armen sterben.

Nicht nur das Schlachtfeld wurde von dichtem Qualm eingehüllt. Auch hier im Lager dirigierte Martin sein Pferd durch graue Rauchschwaden. Der Boden war mit Trümmern übersät, viele Landsknechte rannten hektisch umher und versuchten die Feuer zu löschen, die ringsherum loderten. Martin konnte mehrere getötete Männer neben ihren niedergestreckten Pferden erkennen. Die meisten der Gesichter waren von wilden Haarmähnen bedeckt. Viele dieser Krieger hielten auch im Tode noch ihren Krummsäbel umklammert. Er war solchen Soldaten bereits im Lazarett von Podelwitz begegnet. Kroatische Reiterei – der erbarmungsloseste und gefürchtetste Feind, der den Schweden auf dem Schlachtfeld entgegentrat. Eine Einheit der Kroaten mußte in das Lager eingedrungen sein und mehrere Pulverwagen gesprengt haben, um den schwedischen Nachschub zu unterbinden.

Martin ritt an den Feuern vorbei und fragte sich, ob das Quartier des Rittmeisters Poutiainen ebenfalls ein Opfer der Flammen geworden war.

Seine Sorge erwies sich als unbegründet, denn Poutiainens Unterkunft befand sich in einem Abschnitt des Lagers, der von dem Angriff der Kroaten unbehelligt geblieben war. Erleichtert kam Martin endlich an seinem Ziel an, rutschte vom Pferderücken und hob dann auch Thea vorsichtig herunter.

Ein Pferdeknecht eilte herbei, der sich um die Stute kümmerte und nach Maija Poutiainen rief. Maija trat aus dem Hauptzelt und musterte Martin mit enttäuschter Miene. Er vermutete, daß sie gehofft hatte, ihr Ehemann wäre wohlbehalten aus der Schlacht zurückgekehrt. Als sie jedoch begriff, wie schwer Thea verletzt war, wich die Enttäuschung der Sorge, und sie half Martin, Thea unter das Zeltdach neben Martins Wagen zu schaffen.

»Was ist geschehen mit ihr?« wollte sie von ihm wissen.

»Jemand hat auf sie geschossen.« Martin legte Thea vorsichtig auf die Strohmatratze.

»Gütiger Gott!« stieß Maija hervor. »Aber warum?«

»Ich werde Euch später davon berichten.« Er knöpfte Theas Kleid auf und löste den provisorischen Verband. »Bitte schafft heißes Wasser herbei.«

Maija nickte. Bevor sie ging, fragte sie noch: »Wie steht es um die Schlacht?«

Martin hob die Schultern. »Ich weiß es nicht. Der Pulverdampf hüllt die Armeen ein. Ich habe keine Ahnung, welche Seite das Feld behaupten wird. Aber ich hoffe mit Euch, daß Euer Mann unbeschadet heimkehrt.«

Maija dankte ihm und machte sich dann auf den Weg.

Behutsam entfernte er den blutbefleckten Verband und warf ihn zur Seite. Er schob Theas Hemd nach oben und nahm die Wunde genauer in Augenschein. Das Bleigeschoß hatte den Leib durchschlagen, und an ihrem Bauch klebten viele verbrannte Stoffetzen im Wundkrater.

Maija brachte das Wasser. In ihren Augen erkannte er den Ekel, und darum schickte er sie fort. Sie kehrte jedoch bald darauf zurück und stellte zwei Lampen vor ihm ab. Dann entfernte sie sich rasch wieder, sobald sie einen Blick auf die schreckliche Wunde geworfen hatte, die Martin nun behutsam säuberte. Jede Berührung mußte eine Qual für Thea bedeuten, denn immer wenn er einen Stoffetzen aus ihrem wunden Fleisch löste, stöhnte sie so laut auf, als presse er ein glühendes Eisen gegen ihre Haut.

Mitternacht war lange ausgerufen worden, als Martin sich erschöpft neben Thea hockte und über sein Gesicht wischte. Auf einem Zinnteller vor ihm lagen die Splitter des Bleigeschosses und die Stoffetzen, die er aus der Wunde entfernt hatte. Er hatte die Wundränder mit zerkautem Spitzwegerich bestrichen, in Essig getauchte Tücher auf den Durchschuß gelegt und einen Verband angelegt.

Danach breitete er eine Filzdecke über Thea aus. Sie zitterte nicht, aber auf ihrer Stirn glänzten Schweißperlen. Eine Weile betrachtete er still ihr bleiches Gesicht, das wie eine Totenmaske wirkte. Die ganze Zeit war sie kaum bei Besinnung gewesen, doch nun schlug sie die Augen auf und starrte ihn bang an.

»Martin.« Ihre Stimme klang schwach, fast tonlos.

»Ich bin hier«, antwortete er.

Es dauerte mehrere Atemzüge, bis Thea die nächsten Wörter hervorbrachte.

»Wo ist … Rupert?«

»Er ist tot. Wir haben ihn in die Hölle geschickt.«

Thea hustete und verzog ob dieser Bewegung schmerzhaft das Gesicht.

»Vielleicht … vielleicht sehe ich ihn dort schon bald.«

»Unsinn«, widersprach Martin entschieden. »Du wirst weder in die Hölle fahren noch zum Himmel emporsteigen. Du bleibst bei mir. Ich habe schließlich lange genug auf dich warten müssen.«

»Mir ist kalt.«

Martin strich besorgt über ihr Haar, dann legte er sich so nah neben sie, wie es möglich war, ohne ihr Schmerzen zu bereiten. Diese Wärme war alles, was er ihr noch geben konnte.

Thea schmiegte ihren Kopf in seine Halsbeuge. Nach einer Weile spürte er, daß ihre Tränen über seine Brust rannen.

Ein kurzer, spitzer Aufschrei riß Martin aus dem Schlaf. Er hatte von Thea geträumt, und im Moment des Erwachens war ihm, als hätte sie diesen Laut von sich gegeben. Doch Thea schlief noch immer neben ihm und wimmerte leise.

Nun erklang ein Lachen vor dem Zelt, und es folgte ein hastig hervorgestoßener Wortschwall in einer fremden Sprache.

Martin erhob sich und trat nach draußen. Der Platz vor dem Quartier wurde von zahlreichen Fackeln beleuchtet, und so fiel es ihm nicht schwer, den Grund für die Aufregung auszumachen.

Jöran Poutiainen war aus der Schlacht zurückgekehrt.

Zwei Pferdeknechte eilten herbei und halfen dem Rittmeister, von seinem Falben herabzusteigen. Im Gesicht des Finnen und an seinem Harnisch klebten Blut und Dreck, doch er schien unverletzt zu sein.

Maija Poutiainen war ihrem Mann um den Hals gefallen und redete noch immer auf ihn ein. Martin wartete ab, bis die beiden sich voneinander lösten, dann ging er auf den Rittmeister zu und deutete eine Verbeugung an.

»Ich freue mich, Euch wohlbehalten gegenüberzustehen«, meinte Poutiainen. »Aber wo ist Thea?«

Martin schwieg einen Moment. »Sie befindet sich dort im Zelt. Ein Geschoß hat ihren Leib durchschlagen. Ich bange um ihr Leben.«

Poutiainens Blick richtete sich auf das Zelt, in dem Thea schlief. »Grundgütiger! Welche Opfer wird uns dieser Tag noch abverlangen?«

Nun erst fiel Martin auf, welch niedergeschlagenen Eindruck der Rittmeister auf ihn machte. Ihn schienen Sorgen zu plagen, die Theas betrübliches Schicksal bei weitem überstiegen.

Martin deutete auf das Blut an Poutiainens Harnisch. »Ich hoffe, Ihr seid unverletzt.«

Der Finne wischte halbherzig mit dem Handschuh über den Brustpanzer. »Mir geht es gut, aber viele Männer unserer katholischen Gegner ließen heute unter meinem Degen das Leben.«

»Und die Schlacht? Welche Entscheidung brachte die Bataille?«

»Wir haben das Feld behauptet«, sagte Poutiainen, ohne Stolz oder Freude erkennen zu lassen. »Beide Seiten erlitten hohe Verluste, aber unsere Armee hat die Hügel der Kaiserlichen eingenommen und die Kanonen des Gegners erbeutet. Kein so glanzvoller Sieg wie einst bei Breitenfeld – gleichwohl ein Erfolg.«

»Doch Ihr wirkt nicht glücklich darüber.«

Poutiainen schüttelte den Kopf. Er verzog das Gesicht, und Martin kam es vor, als wolle der Rittmeister im nächsten Moment in Tränen ausbrechen.

»Er ist tot«, brachte Poutiainen mit brüchiger Stimme hervor.

»Wer?« fragte Martin.

»Der König.«

»Gustav Adolf ist tot?«

Der Finne warf die Handschuhe auf den Boden. »Am frühen Abend erreichte uns die Nachricht, der König sei im Nebel hinter die feindlichen Linien geraten. Dann hieß es, man habe seine Leiche vom Schlachtfeld geborgen. Er ist in den Rücken geschossen worden. Die katholischen Hunde haben ihn ausgeraubt, bevor sie seinem Leben mit Speerstichen und einem Schuß in den Kopf ein Ende machten.« Poutiainen setzte sich auf einen Schemel und ließ den Kopf hängen. »Der Heilsbringer hat diese Welt verlassen. Was soll nun aus uns werden?«

»Und wenn es sich nur um ein Gerücht handelt, das vom Feind verbreitet wurde?«

Poutiainen schüttelte den Kopf. »Ich habe ihn gesehen. Seine Garde trug ihn auf einer Bahre in das Dorf Meuchen. Es gelang mir, einen Blick auf den König zu werfen, als die Paladine meine Einheit passierten. Sein Körper war schrecklich zugerichtet und von zahlreichen Wunden entstellt.«

Martin konnte verstehen, daß es dem Rittmeister schwerfiel, Freude über den Sieg der Schweden zu empfinden. Mit dem König hatte die schwedische Armee einen genialen Strategen verloren, der wie ein Eroberer gelebt und auch wie ein Eroberer gestorben war. Mit seinem Tod waren ein Triumph der protestantischen Sache und der Sturz des deutschen Kaisers in weite Ferne gerückt.

»Ich bin müde«, sagte Jöran Poutiainen. »Und ich möchte allein sein.«

Martin verabschiedete sich mit einem Nicken und wartete ab, bis Poutiainen, gestützt von Maija und einem Pagen, in seinem Quartier verschwunden war, bevor auch er sich zurückzog.

Am dritten Morgen nach der Schlacht kam Jöran Poutiainen zu Martin und betrat das Zelt mit einem Krug Bier und einem Teller dampfendem Rübeneintopf. Der verlockende Geruch machte Martin bewußt, daß er seit seiner Rückkehr in das Lager nicht viel mehr als einen Kanten Brot zu sich genommen hatte.

Der Finne warf einen skeptischen Blick auf die schlafende Thea und auf die schmutzigen Stoffverbände, die ringsherum auf dem Boden lagen.

»Ihr solltet etwas essen«, meinte Poutiainen. »Und ein paar Augenblicke an der frischen Luft würden Euch auch nicht schaden. Man sieht Euch an, wie entkräftet Ihr seid. Meine Frau sorgt sich darum, daß Ihr neben Thea zusammenbrechen könntet. Gönnt Euch ein wenig Ruhe.«

Martin nickte, küßte Theas Stirn und verließ mit Poutiainen das Zelt. Sie setzten sich auf eine Holzkiste. Martin verschlang gierig den Eintopf und stürzte das Bier hinunter. Danach teilte er sich mit dem Rittmeister eine Pfeife und genoß den würzigen Geschmack des Tabaks.

In das Lager war Ruhe eingekehrt. Nach dem Rückzug der kaiserlichen Armee waren die Soldaten und der Troß damit beschäftigt, die Blessuren des Kampfes zu pflegen und die Kriegsbeute mehr oder minder ertragreich zu verschachern.

»Wer führt nun diese Armee?« wollte Martin wissen.

Poutiainen reichte ihm die Pfeife. »Das Oberkommando wurde Herzog Bernhard von Weimar übertragen. Zweifelsohne ein fähiger Offizier, aber kein begnadeter Feldherr wie unser verstorbener König.«

»Ich kann gar nicht recht daran glauben, daß wir die Schlacht für uns entschieden haben«, sagte Martin. Er zog eine Decke um seine Schultern, um sich vor der Kälte dieses Novembermorgens zu schützen. »Alles hier im Lager wirkt so traurig auf mich.«

»Wir haben das Feld behauptet.« Poutiainen lachte bitter. »Aber nur weil die Kaiserlichen sich zurückgezogen haben, bevor wir unseren Abmarsch beginnen konnten. Wir waren ganz einfach langsamer. In späterer Zeit wird man sagen, die schwedische Armee hätte die Bataille bei Lützen siegreich bestritten, auch wenn diese Schlacht in Wahrheit keinen Sieger kennt.«

Eine Weile schwiegen sie und hingen ihren melancholischen Gedanken nach. Dann drehte Poutiainen sich zu Martins Zelt um und fragte: »Wie ist ihr Zustand?«

Martin seufzte. »Ich konnte verhindern, daß der Wundbrand ausbricht, aber sie hat viel Blut verloren.« Er sog den Rauch ein und ließ ihn tief durch seine Lungen fahren. »Bitte schafft einen Priester herbei«, sagte er.

Der Finne blickte ihn entsetzt an. »Einen Priester? Glaubt Ihr, daß es so schlecht um Thea steht?«

»Ihr habt mich mißverstanden.« Martin klopfte Poutiainen auf die Schulter. »Thea ist stark. Sie wird leben. Ich habe ein Versprechen zu erfüllen. Und darum werde ich Thea heute noch heiraten.«

Epilog

Im April 1634 kehrten Thea und Martin nach Magdeburg zurück.

Fast drei Jahre waren seit ihrer Flucht aus der brennenden Stadt vergangen. Keiner von ihnen sprach ein Wort, als sie den Wagen durch das Sudenburger Tor lenkten. Sie passierten den Dom und das Kloster Unserer Lieben Frauen, die als einzige markante Gebäude von der Katastrophe verschont geblieben waren und Erinnerungen an das alte Magdeburg wachriefen.

In einigen Straßen hatten Maurer und Zimmerleute die Aufgabe in Angriff genommen, das einst so stolze Magdeburg in neuem Glanz entstehen zu lassen. Der schwedische Statthalter hatte einen jungen Patrizier namens Otto Gericke zum Festungsbaumeister ernannt und von diesem einen Grundriß entwerfen lassen, nach dem die Stadt neu errichtet werden sollte.

Inzwischen lebten bereits wieder mehrere hundert Familien in Magdeburg. Viele von ihnen waren in windschiefen Holzhütten untergekommen oder hausten in den Kellern der Ruinen, doch am Breiten Weg befanden sich die ersten Bürgerhäuser bereits im Bau. Thea betrachtete die Handwerker und lauschte dem Klopfen, Hämmern und Sägen, das sie hoffen ließ, daß Magdeburg irgendwann einmal aus den Ruinen neu entstehen würde.

Die fremden Gassen und Straßen machten es ihnen nicht einfach, an den Platz zu gelangen, an dem sich einst das Haus der Fellingers befunden hatte. Mehrmals wendeten sie den Wagen und versuchten sich zu orientieren.

»Hier muß es sein«, rief Sebastian schließlich, der hinter

dem Bock hockte und seine Hände auf Martins Schulter legte. »Wir sind angekommen. Genau hier stand das Haus unserer Familie.«

»Bist du dir dessen gewiß?« fragte Martin.

Sebastian nickte eifrig. »Wenn du nicht nur Augen für deine Frau hättest, würdest auch du es längst erkannt haben.«

Thea wandte sich um und tauschte ein Lächeln mit Sebastian. Sie hatte Martins Bruder vom ersten Augenblick an lieb gewonnen. Er hatte sie mit offenen Armen in Wittenberg empfangen und sie so herzlich wie eine Schwester aufgenommen. Den gesamten Winter über hatte Sebastian seine Unterkunft mit ihnen geteilt. Martin und Thea hatten den Troß im Frühjahr des vergangenen Jahres verlassen, nachdem Theas Wunde verheilt und sie in der Lage war, die Strapazen einer längeren Reise auf sich zu nehmen. Im Juni hatten sie Wittenberg erreicht. Eine Zeit der Ruhe war für sie angebrochen. Sie genossen die Monate, die sie, unbelastet von den Schrecken, die hinter ihnen lagen, verbringen konnten. Martin bemühte sich, Thea das Lesen und das Schreiben beizubringen. Mittlerweile führte sie die Feder bereits recht sicher, und es bereitete ihr auch großes Vergnügen, sich über Stunden in einem der Folianten zu verlieren, die Sebastian in einer Truhe aufbewahrte und die er ihr, wann immer sie danach verlangte, zur Verfügung stellte.

Im Laufe der Zeit hatte Martin immer öfter davon gesprochen, nach Magdeburg zurückzukehren. Vor allem als Thea ihm zu Beginn des neuen Jahres eröffnet hatte, daß sie ein Kind erwarte, nahm diese Idee Gestalt an. Martin und Sebastian hatten sich mit dem neugebildeten Magdeburger Rat in Verbindung gesetzt und sich den Grundanspruch ihrer Familie bestätigen lassen. Zudem erwirkten sie einen Kredit zu äußerst günstigen Konditionen, denn die Familie Fellinger besaß unter den Ratsherren nach wie vor einen guten Namen.

Martin stieg vom Kutschbock und hob Thea herunter. Immer wenn sie sich streckte, spürte sie ein Zwicken der Narben. Vor allem seit sich ihr Bauch zu wölben begann und sich die Haut spannte, wurde sie oft an den schicksalhaften Tag von Lützen erinnert.

Der Kater Julius sprang ebenfalls vom Wagen und schmiegte sich an ihre Beine, während sie mit Martin und Sebastian auf die Trümmer zutrat.

Martin schaute sich um und deutete auf eine bestimmte Stelle.

»Es ist ganz sicher der Platz, an dem sich unser Haus befand. Dort drüben kann ich den Kellereingang erkennen. Auch die Grundmauern sind noch auszumachen.«

»Auf diesem Fundament werden wir ein neues Haus errichten«, meinte Sebastian. Er sprühte regelrecht vor Tatendrang. »Wir räumen den Keller frei und nutzen ihn als Schlafplatz. Ich werde in den nächsten Tagen die Zunftmeister aufsuchen und Handwerker anwerben. Bis zum Winter haben wir dann endlich wieder ein Dach über dem Kopf.«

Martin setzte sich auf einen verkohlten Holzbalken und ließ seinen Blick wehmütig über die Trümmer streifen.

»Unser Kind wird in diesem Haus geboren werden«, sagte Thea und hockte sich neben ihn.

»Und es wächst in Magdeburg auf. In einem neuen Magdeburg.« Martin lächelte. »Bis dahin werde ich mich entscheiden müssen, ob ich meine Familie als Wundchirurg oder als Glasmaler ernähren will.«

Thea nahm seine Hand und legte sie auf ihren Bauch. »Laß dir Zeit, Martin.«

Nachwort

Die Zerstörung Magdeburgs im Mai des Jahres 1631 gilt als das finsterste Ereignis des Dreißigjährigen Krieges. Bis heute ist nicht eindeutig bewiesen worden, wer die Hauptschuld daran trägt, daß die reiche Elbestadt im Feuer unterging. Häufig wird der katholische Feldherr Tilly zum Urheber dieser Tragödie abgestempelt, wenngleich diese Tat jeder militärischen Logik widerspricht, denn Tilly war nicht angetreten, um Magdeburg niederzubrennen, sondern um die Stadt als Stützpunkt für sein hungerndes Heer und als Basis gegen den schwedischen Brückenkopf im Norden Deutschlands einzunehmen.

In diesem Roman habe ich die Annahme aufgegriffen, daß der Befehl zur Zerstörung der Stadt von ihren radikalprotestantischen Verteidigern ausging. Der vom schwedischen König entsandte Stadtkommandant Dietrich von Falkenberg scheint neueren Erkenntnissen zufolge zu keinem Zeitpunkt in Betracht gezogen zu haben, Magdeburg den gegnerischen Truppen zu überlassen. In einer Briefarchivalie, die Ende des 19. Jahrhunderts im Stammsitz seiner Familie gefunden wurde, schrieb Falkenberg kurz vor dem Fall Magdeburgs an seinen Bruder Johann: »Kann ich die Stadt nicht halten, so stecke ich morgen das ganze Nest an.«

Schon Tage vor der Erstürmung hatte er das Geschützfeuer aus einem angeblichen Mangel an Pulver einstellen lassen, jedoch wurden nach der Katastrophe auf dem zentralen Marktplatz fünfzig Zentner vergrabenes Sprengpulver gefunden. Auch in zahlreiche Häuser waren Minen geschafft worden. Zeitgenössische Quellen sprechen von etwa fünfzig Brandherden, die zeitgleich in der Stadt ausbrachen, nachdem die Kaiserlichen durch das nördliche Stadttor gedrungen waren. Die meisten der Feuer loderten zu diesem Zeitpunkt in Teilen der Stadt, die die katholischen Söldner überhaupt noch nicht erreicht hatten.

Unklar bleibt auch die Rolle, die der schwedische König Gustav Adolf II. in dieser Tragödie einnimmt. Vieles deutet darauf hin, daß er die Verheerung der Stadt in Kauf nahm, um einen propagandistischen Nutzen aus dieser Schandtat zu ziehen. Als Magdeburg im Feuer unterging, hielt sich Gustav Adolf mit seinen Truppen nur zwei Tagesmärsche entfernt in Saarmund auf und wartete untätig ab. Es heißt, er habe dort den Donner der Kanonen hören können.

Folgende Personen standen mir bei der Arbeit an diesem Roman mit gutem Rat zur Seite: Meine Testleser Jessica Krienke, Pascal Rupp, Susanne Bökamp und Andrea Großmann sowie Heidi Germund-Hausfeld, die mich bei den finnischen Dialogen unterstützte. Weiterer Dank geht an Reinhard Rohn vom Aufbau-Verlag und Dr. Uwe Heldt von der Agentur Mohrbooks.

Mehr Informationen zu diesem Buch unter www.michaelwilcke.de.

Glossar

Bagage	Gepäck der Soldaten und der Troßleute.
Bankert	abwertender Begriff für ein uneheliches Kind.
Bataille	Schlacht, Kampf.
Entsetzen	eine belagerte Stadt oder Festung mit Hilfe von Truppen befreien.
Harnisch	Brustpanzer.
Hasardeur	Glücksspieler.
Karrette	Schubkarren.
Kartätsche	mit Bleikugeln gefülltes Artilleriegeschoß.
Malvasier	Süßwein, benannt nach Malvasia, dem italienischen Namen einer griechischen Stadt.
Meile	Wegmaß, das in früherer Zeit im deutschen Raum etwa 7,4 Kilometern entsprach.
Partisane	hellebardenartiger Spieß.
Pike	ca. 3 bis 5 Meter lange Stangenwaffe mit zweischneidiger Eisenspitze.
Purgatorium	Fegefeuer.
Ranzion	Lösegeld.
Rittmeister	Kommandeur einer Reiterkompanie.
Wams	kurze Jacke.

Guido Dieckmann: Spannende Geschichten vor historischem Hintergrund

Die Poetin
Mit Frau und Tochter reist der Tuchhändler Joseph Schildesheim im Spätsommer 1819 nach Heidelberg. Seine Tochter Nanetta träumt davon, ihre Gefühle in Versen auszudrücken, statt als Jüdin ein zurückgezogenes Leben zu führen. Die Stadt jedoch ist in Aufruhr. Nach dem Mordanschlag auf den Dichter Kotzebue sehen die Studenten in nahezu jedem Fremden einen Spion – und plötzlich gerät Nanetta in den Verdacht, eine Verschwörerin zu sein.
Roman. 304 Seiten. AtV 1661

Die Gewölbe des Doktor Hahnemann
Der erste Roman über den legendären Begründer der Homöopathie: Auf der Albrechtsburg träumt der junge Samuel Hahnemann davon, ein berühmter Arzt zu werden. Schon früh ist er von den dunklen Seiten der Medizin fasziniert und unternimmt alles, um an eine verschollen geglaubte Schrift des Paracelsus zu gelangen. Doch damit ruft er einen geheimen Orden auf den Plan, ihn aus dem Weg zu räumen.
»Sehr spannende Geschichte, eingekleidet in ein Zeitporträt; schlichtweg gut erzählt mit einem sinnvoll und schlüssig aufgebauten Plot, der mit mehr als einer Überraschung aufwarten kann.«
Die Rheinpfalz
Roman. 473 Seiten. AtV 2011

Die Magistra
Von ihrem Hof vertrieben, flieht die junge Philippa von Bora 1597 zu ihrem berühmten Onkel Martin Luther. Sogleich erhält sie einen Auftrag von ihm: Sie soll an der Wittenberger Mädchenschule unterrichten. Eine wunderbare Aufgabe, so scheint es, bis ihre Gehilfin ermordet wird und die Magistra einem Unbekannten auf die Spur kommt, der nur ein Ziel hat: die Reformation niederzuschlagen, indem er Martin Luther tötet.
Roman. 400 Seiten. AtV 2095

Luther
Zweifler, Ketzer, Reformator – Martin Luther war ein faszinierender, willensstarker Mensch, der die Welt aus den Angeln hob. Als er im Jahre 1517 seine Thesen verkündet und sich weigert, sie zu widerrufen, macht er sich mächtige und gefährliche Feinde. Nicht allein der Papst, auch der Kaiser versucht ihn mundtot zu machen, doch Luther widersteht und wird zum Volkshelden und Revolutionär wider Willen.
Roman. Mit 16 Filmfotos. 340 Seiten. AtV 2096

Weitere Informationen erhalten Sie unter www.aufbau-verlag.de oder in Ihrer Buchhandlung

AtV